As
Vítimas-Algozes
Quadros da Escravidão

Joaquim Manuel de Macedo

TEXTO INTEGRAL

2ª Edição

A ortografia deste livro foi atualizada segundo o Acordo Ortográfico da Língua Portuguesa de 1990, que passou a vigorar em 2009.

COLEÇÃO A OBRA PRIMA DE CADA AUTOR

As VÍTIMAS-ALGOZES

QUADROS DA ESCRAVIDÃO

Joaquim Manuel de Macedo

TEXTO INTEGRAL

MARTIN CLARET

CONSELHO EDITORIAL
Martin Claret

PRODUÇÃO EDITORIAL
Taís Gasparetti

CAPA
Ilustração: *Negra tatuada vendendo caju* (1827), Jean-Baptiste Debret

MIOLO
Revisão: Huendel Viana
Projeto gráfico: José Duarte T. de Castro
Editoração eletrônica: Editora Martin Claret
Impressão e acabamento: Paulus Gráfica

Dados Internacionais de Catalogação na Publicação (CIP)
(Câmara Brasileira do Livro, SP, Brasil)

Macedo, Joaquim Manuel de, 1820-1882.
As vítimas-algozes: quadros da escravidão / Joaquim Manuel de Macedo. — São Paulo: Martin Claret, 2010. — (Coleção a obra-prima de cada autor; 308)

"Texto integral"
ISBN 978-85-7232-794-7

1. Ficção brasileira I. Título. II. Série.

10-02654 CDD-869-93

Índices para catálogo sistemático:

1. Ficção: Literatura brasileira 869.93

EDITORA MARTIN CLARET LTDA.
Rua Alegrete, 62 – Bairro Sumaré – CEP: 01254-010 – São Paulo – SP
Tel.: (11) 3672-8144 – Fax: (11) 3673-7146
www.martinclaret.com.br / editorial@martinclaret.com.br

2ª REIMPRESSÃO – 2012

Sumário

A história do livro e a coleção "A Obra-Prima de Cada Autor"

MARTIN CLARET

Que é o livro? Para fins estatísticos, na década de 1960, a Unesco considerou o livro "uma publicação impressa, não periódica, que consta de no mínimo 56 páginas, sem contar as capas".

O livro é um produto industrial. Mas também é mais do que um simples produto. O primeiro conceito que deveríamos reter é o de que o livro como objeto é o veículo, o suporte de uma informação. O livro é uma das mais revolucionárias invenções do homem.

A *Enciclopédia Abril* (1972), publicada pelo editor e empresário Victor Civita, no verbete "livro" traz concisas e importantes informações sobre a história do livro. A seguir, transcrevemos alguns tópicos desse estudo didático.

O livro na Antiguidade

Antes mesmo que o homem pensasse em utilizar determinados materiais para escrever (como, por exemplo, fibras vegetais e tecidos), as bibliotecas da Antiguidade estavam repletas de textos gravados em tabuinhas de barro cozido. Eram os primeiros "livros", depois progressivamente modificados até chegarem a ser feitos — em grandes tiragens — em papel impresso mecanicamente, proporcionando facilidade de leitura e transporte. Com eles, tornou-se possível, em todas as épocas, transmitir fatos, acontecimentos históricos, descobertas, tratados, códigos ou apenas entretenimento.

Como sua fabricação, a função do livro sofreu enormes modificações dentro das mais diversas sociedades, a ponto de constituir uma mercadoria especial, com técnica, intenção e utilização determinadas. No moderno movimento editorial das chamadas sociedades de consumo, o livro pode ser considerado uma mercadoria cultural, com maior ou menor significado no contexto socioeconômico em que é publicado. Como mercadoria, pode ser comprado, vendido ou trocado. Isso não ocorre, porém, com sua função intrínseca, insubstituível: pode-se dizer que o livro é essencialmente um instrumento cultural de difusão de ideias, transmissão de conceitos, documentação (inclusive fotográfica e iconográfica), entretenimento ou ainda de condensação e acumulação do conhecimento. A palavra escrita venceu o tempo, e o livro conquistou o espaço. Teoricamente, toda a humanidade pode ser atingida por textos que difundem ideias que vão de Sócrates e Horácio a Sartre e McLuhan, de Adolf Hitler a Karl Marx.

Espelho da sociedade

A história do livro confunde-se, em muitos aspectos, com a história da humanidade. Sempre que escolhem frases e temas, e transmitem ideias e conceitos, os escritores estão elegendo o que consideram significativo no momento histórico e cultural que vivem. E, assim, fornecem dados para a análise de sua sociedade. O conteúdo de um livro — aceito, discutido ou refutado socialmente — integra a estrutura intelectual dos grupos sociais.

Nos primeiros tempos, o escritor geralmente vivia em contato direto com seu público, que era formado por uns poucos letrados, já cientes das opiniões, ideias, imaginação e teses do autor, pela própria convivência que tinham com ele. Muitas vezes, mesmo antes de o texto ser redigido, as ideias nele contidas já haviam sido intensamente discutidas pelo escritor e parte de seus leitores. Nessa época, como em várias outras, não se pensava na enorme porcentagem de analfabetos. Até o século XV, o livro servia exclusivamente a uma pequena minoria de sábios e estudiosos que constituíam os círculos intelectuais (confinados aos mosteiros durante o começo da Idade Média) e que tinham acesso às bibliotecas, cheias de manuscritos ricamente ilustrados.

Com o reflorescimento comercial europeu, nos fins do século XIV, burgueses e comerciantes passaram a integrar o mercado livreiro da época. A erudição laicizou-se e o número de escritores aumentou, surgindo também as primeiras obras escritas em línguas que não o latim e o grego (reservadas aos textos clássicos e aos assuntos considerados dignos de atenção). Nos séculos XVI e XVII, surgiram diversas literaturas nacionais, demonstrando, além do florescimento intelectual da época, que a população letrada dos países europeus estava mais capacitada a adquirir obras escritas.

Cultura e comércio

Com o desenvolvimento do sistema de impressão de Gutenberg, a Europa conseguiu dinamizar a fabricação de livros, imprimindo, em cinquenta anos, cerca de 20 milhões de exemplares para uma população de quase 100 milhões de habitantes, cuja maioria era analfabeta. Para a época, isso significou enorme revolução, demonstrando que a imprensa só se tornou uma realidade diante da necessidade social de ler mais.

Impressos em papel, feitos em cadernos costurados e posteriormente encapados, os livros tornaram-se empreendimento cultural e comercial: os editores passaram logo a se preocupar com melhor apresentação e redução de preços. Tudo isso levou à comercialização do livro. E os livreiros baseavam-se no gosto do público para imprimir, principalmente obras religiosas, novelas, coleções de anedotas, manuais técnicos e receitas.

Mas a porcentagem de leitores não cresceu na mesma proporção que a expansão demográfica mundial. Somente com as modificações socioculturais e econômicas do século XIX — quando o livro começou a ser utilizado também como meio de divulgação dessas modificações e o conhecimento passou a significar uma conquista para o homem, que, segundo se acreditava, poderia ascender socialmente se lesse — houve um relativo aumento no número de leitores, sobretudo na França e na Inglaterra, onde alguns editores passaram a produzir obras completas de autores famosos a preços baixos. O livro era então interpretado como símbolo de liberdade, conseguida por conquistas culturais. Entretanto, na maioria dos países, não houve nenhuma grande modificação nos índices porcentuais até o fim da Primeira Guerra Mundial (1914-1918), quando surgiram as primeiras grandes tiragens de um só livro, principalmente romances, novelas e textos didáticos. O número elevado de cópias, além de baratear o preço da unidade, difundiu ainda mais a literatura. Mesmo assim, a maior parte da população de muitos países continuou distanciada do livro, em parte porque ele tinha sido durante muitos séculos considerado objeto raro, atingível somente por um pequeno número de eruditos. A grande massa da população mostrou maior receptividade aos jornais, periódicos e folhetins, mais dinâmicos e atualizados, e acessíveis ao poder aquisitivo da grande maioria. Mas isso não chegou a ameaçar o livro como símbolo cultural de difusão de ideias, como fariam, mais tarde, o rádio, o cinema e a televisão.

O advento das técnicas eletrônicas, o aperfeiçoamento dos métodos fotográficos e a pesquisa de materiais praticamente imperecíveis fazem alguns teóricos da comunicação de massa pensarem em um futuro sem os livros tradicionais (com seu formato quadrado ou retangular, composto de folhas de papel, unidas umas às outras por um dos lados). Seu conteúdo e suas mensagens (racionais ou emocionais) seriam transmitidos por outros meios, como por exemplo microfilmes e fitas gravadas.

A televisão transformaria o mundo todo em uma grande "aldeia" (como afirmou Marshall McLuhan), no momento em que todas as sociedades decretassem sua prioridade em relação aos textos escritos. Mas a palavra escrita dificilmente deixaria de ser considerada uma das mais importantes heranças culturais, entre todos os povos.

Através de toda a sua evolução, o livro sempre pôde ser visto como objeto cultural (manuseável, com forma entendida e interpretada em função de valores plásticos) e símbolo cultural (dotado de conteúdo, entendido e interpretado em função de valores semânticos). As duas maneiras podem fundir-se no pensamento coletivo, como um conjunto orgânico (onde texto e arte se completam, por exemplo, em um livro de arte) ou apenas como um conjunto textual (onde a mensagem escrita vem em primeiro lugar — em um livro de matemática, por exemplo).

A mensagem (racional, prática ou emocional) de um livro é sempre intelectual e pode ser revivida a cada momento. O conteúdo, estático em si, dinamiza-se em função da assimilação das palavras pelo leitor, que pode discuti-las, reafirmá-las, negá-las ou transformá-las. Por isso, o livro pode ser considerado instrumento cultural capaz de liberar informação, sons, imagens, sentimentos e ideias através do tempo e do espaço. A quantidade e a qualidade de ideias colocadas em um texto podem ser aceitas por uma sociedade, ou por ela negadas, quando entram em choque com conceitos ou normas culturalmente admitidos.

Nas sociedades modernas, em que a classe média tende a considerar o livro como sinal de *status* e cultura (erudição), os compradores utilizam-no como símbolo, mesmo desvirtuando suas funções ao transformá-lo em livro-objeto. Mas o livro é, antes de tudo, funcional — seu conteúdo é que lhe dá valor (os livros de ciências, filosofia, religião, artes, história e geografia, que representam cerca de 75% dos títulos publicados anualmente em todo o mundo).

O mundo lê mais

No século XX, o consumo e a produção de livros aumentaram progressivamente. Lançado logo após a Segunda Guerra Mundial (1939-1945), quando uma das características principais da edição de um livro era as capas entreteladas ou cartonadas, o livro de bolso constituiu um grande êxito comercial. As obras — sobretudo *best--sellers* publicados algum tempo antes em edições de luxo — passaram a ser impressas em rotativas, como as revistas, e distribuídas nas bancas de jornal. Como as tiragens elevadas permitiam preços muito baixos, essas edições de bolso popularizaram-se e ganharam importância em todo o mundo.

Até 1950, existiam somente livros de bolso destinados a pessoas de baixo poder aquisitivo; a partir de 1955, desenvolveu-se a categoria do livro de bolso "de luxo". As características principais destes últimos eram a abundância de coleções — em 1964 havia mais de duzentas, nos Estados Unidos — e a variedade de títulos, endereçados a um público intelectualmente mais refinado. A essa diversificação das categorias adiciona-se a dos pontos de venda, que passaram a abranger, além das bancas de jornal, farmácias, lojas, livrarias, etc. Assim, nos Estados Unidos, o número de títulos publicados em edições de bolso chegou a 35 mil em 1969, representando quase 35% do total dos títulos editados.

Enciclopédia Abril, vol. 7. São Paulo: Abril, 1973, p. 2840-2842.

Proposta da coleção "A obra-prima de cada autor"

"Coleção" é uma palavra há muito tempo dicionarizada e define o conjunto ou reunião de objetos da mesma natureza ou que têm alguma relação entre si. Em um sentido editorial, significa o conjunto não limitado de obras de autores diversos, publicado por uma mesma editora, sob um título geral indicativo de assunto ou área, para atendimento de segmentos definidos do mercado.

A coleção "A obra-prima de cada autor" corresponde plenamente à definição acima mencionada. Nosso principal objetivo é oferecer, em formato de bolso, a obra mais importante de cada autor, satisfazendo o leitor que procura qualidade.*

Desde os tempos mais remotos existiram coleções de livros. Em Nínive, em Pérgamo e na Anatólia existiam coleções de obras literárias de grande importância cultural. Mas nenhuma delas superou a célebre biblioteca de Alexandria, incendiada em 48 a.C. pelas legiões de Júlio César, quando estas arrasaram a cidade.

A coleção "A obra-prima de cada autor" é uma série de livros a ser composta por mais de 400 volumes, em formato de bolso, com preço altamente competitivo, e pode ser encontrada em centenas de pontos de vendas. O critério de seleção dos títulos foi o já estabelecido pela tradição e pela crítica especializada. Em sua maioria, são obras de ficção e filosofia, embora possa haver textos sobre religião, poesia, política, psicologia e obras de autoajuda. Inauguram a coleção quatro clássicos: *Dom Casmurro*, de Machado de Assis; *O Príncipe*, de Maquiavel; *Mensagem*, de Fernando Pessoa; e *O lobo do mar*, de Jack London.

Nossa proposta é fazer uma coleção quantitativamente aberta. A periodicidade é mensal. Editorialmente, sentimo-nos orgulhosos de poder oferecer a coleção "A obra-prima de cada autor" aos leitores brasileiros. Nós acreditamos no poder do livro.

* Atendendo a sugestões de leitores, livreiros e professores, a partir de certo número da coleção começamos a publicar, de alguns autores, outras obras além da sua obra-prima.

As Vítimas-Algozes

Aos nossos leitores

I

Queremos agora contar-vos em alguns romances histórias verdadeiras que todos vós já sabeis, sendo certo que em as já saberdes é que pode consistir o único merecimento que porventura tenha este trabalho; porque na vossa ciência e na vossa consciência se hão de firmar as verdades que vamos dizer.

Serão romances sem atavios, contos sem fantasias poéticas, tristes histórias passadas a nossos olhos, e a que não poderá negar-se o vosso testemunho.

Não queremos ter segredos, nem reservas mentais convosco.

É nosso empenho e nosso fim levar ao vosso espírito e demorar nas reflexões e no estudo da vossa razão fatos que tendes observado, verdades que não precisam mais de demonstração, obrigando-vos deste modo a encarar de face, a medir, a sondar em toda sua profundeza um mal enorme que afeia, infecciona, avilta, deturpa e corrói a nossa sociedade, e a que a nossa sociedade ainda se apega semelhante à desgraçada mulher que, tomando o hábito da prostituição, a ela se abandona com indecente desvario.

E o empenho que tomamos, o fim que temos em vista adunam-se com uma aspiração generosa da atualidade, e com a exigência implacável da civilização e do século.

II

Sob as apreensões de uma crise social iminente, infalível, que a todos há de custar direta ou indiretamente onerosos sacrifícios, o povo brasileiro, e particularmente os lavradores, esperam ansiosos, entre receios por certo justificáveis e clamores que se explicam sem desar, o pronunciamento legal e decisivo da solução do problema da emancipação dos escravos.

Este estado de dúvidas aflitivas sobre o futuro, de temor dos detrimentos que se hão de experimentar, e que o descostume e certa desconfiança do trabalho livre ainda mais exageram, este mal-estar dos proprietários de escravos, vendo cheio de nuvens o dia de amanhã, pode comparar-se à situação dos espíritos tímidos e das pessoas de organização sobremaneira nervosa, quando em negro horizonte e em atmosfera abafada começam a rasgar-se os fuzis, e a rugir a trovoada que avança formidável. Esta imagem se nos afigura tanto mais acertadamente aplicada, quanto é sabido que depois das grandes trovoadas vem a pureza do ar, a bonança e a claridade.

Como quer que seja, mau grado os interesses que hão de padecer, a despeito das oposições que se fazem e se farão sentir, embalde as fáceis objeções denunciadoras de indubitáveis inconveniências e senões em quantos projetos e imagináveis planos se engendrarem para que menos violenta e dolorosa se resolva a crise, e se opere a revolução social, é positivo que tocamos a véspera da emancipação dos escravos.

Ninguém se iluda, ninguém se deixe iludir. Não há combinação de interesses, não há partido político, não há governo, por mais forte que se presuma, que possa impedir o proceloso acontecimento.

Nunca houve caso em que melhor assentasse a fórmula do fatalismo muçulmano: *está escrito*.

A famosa profecia do *Velho do Itajuru*, escrita quase há meio século, se realizou em nossos dias: *a nuvem negra veio do Norte*.

Havia uma grande potência, uma república soberba que em seu seio tolerava a escravidão, e tenaz a mantinha: a confederação norte-americana era barreira tremenda ante a qual estacava o movimento emancipador; mas a filha de Washington depois de uma luta formidável que espantou o mundo, no fim de uma guerra de proporções descomunais, afogou para sempre a escravidão nas águas ensanguentadas do Potomac, que testemunhara as últimas batalhas entre o Sul escravagista e o Norte emancipador. O Norte venceu: *a nuvem negra nos veio do Norte*.

Desde então só o Brasil e duas colônias da Espanha[1] mantêm a escravidão aos olhos de todas as nações que protestam contra a exceção.

---

[1] Cuba e Porto Rico. (N. do E.)

A voz de Deus, o brado do século da liberdade, a opinião do mundo, o pronunciamento dos governos, o espírito e a matéria, a ideia e a força querem, exigem, e em caso extremo hão de impor a emancipação dos escravos.

Nas duas colônias da Espanha o problema vai resolver-se com espontâneo decreto da metrópole.

O Brasil só, isolado, marcado com o selo ignominioso da escravidão diante do mundo, seria o escárnio e o maldito do mundo, e se exporia ao opróbrio da coação pela força.

O patriotismo se revolta ao simples imaginar do insulto à soberania nacional pela prepotência estrangeira; mas a razão compreende a possibilidade e a probabilidade do ultraje.

Também vos embalaram com a tolerância do tráfico de africanos; também vos fizeram acreditar que sem ele feneceria a agricultura; também vos falaram da soberania nacional para resistir à prepotência estrangeira, e em dias lúgubres em que a pátria envergonhada escondeu o rosto, lavraram de súbito e precipitadamente a sentença de morte do tráfico de africanos ao som dos tiros dos canhões ingleses que cuspiam injúrias e afrontas nas faces de fortalezas nossas.

Então foi somente a Inglaterra; e o Brasil teve de ceder.

Agora é o mundo, agora são todas as nações, é a opinião universal, é o espírito e a matéria, a ideia e a força a reclamar a emancipação dos escravos.

Imaginais resistência possível?...

Não vos iludais, não vos deixeis iludir; preparai-vos: a emancipação dos escravos há de realizar-se dentro de poucos anos.

Está escrito.

III

Não se extirpa o cancro sem dor.

A escravidão, que é cancro social, abuso inveterado que entrou em nossos costumes, árvore venenosa plantada no Brasil pelos primeiros colonizadores, fonte de desmoralização, de vícios e de crimes, é também ainda assim instrumento de riqueza agrícola, manancial do trabalho dos campos, dependência de inumeráveis interesses, imenso capital que representa a fortuna de milhares de proprietários, e portanto a escravidão para ser abolida fará em seus últimos arrancos de monstro cruelíssima despedida.

A emancipação imediata e absoluta dos escravos, que aliás pode vir a ser um fato indeclinável e súbito na hipótese de adiamento teimoso do problema, e provocador do ressentimento do mundo, seria louco arrojo que poria em convulsão o país, em desordem descomunal e em soçobro a riqueza particular e pública, em miséria o povo, em bancarrota o Estado.

A emancipação gradual iniciada pelos ventres livres das escravas, e completada por meios indiretos no correr de prazo não muito longo, e diretos no fim desse prazo com indenização garantida aos *senhores*, é o conselho da prudência e o recurso providente dos proprietários.

Ainda assim o costume e o interesse do senhor hão de disputar ao Estado a opressão e o domínio do escravo: é explicável a oposição; é natural a repugnância que aparece no campo invadido ao princípio que invade: é a dor que faz gemer na extração do cancro.

Mas o governo e a imprensa devem esforçar-se por iluminar os proprietários de escravos e convencê-los de que está em seus próprios interesses auxiliar o Estado na obra imensa e escabrosa da emancipação, para que ela, que é infalível, se efetue com a menor soma possível de sacrifícios.

A imprensa que o não fizer mentirá à sua missão augusta; o governo que o não fizer atraiçoará a causa pública.

IV

Pobre escritor de acanhada inteligência, rude e simples romancista sem arte, que somente escreve para o povo, não nos animaremos a combinar planos de emancipação, nem presumidos de ciência procuraremos esclarecer o público sobre as altas conveniências econômicas, e as santas e irrecusáveis lições filosóficas que condenam a escravidão.

Como, porém, é dever de cada um concorrer a seu modo, e nas suas condições, para o desenlace menos violento desse nó terrível, e servir à causa mais melindrosa e arriscada, porém indeclinável, que atualmente se oferece ao labor e à dedicação do civilismo, pagaremos o nosso tributo nas proporções da nossa pobreza, escrevendo ligeiros romances.

Trabalhar no sentido de tornar bem manifesta e clara a torpeza da escravidão, sua influência malvada, suas deformidades morais e congênitas, seus instintos ruins, seu horror, seus perigos, sua ação infernal, é também contribuir para condená-la e para fazer mais suave e simpática a ideia da emancipação que a aniquila.

Seguindo dois caminhos opostos, chega-se ao ponto que temos fitado, à reprovação profunda que deve inspirar a escravidão.

Um desses caminhos se estende por entre as misérias tristíssimas, e os incalculáveis sofrimentos do escravo, por essa vida de amarguras sem termo, de árido deserto sem um oásis, de inferno perpétuo no mundo negro da escravidão. É o quadro do mal que o senhor, ainda sem querer, faz ao escravo.

O outro mostra a seus lados os vícios ignóbeis, a perversão, os ódios, os ferozes instintos do escravo, inimigo natural e rancoroso do seu senhor, os miasmas, deixem-nos dizer assim, a sífilis moral da escravidão infeccionando a casa, a fazenda, a família dos senhores, e a sua raiva concentrada, mas sempre em conspiração latente atentando contra a fortuna, a vida e a honra dos seus incônscios opressores. É o quadro do mal que o escravo faz de assentado propósito ou às vezes involuntária e irrefletidamente ao senhor.

Preferimos este segundo caminho: é o que mais convém ao nosso empenho.

Esquecemos o Bug-Jargal, o Toussaint Louverture e o Pai-Simão; o escravo que vamos expor a vossos olhos é o escravo de nossas casas e de nossas fazendas, o homem que nasceu homem, e que a escravidão tornou peste ou fera.

Contar-vos-emos, pois, em pequenos e resumidos romances as histórias que vós sabeis, porque tendes sido delas testemunhas.

Se pensardes bem nestas histórias, devereis banir a escravidão, para que elas não se reproduzam.

Porque estas histórias veracíssimas foram de ontem, são de hoje, e serão de amanhã, e infinitamente se reproduzirão, enquanto tiverdes escravos.

Lede e vereis.

❖

I
Simeão, o crioulo

I

No interior e principalmente longe da vila, ou da freguesia e dos povoados há quase sempre uma *venda* perto da fazenda: é a parasita que se apega à árvore; pior que isso, é a inimiga hipócrita que rende vassalagem à sua vítima.

A *venda* de que falo é uma taberna especialíssima que não poderia existir, manter-se, medrar em outras condições locais, e em outras condições do trabalho rural, e nem se confunde com a taberna regular que em toda parte se encontra, quanto mais com as casas de grande ou pequeno comércio, onde os lavradores ricos e pobres se proveem do que precisa a casa, quando não lhes é possível esperar pelas remessas dos seus consignatários ou fregueses.

Essa parasita das fazendas e estabelecimentos agrícolas das vizinhanças facilmente se pode conhecer por suas feições e modos característicos, se nos é lícito dizer assim: uma se parece com todas e não há hipótese em que alguma delas, por mais dissimulada que seja, chegue a perder o caráter da família.

É uma pequena casa de taipa e coberta de telha, tendo às vezes na frente varanda aberta pelos três lados, também coberta de telha e com o teto sustido por esteios fortes, mas rudes e ainda mesmo tortos; as paredes nem sempre são caiadas, o chão não tem assoalho nem ladrilho; quando há varanda, abrem-se para ela uma porta e uma janela; dentro está a *venda*: entre a porta e a janela encostado à parede um banco de pau, defronte um balcão tosco e no bojo ou no espaço que se vê além, grotesca armação de tábuas contendo garrafas, botijas, latas de tabaco em pó, a um canto algumas voltas de fumo em rolo e uma ruim manta de carne-seca. Eis a *venda*.

Há muitas que nem chegam à opulência da que aí fica descrita; em todas porém aparece humilde no fundo do quase vazio bojo a porta baixa que comunica pelo corredor imundo com dois ou mais quartos escuros, onde se recolhem as pingues colheitas agrícolas do vendelhão que aliás não tem lavoura.

A *venda* é pouco frequentada à luz do sol nos dias de serviço; nunca porém, ou raramente se acha solitária: ainda nesses mesmos dias de santo dever do trabalho, homens ociosos, vadios e turbulentos jogam ao balcão com um baralho de cartas machucadas, enegrecidas e como oleosas desde a manhã até o fim da tarde, e é milagre faltar algum incansável tocador de viola; mas apenas chega a noite, começa a concorrência e ferve o negócio.

Explorador das trevas protetoras dos vícios e do crime, o vendelhão baixo, ignóbil, sem consciência, paga com abuso duplo e escandaloso a garrafas de aguardente, a rolos de fumo, e a chorados vinténs o café, o açúcar e os cereais que os escravos furtam aos senhores; e cúmplice no furto efetuado pelos escravos, é ladrão por sua vez, roubando a estes nas medidas e no preço dos gêneros.

A *venda* não dorme: às horas mortas da noite vêm os quilombolas, os escravos fugidos e acoitados nas florestas, trazer o tributo de suas depredações nas *roças* vizinhas ou distantes ao vendelhão que apura nelas segunda colheita do que não semeou e que tem sempre de reserva para os quilombolas recursos de alimentação de que eles não podem prescindir, e também não raras vezes a pólvora e o chumbo para a resistência nos casos de ataque aos quilombos.

E o vendelhão é em regra a vigilância protetora do quilombola e o seu espião dissimulado que tem interesse em contrariar a polícia, ou as diligências dos senhores no encalço dos escravos fugidos.

Desprezível e nociva durante o dia, a *venda* é esquálida, medonha, criminosa e atroz durante a noite: os escravos, que aí então se reúnem, embebedam-se, espancam-se, tornando-se muitos incapazes de trabalhar na manhã seguinte; misturam as rixas e as pancadas com a conversação mais indecente sob o caráter e a vida de seus senhores, cuja reputação é ultrajada ao som de gargalhadas selvagens: inspirados pelo ódio, pelo horror, pelos sofrimentos inseparáveis da escravidão, se expandem em calúnias terríveis que às vezes chegam até a honra das esposas e das filhas dos senhores; atiçam a raiva que todos eles têm dos feitores, contando histórias lúgubres de castigos exagerados e de cruelíssimas vinganças, a cuja ideia se habituam; em sua credulidade estúpida e ilimitada esses desgraçados escutam boquiabertos a relação dos prodígios do feitiço, e se emprazam para as reuniões noturnas dos feiticeiros; e uns finalmente aprendem com outros mais sabidos a conhecer plantas maléficas, raízes venenosas que produzem a loucura ou dão a morte, e tudo isto e muito mais ainda de envolta com a embriaguez, com a desordem, com o quadro da abjeção e do desavergonhamento já natural nas palavras, nas ações, nos gozos do escravo.

Aos domingos e nos dias santificados, a *venda* tem centuplicadas as suas glórias nefandas, aproveita a luz e as trevas, o dia e a noite, e por isso mesmo cada lavrador conta de menos na *roça* e demais na enfermaria alguns escravos na manhã do dia que se segue.

De ordinário, pelo menos muitas vezes, é nessas reuniões, é nesse foco de peste moral que se premeditam e planejam os crimes que ensanguentam e alvoroçam as fazendas. Na hipótese de uma insurreição de escravos, a *venda* nunca seria alheia ao tremendo acontecimento.

Todavia tolera-se a *venda*: o governo não pode ignorar, a polícia local sabe, os fazendeiros e lavradores conhecem e sentem que essa espelunca ignóbil é fonte de vícios e de crimes, manancial turvo e hediondo de profunda corrupção, constante ameaça à propriedade, patíbulo da reputação, e em certos casos forja de arma assassina; porque é e será sempre o ponto de ajuntamento de escravos onde se conspire ou se inicie a conspiração; e ainda assim a *venda* subsiste e não há força capaz de aniquilá-la.

Por quê?...

É que se proibissem a *venda*, de que trato, se lhe fechassem a porta, se lhe destruíssem o teto, ela renasceria com outro nome, e, como quer que fosse, e, onde quer que fosse, havia de manter-se, embora dissimulada e abusivamente.

A lógica é implacável.

Não é possível que haja escravos sem todas as consequências escandalosas da escravidão: querer a úlcera sem o pus, o cancro sem a podridão é loucura ou capricho infantil.

Perigosa e repugnante por certo, e ainda assim não das mais formidáveis consequências da escravidão, a *venda* de que estou falando é inevitável; porque nasce da vida, das condições, e das exigências irresistíveis da situação dos escravos.

A *venda* é o espelho que retrata ao vivo o rosto e o espírito da escravidão.

Se não fosse, se não se chamasse *venda*, teria outro e mil nomes no patuá do escravo; seria uma casa no deserto, um sítio nas brenhas; estaria na gruta da floresta, em um antro tomado às feras, mas onde iria sempre o escravo, o quilombola, vender o furto, embriagar-se, ultrajar a honra do senhor e de sua família, a quem detesta, engolfar-se em vícios, ouvir conselhos envenenados, inflamar-se em ódio, e habituar-se à ideia do crime filho da vingança; porque o escravo, por melhor que seja tratado, é, em regra geral, pelo fato de ser escravo, sempre e natural e logicamente o primeiro e mais rancoroso inimigo de seu senhor.

O escravo precisa dar expansão à sua raiva, que ferve incessante, e esquecer por momentos ou horas as misérias e os tormentos insondáveis da escravidão; é na *venda* que ele se expande e esquece; aí o ódio fala licencioso e a aguardente afoga em vapores e no atordoamento a memória.

Entretanto, a *venda* é horrível; é o recinto da assembleia selvagem dos escravos, onde se eleva a tribuna malvada da lascívia feroz, da difamação nojenta e do crime sem suscetibilidade de remorso; ali a matrona veneranda, a esposa honesta, a donzela-anjo são julgadas e medidas pela bitola da moralidade dos escravos; o aleive é aplaudido e sancionado como verdade provada, e o aleive se lança com as formas esquálidas da selvatiqueza que fala com a eloquência do rancor sublimizado pelo álcool; ali se acendem fúrias contra os feitores e os senhores: ali se rouba a fazenda e se fazem votos ferozes pela morte daqueles que se detestam, porque, é impossível negá-lo, são opressores.

E não há para suprimir a *venda*, essa *venda* fatal, que rouba, desmoraliza, corrompe, calunia e às vezes mata, senão um só, um único meio: é suprimir a escravidão.

Não há; porque a *venda* está intimamente presa, imprescindivelmente adunada à vida do escravo; sem ela, os suicídios dos escravos espantariam pelas suas proporções.

Onde houver fazendas, haverá por força a *venda* perversa, ameaçadora, infamíssima, como a tenho descrito e a conhecem todos, sem exceção, todos os lavradores.

Não há rei sem trono, não há família sem lar, nem aves sem ninho, nem fera sem antro; o trono, o lar, o ninho, o antro do escravo é, antes da senzala, a *venda*.

A *venda*, que vos parece apenas repugnante, corruptora, ladra e infame, é, ainda mais, formidável e atroz; mas em todos esses atributos digna, legítima filha da escravidão, que a gerou, criou, sustenta, impõe, e que há de mantê-la arraigada à sua existência.

É um mal absolutamente dependente, porém inseparável de outro mal; não é causa, é efeito; não é árvore, é fruto de árvore.

Se quiserdes suprimir a *venda-inferno*, haveis de suprimir primeiro a escravidão-demônio.

II

Era em uma dessas *vendas* sinistras como a que acabamos de descrever.

O sítio era solitário; a estrada rompia pelo meio vasta floresta que cortava sinuosa, e, descendo declive suave, ia atravessar tênue corrente d'água alimentada por brejal vizinho e de novo se perdia, como embebendo-se no seio do bosque.

A *venda* mostrava-se triste à beira da estrada, que em sua frente se alargava cerca de seis ou oito braças; tinha ao lado direito o brejal a estender-se para trás, e ao esquerdo e pegada à casa uma rude tranqueira de pau, dando entrada para um terreiro imundo, que se adiantava pouco além da cozinha. Não havia criação no terreiro; apenas a ele se recolhiam à noite um porco, que chafurdava na lama, e um casal de patos, que grasnavam no brejo.

A *venda* se isolava na solidão, mas não longe de fazendas e sítios, que se anunciavam de madrugada pelo cantar dos galos, à tarde pelo mugir dos bois, à noite pelo latir dos cães.

Os cavaleiros e viandantes que passavam às vezes durante o dia não se lembravam nunca de chegar-se ou parar àquela *venda* desprezível, onde em compensação faziam sempre estação demorada os escravos carreiros ou tropeiros que iam ou voltavam, conduzindo gêneros.

Entretanto, aquele teto miserável, albergue de vícios e torpezas, jamais se achava em abandono de fregueses.

Há poucos anos, em um dia calmoso do mês de fevereiro, viam-se às três horas da tarde nessa *venda* certas figuras, formando um quadro quase constantemente ali observado com insignificantes modificações até a hora do negro concurso noturno.

Para dentro do balcão estava um menino de doze anos, de pés no chão, vestido de calças e camisa que desde um mês não mudava, e cuja cor e qualidade do pano escapariam ao mais teimoso exame; era o caixeiro mandrião, e já perdido pela desmoralização, pela incontinência da palavra e pela convivência com os vadios e os escravos. À porta da *venda* via-se em pé a olhar a estrada um homem de meia-idade, cabeludo, amarelo, em mangas de camisa com o colarinho desabotoado, o peito à mostra, e calçando grandes tamancos: era o vendelhão.

Em uma extremidade do balcão sentava-se um homem avelhantado, tendo as pernas pendidas, os pés descalços, os vestidos remendados, um velho chapéu de palha na cabeça, e ao peito uma viola, em que tocava de contínuo as músicas rudes dos fados. Na outra extremidade do balcão quatro sujeitos moços quase todos, um ainda imberbe, todos quatro mais ou menos miseravelmente vestidos, jogavam o *pacau*, rixando a todo momento, e não se poupando acusações de furtos e de fraude no jogo.

Um último freguês enfim, figura sinistra, tendo olhos de tigre, boca, por assim dizer, sem lábios, e com imensa barba malcuidada, parecia dormir estendido em um banco de pau defronte do balcão.

De espaço em espaço a aguardente inspirava o tocador de viola e animava os jogadores.

Às quatro horas da tarde um cavalo, correndo à desfilada, veio estacar à porta da *venda*, pondo-se o cavaleiro de um salto no chão.

O cavaleiro era um crioulo escravo ainda muito jovem.

— Oh!... O grande Simeão!... — exclamou o vendelhão, abraçando o escravo.

— Uma pinga que estou com muita pressa — disse este, e correu para dentro da *venda*.

Simeão recebeu logo um copo cheio de aguardente, que bebeu de uma vez, atirando o resto à cara do menino, que o servira.

III

Simeão devia ter vinte anos: era um crioulo de raça pura africana, mas cujos caracteres físicos, aliás favoravelmente modificados pelo clima e pela influência natural do país onde nascera, não tinham sido ainda afeiados pelos serviços rigorosos da escravidão, embora ele fosse escravo.

Havia em seus modos a expansão que só parece própria do homem livre: ele não tinha nem as mãos calejadas, nem os pés esparramados do negro trabalhador de enxada: era um escravo de cabelos penteados, vestido com asseio e certa faceirice, calçado, falando com os vícios de linguagem triviais no campo, mas sem a bruteza comum na gente da sua condição; até certo ponto, pois, aceito, apadrinhado, protegido e acariciado pela família livre, pelo amor dos senhores.

A história de Simeão tem mil histórias irmãs até aos vinte anos, que ele conta; há de, portanto, trazer à memória mil histórias, como a sua, cheia de desgostos e de ressentimentos de ingratidão, que aliás, sem o pensar, os benfeitores cimentam. A história que vai seguir-se depois dos vinte anos talvez lembre alguma infelizmente mais ou menos semelhante, e cujo horror é somente um dos frutos e dos horrores da escravidão.

Sementeira de venenosos espinhos, a escravidão não pode produzir flores inocentes.

A história de Simeão ainda não criminoso é simples: muitos dos leitores deste romance a encontrarão realizada, viva, eloquentemente exposta no seio de seu lar doméstico.

Domingos Caetano teve de sua mulher muito e bem merecidamente amada uma filha que satisfizera os doces votos de ambos. Angélica, a nobre esposa e virtuosa mulher, não pôde ter a dita de amamentar o seu anjo, e confiou-o aos peitos de uma escrava que acabava de ser mãe como ela: a escrava que amamentara dois filhos, o próprio e o da senhora, morreu dois anos depois, e Angélica pagou-lhe a amamentação da sua querida Florinda, criando com amor maternal o crioulinho Simeão, colaço de sua filha.

A compaixão e o reconhecimento em breve se transformaram em verdadeira afeição: o crioulo era esperto e engraçado, começou fazendo rir, acabou fazendo-se amar. Simeão divertia, dava encanto às travessuras de Florinda: Domingos Caetano e Angélica o amaram em dobro por isso.

Até os oito anos de idade Simeão teve prato à mesa e leito no quarto de seus senhores, e não teve consciência de sua condição de escravo. Depois dos oito anos apenas foi privado da mesa e do quarto em comum; continuou, porém, a receber tratamento de filho adotivo, mas criado com amor desmazelado e imprudente, e cresceu enfim sem hábito de trabalho, abusando muitas vezes da fraqueza dos senhores, sem atingir a dignidade de homem livre, e sem reconhecer nem sentir a absoluta submissão do escravo.

Era o tipo mais perfeito do crioulo, cria estimada da família.

IV

Mais de uma vez parentes e amigos de Domingos Caetano e Angélica disseram a um ou outro, mostrando Simeão:

— Estão criando um inimigo: a regra não falha.

E Domingos respondia:

— Coitado! Ele é tão bom!

E Angélica dizia sorrindo-se:

— É impossível que nos seja ingrato.

— Ainda não houve um que o não fosse! — tornavam-lhes debalde; porque os senhores de Simeão nem por essas já triviais advertências menos condescendentes e afetuosos se mostravam com o seu crioulo estimado.

Breve reflexão de passagem.

As apreensões da ingratidão e da inimizade desses escravos, crias prediletas aquecidas no seio da família, têm por certo o fundamento da mais triste experiência; mas a sanção da regra sem o estudo e reconhecimento da causa do mal tenderia a fazer apagar as santas inspirações da caridade, e a empedernir os corações de todos os senhores de escravos.

Fora absurdo pretender que a ingratidão às vezes até profundamente perversa dos crioulos amorosamente criados por seus senhores é neles inata ou condição natural da sua raça: a fonte do mal, que é mais negra do que a cor desses infelizes, é a escravidão, a consciência desse estado violenta e barbaramente imposto, estado lúgubre, revoltante, condição ignóbil, mãe do ódio, pústula encerradora de raiva, pantanal dos vícios mais torpes que degeneram, infeccionam, e tornam perverso o coração da vítima, o coração do escravo.

No amor dos senhores o crioulo estimado viu, sentiu, gozou os reflexos das flamas vivificantes, generosas, sagradas da liberdade: mas vem um dia em que ele se reconhece escravo, coisa e não homem, apesar da afeição, das condescendências, dos caridosos benefícios do senhor-amigo, da senhora-segunda mãe; vem a primeira hora sinistra em que ele, que até então vivera em sonhos e ilusões, desperta com a certeza horrível de que é um condenado daquém-berço; condenado sem crime; tendo alma e considerado simples matéria ambulante; coisa, animal, que se vende, como a casa, como o boi e como a besta; finalmente miserável e perpétuo desterrado em deserto sem horizonte, tendo vida e não vivendo para si, desejando sem esperanças, não possuindo de seu nem o pleno direito dos três amores mais santos: o de filho, o de esposo, e o de pai; máquina para cavar com a enxada, homem desnaturado, miséria respirante e movente que os próprios cães distinguem pela marca do desprezo social.

O crioulo escravo e estimado, por isso mesmo que tem mais aguçada a inteligência, e por isso mesmo que deram-lhe as mostras dos gozos e da superioridade, mas não lhe deram a condição e a educação próprias do homem livre, pesa melhor que os escravos brutais o preço e o encanto da verdadeira liberdade; no meio dos benefícios compreende que lhe falta um que vale mais do que todos os outros somados e multiplicados; feliz pelos favores que recebe, pelos dons da afeição de que é objeto, esbarra sempre diante da realidade da escravidão, que o abate, avilta e moralmente o aniquila: deseja e não tem, quer e não pode, sonha e não realiza o bem supremo da terra, escravo se reconhece e bebe o ódio, os maus costumes, o veneno, a perversidade da escravidão.

O crioulo escravo e estimado, em quem o amor e as condescendências do senhor animam e atiçam expansões naturais do amplo gozo da liberdade, mistura nos dias da reflexão mais sombria e triste a lembrança dos sabores do reflexo da liberdade com a ameaça e os negros horrores da escravidão; habituado à impunidade garantida pela afeição, ousa muito e abusa ainda mais; como predileto da família, e escravo, portanto infeccionado de todos os vícios e ferozes impulsos da madre-fera escravidão, insolente e malcriado, nem perfeitamente livre, nem absolutamente escravo, bom juiz odiento, pois que conhece as duas condições, e da melhor é bastardo, e da pior legítimo filho, o crioulo escravo e estimado de seu senhor, torna-se em breve tempo ingrato e muitas vezes leva a ingratidão a perversidade, *porque é escravo*.

Mas a sua ingratidão e a sua perversidade não se explicam pela natureza da raça, o que seria absurdo; explicam-se pela condição de escravo, que corrompe e perverte o homem.

O crioulo amorosamente criado pela família dos senhores seria talvez o seu melhor amigo, se não fosse escravo.

V

Ninguém poderia ter marcado, nem o próprio Simeão seria capaz de determinar o dia em que lhe toldara as alegrias do coração inocente a primeira gota de fel destilado pela consciência da sua escravidão. Havia para ele na casa de seus amorosos senhores um céu e um inferno: na sala o néctar da predileção e da amizade, na cozinha o veneno da inveja e o golfão dos vícios: na cozinha a negra má e impiedosa castigou-lhe as travessuras e exigências incômodas e apadrinhadas pelos senhores, repetindo-lhe mil vezes:

— Tu és escravo como eu.

E o negro enfezado e ruim perseguia o crioulinho estimado com a ameaça lúgubre de um futuro tormentoso:

— Brinca para aí, pobre coitado! Hás de ver como é bom o chicote, quando cresceres...

E pouco a pouco Simeão abalado, incessantemente influenciado pela inveja e pelas maldades da cozinha, deixou-se tomar de um constrangimento leve, mas invencível, que foi o primeiro sinal da triste suspeita do abismo que o separava dos senhores.

A cozinha foi sempre adiantando a sua obra: quando conseguiram convencer, compenetrar o crioulinho da baixeza, da miséria da sua condição, as escravas passaram a preparar nele o inimigo dos seus amantes protetores: ensinaram-no a espiar a senhora, a mentir-lhe, a atraiçoá-la, ouvindo-lhe as conversas com o senhor para contá-las na cozinha; desmoralizaram-no com as torpezas da linguagem mais indecente, com os quadros vivos de gozos esquálidos, com o exemplo frequente do furto e da embriaguez, e com a lição insistente do ódio concentrado aos senhores.

E a sala ajudou sem o pensar, sem o querer, a obra da cozinha.

Domingos Caetano e Angélica não destinavam Simeão para trabalhador de enxada, e não o fizeram aprender ofício algum, nem lhe deram tarefa, e ocupação na fazenda: abandonando-o à quase completa ociosidade, tolerando seus abusos com fraqueza e cega condescendência, e, o que é pior, simulando às vezes exagerada severidade esquecida logo depois, ameaçando sem realizar jamais a ameaça do castigo, dando enfim ao crioulo facilidades para o passeio, não raramente dinheiro para suas despesas fúteis, amando-o como filho adotivo, e conservando-o escravo, sem o querer, sem o pensar, auxiliaram as depravações da cozinha que perverteram o vadio da fazenda.

E, maior imprudência ainda, ora Domingos, ora Angélica, cada qual por sua vez sorrindo ao pequeno Simeão, e falando aos amigos que, por favor e agrado a eles, o tratavam com prazenteiros modos, dizia sem cautela:

— Este não será de outro senhor.

E a promessa contida nas palavras referentes ao escravo ainda pequeno foi por muitas bocas traduzida com acerto ao escravo mais tarde jovem, por turvo juízo que encerrava esperança dependente de morte.

Diziam a Simeão:

— Feliz rapaz! Em seu testamento teu senhor te deixa forro.

E, por aborrecimento da escravidão, pelo anelo da liberdade completa, pelo encanto de chegar a ser dono de si próprio, Simeão escravo era já ingrato; porque não pensava mais que a morte de seu benfeitor fosse um sucesso lamentável.

A *venda* rematou a obra começada pela cozinha e auxiliada pela sala.

Não podendo ter parte nos banquetes, nas reuniões festivas, nos divertimentos da sociedade livre, vendo-os de longe, invejando-os, querendo arremedá-los, Simeão que pairava em uma condição média, mas artificial, inconsequente e falsa entre as flores da liberdade que não podia colher de todo e os espinhos da escravidão que embora não dilacerassem, espicaçavam-lhe o coração, desceu da situação híbrida para o fundo do abismo: do fado da senzala da fazenda, passou depressa aos ajuntamentos da *venda*, e convivendo ali com os escravos mais brutais e corruptos, e com os vadios, turbulentos e viciosos das vizinhanças entregou-se a todos os deboches, e se fez sócio ativo do jogo aladroado, da embriaguez ignóbil e da luxúria mais torpe.

Simeão foi desde então perfeito escravo.

VI

A necessidade da alimentação dos vícios torna o vadio ladrão.

Domingos Caetano e Angélica fatigaram-se de duvidar, e cederam à evidência, reconhecendo que Simeão lhes furtava dinheiro e objetos de valor; mas em vez de castigá-lo com severidade, fracos ainda, quiseram ver no crime apenas uma extravagância da mocidade, e limitaram-se a repreender com aspereza, e a impedir durante algumas semanas as saídas de Simeão.

A insuficiência do castigo serviu somente para irritar o crioulo que, ressentido da privação de seus prazeres, maldisse dos senhores na cozinha, recrudescendo-lhe a raiva com as zombarias e as provocações dos parceiros.

A escravidão já tinha com o seu cortejo lógico e quase sempre infalível de todos os sentimentos ruins, de todas as paixões ignóbeis, estragado o crioulo que talvez houvesse nascido com felizes disposições naturais: o ódio aos senhores já estava incubado na alma do escravo; só faltava para desenvolvê-lo o calor mais forte da ação do domínio absoluto que desumaniza o homem a ele sujeito.

Simeão acabava de contar dezenove anos e nunca houvera sofrido castigo algum corporal. Vira por vezes o quadro repulsivo dessas punições que são indeclináveis nas fazendas, mas nem por isso menos contristadoras, e de cada vez que os vira, experimentara abalo profundo e seguido de melancolia que durava horas: não falava, não manifestava por palavras ou queixas o que sentia; mas dentro de si estava dizendo: "e também eu posso ser castigado assim!"

Entretanto Domingos e Angélica eram senhores bons e huma-nos.

Um dia quase ao pôr do sol Florinda, que aliás protegia muito Simeão, surpreendeu-o, saindo do quarto de seus pais, e no ato de esconder um objeto no bolso.

O crioulo aproveitara a ocasião, em que Angélica e Florinda tinham ido passear à horta, para invadir o quarto do senhor, donde furtara uma corrente de ouro que dois dias antes Domingos comprara a um vendedor de joias.

— Ainda um furto, Simeão!... — exclamou Florinda que de súbito acabava de chegar.

— E quem lhe disse que eu furtei?... — perguntou audaciosamente o crioulo.

A moça avançou um passo para o escravo e disse-lhe:

— Entrega-me o que furtaste: eu não direi nada e te perdoarei... tu és doido e queres ser desgraçado...

Em vez de obedecer sem insolência e de curvar-se agradecido diante do anjo do perdão, o crioulo recuou, dizendo em alta voz:

— É mentira! Eu não furtei.

À palavra mentira, Florinda estremeceu ferida pelo insulto.

— Atrevido! — bradou.

Uma escrava correu ao grito da senhora-moça.

— Tira do bolso desse miserável o que ele acaba de furtar!

A escrava ia cumprir a ordem; mas Simeão repeliu-a, e tirando a corrente do bolso, lançou-a de longe à parceira com movimento tão desastrado ou com tal propósito de ofensa, que a corrente foi cair aos pés de Florinda.

Nesse momento entravam Angélica e Domingos que chegara da *roça*, e tinha ainda na mão o açoite do cavalo.

— Que foi isto? — perguntou ele.

Florinda era uma santa: compadeceu-se do crioulo e calou-se; a escrava, porém, obedeceu e falou.

Ouvindo a relação do caso e do insulto feito à filha, Domingos Caetano, tomado de justa cólera, levantou o açoite e descarregou-o com vivacidade sobre as costas de Simeão.

Seis vezes e repetidamente os golpes se tinham repetido, quando Florinda em pranto arrancou o açoite da mão de seu pai.

Simeão recebera as chicotadas imóvel, sem soltar um gemido, sem derramar uma lágrima, e sem pronunciar uma só palavra de arrependimento ou desculpa, e quando privado do açoite Domingos Caetano o ameaçava ainda, ele com os olhos turvos e como em olhar febril mediu de alto a baixo o senhor que tão justamente o castigara, e a senhora-moça que tão piedosa correra a poupá-lo a maior e bem merecida punição.

Foi nesse dia que se desenvolveu o ódio do escravo.

O ingrato se tornou odiento e inimigo figadal de seus benfeitores.

Até os dezenove anos corpo virgem de castigos, Simeão vira enfim realizada a sua terrível e sombria apreensão: também ele tinha provado o açoite da escravidão.

O pervertido crioulo não pesou nem por instantes as proporções do desrespeito audacioso, da injúria com que ofendera a senhora-moça, não se lembrou da reincidência do seu crime de furto, esqueceu, desprezou o generoso movimento com que Florinda o acudira, nem mesmo pareceu ter ideia da dor das chicotadas; mas a seus olhos só e incessante se mostrava a imagem do açoite, quando atirado no ar, a cair-lhe sobre as espáduas, e a imprimir-lhe nas espáduas a marca da última abjeção.

Em falta de pundonor e de vergonha, que a escravidão não comporta, o escravo tem o rancor e o desejo da vingança.

Nas pontas do açoite está o emblema do rancor do escravo: às vezes há nas pontas do açoite marcas de sangue.

Tudo isto é repugnante, é repulsivo, é horrível; mas tudo isto se acha intimamente ligado com a escravidão, e absolutamente inseparável dela.

Onde há escravos é força que haja açoite.

Onde há açoite é força que haja ódio.

Onde há ódio é fácil haver vingança e crimes.

Simeão odiava pois seus senhores, a quem devia os cuidados zelosos de sua infância, amizade e proteção, e cegas condescendências que tanto lhe haviam suavizado a vida de escravo sem sofrimentos de escravo.

Simeão odiava o senhor, que o castigara com o açoite, odiava a senhora que nem sequer o castigara, e, inexplicável nuança ou perversão insensata do ódio, odiava mais que a todos Florinda, a senhora-moça, a santa menina que ofendida, insultada por ele, tão pronta lhe perdoara a ofensa, tão prestes se precipitara a livrá-lo do açoite.

O negro escravo é assim.
Se o não quereis assim, acabai com a escravidão.

VII

Eis aí quem era, e o que era o crioulo que, trazendo o cavalo em que montava a correr à desfilada, acabava de chegar à *venda*.

Tinha ele virado o seu copo de aguardente, cujas gotas restantes atirara ao rosto do menino caixeiro.

Sem fazer caso da palavrosa represália do menino que se pagava da dor dos olhos tocados pela aguardente, dizendo-lhe injúrias, dirigiu-se ao grupo de jogadores do pacau e disse-lhes:

— Se vocês têm dinheiro, entro no jogo; mas há de ser jogo de arrebentar logo; porque estou apressado...

— Quanto trazes?

— Cinco mil-réis... são cinco paradas; quem topa?

Os jogadores hesitaram; dois deles, porém, fizeram sociedade contra Simeão, e travaram a batalha dos cinco mil-réis.

Os outros dois, já depenados de seus magros vinténs, ficaram a olhar. O vendelhão e o homem barbudo que dormia, e então despertou, vieram apreciar o jogo de grossas paradas.

As cartas contrariaram a pressa de Simeão, equilibrando durante uma hora bem longa a fortuna dos contendores: por fim o crioulo, que não se deixava enganar pelos jogadores mais fraudulentos e melhores empalmadores, ganhou os cinco mil-réis aos dois associados, e não vendo dinheiro no balcão, voltou-lhes as costas.

— Que diabo de crioulo! — disse um dos jogadores infelizes. — Ou ele conhece as cartas, ou fez-se parceiro de S. Benedito nas horas do jogo. É o santo negro que ajuda os diabos negros!

Simeão pôs-se a rir e respondeu:

— Vocês não podem comigo hoje; estou em boa lua de felicidade: o velho lá ficou estirando as pernas...

— Como? — perguntou o vendelhão.

— Deu-lhe um ataque não sei de quê, dizem que é de cabeça, e deixei-o sem sentidos: é verdade! Eu não lhes disse que estava apressado? Mandaram-me chamar o Dr. Pereira.

A gente que ouvia Simeão desatou a rir, ouvindo-o falar da pressa com que estava.

O velho da viola continuava a tocar imperturbavelmente.

— Então vai-se o Sr. Domingos Caetano? — disse o vendelhão. — Coitado! Não fazia mal a ninguém: e tu ficas forro, Simeão; era o que mais desejavas... olha, não te arrependas.

— Arrepender-me? Por quê? Tenho eu culpa do ataque de cabeça do velho? Se ele se vai, é que chegou a sua hora: boa viagem!

— Onde irás tu, forro, que aches a vida que tens tido escravo?

— Mas por que me conservou ele escravo?... O demônio que o leve, contanto que me deixe a liberdade... bem pudera também deixar-me algum dinheiro... tem tanto e de sobra...

— Mesmo em casa?

— Oh lá! E eu o posso dizer que perfeitamente conheço os segredos...

O vendelhão interrompeu o crioulo.

— Vocês querem ver que o Simeão fica rico?

— E como?

— O diabo do crioulo é capaz de atacar a burra do velho apenas este passar à vida eterna...

Romperam algumas gargalhadas.

Simeão não riu; mas brilharam-lhe de súbito os olhos com flama sinistra.

Luzira-lhe na alma uma ideia satânica.

— Tenho pressa! — exclamou ele. — Vou chamar o doutor: mais uma pinga, e corro...

E Simeão, o crioulo estimado, que em hora de desespero da família a quem tudo devia, fora mandado a chamar o médico para acudir a Domingos Caetano moribundo, Simeão insensível, ingrato, e cruel parara à *venda*, bebera aguardente, jogara o pacau uma larga hora, conversara ainda depois, ostentando a sua indiferença pelo estado crítico do senhor, pedira mais aguardente, e já meio embriagado, e ridicularizando a pressa, com que devia levar socorros ao doente em perigo de morte, montou enfim a cavalo, e a correr seguiu o seu caminho, sem dúvida porque não tinha mais parceiros endinheirados, com quem jogar, ou porque alguma nova ideia e inspiração o impeliam.

Gelo de indiferença pela vida ou morte do senhor em hora suprema em que a generosidade acorda no coração mais turvado pelo ressentimento, ingratidão franca e desalinhada aos favores do benfeitor no dia lutuoso da agonia, em que o próprio inimigo nobre se sensibiliza, e esquece diante da sepultura aberta as ofensas que recebeu do que está morrendo, gelo de indiferença selvagem, ingratidão perversa que não se encontram, senão na alma do escravo!...

Por quê?...

Perguntai-o às objeções, à aniquilação de todos os sentimentos instintivamente piedosos e fraternais, que a escravidão desumanizadora do homem esquece, afoga, mata em suas ignobilíssimas misérias.

VIII

Apesar da demora cruel de Simeão, o médico ainda chegou a tempo.

Domingos Caetano estava privado da voz e dos sentidos e, em comatoso sono precursor da morte próxima, alvoroçava a esposa e a filha com a ideia tremenda do seu último transe. Quatro dias permaneceu ele nesse estado desesperador até que enfim seus lábios se moveram, sua boca obedeceu ao coração que despertava para a vida, e dois nomes se lhe ouviram a custo pronunciados: "Angélica... Florinda..."

Esses nomes mal ouvidos foram os primeiros raios duvidosos da aurora da esperança mais suave, ainda porém trêmula.

É inútil descrever as angústias e a consternação de Angélica e Florinda e a dor de seus parentes e amigos nesses quatro dias, e principalmente nessas quatro noites, em que a cada momento se afigurava o começar da agonia do velho moribundo: foram dias e noites de torturas de todos os instantes, de lágrimas e de orações que na esposa e na filha se misturavam com aqueles acessos de aflitivo desespero que Deus perdoa aos amores santos da terra.

Mas, embalde a violência da dor, o esquecimento de tudo que não era o ameaçado da morte, o pranto que enchia os olhos, o desatino da consternação, Angélica e Florinda viram e não puderam esquecer mais, e todos admiraram a constante dedicação com que Simeão estivera sempre ao lado de seu senhor moribundo.

No meio da aflição geral, o crioulo parecia dominar-se com enérgica vontade para melhor servir, e sério, silencioso e grave, em pé a alguns passos do leito de Domingos Caetano, atravessou as noites sem dormir, tendo apenas por duas vezes cedido à fadiga, reconquistando as forças em breve sono de dia.

Simeão teria sido o enfermeiro de seu senhor, se Angélica e Florinda cedessem a alguém o cumprimento desse dever.

Mais de uma voz tinha dito e repetido:

— Excelente crioulo! Como ama a seu senhor! Há poucos assim.

As aparências dissimulavam os sentimentos do escravo.

Simeão contava com a morte de Domingos Caetano, e tão inteligente como desmoralizado e corrompido, fizera suas reflexões e procedia em consequência.

Desde muito tempo desejava que chegasse o dia do falecimento do senhor, calculando com a verba testamentária que o deixaria liberto: esse dia chegava enfim, ele dentro de si o festejava; mas, tendo acabado de conceber criminoso projeto, convinha-lhe fingir-se compungido e triste, não afastar-se um só momento da casa.

O sarcasmo grosseiro do vendelhão, que provocara as gargalhadas dos vadios reunidos na *venda*, lembrara ao crioulo um atentado que se lhe afigurava de fácil execução.

O escravo já não se contentava com a liberdade, queria também dinheiro.

A morte, que se demorava, impunha-lhe privação de passeios, de deboches, e da prática dos seus vícios; não lhe seria difícil escapar-se da fazenda com pretextos fúteis, ou sem eles; Simeão, porém, não queria que o senhor morresse em sua ausência; conhecendo perfeitamente os escaninhos da casa, sabia onde Domingos Caetano tinha encerradas grandes somas de dinheiro, e planejara aproveitar a desordem e as convulsões da família na hora terrível do passamento para roubar quanto pudesse.

Eis o segredo da aparente dedicação do escravo.

Simeão velava, é certo, diante do leito de seu senhor moribundo: afetava tristeza e gravidade de dor concentrada; mas seus olhos fitos no corpo de Domingos Caetano somente procuravam os sinais do progresso do mal e da aproximação da morte, que lhe prometia liberdade e riqueza roubada.

Nesse longo velar, olhando o senhor, Simeão às vezes lembrava os benefícios, as provas de amizade que recebera do velho que ia morrer; logo, porém, sufocava o natural assomo de generoso sentimento, recordando o açoite que caíra sobre suas espáduas, e prelibando a liberdade que em breve devia gozar. Sem poder vencer-se, por momentos sensibilizava-se ao aspecto do corpo quase cadáver, e ao ruído abafado do soluçar da família; mas, só por momentos homem, era horas, dias e noites simples escravo, e ainda ao aspecto do corpo quase cadáver do senhor, e ao ruído abafado do soluçar da família ocultava sob a exterioridade mentirosa de compunção e tristeza, o gelo, a indiferença ingrata e os instintos perversos da escravidão.

O aborrecimento que ele já votava ao senhor dormia resfriado pela morte, que presumia próxima; a morte, porém, era condição do sono do aborrecimento, e o senhor moribundo somente podia merecer do escravo o olhar fixo de vigia, insensível ao doloroso transe, esperando com aborrecido cansaço a última cena de um caso fastidioso.

Simeão foi ator nesse teatro de reais e despedaçadoras aflições, em que só ele tinha papel estudado. Os transportes de dor, em que se estorciam Angélica e Florinda, não o comoveram. Viu sem se enternecer as lágrimas que Angélica chorara de joelhos, abraçando os pés de seu marido quase agonizante, e em um momento supremo, em que a todos se afigurou derradeiro transe de Domingos Caetano, e quando Florinda nesse desespero que olvida tudo, tudo e até o pudor de donzela, quando Florinda descabelada, delirante se lançava no leito de seu pai, e era dali arrancada por parentes, contra quem se debatia em desatino, ele, o escravo, o animal composto de gelo e ódio, ele teve olhos malvados, sacrílegos, infames que pastassem publicamente nos seios nus, nos seios virginais da donzela que se deixava em desconcerto de vestidos pelo mais sagrado desconcerto da razão.

Simeão, escravo, contando com a liberdade, e calculando com o roubo de sacos de prata e ouro, velava sinistro ao lado de seu senhor agonizante, estudando-lhe na desfiguração, na decomposição do rosto, e no arfar do peito os avanços da morte, que era o seu desejo.

E a esposa e a filha do velho que parecia agonizante, e os parentes e os amigos que tinham acudido ao anúncio do grande infortúnio, diziam, vendo Simeão vigilante e dedicado junto de seu senhor:

— Que agradecido crioulo! Há poucos assim.

Mas no entanto Simeão era mais do que nunca ingrato e perverso.

Não condeneis o crioulo; condenai a escravidão.

O crioulo pode ser bom, há de ser bom amamentado, educado, regenerado pela liberdade.

O escravo é necessariamente mau e inimigo de seu senhor.

A madre-fera escravidão faz perversos, e vos cerca de inimigos.

IX

Domingos Caetano escapara àquele assalto da morte; mas, à semelhança do soldado inválido que traz na mutilação o sinal do golpe inimigo que estivera a ponto de cortar-lhe a vida, ficou marcado com a tortura da boca e com a hemiplegia quase completa.

Se não fora católico e pai de família bem pudera preferir ter morrido.

Não houve para o pobre paralítico nem a duvidosa esperança de convalescença promissora da regeneração da saúde: nos primeiros dias houve o sofrimento incessante do homem que se reconhece metade morto para o movimento e a ação, para a atividade e o trabalho, e que não tem no futuro perspectiva menos desconsoladora, do homem que sendo esposo e pai, sabe que deixou de ser apoio e que precisa apoiar-se, que não carrega mais com a família, e que é a família que passa a carregá-lo.

E passados os primeiros dias, Domingos Caetano, que notava o cuidado com que o médico auscultava-lhe por vezes o coração e ao mesmo tempo examinava-lhe o pulso, e recolhia minuciosas informações de passageiros incômodos que ele sofrera antes do terrível ataque, parecendo de muita importância a momentos de rápida mudança da cor do rosto, acompanhada de suores e resfriamento nas mãos e nos pés, aproveitou desconfiado alguns instantes em que se achou só com o médico e disse-lhe:

— Doutor, devo contas ao céu e à terra e já não posso amar a vida: fale-me franco... compreende que preciso saber tudo...

O médico hesitou.

— A verdade... e depressa, enquanto elas não voltam... é pela minha alma e por elas que eu preciso saber...

Elas eram a mulher e a filha.

O doutor murmurou voltando os olhos:

— Um pai de família prudente... deve sempre estar preparado para... mas eu ainda não desespero...

— Entendo: obrigado... vê que não tremo: o que me diz é quase uma consolação: dói-me o *deixá-las*; mas de que lhes sirvo eu assim?...

O médico abaixou a cabeça.

— É penar e *penalizá-las*; antes morrer.

E depois de breve pausa o velho continuou:

— E nestes casos e na pior das hipóteses... porque enfim o doutor ainda não desespera... na pior das hipóteses a morte aproxima-se devagar ou chega de súbito?...

— De um e outro modo — respondeu o médico animado pela frieza com que lhe falava o mísero doente. — O seu mal é incurável, meu pobre amigo; não me compreenderia bem, se eu quisesse explicá-lo; mas há em uma de suas artérias obstáculo já muito grande e que se tornará absoluto, impedindo a circulação do sangue que é impelido do coração... nestes casos a morte, que às vezes fulmina como o raio, também às vezes se preanuncia àqueles mesmos que não são médicos.

Com a mão não paralítica o velho apertou a do doutor.

— E se a morte não me fulminar hoje ou amanhã, como o raio fulmina, diga-me, meu amigo, quais são os sinais da aproximação do termo de tanto padecimento sem remédio?

O médico tomou o pulso ao doente, e achou-o batendo com perfeita regularidade.

Não havia impostura, nem estulta vaidade na resignação de Domingos Caetano.

Era este um moribundo com quem se podia tranquila e placidamente conversar sobre a morte.

O médico olhou admirado para o velho e não respondeu.

— Mas... conversemos, doutor; conversemos, enquanto *elas* não chegam.

— Já não lhe disse bastante... talvez demais?...

— Eu queria saber tudo... — ia dizendo Domingos Caetano.

Mas ouviu-se o leve ruído de mimosos passos.

Eram *elas*, a esposa e a filha que chegavam.

— Silêncio, doutor... — murmurou o velho.

E sorriu-se, como podia, e ainda mais com os olhos do que com os lábios, a Angélica e a Florinda, que entraram no quarto.

— Como está?... — perguntaram as duas a um tempo, dirigindo a palavra ao esposo e ao pai, e os olhos para o médico.

— Muito melhor — disse o esposo e pai.

O médico não pôde falar, e fez potente esforço para conter as lágrimas.

X

Três dias depois, Domingos Caetano recebeu todos os socorros da igreja, todos e até a extrema-unção, com a alegria de verdadeiro católico que festeja agradecido a sagrada visita do Senhor.

A mulher e a filha do paralítico não ousaram opor-se ao santo empenho do doente amado.

E o *Nosso Pai* foi recebido na casa sem coro de lágrimas, e com religiosos cantos de adoração católica.

Contrito e feliz na alma, Domingos Caetano voltou depois e ainda santamente o coração para a terra.

Paralítico, e embora certo de morte próxima, um esposo e pai, o chefe da família é ainda e sempre enquanto vivo a providência vidente que vela pelos seus: há nele o amor que só a morte apaga, e que durante os restos da mesquinha vida, todo se entrega aos cuidados que ainda são de si, sendo da família, e sendo d'além-túmulo.

Porque os pais não morrem de todo enquanto vivem os filhos, nos quais se revivem pelo amor.

Domingos Caetano ocupava-se incessante do futuro de Angélica e Florinda: ia deixá-las ricas, mas sós na terra, ricas e por isso mesmo mais expostas aos perigos, aos enganos e às perfídias do mundo: sentiu que fecharia os olhos com a consolação do viajante que dorme descansado o termo da viagem, se pudesse deixar Angélica e Florinda à sombra de um protetor natural e seguro: arrependeu-se de não ter mais cedo facilitado casamento de sua filha, cujo esposo seria o mais interessado diretor da casa e da família.

Adivinhando o que não lhe quisera dizer o médico, viu o anúncio da aproximação do passamento na agravação de seu mal: os restos de dúbio movimento, e de fraco sentimento do braço e perna condenados desde o ataque cediam à completa paralisia, morrendo antes da morte de seu dono; os outros sintomas, a que dantes pouca importância ligava, amiudavam-se: no rosto a súbita palidez, nas mãos e nos pés o suor e o frio do gelo lembravam-lhe a miúdo a sentença do médico; sua observação plácida, serena e dissimulada parava aí; mas em um certo mal-estar, e na respiração e em todas as forças da vida, que repetidamente por instantes pareciam suspender-se, ele pressentia a descarregar-se sobre sua cabeça o último golpe.

O bom velho conversou longamente com a esposa: provavelmente nenhum dos dois era estranho à suspeita de alguma suave afeição da filha; ambos se acharam de acordo sobre o merecimento daquele que conseguira a glória de falar, embora muito de longe, com a eloquência dos olhos e sem a ousadia da palavra, ao coração angélico da sua Florinda.

O tempo urgia: o pai não podia esperar a espontânea confissão da filha.

A apreensão da morte que avançava impunha o dever de chamar o modesto e tímido ambicioso de amor à posse do tesouro ambicionado.

Havia pressa justíssima: pressa de esposo amante para a filha que ia ser órfã, de zeloso protetor para a esposa que ia ser viúva.

Na tarde do segundo dia depois daquele que fora sagrado pela visita do Senhor, Domingos Caetano, forjando amorosa e perdoável mentira, pretendeu experimentar sensíveis melhoras, e ostentando-as com fingido contentamento, encerrou-se no seu quarto com Angélica e Florinda.

Era a hora do crepúsculo, e o quarto cuja porta se fechara, e onde não se acendera luz, estava escuro, como se já fosse noite.

A instrução não dá, a educação apenas arremeda as delicadezas do sentimento: a educação é mãe da cortesia, e adota como pode a delicadeza que é filha só do sentimento: há homens rudes que mal conhecem os lavores da sociedade, e que admiram pelo melindre e pelos delicados apuros do seu amor.

Domingos Caetano escolhera aquela hora do crepúsculo, que era noite no quarto fechado, para falar a Florinda sobre o seu casamento, ouvir-lhe talvez uma terna confissão, poupando-a à claridade da luz que multiplica os vexames e as confusões do pudor.

As confidências não foram longas.

O pai falou como amigo, a mãe animou a filha, e esta com voz trêmula e sumida e com virginal acanhamento disse o mimoso segredo do seu coração: Hermano de Sales amava-a, e ela era sensível ao seu amor.

Hermano era filho de um lavrador vizinho, que dispunha de poucos meios, mas de subida reputação de honestidade: trabalhador ativo como seu pai, agradável de figura e de trato, estimado geralmente no lugar pela nobreza de seu caráter, o mancebo era digno de Florinda.

Domingos Caetano abençoou o amor de sua filha, e anunciou-lhe que seu casamento com Hermano se realizaria dentro de duas semanas.

O pobre pai paralítico tinha pressa.

XI

Simeão andava triste e contrariado.

A liberdade com que contava demorava-se; e o dinheiro para o jogo, para os fados devassos, e para a vida desenfreada ia escasseando.

Além disso o estado lamentável de Domingos Caetano exigia cuidada assíduos, companhia constante que o obrigavam a não se ausentar da fazenda.

Era raro que o deixassem sair de dia, e as noites já não bastavam ao crioulo vadio e altanado.

A moléstia de Domingos Caetano dera a Simeão pela primeira vez trabalho atarefado e longo.

O interesse que ele simulara por seu senhor, o concurso vigilante e dedicado que prestara ao tratamento do velho suposto moribundo nos dias e noites de mais iminente perigo, tinham recomendado o seu préstimo à família, que cheia de cega confiança o queria sempre junto do paralítico.

Simeão não ousava desmascarar-se, e submetia-se, embora às vezes murmurando, ao cumprimento do dever que lhe impunham.

O dever era santo, era todo de caridade, virtude que resume todos os mandamentos dados por Deus aos homens, como base de sua fraternidade na terra.

Mas esse exercício da caridade que em um homem livre fora virtude católica, no escravo era obrigação material, e portanto não falava nem ao coração, nem à consciência.

Simeão carregava seu senhor do leito para uma cadeira, da cadeira para o leito, como o burro carrega um fardo, e o boi puxa o carro.

O trabalho forçado fazia aumentar a aversão que ele votava aos senhores.

Quando o velho paralítico se arrastava agarrado ao seu braço, vinha-lhe às vezes o pensamento de fingir escorregar, e de cair para molestar o infeliz doente. Era só o cuidado da liberdade, da alforria que, conforme o pensar de todos, o esperava contida no testamento de Domingos, que o impedia de fazer aquele mal.

No entanto Simeão era sempre *perverso* e até por diversão ou por infame e audacioso e revoltante entretenimento ainda era *perverso*.

Desde o turvo dia do açoite seis vezes descarregado sobre suas costas, detestava Florinda; mas por satisfação do desrespeito, por luxo de ousadia e de descomedimento, por instinto brutal e gostosamente abusivo e insolente, também desde o acesso de dor enlouquecedora, em que vira no sublime desalinho filial os seios nus e formosos da senhora-moça, Simeão, preso, à força contido ao lado do velho paralítico, tomava por distração, que aliás disfarçava, o estudar os encantos físicos, a graça do andar, e a gentileza de Florinda, fazendo dessas observações objeto de conversação, e de atrevidas e obscenas ilações no inferno da cozinha.

O crioulo malcriado e infrene pelos hábitos da impunidade não se atrevia, é certo, a sonhar desejo criminoso e horrível contra a pureza angélica da senhora-moça; mas no desprendimento licencioso da língua envenenada, e nas obscenas imaginações de escravo desmoralizado e só ideiador de gozos materiais, apreciava a seu modo, e supunha exaltar, quando aviltava, as graças e os modos, o olhar, e o riso, as formas e os movimentos do corpo da senhora-moça; e no meio das risadas dos parceiros, fazia o elogio dos dotes físicos de Florinda, como se tratasse da escrava libidinosa e corrupta, com quem na noite antecedente dançara o fado que apenas precedera a lubricidade brutal.

A palavra sacrílega da escravidão que se aperta e não pode sair dos horizontes baixos e sórdidos da imoralidade ofendia, ultrajava pois sem medir as proporções do ultraje a branca pureza da filha do senhor.

Simeão distinguia em Florinda a *senhora-moça* da *mulher* materialmente considerada, e aborrecendo a *senhora-moça*, divertia-se em ofender por palavras de induções profanadoras a *mulher* que era ainda um anjo de inocência.

O escravo nunca ou raramente ousa levantar os olhos sobre sua senhora e atentar contra sua honra; mas sua imaginação depravada muitas vezes se atreve a romper véus sagrados e a expor em nudez grosseira e escandalosamente ideado o corpo da esposa ou da filha de seu senhor.

A escravidão é serpente: sua língua derrama sempre veneno.

XII

À noite, mas um pouco tarde, Simeão corria à *venda* para compensar-se da tarefa diária junto do velho paralítico.

Depois das dez horas da noite a *venda* achava-se sempre fechada; a porta, porém, abria-se pronta à voz de freguês conhecido. Dentro era certa a reunião de escravos e da pior gente livre da terra.

Simeão preludiava com a conversação e com o jogo devassidões subsequentes. A conversação era animada: na *venda* sabia-se de tudo, e a vida íntima das famílias se despedaçava ali aos dentes ferozes dos escravos, os atraiçoadores e caluniadores das casas.

A moléstia de Domingos Caetano e suas inesperadas melhoras tinham sido por muitas vezes discutidas.

Muitos lamentaram Simeão pelo adiamento da sua alforria: os escravos zombavam dele.

Um só homem soube consolá-lo com um raio de esperança: foi o homem de imensa barba que vimos dormindo no banco da *venda* no dia em que Simeão fora mandado a chamar o médico.

José Borges, que aliás era mais conhecido por *José Barbudo*, ou simplesmente por *Barbudo*, tinha dito a Simeão:

— Ataque de cabeça, quando deixa sinal, não tarda a voltar.

O aforismo popular, que José Borges repetira, ficou na memória do crioulo que depois por mais de uma vez consultou o seu aforista.

E o Barbudo começava a interessar-se muito por Simeão, com quem estreitara amizade, acompanhando-o em suas excursões noturnas, e partilhando seus deboches.

O companheiro não podia ser pior: José Barbudo era uma celebridade turbulenta e suspeitosa; mais de uma acusação de crime pesava sobre sua cabeça, e pretendiam que havia em sua vida nódoas de sangue.

Nenhum freguês da *venda* se atrevia a negar um copo de aguardente ao Barbudo e menos ainda exagerar com ele a disputa no jogo. O Barbudo tinha sua fama.

Até então quase indiferente a Simeão, tornara-se em poucos dias seu íntimo camarada, e sempre que estavam juntos embebia nele seus olhos de tigre como serpente a magnetizar a presa.

Era fácil de explicar aquela súbita amizade do Barbudo.

O escravo é a matéria-prima com que se preparam crimes horríveis que espantam a nossa sociedade. No empenho de seduzir um escravo para torná-lo cúmplice no mais atroz atentado, metade do trabalho do sedutor está previamente feito pelo fato da escravidão.

Não há, não pode haver escravidão sem a ideia da vingança, sem o sentimento do ódio a envenenar as almas dos escravos, e a vingança e o ódio têm sempre chegado de antemão à metade da viagem, quando soa a hora infernal da marcha pelo caminho do crime.

Mas o Barbudo não deixava entrever projeto algum criminoso: bom amigo de Simeão, apenas manifestava por ele afeição e interesse.

Uma noite, por exemplo, levou o crioulo a conversar no terreiro da *venda*.

Depois de fácil ajuste para um de seus frequentes deboches em senzalas de escravas e sítios ocupados por gente depravada, o Barbudo perguntou:

— Simeão, donde diabo veio o favor que conseguiste de teus senhores? Olha que deveras eles te estimam!

— Minha mãe foi ama de leite da menina — respondeu o crioulo. Fora de casa Simeão mudava o tratamento que por costume e lição recebida prestava a seus senhores: a Domingos Caetano, em vez de *meu senhor*, chamava *o velho*, a Angélica, em vez de *minha senhora*, chamava *a velha*, a Florinda, em vez de *sinhá-moça*, chamava *a menina*.

O Barbudo tornou dizendo:

— Ah! Era de razão; mas com os diabos! Se morrer o velho, a liberdade que ele te vai deixar tem ares de bênção seguida de pontapé!

— Como assim?

— Não te mandaram ensinar ofício, fizeram de ti um famoso vadio, como eu, e agora se vieres a ficar forro, escorregarás da alforria para a miséria... hem?...

— Penso às vezes nisso, Barbudo; mas...

— Mas o quê?...

— E que a liberdade sempre é a liberdade! No dia em que me achar forro, cresço um palmo.

— Boa consolação! Não serás capaz de viver liberto, como vives escravo: tu passas um vidão.

— Talvez; mas sou escravo; este nome quando soa, fura-me os ouvidos, como se fosse um estoque envenenado...

— Não me venhas com essa; eu sei o que esperas: o velho é rico a abarrotar, e sabes e contas que te deixará com a liberdade dinheiro bastante para o princípio de algum negociozinho.

Simeão sacudiu a cabeça tristemente e disse:

— Liberdade sim... dinheiro não: é certo que o dinheiro anda lá em sacos; mas o velho é unha de fome, e nunca falou senão em ajuntar fortuna para a menina...

— Com os diabos! Olha, Simeão; acabas em cachorro leproso se ficares forro sem dinheiro... coitado do Simeão! Que injustiça! Quando pouco te bastava, e há tantos... tantos sacos...

— Muitos... — murmurou o crioulo com voz surda.

— Que lorpa de velho! Com os diabos! E o sovina não tem medo dos ladrões?

— Ladrões? Que iriam lá fazer?... A casa da fazenda é uma fortaleza.

— Só assim; mas não há fortaleza que não se renda.

— Aquela somente por traição.

O Barbudo sorriu-se sinistramente; mas o crioulo não lhe viu o rir medonho; porque a noite era escura.

— Que nos importa a fortaleza?... Que o diabo a leve e também ao velho contanto que ele te contemple com algum dinheiro no seu testamento; do contrário manda-o pinotear no inferno pela liberdade miserável em que te abandonará.

— Com efeito, eu tenho necessidade de dinheiro: já fiz meus planos; negociarei em bestas e cavalos... ganha-se muito nisso

— Mas para principiar o negócio?

— É isso: preciso ter algum dinheiro.

— Olha, Simeão, criado como filho adotivo, tens direito a herdar um pedacinho da fortuna do velho, e eu no teu caso... queres um conselho de amigo?

— Quero, sim.

— Eu, no teu caso, herdava por minhas mãos: morrendo o velho, tirava o meu quinhão; não sejas tolo; se puderes, e há muitos meios, faze-te herdeiro sem te importar o testamento: ninguém sabe quanto o sovina aferrolha, e os mortos não falam. Não sejas tolo.

Simeão não respondeu; mas o Barbudo tinha adivinhado a sua íntima e decidida resolução.

Os dois passearam ainda ao longo do terreiro; mas não conversavam mais. Meditavam ambos, e as almas de ambos banhavam-se em inundação de ideias criminosas.

— Vou-me embora — disse de repente o crioulo.

O Barbudo apertou-lhe a mão, e murmurou-lhe ao ouvido:

— Se em qualquer dificuldade precisares de um companheiro seguro, que valha como dez, lembra-te de mim, e conta com o Barbudo, Simeão.

O crioulo afastou-se sem dizer palavra.

A *venda* já estava deserta.

Simeão esperou na estrada o Barbudo, e vendo-o sair logo atrás, deixou-o aproximar-se e perguntou-lhe à meia voz:

— Então é certo que o ataque de cabeça, quando deixa sinal, volta sempre?...

— É de regra.

— E demora-se muito a voltar?...

— Quase nunca.

— Leve o diabo o teu quase, Barbudo!

O Barbudo soltou uma gargalhada cínica.

XIII

O escravo tinha encontrado um amigo.

A escravidão, já perfeitamente apurada com a prática dos vícios abjetos que lhe fazem legítimo cortejo, abraçava-se com o crime que por fim não lhe pode inspirar horror.

Simeão preferia o Barbudo a todos os seus consócios fregueses da *venda*: o Barbudo era o seu homem, o seu conselheiro, o íntimo das suas confidências.

O Barbudo tinha-o adivinhado.

As conversações no terreiro repetiram-se, e Simeão e o Barbudo ligaram-se cada vez mais estreitamente.

Entretanto os dias iam passando, e o ataque de cabeça, que deixara sinal em Domingos Caetano, não voltava.

Simeão começava a impacientar-se muito.

Tudo concorria para contrariar seus hábitos e suas esperanças: o velho paralítico assegurava sempre à família que se sentia melhor; Angélica e Florinda o atarefavam, contendo-o ao pé do mísero doente, e ele próprio tinha medo de que seu senhor morresse em horas de sua ausência da fazenda, pois que sempre calculava com a desordem geral da casa, e com a consternação cega e surda da família, para fazer-se herdeiro sem precisão de verba testamentária.

Além disso o cuidado exclusivo da esposa e do pai fazia que Angélica e Florinda, outrora sempre fáceis em dar algum dinheiro a Simeão, se esquecessem dele, que por isso menos expansivo e regalador se mostrava na *venda*, e mais embaraços encontrava nas devassidões da sua vida noturna.

Estas contrariedades obumbravam ainda mais o ânimo do crioulo.

Nas conversações protervas com o Barbudo e em dez histórias de crimes bem-sucedidos e impunes que este lhe contara, Simeão se habituara a pensar que em caso de insuficiência ou de impossibilidade do emprego da astúcia, a força e a violência eram ainda recursos para se efetuar o roubo.

Semelhante pensamento ia entrando e envenenando pouco a pouco a sua alma, como o vírus entra e vai corrompendo o corpo do homem.

Simeão esperava sempre a morte de Domingos Caetano; mas não era como dantes o crioulo fanfarrão e alegre que animava as reuniões da *venda*.

A alegria do escravo estava dependente da morte do senhor. O dia da maior dor para a família de Domingos Caetano devia ser de festa para o coração do crioulo ingrato.

Rude crente dos prejuízos e dos presságios que ainda hoje fazem estremecer a alguns que em sua ignorância e simplicidade os reputam sobrenaturais anúncios de morte na família, Simeão ávido observava se algum cão cavava no terreiro da fazenda, se de noite vinham corujas piar sobre o telhado da casa.

O velho, porém, teimava em viver; e, o que é mais, principiara na casa certa animação de trabalho que impressionou a Simeão.

Angélica mandara comprar muitas peças de panos diversos e finos e poucas eram as costureiras para o rico enxoval que se preparava.

O escravo preferia ver talhar-se uma mortalha.

Tomavam-se disposições, das quais transpirava a proximidade de uma festa na fazenda.

Tudo isto excitava a curiosidade de Simeão que em breve foi satisfeita.

A cozinheira adivinhou e falou.

— Não sabes? — disse a mucama de Florinda. — Sinhá-moça vai casar-se.

— Com quem? — perguntou o crioulo.

— Viste aquele moço que há três dias veio visitar meu senhor e que voltou ontem à tarde?...

— Chama-se Hermano de Sales: é um...

— Cala a boca: é o noivo.

Simeão recuou dois passos: seus olhos lampejaram com o furor da raiva.

— Demônio!... — disse ele com os dentes cerrados.

XIV

Simeão detestava Hermano.

O fundamento dessa detestação era a justa e aliás moderada repressão de um atentado do escravo.

É um episódio trivialíssimo na história da escravidão.

O sítio do pai de Hermano demorava perto da fazenda de Domingos Caetano e Simeão tomou-se de amores por uma escrava daquele sítio: infelizmente a escrava era mucama de uma das filhas do velho João de Sales, e dormia recolhida.

Sabem todos o que é o amor entre os escravos: a condição desnaturada desses exilados da sociedade, desses homens reduzidos a coisas, desses corpos animados a quem se negam direitos de sensibilidade, materializados à força, materializa neles sempre o amor: sem o socorro da poesia dos sentimentos que alimenta o coração e o transporta às regiões dos sonhos que se banham nas esperanças de santos e suaves laços, os escravos só se deixam arrebatar pelo instinto animal, que por isso mesmo os impele mais violento.

A mucama, muito atarefada de dia, raro da casa se escapava para encontrar-se com Simeão em rápida entrevista, e trancada à noite sob o teto da família, não tinha o recurso da senzala ou do passeio noturno para receber o amante.

A mucama não tem a educação da senhora-moça: a natureza animal é tudo nela. O escravo não crê na pureza da donzela, nem na fidelidade da esposa mais nobre; admite somente que a falta de oportunidade ou de ocasião para ser má seja o que mantém a honra das famílias; a observação é cruel e injustíssima: o juízo do escravo é infamemente torpe; mas ele julga conforme as ideias e a vida da escravidão.

O instinto impeliu e a razão abandonou o crioulo e a mucama.

Aconteceu o que acontece mais vezes e em mais casas do que se presume.

Simeão e a escrava mucama ajustaram-se: à meia-noite ela abria uma janela, e Simeão saltava para dentro da casa: depois, quando a desconfiança de João de Sales e de seu filho tornou perigosa a entrada pela janela, o dinheiro, que não faltava a Simeão, abriu-lhe a porta da cozinha.

Havia no terreiro cães a velar; mas o homem compra os cães como compra homens; a uns, pedaços de carne; aos outros, mais ou menos moedas de ouro.

Simeão comprara os cães e um negro escravo da cozinha, e entrava todas as noites na casa de João de Sales.

A casa de João de Sales estava pois de noite à mercê das intenções e de quaisquer projetos de Simeão; mas que casa há aí, onde haja escravos e sobretudo escravas, cuja segurança não esteja exposta às consequências do instinto animal e da boa ou má vontade do elemento escravo?...

Simeão era, pois, durante duas horas em cada noite mais do que o amante da mucama, o árbitro das vidas e da fortuna de João de Sales e de sua família.

Ainda bem que Simeão, o escravo, ali ia somente como animal que o instinto arrasta em procura da sua igual; se fora ladrão ou assassino tinha tido abertas a janela da sala e a porta da cozinha.

A vida, a fortuna e a reputação dos senhores estão de dia e principalmente de noite à mercê dos escravos.

Mas uma noite houve ruído, e Hermano de Sales, que velava, acudiu com uma luz, e chegado à sala de jantar, estacou diante de Simeão.

O crioulo, atrevido e ainda mais urgido pelo risco da situação, quis fugir; e vendo a saída disputada, avançou ousado para o mancebo que, apertando-o em seus braços de ferro, o lançou por terra.

João de Sales acudiu, como toda a família que despertara assustada.

O caso explicou-se em breve.

Hermano, ressentido do ataque de Simeão, tinha-o esbofeteado com força, recebendo na manga da camisa gotas de sangue que saltaram do rosto do escravo ofensor.

Simeão foi conhecido, e a escrava sua amásia e cúmplice castigada imediatamente a seus olhos.

O crioulo egoísta e altanado sentiu menos o castigo que a mucama recebera do que as bofetadas que ela vira-o receber.

Entretanto a sua luta com Hermano tinha passado toda entre os dois, e Hermano o havia facilmente subjugado. Homem contra homem, ele tinha sido em breves momentos submetido pelo mancebo.

Era pouco mais de meia-noite, e muito tarde para Simeão ser enviado a seu senhor: Hermano o fez trancar no quarto em que se prendiam os escravos delinquentes, e na manhã seguinte o mandou levar a Domingos Caetano com carta de seu pai, narrando quanto se passara.

Simeão, protegido por Florinda, escapou a justo castigo, que Domingos Caetano devia infligir-lhe.

Para o escravo a repreensão não é pena, porque a repreensão fala ao brio, ao sentimento do pundonor, que a escravidão não pode comportar.

E Simeão foi apenas asperamente repreendido.

Desde aquela noite o crioulo detestou Hermano.

Simeão viu desde então em Hermano um homem que era melhor, mais forte, e muito superior a ele: melhor, porque era livre; mais forte, porque pudera e podia subjugá-lo; muito superior, porque o tinha esbofeteado, prendido e mandado conduzir preso à casa de seu senhor, e a ele nem era dado pensar em vingar-se.

Não era a vergonha de suas faces esbofeteadas que o irritava, queimando-as; era a ideia de nunca ter sido até então castigado materialmente por seu senhor, e tê-lo sido sem ressentimento dos senhores, e sem o seu apoio ou proteção para tirar vingança de quem assim o maltratara.

Esse aborrecimento crescera; porque Hermano, homem bom e homem livre, nem sequer indiciava conservar lembrança do que acontecera e indiferente passava por diante de Simeão no campo da fazenda ou na estrada, como por desconhecido que não merecesse olhar de atenção.

O crioulo vaidoso via na indiferença de Hermano o desprezo que o humilhava e aviltava.

— Esbofeteou-me, e não me conhece, e não me vê e não me teme!... — dizia ele consigo, e lhe fervia a raiva no coração.

E Hermano tinha-se esquecido completamente de Simeão.

Mas a serpente lembrava o pé que lhe machucara a cabeça.

Era serpente que tem memória, a serpente escravo.

XV

O amor de Hermano e Florinda era a harmonia suave de dois corações que se entenderam antes de pensar que se entendiam: aromas exalados por duas flores encontraram-se no espaço e misturaram-se na aura encantada a que dão o nome de amor.

Na vida e nas relações do campo que entre nós geralmente se chama a *roça*, o amor de dois jovens é simples, temeroso e poético; simples como os costumes da boa gente agricultora, temeroso como o pudor da donzela que é puríssima flor da solidão, poético porque suspira à sombra da árvore vizinha da estrada por onde espera ver passar o cavalheiro desejado; porque medita e sonha junto à fonte solitária; porque a distância que sempre separa os amantes é mãe da saudade que chora lágrimas doces; poético porque a lembrança, a saudade, o desejo, o ciúme, os sofrimentos, o encontro, a confissão e a esperança não têm artifício que o desnature, e todo natureza santa apura o seu encanto ao trinar dos passarinhos, ao murmurar do arroio, e ao ruído misterioso e romanesco do bosque.

Hermano e Florinda amaram-se com esse amor da *roça*.

Na capela da fazenda de Domingos Caetano fizeram-se, havia dois anos, preces a Deus por chuva que a lavoura, vítima de prolongada seca, pedia sequiosa: acudiu ao religioso ato concurso numeroso, como sempre em tais casos se observa. Uma noite, no meio da ladainha, um mancebo e uma donzela que a distância rezavam ajoelhados se surpreenderam a olhar-se: ambos coraram, como criminosos apanhados em delito flagrante: esse rubor de sublime pejo foi a aurora do seu amor.

Hermano e Florinda quase que se arrependeram de se haver olhado assim, quando os seus corações deviam estar exclusivamente voltados para Deus, a pedir chuva; mas nessa mesma noite choveu, e ambos pensaram que a troca de seu olhar era abençoada por Deus.

Segundo e inocente pecado: Hermano e Florinda se desgostaram da chuva que havia posto fim às preces.

Cada qual suspirou, sonhou, desejou de seu lado; mas tão longe!

Vinte vezes em um mês Hermano passou a cavalo pelo campo da fazenda de Domingos Caetano: ele tinha sabido a hora do passeio costumado à horta e viu vinte vezes Florinda ao lado de sua mãe.

Nas festas da freguesia ambos se encontraram na igreja, e à noite nas danças de mascarados, e no *Largo* (na praça) a verem o fogo de artifício: o fogo de artifício quase que não viram; mas sentiram outro fogo mais ardente a radiar-lhes nos olhos, que faziam abaixar os olhos.

Nunca trocaram palavras; mas falavam tanto um ao outro!

Perto de uma das cancelas do campo da fazenda de Domingos Caetano morava em pobre casa Jacinta, boa mulher protegida por Angélica e Florinda que a chamavam *a comadre Jacinta*, e a quem às vezes iam à tarde visitar.

Um dia a comadre Jacinta disse em segredo a Florinda o que esta já sabia. Provavelmente Angélica tinha permitido a confidência.

Florinda correu e fugiu sem responder.

Em outra tarde Angélica deixou a filha em companhia da comadre Jacinta, e foi ver o pomar da pobre e boa mulher.

A comadre Jacinta, aproveitando o ensejo, exaltou o amor e o merecimento de Hermano à comadrinha, que sorria e corava; mas de súbito exclamou:

— Aí vem o senhor Hermano!

Florinda assombrada e atônita correu a esconder-se no quarto de dormir de Jacinta, pobre quarto de paredes esburacadas, donde se podia ver e ouvir quanto se passava e se dizia na sala.

Hermano chegou com efeito: sem constrangimento, pois que se supunha a sós com a comadre Jacinta, fez com ardor o elogio da beleza de Florinda, a confissão veemente do seu amor, pedindo à boa mulher a sua intervenção, e o seu concurso para merecer a gratidão da donzela amada.

A comadre Jacinta ria-se e provocava as falas ternas e apaixonadas do mancebo, quando Angélica chegou, e comprimentando com agrado Hermano, perguntou por sua filha.

Florinda teve de sair do quarto contíguo toda trêmula e vermelha de pejo e confusão pelo que ouvira.

Hermano estremeceu e corou, vendo aparecer Florinda; mas no íntimo d'alma agradeceu a traição da amizade.

Daí em diante o amor dos dois jovens falou docemente sem que os dois jovens amantes se falassem uma única vez.

Havia abaixo do rio da fazenda uma figueira silvestre e majestosa, a cuja sombra Florinda se aprazia de ir sentar-se nas tardes dos dias calmosos: na casca dessa árvore enlaçaram-se as iniciais dos nomes de Florinda e Hermano, e a cifra tinha sido obra de duas mãos diferentes, cada uma das quais talhara a inicial de seu nome.

Junto à portinha da horta havia um banco, onde Florinda costumava sentar-se quando de manhã e à tarde lá ia passear. Florinda quase sempre achava de manhã uma flor sobre o banco e deixava no mesmo lugar outra flor à tarde.

Uma vez, sobressaltara-se a fazenda com a notícia de que uma onça desgarrada andava pelos bosques vizinhos, e em breve Florinda teve de lamentar que fosse ali a primeira vítima da fera uma cabra que ela criara e que amorosa corria para seu lado mal a avistava de longe: dois dias depois soube-se que Hermano perseguira e matara a onça.

Outra vez, Florinda chorava a fugida de um sabiá que a enlevava com o seu canto saudoso, e no dia seguinte Jacinta trazia-lhe outro sabiá mais cantador ainda, e lho entregava, sorrindo, e sem precisar dizer donde ele vinha.

O amor de Hermano e Florinda alimentava-se pois com aromas das flores, e com o canto das aves; sem se encontrarem nunca, tinham os dois amantes o seu terno laço no tronco da figueira, e a imagem querida um do outro nos próprios corações, e mil objetos fora deles, nas flores que se guardavam já murchas, no lencinho branco esquecido no banco da horta e amorosamente furtado à noite, em um pé de *sempre-vivas*, que surgira de manhã à beira do caminho para o rio, e em todos esses mudos testemunhos de ternura que nada valem e valem tanto, e que na vida campestre são cheios da poesia simples da natureza.

Hermano e Florinda amavam-se pois, havia dois anos, sabiam ser amados, correspondiam-se e em dois anos não se tinham falado uma só vez.

Era um amor puríssimo.

Domingos Caetano e Angélica provavelmente suspeitavam do mimoso segredo de sua filha e não procuravam combater o seu terno sentimento; mas Hermano, não entretendo relações com eles, acanhava-se pela sua pobreza, e não ousava pedir a mão da menina rica.

Todavia esse amor era tão santo que abençoá-lo antes de descer à sepultura foi para o extremoso pai de Florinda a última consolação da vida — o derradeiro riso aberto ao mundo.

XVI

O verdadeiro merecimento tem seus privilégios.

Eram muitos os mancebos que ardiam por valer um olhar e um sorriso de Florinda: talvez alguns se achavam realmente cativos de sua beleza; outros, menos apaixonados pela mulher, ambicionavam-lhe a riqueza; mas não houve um só que desconhecesse o acerto da escolha feita pelo coração da menina.

Hermano era brilhante sem jaça: gentil, delicado em seu trato, honesto e laborioso, de gênio suave e de força e coragem provadas, estava talhado para a vida rude do fazendeiro ativo, e para chefe de uma família honrada.

O dia do casamento de Hermano e Florinda foi de esplêndida festa na fazenda: embalde a oposição da esposa e da filha, embalde os rogos do noivo, Domingos Caetano o quis assim.

— Quero festa e alegria, porque é imenso o favor que mereci de Deus — dissera ele. — Morrer com a certeza de deixar com protetor zeloso e seguro minha mulher e minha filha não é morrer de todo, é viver no futuro, é viver além do túmulo: o mais feliz sou eu! Festejem-me! Alegrem-se: porque é a minha última festa.

E como Florinda se alvoraçara dolorosamente com a ideia da *última festa*, o pobre pai, arrependido da verdade, apadrinhara-se com a mentira não pecado, santa mentira do amor paterno, e rindo mal, e a fingir esperanças, e a zombar de si mesmo, chamara a filha e lhe dissera, embusteiro sublime, com jubilosa voz:

— Enganei-me: não será a última... hei de ter outra, quando for o padrinho do teu primeiro filho... depois sim... mas depois de abençoá-lo muitas vezes... morrerei então.

E Florinda saíra para chorar às escondidas a enganosa esperança de seu pai; e o pobre velho, ficando a sós, também chorara o triste engano, com que consolara a filha.

Enfim o dia das núpcias chegou: o casamento de Hermano e Florinda foi celebrado na capela da fazenda. Domingos Caetano, conduzido em uma cadeira, assistiu a ele, abençoou e abraçou os noivos, e disse gravemente a Hermano:

— Meu filho, és mais que marido, és pai desta família.

O concurso dos parentes e amigos foi numeroso.

Houve festa para todos na fazenda. Os noivos e convidados tiveram banquete suntuoso e animado baile à noite.

O velho paralítico apareceu um instante à mesa para saudar seus filhos, e uma hora ao baile para excitar a dança e a alegria. Todo o mais tempo ficou no seu quarto, e à esposa, à filha, ao genro, a quantos o iam ver, dizia contente:

— Estou melhor... muito melhor... este casamento me faz bem...

Ele porém sofria sempre e muito: só na alma se sentia melhor.

Mas a família, os parentes e os amigos não esqueceram o estado do velho paralítico e penante: às onze horas da noite puseram termo ao baile e dissolveram a reunião.

Entretanto a festa era geral na fazenda.

Para os escravos dispensados de todo o serviço nesse dia tinham sido mortos quatro bois, e se haviam distribuído em abundância garrafas de vinho e de aguardente.

À noite em três senzalas diversas ferviam três fados, e o canto rasgado e alto dos tocadores de viola *em desafio* ecoava ruidoso.

Os sentimentos generosos, o cuidado estremecido da família, dos parentes e dos amigos tinham marcado cedo a terminação do baile.

A indiferença brutal dos escravos prolongava os fados, aturdindo a fazenda com a tempestade de suas músicas e de seus cantos selvagens.

E de espaço em espaço os escravos gritavam em coro:

— Viva sinhá-moça!

Esses gritos eram como hinos brilhantes aos ouvidos de Domingos Caetano o qual absolutamente proibira que se perturbassem os folguedos dos escravos que festejavam o casamento da sua Florinda.

Bom, mas inexperiente velho!

Os escravos aplaudiam sinceramente apenas a carne fresca assada, as sobras do banquete, o vinho e a aguardente em abundância, em que se fartavam. Todos eles gritavam "viva sinhá-moça" como indiferentemente soltariam qualquer outro grito, que os animasse a beber, e nenhum deles por um só e breve momento pensara no incômodo que a sua gritaria podia causar ao senhor doente.

Pouco, menos que pouco, nada lhes importavam a sorte e a vida de Domingos Caetano, a boa ou má fortuna de Florinda, e a felicidade de Hermano.

No marido da senhora-moça viam um novo senhor, e antes da festa que os fazia olvidar tudo, alguns deles tinham perguntado a outros:

— Será melhor ou pior senhor?

E não poucos haviam respondido:

— Mais ou menos chicote, será sempre cativeiro.

O que se podia traduzir assim:

— Sempre escravidão, sempre ódio.

E os fados estrepitosos avançavam pela noite, impedindo o sono do velho doente.

Soavam de contínuo os gritos: “viva sinhá-moça!”

Mas se chegasse às senzalas dos fados a notícia da morte do senhor, da senhora, ou da *sinhá-moça* festejada, e com a notícia não viesse a ordem da cessação da gritaria e das danças bacanais, os fados continuariam sem atenção às lágrimas e ao luto dos senhores, e talvez fosse tal infortúnio o incentivo para maior alegria.

Às duas horas da madrugada terminaram os fados dos escravos por ordem que Angélica mandara, escondendo-a à condescendência e à tolerância festivais do pai que abençoava por todos os modos o feliz casamento da filha.

Mas além das duas horas da madrugada velavam ainda nesta noite um grande padecimento e dois grandes amores.

O grande padecimento de Domingos Caetano, que gastava na insônia os restos da vida em ruínas.

O grande amor da esposa, da companheira de longos anos, que se prendia àquela vida tão cara e tão prestes a desprender-se do corpo.

E grande amor dos noivos que, no egoísmo da glória desse amor, velava, esquecendo o mundo, o futuro, tudo... até o pai que se adiantava para a morte.

Perdão para esse egoísmo! E a embriaguez dos noivos.

XVII

E ainda alguém mais velava: era o rancor do escravo.

Simeão agitava-se nas torturas de duas ideias para ele cruéis.

Desde o dia em que sonhara que Hermano ia casar com Florinda, confrangia-se pensando, reconhecendo que teria por senhor-moço o homem que o esbofeteara, subjugara, e mandara preso à fazenda, e que esse mancebo que ele detestava, e a quem desejava o maior mal, havia de ter a dita de possuir a bela mulher, sua senhora-moça, cujos dotes físicos ele se atrevera a contemplar dissimulado com olhos perversamente libidinosos, encarecendo com imaginação desenfreada e aos aplausos da cozinha e da senzala infames o que seus olhos não podiam ver, injuriando na torpeza do elogio a virginal pureza da donzela.

Simeão passou dias horríveis, retemperando sua alma no rancor mais violento: carcomido por incrível inveja e em delírio insolente, notou uma a uma, estudou com raiva a beleza do rosto, a gentileza da figura, a graça do andar, as proporções dos pés e das mãos, todos os encantos visíveis de sua senhora-moça, e aborreceu ainda mil vezes mais Hermano, para quem era possível, provável, certa a posse de tantos tesouros impossível para ele.

O escravo não amava, não amou Florinda; mas em sua mente audaz, em seus instintos escandalosos, revoltantemente ultrajadores e licenciosos, lembrou, contemplando a senhora-moça, o que lembrava aproximando-se da negra fácil, da escrava desmoralizada que lhe agradava e não fugia a seus ignóbeis afagos.

E Simeão teve dobrada raiva de Florinda que não podia ser sua, como a negra escrava, e que bela, encantadora, inocentemente voluptuosa, ia ser do homem que ele mais aborrecia.

E, sem o pensar, Florinda excitou-lhe a fúria inimiga, dando-lhe novo e bonito fardamento de pajem no dia do seu casamento, e chamando-o de preferência para servir a seu noivo e a ela durante o banquete nupcial.

Simeão abafou no seio rugidos de fera, e apenas terminou o banquete fugiu com desespero, vagou pelo campo, e investindo enfim para uma das senzalas em que se batia o fado, bebeu desordenado, bebeu até cair em completa embriaguez.

No outro dia, ao sol fora, despertou caído à porta da senzala e ainda meio embrutecido recolheu-se a casa, onde Hermano risonho e feliz mostrou à docemente confundida noiva, gracejando sobre a intemperança do crioulo.

Florinda, que corava a todos os olhos, mal ousou dizer:

— Vai dormir, pobre Simeão.

Passaram quatro dias: o crioulo abatido aparentemente, mas com o coração abrasado em rancoroso furor, meditava silencioso nos cantos da casa, estremecendo à voz de Hermano, que já o governava como principal senhor.

— Agora — dizia consigo Simeão —, a liberdade ou a morte... servir a este novo senhor é impossível... prefiro matá-lo e matar-me...

E mais que nunca desejava a morte de Domingos Caetano, que havia de deixá-lo forro, conforme o pensar de todos.

No quinto dia não pôde resistir às saudades da *venda*, e abusando da bondade com que em atenção à sua noiva Hermano o tratava, saiu sem licença, e muito antes da noite, que sempre tinha por sua.

Na *venda* encontrou o infalível Barbudo que dormia, ou fingia dormir, estirado no banco fronteiro ao balcão.

O Barbudo levantou-se à chegada de Simeão.

— Como vais? — perguntou ele ao crioulo.

— De mal a pior.

— Não apareces de dia como dantes, Simeão: agora é só à noite que passeias!

— Tenho senhor novo: é necessário estudá-lo.

— Vamos conversar.

O Barbudo e Simeão saíram, dirigindo-se para o terreiro da *venda*.

— O ataque não volta — murmurou Simeão surdamente. — Deixou sinal e não se repete! É para desesperar.

— Também que pressa! — disse o Barbudo a rir para excitar o crioulo.

— É que agora não posso suportar o cativeiro naquela casa: prefiro ser vendido a outro senhor.

— Que há pois de novo?

O crioulo travou do braço do Barbudo, levou-o para longe da *venda* e fez ampla confidência dos seus turvos e sinistros segredos, em que o rancor, a ingratidão, o abatimento, a baixeza aviltante de sua condição, arrojo indigno de insensatas imaginações se misturavam confusa, mas tempestuosamente.

Prolongou-se depois a conferência até a noite e enfim, tornados à *venda* que começava a encher-se dos costumados fregueses, Simeão e o Barbudo pediram vinho e cartas.

O crioulo tinha crédito na *venda* onde já era devedor, e como andava pouco endinheirado, obteve sem dificuldade novo empréstimo do vendelhão.

O jogo dá asas ao tempo: as horas fugiram velozes e mal sentidas pelos jogadores que experimentavam as emoções selvagens das sortes muitas vezes obrigadas pela empalmação rude ou pelo furto de cartas.

Era meia-noite, e Simeão irritado pela má fortuna teimava em jogar e pediu mais dinheiro ao vendelhão que contra o costume lho negou.

O crioulo altanado proferiu uma injúria obscena.

O vendelhão, paciente por sistema, respondeu simplesmente:

— Já me deves trinta mil-réis: é muito.

Simeão furioso machucou entre as duas mãos as cartas e atirou-as ao credor, que fechava a bolsa.

O vendelhão ofendido agarrou-se com o agressor, os escravos e mais fregueses presentes tomaram partido por um e por outro dos brutais atletas, o Barbudo entrou na contenda em prol do camarada, e travou-se desenfreada desordem com escandaloso acompanhamento de blasfêmias e torpezas em grita.

Mas de súbito bateram à porta da *venda*, e uma voz afadigada e ansiosa gritou de fora:

— Simeão! Simeão!

Os golpes se repetiam à porta que ameaçava ceder arrombada.

O medo da intervenção da polícia local, que às vezes por exceção acordava, separou os desordeiros.

A porta abriu-se, e um negro escravo da fazenda de Domingos Caetano entrou precipitado, bradando:

— Simeão! Simeão!

— Que é lá? — perguntou este, arranjando as vestes despedaçadas.

— O senhor morreu.

Simeão, sem mais ouvir nem perguntar, lançou-se de um salto fora da *venda* e deitou a correr para a fazenda.

Nem um movimento de piedade, nem uma lágrima pelo bom senhor, pelo pai que perdera!

A escravidão gasta, caleja, petrifica, mata o coração do homem escravo.

XVIII

Domingos Caetano tinha morrido ao anoitecer: ao pronunciamento do novo ataque seguiu-se logo a morte, quase sem agonia.

Quando Simeão chegou a casa, já havia cessado aquela desordenada e completa abstração do mundo, com que a dor suprema dos que ficam atesta o corte violento e profundo dos laços que os ligavam àquele que se fora.

Na casa havia pranto, consternação, luto; mas o frenético desespero da primeira hora do triunfo da morte já tinha passado; a dor desafogava-se em lágrimas, rompia pelas válvulas dos gemidos e dos lamentos; mas já havia consciência da dor.

E no seio da família consternada, um nobre mancebo cumpria o dever de velar por todos e de pensar na vida, contemplando a morte.

Hermano viu abraçadas com o cadáver de Domingos Caetano a sogra e a esposa que lhe ficavam confiadas: em poucos dias tinha sabido amar o pai de Florinda, como se lhe conhecesse as virtudes durante um século; chorou-o por amor, vendo-o morrer; mas combateu e domou os excessos da dor pela religião do dever: foi homem.

Simeão, chegando à fazenda, preparou como pôde a máscara do sentimento para disfarçar a indiferença malvada da sua ingratidão.

O aspecto do cadáver do homem que se conheceu compunge aos próprios que o não amaram vivo: Simeão teve lágrimas, vendo o corpo inanimado de Domingos Caetano; aproveitando as lágrimas, ululou, fez-se arrancar à força do quarto mortuário, e representou enfim a comédia da dor.

Depois observou, viu e refletiu.

O roubo por astúcia era impossível: a família do morto não ficara sem pai: havia um cão fiel e insone, velando à porta do lar: era a fidelidade do genro de Angélica, e do marido de Florinda.

Simeão baniu de seu ânimo a falsa esperança do roubo, maldizendo do seu passeio, que o não deixara explorar a hora doida e desesperadora que preside às agonias do moribundo, e ao despedaçamento dos corações da família.

A ideia da alforria absorveu a alma do escravo.

Não ousou perguntar se o *velho* deixara testamento: contava com este, sabia da sua existência; ardia porém por conhecer-lhe as disposições: entretanto considerava-se emancipado.

Apurou o ouvido, e teve a certeza de que se encontrara o testamento de Domingos Caetano.

Melhor e ainda mais animador anúncio do que isso, um parente da casa, ao vê-lo em hipócrita aflição, lhe dissera, batendo-lhe no ombro:

— Tens razão de chorar, crioulo! Teu senhor te amava muito, e não se esqueceu de ti.

Simeão expandiu-se internamente: ao menos era certa a liberdade.

Animado com a segurança da emancipação, dobrou as aparências do sentimento.

Sacrílego e perverso, confundiu fementidos gemidos com a desolação de suas senhoras naquela cruelíssima hora de segunda, derradeira, inexprimível morte, nessa hora do selo, do reconhecimento forçado da morte, quando o cadáver sai de casa, quando o préstito do enterro piedoso rouba à família o nada, que inda é muito a seus olhos, quando a reza fúnebre do sacerdote parece um adeus, o último, que em nome do finado recebem os que o choram.

O sacrílego viu sair enfim o caixão que levava Domingos Caetano ao cemitério, e respirou livre do labor da comédia que representava.

Ansioso esperou a solene declaração da sua alforria; a noite veio, e ele não dormiu.

Não despertou; levantou-se aos primeiros anúncios do dia: saudou sorrindo a aurora da sua emancipação.

Mas o sol brilhava, e ninguém lhe dizia: "és livre".

Simeão começava a respirar afrontado.

Ao meio-dia Hermano chamou-o, e ele acudiu pressuroso.

— Simeão — disse Hermano, mostrando-lhe o testamento de Domingos Caetano — meu sogro lembrou-se de ti.

E leu-lhe a respectiva verba testamentária.

Simeão ficava escravo de Angélica e a ela recomendado com afetuoso interesse, devendo entrar no gozo de plena liberdade por morte de sua senhora.

O crioulo caiu das nuvens. Era ainda escravo, embora condicionalmente.

XIX

Foi medonho o desencanto de Simeão, que saiu da sala quase cambaleando, aturdido pelo golpe que recebera.

A sua esperança de liberdade despedaçara-se contra os ferros da escravidão.

O crioulo despertou, saindo de um sonho celeste, e entrou na vigília do inferno.

Turvo e como atoleimado, atravessou a cozinha, murmurando automaticamente "escravo... escravo..."

Saiu para o campo, e como se falasse às árvores, aos animais, ao espaço, repetia sempre: "escravo... escravo..."

Não refletia, não podia refletir; tinha a alma cheia de uma só ideia, que o afrontava, semelhante ao pesadelo do sono do criminoso; respirava, sentia, ouvia, dizia só essa ideia: "escravo... escravo..."

Instintivamente e sem consciência tomou a estrada que o levava de costume à *venda*: ia sem ver por onde ia, tropeçou em uma pedra, caiu e feriu-se na cabeça; a dor chamou-o não à razão, mas ao refletido ressentimento do seu desencanto; sentou-se e apoiou a fronte sobre os joelhos, e nem percebeu o sangue que lhe corria da cabeça ferida.

De repente deu um salto, e caminhou acelerado para a *venda*: seus olhos lampejavam: o crime tinha acordado e fervia-lhe no coração odiento, como lava terrível no seio da cratera.

Saltando, ele exclamara:

— Demônio que estás no inferno, espera-me!

Era uma imprecação danada contra o senhor finado.

Andando apressadamente, Simeão ria-se com um rir atroz: esse rir convulsava-lhe os lábios, misturando-se com a alvura dos dentes cerrados; era um rir que fazia lembrar o zigue-zague rápido do raio que vai cair e fazer destroços.

Era o rir do celerado que acha gozo nos sonhos de atrocidades.

Chegou à *venda* e não encontrou o Barbudo; irritado bateu com o pé, disse uma frase obscena, bebeu um grande copo de aguardente, e com aguardente lavou o sangue que lhe banhava o rosto, pensou a ferida, atou o lenço à cabeça, e, proferindo horríveis blasfêmias, foi deitar-se à beira da estrada.

Pouco depois levantou-se: era-lhe impossível o sossego; passeava agitado, sentava-se, deitava-se, entrava no bosque, e do bosque voltava para a estrada com inquietação e impaciência febril.

Às vezes balbuciava, gesticulando doidamente:

— Liberdade... e dinheiro...

Era de horrível aspecto, quando lhe rompiam dos lábios trêmulos e por entre os dentes brancos, e como a morderem-se, essas palavras que resumiam duas fomes desesperadas.

Era um tigre a rugir de fome.

Aos seus rugidos acudiu outro tigre; o Barbudo apareceu.

Simeão correu para o Barbudo, disse-lhe ao ouvido breves palavras e ambos meteram-se pela floresta.

Iam procurar a solidão e a sombra.

Domingos Caetano tinha errado: a liberdade não se promete, dá-se ao escravo.

Prometer e aprazar a liberdade, e, pior do que isso, deixar esperar e não dar ou adiar a liberdade, é pôr em desatino de desejos a alma do escravo.

Dar por prazo da liberdade a morte de alguém é excitar um apetite de hiena no coração do escravo, é fazê-lo aspirar à morte de quem enquanto vivo lhe demora a alforria.

Simeão, o crioulo mimoso, perdido, malcriado pelas afetuosas condescendências e fraquezas dos senhores em casa, pervertido pelos deboches da *venda* e pelo veneno da crápula, ingrato pela condição de escravo, sem educação e sem hábito de trabalho, contando com a liberdade, e não a conseguindo, era um perverso armado loucamente contra seus senhores pelas mãos de seus senhores.

Esta lição não deve desanimar, deve ilustrar a caridade: amar, beneficiar, criar com afeição paternal o crioulo filho da escrava e uma esmola que se dá a Deus, é a mais santa e pura das orações que se elevam ao céu.

Mas deve-se saber fazer o bem, e nunca fazê-lo por metade.

Ao senhor que se afeiçoa do crioulo que vê nascer e cria com amor, cumpre completar o favor dos sentimentos com o favor da educação, inoculando no coração do pequeno escravo predileto as noções do dever, o ensino da religião, a virtude da paciência, a obrigação do trabalho que moraliza e nobilita o homem, do trabalho não do homem máquina, mas do homem inteligência e coração.

O escravo assim criado pode não ser um amigo, porque enfim é escravo, e portanto um oprimido pela prepotência do senhor ainda mesmo bom; é, porém, em regra, um homem agradecido, que esquece o forçado aviltamento da sua condição pela lembrança inteligente dos benefícios recebidos.

Mas o amor cego que não educa o escravo simpático ou preferido, que o abandona aos instintos, aos sentimentos baixos, às inspirações malévolas da escravidão, que é água encharcada e foco de miasmas, que o aquece ou o cria por traiçoeira, mal pensada compaixão na ociosidade, que é a placenta de todos os vícios, alimenta, aquece, fortifica um desgraçado que é sempre ingrato por ser escravo, e às vezes inimigo pela reação do oprimido.

Se estas observações desanimassem a caridade dos senhores para com os crioulos que em casa lhes nascem e se criam, fariam morrer uma virtude, agravando ainda mais o perigo que correm os senhores, e os sofrimentos que experimentam os escravos.

Os crioulos são muito mais inteligentes e maliciosos que os negros da África; e, desprezados e flagelados pelo trato áspero da escravidão, que faz do homem instrumento material do trabalho, e irmão da besta de carga, tornam-se inimigos ferozes; e se chega a oportunidade da vingança, ostentam na ferocidade verdadeiro e delirante luxo de malvadeza.

O escravo africano mata o senhor, e se afasta do cadáver: o escravo crioulo, antes de matar, atormenta e ri das agonias do senhor, e depois de matar insulta e esquarteja o cadáver.

Toda escravidão é perversa; mas a escravidão inteligente é dez vezes mais perversa do que a escravidão brutal. Uma odeia por instinto; a outra por instinto e com reflexão.

XX

A conferência na floresta pareceu ter aplacado o furor e sem dúvida serenou o aspecto de Simeão.

Quando ele voltou à *venda* era inteiramente outro: queixou-se da queda que dera desastrado e que o desatinara: já de pazes facilmente feitas com o vendelhão, conversou tranquilamente com este sobre a sua situação e mostrou-se consolado do cativeiro em que ficara pela bondade extrema de sua senhora.

Ninguém dissimula melhor do que o escravo: sua condição sempre passiva, a obrigação da obediência sem limite e sem reflexão, o temor do castigo, a necessidade de esconder o ressentimento para não excitar a cólera ameaçadora do senhor, o hábito da mentira, enfim, fazem do escravo o tipo da dissimulação.

O coração do escravo é escuro, tenebroso como noite de tempestade: é abismo profundo e sem luz coberto pela crosta da tristeza íntima e da desconfiança perpétua.

Muitas vezes o escravo ri, tendo o seio ulcerado e a alma em pranto.

O Barbudo chegou à *venda* uma hora depois de Simeão.

— Tardaste muito hoje, meu Barbudo — disse-lhe este.

— Tive que fazer em casa — respondeu-lhe o amigo.

E nesse dia não conversaram no terreiro.

No primeiro domingo que se seguiu, houve grande reunião na *venda*, e nas veemências do jogo toldou-se a amizade de Simeão e do Barbudo, que jogando de sociedade tiveram de disputar sobre a divisão dos lucros.

Ambos se qualificaram afrontosamente, e separam-se inimizados, fugindo Simeão às ameaças de bofetadas, com que o Barbudo por último respondeu à incontinência de sua língua depravada.

— Ora aí está como se acaba uma boa amizade! — disse o vendelhão a rir.

— Não faço conta de amizade de negro — observou o Barbudo.

XXI

Passaram duas semanas.

Simeão, a quem Hermano fizera algumas admoestações, deixou de sair da fazenda durante o dia; eram porém ainda frequentes os seus passeios à noite.

Hermano soube da continuação desse abuso; mas fingiu ignorá-lo em atenção à amizade que sua sogra e sua mulher tinham ao crioulo.

No fim das duas semanas que dissemos passadas, à tarde de um domingo, conversavam, passeando pelo campo, as duas senhoras e Hermano.

Depois de alguma hesitação, Angélica disse:

— Sabem quem faz vinte e um anos amanhã?

— Simeão — respondeu logo Florinda.

Hermano sorriu-se.

— Creio que ele se mostra agora mais ajuizado — tornou a senhora.

— Sai a passeio todas as noites.

— Coitado! Serviu muito ao senhor na moléstia fatal...

E a viúva ainda teve lágrimas para dar à lembrança do marido; quando as enxugou, disse a Hermano:

— Eu tinha um desejo, meu filho; mas não o realizarei sem a sua aprovação.

— Aprovo-o desde já: qual é ele?

— Dar amanhã a liberdade a Simeão.

Florinda apertou a mão do marido.

— Excelente ideia! — respondeu Hermano. — Ele é, com perdão das senhoras, um escravo desmoralizado, e talvez seja por exceção ou milagre um liberto de bons costumes.

— Aprova então?

— Sem dúvida; mas devo dizer que só ele perderá com o benefício que lhe quer fazer: perdão outra vez; Simeão está mal preparado para ser feliz com a liberdade; entretanto a liberdade é santa e regeneradora.

— E nós não lhe fecharemos a nossa porta: se ele quiser, e há de querer, ficará conosco.

— Está entendido.

— Oh! Amanhã Simeão será liberto!... — exclamou Florinda, rindo de contentamento.

Era a primeira vez que Florinda ria depois da morte de seu pai: Hermano beijou-lhe a mão, agradecendo-lhe o riso.

— Mas, até amanhã, segredo! — disse Florinda. — Eu quero apreciar a surpresa de Simeão.

E as duas senhoras, a mãe e a filha, se olharam satisfeitas, prelibando a alegria e a festa do seu crioulo estimado.

Enquanto elas estavam assim ocupando-se tão generosamente de Simeão, em quê estaria pensando esse escravo que ia ser emancipado?

Estava ainda pensando com alma de escravo que não sonhava com a liberdade no dia seguinte.

Se lhe tivessem dito: "Amanhã serás liberto", a ideia da liberdade revolucionaria seu ânimo, no qual as trevas do cativeiro seriam dissipadas pela aurora da emancipação.

Não há escravo a quem a certeza da alforria próxima não inspire sentimentos generosos, não desarme os instintos ferozes da escravidão.

Mas Simeão, o escravo, nem se lembrava do aniversário natalício, que só é de festa para o homem livre, que sorri à vida, porque é livre; não podia esperar e menos contar com a liberdade esclarecida pelo sol que ia surgir do oriente.

E, escravo ingrato e perverso, maquinava um crime horrível, inspirado pelo demônio da fatal condição depravadora.

Oh! Não há quem tenha um escravo ao pé de si que não tenha ao pé de si um natural inimigo.

XXII

A noite dos domingos é um pouco solitária nas fazendas.

Os escravos têm no domingo o seu dia de arremedo da liberdade; de manhã saem a vender o que têm colhido de suas pobres *roças* e o que têm furtado das *roças* do senhor; à noite vão aos fados e aos deboches da *venda*.

Nunca em parte alguma do mundo houve senhores mais humanos e complacentes do que no Brasil, onde são raros aqueles que nos domingos contêm presos no horizonte da fazenda os seus escravos; em regra, todos fecham os olhos ao gozo amplo do dia santificado.

Por isso as fazendas são muito mais solitárias aos domingos.

Uma quadrilha de salteadores escolheria de preferência a noite de domingo para atacar a casa de uma fazenda.

Mas em muitas fazendas a casa da família do fazendeiro tem condições e seguranças de fortaleza.

Era assim a casa que Domingos Caetano cuidadosamente fizera construir.

Levantava-se ela no cabeço de um outeiro suave; era assobradada e toda de grossas paredes de pedra; as portas e janelas de rija madeira de lei chapeadas de ferro tinham, além de grandes e fortes fechaduras, cada uma duas traves de ferro, que tornavam quase impossível o arrombamento e pequenas frestas sistematicamente dispostas, por onde era ou seria possível observar sem perigo o agressor externo e atirar sobre ele; entre o assoalho da casa e o chão, havia imenso e escuro espaçoso vão sem porta para o exterior, mas com entrada no interior da morada, e com respiradouros circulares apertados e defendidos por inabaláveis grades de ferro de modo que, invisível ao inimigo, o fazendeiro dali também poderia matá-lo.

A disposição das senzalas dos escravos assegurava pronto mas nem sempre seguro socorro; porque só a imprudência pode confiar no auxílio leal e dedicado da escravatura que vive opressa, e a quem naturalmente pouco importa a sorte do senhor.

No terreiro, finalmente, viam-se cães vigilantes, guardas avançadas e fiéis, que ao mesmo tempo arremetem contra o inimigo e despertam a família que dorme.

De dentro daquela casa um só homem resistiria a vinte salteadores, e somente poderia ser vencido pela traição abrigada sob o mesmo teto.

Sem dúvida, por esta consideração Domingos Caetano tinha adotado o costume de fazer dormir fora da casa da família ainda mesmo os escravos e escravas do serviço doméstico. O próprio Simeão, desde que saíra da segunda infância, tivera o seu quarto, aliás muito cômodo, junto da fábrica, ou do *engenho*, como ainda se diz.

No interior da casa, e só por exceção, dormiam duas escravas, uma já idosa e que acompanhara Angélica desde menina, tornando-se por isso objeto de sua estima, e Eufêmia, filha dessa mesma escrava e mucama de Florinda.

Eufêmia era na fazenda a amante predileta de Simeão.

À morte de Domingos Caetano não seguira modificação alguma nos costumes da fazenda e da família; o sogro revivia no genro.

Hermano muito acertadamente louvou a prática de fazer dormir fora da casa senhorial todos os escravos; mas também respeitou a exceção que achara estabelecida.

Às nove horas da noite do domingo os escravos do serviço doméstico retiraram-se; Hermano fechou e trancou todas as portas e janelas, foi dormir tranquilo e sem cuidados.

A inexpugnável fortaleza estava fechada.

Mas... dentro dela havia ainda escravos.

XXIII

Era meia-noite, quando os cães latiram com furor.

Hermano acordou ao grito de alerta das suas sentinelas, e quis levantar-se do leito; mas o latir dos cães serenou tão depressa e o braço de Florinda pousava tão suave e meigo sobre o seu ombro, que ele não se animou a perturbar o sono da esposa, e em breve adormeceu.

À uma hora da noite soou três vezes seguidas perto da casa o piar sinistro de uma coruja.

Eufêmia, que velava, ergueu-se da esteira e foi, pé por pé, mas trêmula, até a cozinha, que era vasta e que, além da porta fortíssima, tinha ainda uma janela pesada, larga, e inabalável; assegurando-se pelo ouvido atento de não ter sido seguida, estendeu o braço e arranhou a porta.

De fora arranham também a porta.

Eufêmia dirigiu-se então à janela, desprendeu sem ruído as duas traves de ferro, com o vestido envolveu a enorme tranca igualmente de ferro para ver se abafava o ranger daquele grilhão da fortaleza, hesitou... tremeu... reanimou-se, e suspendendo a respiração e com ímpeto nervoso deu a volta e destrancou a janela que se abriu em par.

Saltaram logo para dentro quatro homens; o Barbudo, que trazia espingarda e uma grande faca, dois escravos da fazenda seduzidos por Simeão, e este desprendendo ameaçadores machados.

Fora murmuravam surdamente vozes sinistras. Os quatro assaltantes deixavam sócios a cobrir-lhes a retirada.

Os cães não latiam mais; Simeão os tinha trancado facilmente em seu quarto.

O Barbudo passou uma lanterna furta-fogo a Simeão que marchou adiante, ensinando o caminho.

O que em seguida se passou foi horrível.

Chegados à sala de jantar o crioulo mostrou ao lado direito a porta do aposento de Hermano e de Florinda; dois dos perversos, o Barbudo e um dos negros, colocaram-se aos lados dessa porta: o outro negro recebeu a lanterna e seguiu a Simeão que avançou para a frente e entrou no quarto de dormir de sua senhora.

Angélica dormia profundamente, e diante dela em uma esteira ressonava a sua escrava estimada, a mãe de Eufêmia.

Simeão aproximou-se do leito, e sem compaixão da fraqueza, sem lembrança dos benefícios, filho celerado da escravidão que é horror, demônio da ingratidão e da perversidade, levantou o machado, e descarregou-o sobre a cabeça de Angélica, que morreu sem expirar.

O machado partira pelo meio a cabeça da protetora e segunda mãe do assassino; mas ao ruído do golpe a velha escrava despertando assombrada, e vendo a cena atroz, soltou um grito pavoroso:

— Simeão!

O negro da lanterna deu tão forte pontapé no estômago da velha escrava que a estirou no chão sem sentidos.

Hermano despertara ao estrépito, percebera luz, adivinhara perigo, e saltando da cama tomara um revólver, e com tanta rapidez se lançou fora do quarto, que escapou aos golpes desfechados pelos dois ladrões que o esperavam à porta.

Mas o Barbudo se atirou sobre o mancebo, e a luta começou; luta desigual de um contra quatro, de um, a quem o revólver falhara, pois que o tinham nesse dia descarregado traiçoeiramente, contra quatro armados e ferozes.

Florinda apareceu em desalinho e ululante, e caiu de joelhos a pedir a vida do marido...

Simeão a viu nesse desalinho, e correu para ela, agarrou-a, e ultrapassando todos os furores do crime, injuriou-a com o contato de suas mãos devassas e de seus lábios torpes.

Aos gritos de Florinda e à enormidade do insulto, Hermano, já esfaqueado e banhado em sangue, em um arrojo de desesperação, sublime, incrível, com a raiva a lampejar-lhe nos olhos, Hércules de um momento, escapou-se aos braços dos três malvados, a um atirou por terra, a outro arrancou a faca, e de um salto foi cravá-la em Simeão que lhe ultrajava a esposa.

Logo porém o Barbudo desfechou um tiro, tiro providencialmente piedoso; porque a bala atravessou dois corações, e Hermano e Florinda caíram mortos ao lado um do outro.

Simeão ficara ferido no ombro.

Tudo isto se passou em dez minutos ao menos.

Mas aos gritos de Florinda, e ao tiro que a matara e ao marido acordou o feitor da fazenda que tocou a rebate, chamando os escravos, que nem todos ausentes, e muitos dos presentes alheios ao atentado, acudiram trazendo por armas foices e machados.

Simeão, esquecendo o golpe que recebera, e o sangue que do ombro lhe corria, deixou um dos negros na sala onde estavam os dois cadáveres e com o Barbudo e o outro negro que levava a lanterna, voltou ao quarto da senhora assassinada, arrombou facilmente a gaveta da velha mesa, e apoderando-se de uma grossa chave, foi ao fundo do quarto, arrancou precipitado uma cortina de chita que cobria pequena parte da parede e mostrando em grande vão que havia nesta uma caixa de jacarandá chapeada de ferro, abriu rápido duas fechaduras, e escancarou a caixa que estava cheia de pequenos sacos contendo moedas de ouro e prata.

Os três ladrões lançaram-se ao tesouro: ao ruído da colheita dos despojos correu o outro escravo que ficara na sala; imediatamente porém rompeu a vozeria e o estrépito do combate ao pé da casa.

Os quatro miseráveis seguidos de Eufêmia, todos carregados de ouro e prata, fugiram precipitados pela porta da cozinha, e ganharam o campo abandonando os cúmplices, que se batiam.

Só de muito longe assobiaram repetidas vezes anunciando a retirada, e metendo-se logo pelo mato, cada qual cuidando exclusivamente de si.

Simeão contara demais com as suas forças: ferido, e tendo perdido muito sangue, caiu desanimado, quando procurava saltar a cerca da fazenda.

Conclusão

O crime espantosamente horrível não ficou impune. A lei vingou as vítimas.

O Barbudo, Eufêmia e outros cúmplices acham-se na casa da correção pagando sua malvadeza.

Simeão subiu à forca; estrebuchou e morreu debaixo dos pés do carrasco.

A lei de exceção matou o *escravo* e deixou com vida o Barbudo tão celerado como ele, ou, se é possível, mais celerado que ele.

Tudo isto é profundamente imoral e perverte a sociedade.

É imoral a sociedade que mata; porque ensina a matar.

É imoral a exceção da lei na regra mortífera contra o escravo; porque e uma iniquidade de mais imposta embora pela necessidade de aterrar os escravos, necessidade que manifesta as aberrações de todas as noções do direito e da justiça, a que a existência da escravidão obriga a sociedade, a quem castiga, e de quem se vinga, corrompendo-a.

É imoral, e deforme; porque é imoral e deforme toda a sociedade, toda a nação, todo o império que conserva e mantém em seu seio a escravidão.

Concluamos.

Simeão foi o mais ingrato e perverso dos homens.

Pois eu vos digo que Simeão, se não fosse escravo, poderia não ter sido nem ingrato, nem perverso.

Há por certo alguns homens livres que são perversos; exemplo: o Barbudo.

Essa perversidade é porém uma exceção no homem livre.

Entre os escravos a ingratidão e a perversidade fazem a regra; e o que não é ingrato nem perverso entra apenas na exceção.

Porquanto, e todos o sabem, a liberdade moraliza, nobilita, e é capaz de fazer virtuoso o homem.

E a escravidão degrada, deprava, e torna o homem capaz dos mais medonhos crimes.

A lei matou Simeão na forca.

A escravidão multiplica os Simeão nas casas e fazendas onde há escravos. Este Simeão vos horroriza?...

Pois eu vos juro que a forca não o matou de uma vez; ele existe e existirá enquanto existir a escravidão no Brasil.

Se quereis matar Simeão, acabar com Simeão, matai a mãe do crime, acabai com a escravidão.

A força que matou Simeão é impotente, e inutilmente imoral.

Há só uma força que vos pode livrar dos escravos ingratos e perversos, dos inimigos que vos cercam em vossas casas.

É a força santa do carrasco anjo: é a civilização armando a lei que enforque para sempre a escravidão.

❖

II
Pai-Raiol, o feiticeiro

I

O homem deixa-se facilmente enlevar pelo encanto do maravilhoso, e é explorando este segredo da fraqueza humana que o charlatanismo abusa da simplicidade dos crédulos e à custa deles bate moeda na forja da impostura, ou sacrifica à sua corrupção as inocentes vítimas que loucamente espontâneas se precipitam nesse perigoso desvio da razão.

Esta observação incontestável pode-se aplicar com inteiro cabimento a todos os tempos e a todas as nações, qualquer que fosse ou seja o grau de sua civilização.

É inútil fazer falar a história, quando a ninguém lembraria pôr em dúvida fatos que ainda hoje em todo mundo atestam o poder do charlatanismo sobre a imaginação dos homens.

Os adivinhos, os cartomantes, os ledores do futuro, os curandeiros misteriosos multiplicam-se em Paris e em todas as cidades da Europa, onde a impostura desses exploradores da credulidade de muitos e da curiosidade de quase todos vai descendo na escala da rudeza, do ridículo e do grotesco à medida que toma freguesia no seio da população menos civilizada, e que se afasta da cidade para internar-se no campo.

Neste ponto a Europa não pode rir do Brasil; porque o excede muito as variedades brilhantes e sombrias dessa espécie de charlatanismo; mas também a capital do império do Brasil e nossas mais consideráveis cidades não podem rir do campo ou da *roça*, porque têm dentro de seus muros esse charlatanismo apurado e curioso que ainda não chegou à *roça* e o grotesco, e também maligno, que na *roça* é infelizmente muito comum.

Na cidade do Rio de Janeiro (e quanto mais nas outras do império!) ainda há *casas de tomar fortuna*, e com certeza pretendidos feiticeiros e curadores de feitiço que espantam pela extravagância e grosseria de seus embustes.

A autoridade pública supõe perseguir; mas não persegue séria e ativamente esses embusteiros selvagens em cujas mãos de falsos curandeiros têm morrido não poucos infelizes.

E que os perseguisse zelosa e veemente, a autoridade pública não poderá acabar com os feiticeiros, nem porá termo ao feitiço, enquanto houverem no Brasil escravos, e ainda além da emancipação destes, os restos e os vestígios dos últimos africanos, a quem roubamos a liberdade, os restos e os vestígios da última geração escrava de quem hão de conservar muitos dos vícios aqueles que conviveram com ela em intimidade depravadora.

O *feitiço*, como a sífilis, veio d'África.

Ainda nisto o escravo africano, sem o pensar, vinga-se da violência tremenda da escravidão.

II

O escravo africano é o rei do *feitiço*.

Ele o trouxe para o Brasil como o levou para quantas colônias o mandaram comprar, apanhar, surpreender, caçar em seus bosques e em suas aldeias selvagens da pátria.

Nessa *importação* inqualificável e forçada do homem, a prepotência do importador que vendeu e do comprador que tomou e pagou o escravo pôde, pela força que não é direito, reduzir o homem a coisa, a objeto material de propriedade, a instrumento de trabalho; mas não pôde separar do *homem importado* os costumes, as crenças absurdas, as ideias falsas de uma religião extravagante, rudemente supersticiosa, e eivada de ridículos e estúpidos prejuízos.

Nunca houve comprador de africano importado que pensasse um momento sobre a alma do escravo: comprara-lhe os braços, o corpo para o trabalho; esquecera-lhe a alma; também se a tivesse conscienciosamente lembrado, não compraria o homem, seu irmão diante de Deus.

Mas o africano vendido, escravo pelo corpo, livre sempre pela alma, de que não se cuidou, que não se esclareceu, em que não se fez acender a luz da religião única verdadeira, conservou puros e ilesos os costumes, seus erros, seus prejuízos selvagens, e inoculou-os todos na terra da proscrição e do cativeiro.

O gérmen lançado superabundante no solo desenvolveu-se, a planta cresceu, floresceu, e frutificou: os frutos foram quase todos venenosos.

Um corrompeu a língua falada pelos senhores.

Outro corrompeu os costumes e abriu fontes de desmoralização.

Ainda outro corrompeu as santas crenças religiosas do povo, introduzindo nelas ilusões infantis, ideias absurdas e terrores quiméricos.

E entre estes (para não falar de muitos mais) fundou e propagou a alucinação do *feitiço* com todas as suas consequências muitas vezes desastrosas.

E assim o negro d'África, reduzido à ignomínia da escravidão, malfez logo e naturalmente a sociedade opressora, viciando-a, aviltando-a e pondo-a também um pouco asselvajada, como ele.

O negro d'África africanizou quanto pôde e quanto era possível todas as colônias e todos os países, onde a força o arrastou condenado aos horrores da escravidão.

No Brasil a gente livre mais rude nega, como o faz a civilizada, a mão e o tratamento fraternal ao escravo; mas adotou e conserva as fantasias pavorosas, as superstições dos míseros africanos, entre os quais avulta por mais perigosa e nociva a crença do *feitiço*.

No interior do país, onde mais abunda a escravatura, mais espalhada se encontra a prática torpe do *feitiço*.

O *feitiço* tem o seu pagode, seus sacerdotes, seu culto, suas cerimônias, seus mistérios; tudo porém grotesco, repugnante, e escandaloso.

O pagode é de ordinário uma casa solitária; o sacerdote é um africano escravo, ou algum digno descendente e discípulo seu, embora livre ou liberto, e nunca falta a sacerdotisa da sua igualha; o culto é de noite à luz das candeias ou do braseiro; as cerimônias e os mistérios de incalculável variedade, conforme a imaginação mais ou menos assanhada dos embusteiros.

Pessoas livres e escravas acodem à noite e à hora aprazada ao casebre sinistro; uns vão curar-se do *feitiço*, de que se supõem afetados, outros vão iniciar-se ou procurar encantados meios para fazer o mal que desejam ou conseguir o favor que aspiram.

Soam os grosseiros instrumentos que lembram as festas selvagens do índio do Brasil e do negro d'África; veem-se talismãs rústicos, símbolos ridículos; ornamentam-se o sacerdote e a sacerdotisa com penachos e adornos emblemáticos e de vivas cores; prepara-se ao fogo, ou na velha imunda mesa, beberagem desconhecida, infusão de raízes enjoativas e quase sempre ou algumas vezes esquálida; o sacerdote rompe em dança frenética, terrível, convulsiva, e muitas vezes, como a sibila, se estorce no chão: a sacerdotisa anda como doida, entra e sai, e volta para tornar a sair, lança ao fogo folhas e raízes que enchem de fumo sufocante e de cheiro ativo e desagradável a infecta sala, e no fim de uma hora de contorções e de dança de demônio, de ansiedade e de corrida louca da sócia do embusteiro, ela volta enfim do quintal, onde nada viu, e anuncia a chegada do gênio, do espírito, do deus do *feitiço*, para o qual há vinte nomes cada qual mais burlesco e mais brutal.

Referve a dança que se propaga: saracoteia a obscena negra e o sócio, interrompendo o seu bailar violento, leva a cuia ou o vaso que contêm a beberagem a todos os circunstantes, dizendo-lhes: "toma *pemba*!" e cada um bebe um trago da *pemba* imunda e perigosa.

Os doentes de *feitiço*, os candidatos à feitiçaria, os postulantes de feitiço para bons ou maus fins sujeitam-se às provas mais absurdas e repulsivas, às danças mais indecentes, às práticas mais estólidas.

A bacanal se completa: com a cura dos enfeitiçados, com os tormentos das iniciações, com a concessão de remédios e segredos de feitiçaria mistura-se a aguardente, e no delírio de todos, nas flamas infernais das imaginações depravadas, a luxúria infrene, feroz, torpíssima, quase sempre desavergonhada, se ostenta.

Tudo isto é hediondo e horrível; mas é assim.

Não são somente escravos que concorrem a essas turvas, insensatas e peçonhentas solenidades da feitiçaria: há gente livre, simples, crédula, supersticiosa que se escraviza às práticas do *feitiço*, e vai aos fatais *candombes* sacrificar seu brio, sua moralidade, e sua saúde, além do dinheiro que às mãos cheias entrega ao feiticeiro-mestre.

Daí o que resulta mal se tem compreendido!

Desse culto grotesco, esquálido da feitiçaria sai o gérmen da desmoralização de muitas famílias, cujos chefes por superstição e fraqueza são cativos de um escravo, deixando-se dominar pelo grande feiticeiro.

Saem dele envenenamentos que matam de súbito, ou que aos poucos dilaceram aflitivamente as vidas das vítimas.

Sai dele a conspiração assassina de escravos que levam a desolação a senzalas de parceiros e às casas dos senhores.

Saem dele o contágio da superstição, que é um flagelo, a aniquilação do brio, que é a ruína dos costumes e das noções do dever, a religião do mal, e o recurso ao poder de uma entidade falsa, mas perversa, que é a fonte aberta de confianças loucas, e de crimes encorajados por uma espécie de fanatismo selvagem, que por isso mesmo se torna mais tremendo e fatal.

Essa prática da feitiçaria organizada, instituída com cerimônias e mistérios, embora repugnantes e ignóbeis, é uma peste que nos veio com os escravos d'África, que desmoraliza, e mata muito mais do que se pensa, e que há de resistir invencível a todas as repressões, enquanto houver escravos no Brasil, e ainda depois da emancipação dos escravos, enquanto a luz sagrada da liberdade não destruir todas as sombras, todos os vestígios negros da escravidão que nos trouxe da África as superstições, os erros, as misérias, e as torpidades da selvatiqueza.

III

Não há fazendeiro prudente ou ajuizado que tolere dentro de sua fazenda a prática da feitiçaria: algum, e tem havido exemplos, que apadrinhou essa brutal impostura, foi desgraçado infecto dessa louca superstição e acabou dela vítima.

As casas do escandaloso culto do *feitiço*, ou dos *candombes* isolam-se instintivamente, escapam as mais das vezes à ação dos proprietários de terras, encantonando-se em lugar ou refúgio independente, que só receia a perseguição da polícia, a qual somente se lembra da sua existência se o candombeiro é emancipado, ou livre, e como tal pode votar em eleições: fora desta hipótese, o candombeiro faz prática de feitiçaria, e a polícia dorme sem jamais sonhar com essa entidade malvada.

Mas em muitas fazendas há dissimulado, sinistro, fatal o negro feiticeiro.

E o negro feiticeiro é um perigo real de todos os dias.

Os outros escravos, se o conhecem, o temem; procuram torná-lo amigo com bajulações, presentes, serviços e obrigada submissão: se o não conhecem, sentem-no em males que experimentam.

Em regra que poucas exceções concede, o negro escravo acredita no poder do feiticeiro, como o velho muçulmano no alcorão de Maomé.

E o senhor não está a coberto da ação perversa desse tremendo ou insensato charlatão que se chama feiticeiro.

Insensato charlatão, dizemos; porque não é raro que o miserável fátuo, em sua profunda e vaidosa ignorância, se presuma dotado de maléfico e sobrenatural poder.

Mas que é na realidade o negro escravo feiticeiro? Em quê consiste a sua faculdade de fazer mal impunemente? Qual é a fonte de sua força, da sua influência ativa e funesta?

O feiticeiro das fazendas e dos estabelecimentos rurais, ainda mesmo dos mais modestos, é, se infelizmente entre os escravos existe, o negro herbolário, o botânico prático que conhece as propriedades e a ação terrível de raízes, folhas e frutas que debilitam, enlouquecem, e fazem morrer o homem; que abatem com as forças físicas a força moral do homem, e ao que eles chamam: *amansar* o senhor; que excitam a luxúria, e os instintos animais; que atacam o cérebro e corrompem a razão; que envenenam pouco a pouco dilacerando o estômago e os intestinos até matar no fim de horríveis tormentos, ou que de repente, em poucas horas, em breves minutos assassinam, como o tiro do bacamarte, mas sem o ruído do tiro do bacamarte.

Quem deu essa ciência ao negro analfabeto e ignorante?... a rude experiência própria ou a revelação fraternal que o prepararam na África e que mais o armam, escravo na colônia escravagista: iniciado nos venenos vegetais d'África, o negro atiçou a inteligência para fazer o mal, vendo-se escravo; recolheu e guardou a rude ciência dos olhos que distinguem as plantas; onde foi, procurou, experimentou, achou vegetais venéficos; conheceu uns pela experiência de outros escravos, foi ensaiando muitos nos animais domésticos, no gado da fazenda; no aspecto, no sabor, no cheiro adivinhou às vezes o veneno nas flores, nos frutos, nas raízes do *cipó*, do arbusto, da árvore; preparou assim sua ciência prática, misturou-a com sacrílegas rezas, com imprecações e votos desprezíveis e com uma química extravagante, imunda, nojenta que compõe cozimentos e infusões em que dez ou mais substâncias inertes ou apenas asquerosas se ajuntam com uma que é o veneno que opera.

O feiticeiro não é mais nem menos do que um propinador de venenos vegetais.

Mas basta isso para torná-lo formidável.

Poucos restam dos negros africanos feiticeiros; dos que porém já morreram, muitos passaram aos parceiros prediletos, aos filhos desprezados com eles nas senzalas, aos curiosos que souberam pagar bem a ciência que invejavam, os segredos fatais do envenenamento com as suas variedades múltiplas.

Herbolários tremendos, os escravos feiticeiros têm escondidos no bosque, e sempre à mão, e sempre certos de serem achados, os punhais invisíveis, os tiros sem estrépito, os venenos ignorados, com que estragam a saúde, ou apagam a vida daqueles de quem se querem vingar, ou a quem se resolvem a matar.

E muitas vezes vão cadáveres ao cemitério da freguesia, e ao vê-los passar o feiticeiro ri... ri, porque é sua colheita de morte, e ele é algoz disfarçado, insuspeito e celerado...

Há por esse interior, nas fazendas e nos sítios, moléstias que não se explicam, mortes de senhores e de escravos que se afiguram misteriosas, ataques repentinos de loucura, abatimentos da vontade e da energia do senhor que se reduz a inerte máquina sem força física, e a objeto da zombaria dos seus escravos: uns lamentam, outros choram; é raro que haja quem se empenhe em aprofundar a origem e as causas de semelhantes sucessos sinistros, e só o feiticeiro às escondidas ri...

Em uma fazenda, em um sítio, em qualquer parte, onde exista e se dissimule, o feiticeiro é peste e flagelo terrível.

E sempre que puserdes a mão em um desses feiticeiros, encontrareis nele um negro escravo... ou algum seu iniciado.

E tomai sentido e precauções: o escravo, não nos cansaremos de o repetir, é antes de tudo natural inimigo de seu senhor; e o escravo que é feiticeiro, sabe matar.

IV

Paulo Borges era um rico fazendeiro do município de... na província do Rio de Janeiro; no tempo do começo deste romance, que é a história resumida do mais triste período de sua vida, contava ele quarenta e seis anos de idade. Imaginai um homem alto com os cabelos castanhos e crespos, mas nem sempre penteados, fronte um pouco baixa sob sobrancelhas bastas, olhos pretos e belos, nariz aquilino, boca rasgada, e lábios grossos e eróticos, rosto oval e de cor que devera ser branco-rosado, se o rigor do sol não o tivesse bronzeado; magro sem exageração ou antes seco de músculos, peitos largos e mãos engrandecidas e calejadas pelo trabalho, e tereis diante de vós Paulo Borges fisicamente considerado.

A simplicidade e quase pobreza do seu trajar que desconhecia o império das modas e a escolha de finos tecidos, seus modos rudes, sua atividade constante, uma certa aspereza artificial de gênio, presidindo ao governo e disciplina da fazenda; a frugalidade e a economia do seu viver, o escrúpulo religioso no cumprimento da palavra dada e a diligência excessiva no trabalho, mostravam nesse homem o tipo do lavrador honrado, mas sempre ambicioso de duplicar, de centuplicar seus capitais, o tipo do lavrador que hoje raramente se encontra, do pobre rico que se subtraía ao mundo, e só queria conhecer a *roça* e a casa, os escravos e a família, trabalhando sempre, gastando pouco, ajuntando muito, e não pesando a nenhum outro homem como ele.

Paulo Borges casara-se aos quarenta anos de idade com uma senhora ainda jovem, simples de costumes, honesta, laboriosa, afeita à vida rural dos fazendeiros, e que trouxera ainda ao marido alguns contos de réis de dote: em seis anos Teresa já tinha dado a seu esposo dois filhos, cuja criação não a poupava aos cuidados domésticos e aos que particularmente corriam por sua conta na fazenda, isto é a direção da dispensa, da enfermaria, e da grosseira rouparia dos escravos.

O casamento não modificara os costumes do fazendeiro; a sua voz retumbante anunciava ainda mais do que o sino da fazenda a alvorada e a hora do começo do trabalho: Paulo Borges tomava uma xícara de café que Teresa lhe trazia, e logo seguia para a *roça*, onde almoçava e jantava à sombra das árvores; muitas vezes armava-se da enxada ou da foice e excitava os escravos com o seu exemplo, e quando isso não fazia, dispunha no meio deles e em alta voz o serviço; o sol entrado, voltava para casa coberto de suor e pó, mas infatigável e feliz: era assim que passava anos inteiros, à exceção dos domingos e dias de guarda, nos quais ficava em casa, donde nunca ou só por extraordinária exceção saía, somente para casos de negócio importante.

Paulo Borges tinha essa espécie de preocupação que é um mau cálculo infelizmente muito comum entre os nossos fazendeiros e lavradores, empenho sempre ativo de comprar terras para estender as que já possui às vezes demais, e de multiplicar também a escravatura, esquecendo os meios de suprir muitos braços, poupando o capital: ainda bem que a força da necessidade e a lição da experiência têm já introduzido em muitas fábricas as máquinas e os processos que economizam tempo, gente e dinheiro, e na preparação e limpa das plantações e sementeiras os instrumentos que produzem igual resultado. Quanto ao gosto decidido de *arredondar* as terras possuídas, comprando novas e contíguas, o costume continua a ser lei.

Paulo Borges, pois, era dominado por esse *fraco* da sua natureza de lavrador mais que abastado: onde havia terras a vender junto ou perto das suas, ele as tomava, ainda por elevado preço, imobilizando assim avultadas somas; se notícias lhe chegavam de arrematação de escravos na vila, ou de venda de alguns nas proximidades da sua fazenda, arrancava-se aos encantos da *roça*, e lá ia realizar a compra: jamais se ocupara de tomar informações sobre a moralidade, ou antes sobre os graus de desmoralização da gente que introduzia na sua fazenda, nem lhe importava a celebridade ruim de um ou outro escravo: não comprava homens, comprava máquinas; queria braços e não corações; além disso tendo fama, e gabando-se de senhor severo e forte, entrava nos seus timbres *amansar* os negros altanados e incorrigíveis.

Também na fazenda os castigos cruéis poucas vezes se observavam; porque a certeza deles nos casos graves desanimava os escravos mais audaciosos, que sabiam como o senhor nunca punia sem razão, e nunca perdoava, quando a tinha para castigar.

Cinco anos depois do seu casamento, Paulo Borges deixou de ir à *roça* uma manhã; deu suas ordens a um escravo que na sua falta servia de feitor, vestiu-se com algum esmero, e, almoço acabado, tomou o chapéu para sair.

— Isto é novidade grande, senhor Paulo — disse-lhe a mulher, que era sempre alheia aos negócios externos de casa.

— Há hoje arrematação de escravos na vila; são vinte e acostumados já à lavoura da cana e ao serviço do engenho...

— Já temos tantos... mais de cem...

— Tomara eu mil... tu me dás um filho de dois em dois anos, e aí estás a empurrar-me com o volume do terceiro que não tarda a saltar no mundo, e não queres que eu prepare futuro para a nossa ninhada?

Teresa sorriu-se convencida.

Paulo Borges montou a cavalo, partiu a galope, e à tarde voltou, trazendo diante de si vinte escravos, vinte homens, umas míseras máquinas vivas trazendo no rosto a expressão da indiferença estúpida e da imbecilidade; outros cabisbaixos, apreensivos e profundamente melancólicos.

Entre eles vinha Pai-Raiol, um negro feio e já desfigurado por moléstia ou por castigos.

Teresa, que acudira a receber seu marido, ao correr com os olhos os seus novos escravos, sentiu um movimento de repulsão vendo o Pai-Raiol, e voltando o rosto, disse baixo a Paulo Borges:

— Que má cara tem este negro!

Pai-Raiol ouviu a observação da senhora, que o apontara com o dedo; mas ficou imperturbável, frio, indiferente, como se nada tivesse ouvido.

V

Pai-Raiol passara nesse dia ao seu quinto senhor.

Era um negro africano de trinta a trinta e seis anos de idade, um dos últimos importados da África pelo tráfico nefando: homem de baixa estatura, tinha o corpo exageradamente maior que as pernas; a cabeça grande, os olhos vesgos, mas brilhantes e impossíveis de se resistir à fixidade do seu olhar pela impressão incômoda do estrabismo duplo, e por não sabermos que fruição de magnetismo infernal; quanto ao mais, mostrava os caracteres físicos da sua raça; trazia porém nas faces cicatrizes vultuosas de sarjaduras recebidas na infância: um golpe de azorrague lhe partira pelo meio o lábio superior, e a fenda resultante deixara a descoberto dois dentes brancos, alvejantes, pontudos, dentes caninos que pareciam ostentar-se ameaçadores; sua boca era pois como mal fechada por três lábios; dois superiores e completamente separados, e um inferior perfeito: o rir aliás muito raro desse negro era hediondo por semelhante deformidade; a barda retorcida e pobre que ele tinha mal crescida no queixo, como erva mesquinha em solo árido, em vez de ornar afeiava-lhe o semblante; uma de suas orelhas perdera o terço da concha na parte superior cortada irregularmente em violência de castigo ou em furor de desordem; e finalmente braços longos prendendo-se a mãos descomunais que desciam à altura dos joelhos completavam-lhe o aspecto repugnante da figura mais antipática.

Pai-Raiol tinha má reputação: fora vendido uma vez, e três vezes revendido pela desordem em que punha os parceiros, pelos furtos que incorrigivelmente praticava, e por suspeita de propinação de veneno a uma escrava que resistira a seus desejos impetuosos, e em breve morrera subitamente logo depois de aceitar e beber um copo de aguardente que ele lhe oferecera à porta de sua senzala. Além disso, o negro se fizera temível pela audácia de seu ânimo, e força física ainda mais avultada pela agilidade e presteza de movimentos nas lutas. No poder de seus três primeiros senhores provara os mais duros castigos: experimentara por mais de uma vez as dolorosas solidões do tronco, e os tormentos do açoite no poste horrível, onde se amarra o padecente, a vítima, criminosa embora.

Em seu quarto cativeiro que breve terminou pela morte do senhor, parecera enfim menos intrigante e perturbador da harmonia dos míseros parceiros; mas sofrera ainda por vezes severos castigos pela descoberta de sua frequência reincidente e teimosa nos *candombes* de uma negra liberta e famosa feiticeira. Pai-Raiol acabara por dobrar-se humilde às condições da escravidão, e nos últimos meses de vida de seu quarto senhor, que aliás morreu de ulcerações no estômago e intestinos, vegetou, existiu silencioso e traste na fazenda, trabalhando de dia na *roça*, e passando as noites recolhido na senzala.

Pretendiam os outros escravos seus parceiros que essa inesperada e completa metamorfose de Pai-Raiol, o incorrigível, era devida aos seus felizes amores com a crioula Esméria, que com ele convivia e o dominava.

A morte do senhor, o subsequente inventário e as partilhas da casa por ele deixada, a necessidade do pagamento de dívidas enfim determinaram essa arrematação de vinte escravos, de que se aproveitou Paulo Borges, a quem aliás não foi estranha a história do Pai-Raiol, e que se aplaudiu de contar entre os vinte arrematados a crioula Esméria que tornara pacífico, tranquilo e sujeito o indisciplinado africano.

Paulo Borges não dava importância a essas ligações de escravo e escrava; mas, pois que a do Pai-Raiol e de Esméria lhe aproveitava, reputou afortunada a compra que mantinha a consoladora sociedade do negro e da negra que se diziam amar.

E recolhidos os vinte novos escravos à fazenda, Paulo Borges mandou-os procurar e escolher senzalas, abandonando a seus instintos, e deixando em liberdade de convivência o africano Raiol, e a crioula Esméria.

VI

Naturalmente Paulo Borges e Teresa conversaram sobre os seus novos escravos, e a senhora ouviu do marido a história dos maus precedentes do Pai-Raiol e da influência benéfica e feliz com que a crioula Esméria corrigira ou fizera ao menos adormecer seu gênio perverso.

Teresa lembrou-se da impressão repulsiva que experimentara vendo o negro; sentiu que a sua antipatia achasse explicáveis fundamentos, e gostando que uma escrava tivesse podido domar o escravo enfezado e indisciplinável, pois que por fim de contas era sempre a mulher dominando o homem da sua igualha ou condição, teve curiosidade de ver Esméria, e no dia seguinte, quando ao anoitecer chegaram os escravos da *roça*, mandou-a chamar.

A negra obedeceu logo; mas chegou com evidentes sinais de acabrunhadora fadiga.

A senhora esteve algum tempo a olhar e a considerar a escrava.

Esméria era uma crioula de vinte anos com as rudes feições da sua raça abrandadas pela influência da nova geração em mais suave clima; em seus olhos, porém, e no conjunto de seus traços fisionômicos, havia certa expressão de inteligência e de humildade que agradou à senhora.

Teresa achou que Esméria tinha *boa cara*.

Tendo acabado o seu silencioso exame, a senhora disse à escrava:

— Parece que te cansou muito o serviço de hoje… és então fraqueirona…

— Hei de me acostumar, minha senhora… sou forte para o trabalho.

— Como é isso? Não estavas acostumada?

— À enxada não, minha senhora; mas tudo é serviço… amanhã trabalharei melhor…

— Que fazias em casa de teus antigos senhores?

— Lavava, engomava; mas quase sempre estava na cozinha e ajudava minhas senhoras a fazer doces.

— Ah! Eras escrava de dentro… és boa cozinheira? Deixa ver os dentes.

Esméria mostrou duas ordens de dentes brancos, iguais e perfeitos.

— Sabes costurar?

— Sei, minha senhora.

— Vai descansar.

A crioula tomou a bênção à senhora, e retirou-se com os olhos baixos e com alegre esperança no coração.

Teresa ficara refletindo; a escrava lhe convinha para o serviço doméstico; receava, porém, perturbar as suas relações frequentes com o Pai-Raiol, de quem a supunha útil refreadora de malvados instintos; assentou, porém, que tudo se resolveria convenientemente retendo em casa a escrava de dia, e dando-lhe a liberdade da senzala durante a noite.

Restava disputar a Paulo Borges uma enxada da sua *roça*; mas Teresa conhecia bem o caráter de seu marido, e o amor um pouco áspero, porém real e profundo, que lhe devia.

À primeira palavra que a mulher pronunciou, pedindo-lhe Esméria, Paulo Borges fez-se carrancudo e bradou que tinha a casa já cheia de negras vadias.

— Está bem — disse Teresa. — Não falemos mais nisso.

E ela não falou; mas ficou levemente contrariada e triste.

Paulo Borges entrou, saiu, tornou a entrar dez vezes na sala de jantar, e a sair dela outras tantas; por fim não saiu mais, acabando por ser ele quem pediu a Teresa para aceitar Esméria.

Está entendido que a crioula não voltou mais à *roça*.

Era uma escrava esperta, hábil e ativa: criara com o fingimento mais friamente calculado uma segunda natureza para o seu viver na escravidão; sua humildade nunca se desmentia, sua disposição alegre no trabalho a tornara estimada da senhora; pela sua inteligência, agilidade e zelo valia ela só duas ou três escravas.

Esméria lavava, engomava e costurava bem; mas sobretudo na cozinha nenhuma das parceiras a igualava.

Não tinha vontade que não fosse a de sua senhora: aceitou a liberdade da senzala durante a noite, como se obedecesse a uma ordem.

Carinhosa e paciente com as crianças, tinha sempre uma cigarra, um ninho roubado aos passarinhos, um objeto de distração para os pequeninos senhores-moços, um menino e uma menina que por isso a procuravam de contínuo.

Teresa abria seu coração de mãe ao reconhecimento suavíssimo daqueles carinhos da crioula.

A escrava pouco e pouco ia por sua vez cativando a senhora.

Paulo Borges admirava e louvava o acerto de sua esposa.

Teresa, falando de Esméria em suas íntimas conversações com o marido, repetia-lhe sempre:

— Esta escrava foi a minha *sorte grande*, senhor Paulo; não se encontram duas assim.

VII

Esméria não era o que parecia: coagida pela força que não podia rebater a suportar a escravidão que debalde detestava, preparara com atilado juízo a sua segunda natureza, o difícil mas seguro processo, a melhor combinação de proceder para tornar menos dolorosa e torturadora a sua vida de escrava.

Refinara o fingimento.

Via nos filhos de seus senhores futuros e aborrecidos opressores, e beijava-lhes os pés que às vezes desejava morder.

Tinha para os lábios risos de falsa alegria nas horas de aborrecimento, de melancolia, e de aversão a ferver.

Luzia-lhe nos olhos o amor da senhora, que a amava e distinguia, e lhe dispensava favores, e no fundo do coração maldizia dela, só porque ela era sua senhora: espiava-lhe a vida, almejando descobrir fraquezas, erros e ofensas ao dever; invejava-lhe os vestidos, os gozos, a condição; em muda ousadia comparava-se com Teresa, e em sua louca vaidade pretendia ser mais bonita, mais bem-feita, mais sedutora que ela.

Desconfiada e egoísta, não tinha nem franqueza nem lealdade com as parceiras: de todas simulava-se amiga, de nenhuma denunciava nem escondia as faltas; se podia comprometê-las sem comprometer-se, fazia-o para mais recomendar-se ao ânimo e ao coração da senhora.

Testemunhava indiferente, com seriedade que podia indiciar sentimento, mas sem dor e sem piedade, os castigos que as outras escravas recebiam às vezes.

Em resumo, Esméria era um composto de dissimulação profunda, de egoísmo enregelado, e de aversão abafada.

Não bebia, e detestava o fumo: escrava, desconhecia as duas repugnantes consolações da escravidão, a dupla embriaguez da aguardente e do cachimbo; mas em compensação era possessa do demônio da luxúria, que é o demônio torpe que desenfreia os instintos animais do escravo, únicos que o mantêm animal a despeito da prepotência que teima em reduzi-lo a simples *coisa* material.

Mas ainda nesse frenesi dos sentidos Esméria ocultava na sombra o seu vício dominante e furioso: amava os amantes de sua raça, preferia-os a todos os outros; mas em sua vaidade descomunal e egoísta envergonhava-se deles, desejaria sepultá-los ignotos no mistério de suas noites escandalosas; tomava precauções, imaginava ridículos e impossíveis segredos, e aspirava a fortuna do amor, da posse, da paixão delirante de um homem livre e rico.

Como outros, Paulo Borges e Teresa se haviam enganado, dando importância às ligações da Esméria com o Pai-Raiol, e acreditando na influência da crioula sobre o escravo africano.

Esméria fora amante de Pai-Raiol outrora, e só durante algumas semanas ou meses.

Um e outro separaram-se em breve sem acordo resolvido, mas de acordo espontâneo, sem ressentimento e com a ampla tolerância e a ilimitada indiferença da sociedade escrava.

O que resultou dessa ligação efêmera foi o contrário do que imaginara a credulidade.

Não era Esméria que dominava o Pai-Raiol pelo encanto do amor, a que o refalsado negro africano nunca seria suscetível de dobrar-se; era a possessão como magnética da crioula pelo Pai-Raiol que sujeitava ela a ele.

O escravo incorrigível fatigara-se do tormento dos açoites, concentrara seus ódios a todos os brancos, e a todos os senhores, e por adotado plano se deixara acreditar sopeiado, arrependido e sujeito.

Esméria não domara a seu amante de alguns dias, e fora alheia à sua aparente resignação.

Do amor passageiro dos dois escravos, amor que por acaso renascia para tornar a morrer, como as inexpiradas e rápidas exalações elétricas que radiam por momentos, rasgando o espaço, o que resultou não foi a influência benéfica de Esméria sobre o Pai-Raiol; foi a influência satânica do Pai-Raiol sobre Esméria.

A crioula não amava; temia, porém, o africano: longe dele pronunciava o seu nome sempre em tom de voz respeitosa, e quando o via perto, acudia-lhe ao chamado, obedecia-lhe ao aceno, e executava pronta e como escrava a ordem que ela interpretava cintilando desconcertada nos olhos vesgos.

Donde vinha esse império do Pai-Raiol, a que tão submissa se curvava Esméria? Os escravos teimavam em dizer que os dois eram amantes, e que a crioula, embora muito infiel, se fingia dócil e sujeita ao feio negro para melhor senhoreá-lo.

O Pai-Raiol ouvia com indiferença esses juízos; mas a verdade era que Esméria com toda sua viveza acreditava nos prodígios do *feitiço*, e considerava aquele africano abalizado feiticeiro; durante sua mais frequente ligação com ele, pudera ser testemunha de sinistros processos de feitiçaria pelos quais o mal, o dano premeditado se realizava infalível; vira em escondido depósito folhas secas, raízes, pós, penas negras, garras de abutres, ossos humanos e cem outros objetos de misteriosas e sempre maléficas propriedades, quando a ciência do *feitiço* os combinava.

Uma vez, Raiol conduziu Esméria ao bosque e parando em um lugar onde mais se cerrava o cipoal assobiou por vezes, imitando os silvos das serpentes; em breve acudiram uma depois de outra três cobras ameaçadoras; o negro fixou os olhos sobre elas, segurou junto da cabeça em uma que se enrolou em seu braço, depois deixou-a livre e assim enrolada, ameigou-a, tirou-a do braço, guardou-a no seio e por fim soltou-a no chão; e enquanto a crioula recuava tremendo de medo, repetiu o mesmo brinco, ou a mesma operação com outra cobra.

Saindo do bosque, a crioula ainda assustada perguntou:

— Para que você faz isto, Pai-Raiol?...

— Pai-Raiol pode — disse o negro com ostentação

— Um dia alguma cobra há de mordê-lo e matá-lo.

Raiol riu-se friamente e respondeu no mesmo tom:

— Pai-Raiol é rei das serpentes.

O escravo africano visava um fim em todo esse seu proceder com a crioula: era atarantá-la, causar-lhe medo, cativá-la, prendê-la com os prestígios do seu poder, e torná-la cego instrumento de sua vontade em algum caso que premeditava.

A morte de seu senhor e a sua subsequente mudança de cativeiro anularam os projetos que ele concebera, e estava disposto a pôr em execução, e por isso, embora arrematado com Esméria, o Pai-Raiol dela pouco se ocupava.

Mas Esméria rendia sempre ao Pai-Raiol o culto do terror.

VIII

Paulo Borges também supôs, como Teresa, ter achado sua *sorte grande* entre os vinte escravos que arrematara.

O Pai-Raiol era a melhor enxada da sua *roça*: à frente do eito ele avançava, cavando a terra, como o soldado intrépido e rompente que marcha avante, ganhando o campo ao inimigo; manejava a foice, ou descarregava o machado com a impetuosidade do entusiasmo pelo trabalho; não parava para enxugar o suor com que o esforço braçal e o calor ardente do sol faziam inundar-lhe o rosto e o corpo, e apenas alguma vez olhava para um e outro lado para ver se algum dos parceiros tentava, ou estava prestes a emparelhar-se com ele.

Paulo Borges admirava-lhe em silêncio o amor do trabalho; mas Raiol não trabalhava com amor, trabalhava com raiva: dir-se-ia que intimamente revoltado contra a violência que o tornara escravo, provocava a fadiga, atormentava-se nos deveres obrigados da escravidão para mais atiçar as fúrias que esta acendera em seu seio.

O Pai-Raiol ao menos não simulava amar o senhor: se às vezes e bem raras o olhava, ninguém podia dizer o que exprimia o seu olhar de completo e dúplice estrabismo: era um olhar de odiento furor assassino que se entranhava nos ângulos sombrios das pálpebras negras.

Esse escravo africano era a concentração misantrópica na sepultura do silêncio: nunca falava aos parceiros na *roça*, e só com monossílabos, ou com respostas de concisão desanimadora cortava as tentativas de amiga conversação; desprezava, aborrecia os escravos porque a experiência o convencera de que a ignomínia da sua condição os fizera vis, covardes, e incapazes de obedecerem à sua voz no empenho de horrível conflagração, que muitas vezes imaginara, e calculara possível.

O Pai-Raiol era pela escravidão vítima, e pela organização ou por sua natureza mau: a reação dos sentimentos da vítima, e os instintos, as inspirações da natureza má o tornavam fera; mas em sua ferocidade estava longe de ser leão, era leopardo.

Desenganado dos irmãos escravos, detestando essa fraternidade que não lhe facilitava seguros instrumentos de imenso mal, de guerra assassina contra os senhores, ele contava só consigo e em si próprio se embrenhava.

Fora do serviço o Pai-Raiol abrigava-se em sua senzala que demorava isolada no cabeço de uma colina do campo, tendo em sua frente pedregoso precipício: ele não tinha, não procurava, nem aceitava amigos; ninguém o via rir, nem lhe ouvia queixas; nas noites dos dias de trabalho nunca saía da fazenda: era certo na sua senzala.

Nos domingos e dias santificados fazia ligeira visita à *venda* para prover-se de aguardente e fumo: depois pedia em casa a sua ração e internava-se nas florestas, ou divagava pelos matos novos, e recolhia-se à noite.

Que ia o Pai-Raiol fazer às florestas, e aos matos novos? Alguns o reputavam caçador, porque algumas vezes ele trazia de volta animais e aves que conseguia apanhar em laços e *mundéus*.

Só Esméria acertava, dizendo entre si:

— O feiticeiro foi colher folhas, frutos e raízes que bem conhece, e brincar com as cobras venenosas, porque é delas o rei.

Com efeito, o Pai-Raiol estudava com a sua rudíssima prática a flora das matas vizinhas da fazenda; achava e colhia nelas plantas venéficas suas conhecidas, e descobria novas, cujas propriedades suspeitas experimentava.

Pai-Raiol se armava, preparava e enriquecia o seu arsenal: o feiticeiro não passa de envenenador; é o assassino charlatão.

Sobre o misantropo negro pesava a fama antiga de feiticeiro; mas nas vizinhanças da fazenda de Paulo Borges havia uma casa de *candombes* ou de cultos de feitiçaria e o Pai-Raiol nunca se lembrara de visitá-la.

O toque noturno da puíta, do uricungo e do pandeiro selvagem alvoroçava às vezes os escravos que em suas senzalas, lembrando as danças da África, choravam saudosos, ou alguns venciam o medo dos castigos, fugindo da fazenda para onde os chamavam as músicas grosseiras, mas recordadoras da pátria. O Pai-Raiol nem por esse encanto se deixara jamais vencer, ou seduzir: a voz do escravo feitor, que procurava informar-se das ausências severamente proibidas, era sempre respondida pelo escravo da senzala isolada.

Paulo Borges, que zombava da crença do *feitiço* e que não esquecia o vigor fervente da sua melhor enxada, desprezava as suspeitas de feitiçaria que desabonavam e comprometiam o seu escravo mais diligente e mais sossegado.

Pai-Raiol, portanto, se abismava em si próprio, nas ruminações dos padecimentos da sua miserável condição, nas ebulições da sua maldade irritada, na fúria comprimida de sua vingança de aspirações ferozes.

O seu silêncio era como o gelo que cobre o Hekla. O silêncio cerrava os lábios, o vulcão estava mal contido no peito, que ansiava por abrir a cratera, e arrojar as lavas destruidoras.

O escravo vivia na senzala solitária, ruminando, atiçando, incandescendo o ódio ao senhor, e cogitando sobre os meios mais pérfidos, mais terríveis e mais eficazes para satisfazer esse ódio.

O natural inimigo do senhor velava...

A senzala do escravo ameaçava, como sempre, a casa do senhor.

IX

O Pai-Raiol era o demônio do mal e do rancor.

Para espalhar a desolação, derramar sangue, assentar-se no trono medonho das ruínas, alimentar-se com os gemidos e com os arrancos da agonia, e rir medonhamente sobre os horrores da morte, inventaria pretextos, e em falta de pretextos serviria sem remorsos ao impulso dos instintos perversos, vangloriando-se da perversidade.

Na fazenda de Paulo Borges, Pai-Raiol ainda não tinha sofrido castigo algum; e seu senhor, embora não lho dissesse, estava tão satisfeito dele, que já por duas vezes o mandara feitorar os parceiros: no desempenho dessa tarefa requintara de severidade, e os pobres escravos viram-se de contínuo excitados ao trabalho a golpes de açoite manejado por mão também de escravo. Pai-Raiol os flagelara por sistema; o açoite é que as mais das vezes provoca o desespero e a fúria da escravidão.

Sem pretextos para aborrecer o senhor, aborrecia-o e desejava-lhe somente porque era seu senhor; para detestar a senhora, seu coração ruim aproveitara um fútil pretexto, guardando rancoroso a lembrança da impressão repulsiva que causara a Teresa e das palavras que a ouvira dizer em voz baixa ao marido:

— Que má cara tem este negro!

Tudo serve ao ódio do escravo; o simples e incalculado movimento de antipatia de uma senhora suscetível, e até inocente repugnância, ou o medo infantil de uma criança.

Luís, o filho mais velho de Paulo Borges e Teresa, menino de quatro anos, tinha um dia visto chegar da *roça* o Pai-Raiol e desatara a chorar assustado; sua mãe correra a tomá-lo nos braços, e, perguntando-lhe porque chorava, o pobre anjinho apontara para o feio escravo, e dissera a soluçar:

— É o *zumbi*... o *zumbi*...

O *zumbi* era um monstro negro e imaginário, herói sinistro de estúpidas e horríveis histórias, com que as escravas, em vez de entreter, assombravam o nervoso menino com a mais lamentável e perigosa inconveniência, o que aliás é infelizmente muito comum em nossas famílias.

O medo sentido por Luís passou a Inês, sua irmãzinha de dois anos, que também tremia e chorava, quando por acaso via Pai-Raiol.

O malvado escravo tomou em rancor as duas crianças, como tinha tomado em rancor Teresa, e como, sem pretexto algum, nutria igual sentimento pelo senhor.

Mas Pai-Raiol, já amestrado, contando só consigo, temendo o açoite que por vezes lhe cortara as carnes, convencido de que em traiçoeiro segredo melhor e mais seguro podia ser danoso aos senhores, refalsado ostentara submissão triste, obumbrada, mas completa e tranquila, e na solidão de suas noites e no silêncio do seu viver, preparava a guerra.

Há nas fazendas, em algumas ou em muitas ao menos, séries, correntes de infortúnios, períodos de adversidades, que os lavradores somente explicam, acusando a sua *infelicidade*.

Em certos casos são coincidências filhas de erros que não se querem reconhecer; em outros acontecimentos nocivos, cuja explicação escapa à inteligência das vítimas; em muitos a fonte da infelicidade teimosa está no ódio natural e disfarçado dos escravos.

Os escravos prejudicam aos senhores cem vezes mais do que estes calculam pelos dados da observação dos fatos patentes.

Eles prejudicam aos senhores:

Trabalhando maquinalmente, sem ideia de melhoramentos, de progresso e de aperfeiçoamento do sistema de trabalho, sem os incentivos de interesse próprio e com desgosto e má vontade;

Furtando nas *roças*, nas fábricas e nos armazéns produtos que vão vender para embebedar-se, o que ainda diminui as forças, quando não compromete a saúde e rouba ao trabalho dias passados na enfermaria;

Suicidando-se subitamente, ou aos poucos, quando por nostalgia, enfezação ou desespero morno e profundo contraem e alimentam enfermidades que acabam por matá-los;

Fugindo à escravidão por dias, semanas, meses ou para sempre, e nos quilombos, seduzindo outros escravos para fugir como eles;

Não poupando o gado e os animais, não zelando os instrumentos rurais, não compreendendo a necessidade de cuidados, não tendo nem podendo ter amor à propriedade do senhor, não se ocupando das perdas ou os lucros do senhor;

Fazendo perdurar a rotina e o trabalho materializado, e por sua indiferença, estupidez e desmazelo, contrariando, anulando e desacreditando processos, invenções, máquinas que economizam tempo e braços, e que explorados pela inteligente execução do homem livre e interessado, oferecem resultados que aumentam a riqueza;

E sem falar na influência imoral, corruptora da escravidão, os escravos muitas vezes prejudicam aos senhores cem vezes mais do que estes calculam, fazendo refalsada e misteriosamente o dano que podem.

O Pai-Raiol é um exemplo. Basta um escravo perverso para a sementeira de ruínas.

Seis meses depois da arrematação dos vinte escravos, que foram seis meses de paciência e cálculo para o Pai-Raiol, a fortuna começou a desandar na fazenda de Paulo Borges.

Os bois e as bestas morriam, e não havia peste: tornaram-se evidentes os sinais de envenenamento, e o fazendeiro explorou o campo e os pastos ordenando limpa geral na suspeita de vegetação de ervas venéficas.

A limpa pôs termo à destruição dos animais; o prejuízo porém tinha sido relativamente enorme: Paulo Borges teve de remontar a fazenda.

Semanas depois, em uma noite de violenta ventania, o sino tocou desesperadamente a fogo, e Paulo Borges que saltara da cama, e os escravos que acudiram das senzalas, viram, correram a atalhar o incêndio que estalante devorava o imenso canavial, animadora esperança de pingue produto do trabalho do último ano: o vento ajudava as línguas de flamas; dois terços do canavial ficaram carbonizados.

Alguns meses ainda: as ervas tinham de novo sem dúvida rebentado da terra, e outra vez as bestas, os bois, os carneiros morreram às dezenas.

O ano era fatal: Paulo Borges maldizia da sua *infelicidade*, e principiava a desconfiar de tão repetidos infortúnios: ameaças terríveis saíram de sua boca, e o Pai-Raiol um dia apresentou ao senhor um punhado de ervas.

— Que é isso? — perguntou-lhe Paulo Borges.

— É o que mata o boi e a besta — respondeu o escravo.

Segunda limpa geral do campo e dos pastos foi executada sob a direção de Pai-Raiol e a mortandade cessou.

O fazendeiro tinha perdido em um ano o que não poderia ganhar com o trabalho de dois.

Mas que fazer?... Era a *infelicidade*.

E ainda bem que o Pai-Raiol tinha, embora um pouco tarde, descoberto a erva que matava os animais: era uma vegetação maligna e fatal que nunca dantes se encontrara nos pastos da fazenda, e que então rebentara *sem dúvida* de sementes trazidas e espalhadas pelo vento...

Infelicidade...

E o incêndio do canavial?... Talvez o houvesse ateado a inveja de algum mau vizinho; ou, quem sabe? a ponta de cigarro ainda aceso atirada sem malícia por viajante ou tropeiro; pois que o *partido* ladeava a estrada e o fogo começara por esse lado.

Infelicidade...

X

Havia na fazenda de Paulo Borges uma escrava que, ao anúncio de cada uma daquelas calamidades, se tornava apreensiva, não podendo acreditar que o acaso ou a absurda *infelicidade* fosse quem as produzisse.

Era Esméria.

A crioula tinha visto a imagem do *rei das serpentes* nas flamas destruidoras do canavial e na mortandade dos animais; ela porém não sentia os danos sofridos pelos senhores, e que deles se doesse, nem por isso externaria suas suspeitas, provocando a vingança de

Pai-Raiol que tanto podia sobre ela pelo medo que lhe inspirava.

Entretanto alguns meses passaram sem outros infortúnios: Teresa dera felizmente à luz um terceiro filho, e a consolação e a esperança sorriram também na abundância e no viço das novas sementeiras: um berço de amor na família e os berços da riqueza nos campos fizeram voltar a alegria ao coração do fazendeiro.

Restabelecera-se na fazenda a vida igual e serena.

Esméria não pensava mais nas suspeitas que tivera da ação maléfica do Pai-Raiol; este porém lembrou-se da crioula exatamente quando ela começava a esquecê-lo mais.

Uma noite e já tarde, o Pai-Raiol foi bater de manso à porta da senzala de Esméria que, ou ainda não dormia, ou acordando fácil, estremeceu, reconhecendo a voz do negro terrível, mas apressou-se a recebê-lo.

A lua plena estava clara e brilhante, e inundada por seus raios mostrou-se a figura sestra do africano aos olhos da crioula que aliás nunca o repugnara, mas que principalmente o temia.

— Pai-Raiol! — disse Esméria, como admirada.

O negro apertou-lhe a mão e sentou-se à porta da senzala: a crioula imitou-o sentando-se a seu lado.

Depois de breve silêncio, o Pai-Raiol falou. Por negação, incapacidade ou enfim por amor de sua língua ou dialeto selvagem, mas pátrio, o rancoroso escravo, apesar de trazido ao Brasil há cerca de vinte anos, exprimia-se mal e deformemente em português, introduzindo muitas vezes na sua agreste conversação juras e frases africanas. O leitor deve ser poupado à interpretação dessa algaravia bárbara.

— Pai-Raiol vive triste e só... — disse o negro. — De dia tem a *roça* que arranca os braços... de noite sozinho na senzala... não tem nada...

— É porque foge dos parceiros... — respondeu Esméria.

— Os sapos?... — tornou ele, batendo com o pé, como se quisesse esmagar os nojentos animais, de que se lembrara. — Os sapos?... — e pronunciou em seu dialeto uma jura que devia ser esquálida.

Esméria riu-se e respondeu.

— Eu também sou sapo.

As carícias do escravo são ultrajes escandalosos na vida civilizada. Pai-Raiol acariciou desse modo a crioula que fácil se abandonava.

— Dantes era melhor — disse o negro, sossegado. — Dantes Esméria ia sempre à senzala do Pai-Raiol... depois deixou de ir lá, e vai às de todos... Esméria é má.

A crioula nem se defendeu da acusação.

— Pai-Raiol, foi você que se aborreceu de mim... bem sabe...

O negro sacudiu com a cabeça, e tornou com voz comprimida e alterada:

— Pai-raiol teve raiva de Esméria que andava como garrafa de cachaça no fado... teve raiva, e quis matá-la... para não matá-la... empurrou-a...

A crioula tremeu.

— Pai-Raiol gosta de Esméria...

A crioula passou-lhe o braço pelo pescoço, mas não pôde falar.

— Escuta — continuou o africano —, Pai-Raiol não quer bulha, nem inveja: os sapos fazem bulha e têm inveja; depois vem a surra.

E ele bateu com força nas nádegas que guardavam profundas cicatrizes de açoites repetidos, e riu-se hediondo e feroz a bater nas nádegas.

— Como então? Como então?... — perguntava a crioula.

O negro serenou e disse:

— De dia Pai-Raiol não vê Esméria; de noite, e tarde, como agora, Esméria vai ver Pai-Raiol.

— Para que isso?...

— Os sapos dormem bêbados a essa hora...

E acrescentou falando com os dentes cerrados:

— E na terra do cativeiro *os tigres* não atacam de noite.

Tudo isso foi dito com a palavra estropiada e bárbara do escravo africano boçal e rancoroso.

Esméria não respondeu: aterrada, mas por hábito e por organização libidinosa, esperava o fim da brutal conferência.

Pai-Raiol, que se calara, levantou-se de repente, fitou por alguns momentos seus olhos vesgos no rosto de Esméria, que ao clarão do luar viu-lhe alvejando as escleróticas, e as pupilas quase sumidas nos ângulos internos das pálpebras, donde sentiu que partiam e se entranhavam em seu rosto raios visuais cheios de um calor, como de um bafo morno que perturbava seus sentidos e a ia subjugando com um influxo poderoso.

O negro, em seguida a esse breve olhar, disse:

— Vem.

E encaminhou-se para a sua senzala solitária.

A crioula o seguiu de perto.

XI

O Pai-Raiol não temia nem a bulha, nem a inveja dos escravos seus parceiros, a quem chamara sapos, e pouco se lhe dava de que soubessem de seus grosseiros amores aqueles a quem dera o nome de *tigres* que na terra do cativeiro não atacam de noite.

O que em seus cálculos ele procurava, era esconder, quanto possível fosse, as suas relações frequentes e íntimas com Esméria que aliás uma ou outra vez tinha sido vista em sua senzala, como na de muitos outros.

Era igualmente fingido o ciúme que manifestara ameaçador: procurava de novo Esméria menos como mulher, do que como instrumento de plano celerado; mas para subjugá-la, infundia-lhe o terror.

A crioula viva e sagaz, que conhecia perfeitamente o antigo amante, descria a sua paixão; por vício porém e por medo sujeitava-se a ele, doidejando a imaginar as consequências da renovação de seus laços íntimos.

Como quer que fosse, o Pai-Raiol e Esméria viram renascer a sua antiga união de breves semanas, que então se tornou mais duradoura e mais firme.

As precauções recomendadas pelo Pai-Raiol não lhe aproveitaram por muitos dias. Esméria, temendo o amante ou dele satisfeita, tornou-se mais esquiva aos outros escravos que a espiaram e descobriram a sua convivência noturna com o silencioso, misantropo e feio negro da senzala dantes solitária.

O Pai-Raiol não gostou; mas sujeitou-se a essa contrariedade, e a sua ligação com Esméria não foi mais dissimulada: os senhores fingiam ignorá-la; ou toleravam-na não se ocupando dela; os escravos parceiros, tendo certo respeito ao amante, deixaram-no em tranquilo gozo do seu amor.

Entretanto e por isso mesmo que o segredo desaparecera, o negro tornou-se mais exigente e aos domingos e dias santificados reclamava com renitência a companhia de Esméria, que raramente podia condescender nesse ponto, presa como se achava ao serviço interno da casa da família.

— Esméria trabalha sempre? Em quê? — perguntou-lhe uma noite Pai-Raiol.

— Cozinho; quando não cozinho, engomo; quando não cozinho, nem engomo, cuido das crianças, meus senhores-moços.

— E não tem domingo?

— Nunca.

— O cachorro é melhor; passeia, quando quer: o negro da *roça* é pior do que o cachorro; mas é melhor que Esméria, porque tem domingo.

— É assim mesmo — disse a crioula tristemente.

— Mas Esméria vive contente...

— Seria pior andar triste: guardo a tristeza e a raiva aqui.

E a escrava apontou para o coração.

Pai-Raiol soltou horrível risada, arreganhando a fenda que lhe separava pelo meio o lábio superior.

— De quê ri você, Pai-Raiol?

— Do coração de negra escrava.

Esméria ressentiu-se e murmurou:

— Também é negra e vil a fornalha, porém às vezes dela salta a brasa, ou rompe a labareda que queima...

O Pai-Raiol calou-se.

Dias depois na tarde de um domingo ele viu de longe Esméria que carregava o menino Luís, acompanhando os senhores em passeio pelo campo, e notou que Paulo Borges e Teresa por vezes se voltavam de preferência para outra escrava, que levava nos braços o filhinho nascido de poucos meses.

Pai-Raiol ficou meditando profundamente, e à noite, quando Esméria veio encontrá-lo, disse a esta:

— Menino Luís, pequeno tigre, pesa muito: por que Esméria não carrega o outro que nasceu?

— Porque eu não escolho: carrego aquele que me mandam carregar.

— Luís é mau.

— E o outro? Quem assevera que há de ser bom?

— Pai-Raiol não diz; mas o tigre velho gosta de brincar com ele.

— Que tenho eu com isso?

— Chega muito ao pé da negra que carrega...

— Deixá-lo chegar.

— Esméria negra é mais bonita do que sua senhora branca.

A crioula compreendeu em toda sua extensão a ideia perversa do Pai-Raiol e a ela abriu o coração sensual, ambicioso, atrevidamente vaidoso e não menos vingativo.

Teresa não era uma senhora formosa; mas, posta mesmo de lado a superioridade física de raça, era bem-feita, engraçada e mimosa de rosto e de figura a não admitir comparação com a crioula.

Todavia Esméria estava convencida de que era, como acabava

de dizer o negro, muito mais bonita e elegante do que sua senhora. Essa petulante convicção é especialmente nas escravas crioulas mais comum do que se cuida. Os senhores imorais são muitas vezes os culpados de semelhante presunção.

Mas Esméria fingira não entender o conselho do Pai-Raiol.

— E que vale ser eu mais bonita? — perguntou.

— Precisa que o senhor veja, que velho tigre chegue perto.

— E para quê?

— Esméria sabe.

— Sou negra e escrava.

— Negra também é mulher, e escrava que amansa e abraça o senhor corta as unhas do tigre.

— Mas, Pai-Raiol, você que me quer sua companheira é quem me lembra que eu seja de meu senhor?... Para quê?

— Pai-Raiol sabe que Esméria engana, quando pode: pois engana com o senhor... é bom... é melhor...

— Por quê?...

— Amansa velho tigre... faz chorar velha tigre... faz bulha em casa... vira a cabeça do senhor... é bom...

— Se porém ele me tomasse... havia de querer que eu fugisse de Pai-Raiol.

— Esméria fugia... mas Pai-Raiol chama, quando quer... quando a porta da senzala de Esméria tem risco de carvão, Esméria vem: se não vem, Pai-Raiol mata.

— Por que me ameaça?... Antes quero viver, como vivo.

— Pai-Raiol não quer. Esméria precisa amansar tigre velho: depois Pai-Raiol ensina mais.

A crioula passou a noite sem poder dormir. O dia seguinte era santificado, e ao romper da aurora os dois escravos saíram a passear juntos, enquanto Esméria esperava a hora de começar o seu serviço na casa da família.

O passeio tomou a direção dos fundos da casa dos senhores. O negro insistia ainda no conselho ou ordem que dera a Esméria, a qual continuava a fingir-se hesitante.

Por acaso os dois viram diante de si uma linda ninhada de pintainhos que a galinha-mãe cacarejando conduzia pelo campo.

O terrível negro, que conhecia a influência do terror, aproveitou o ensejo e disse à crioula:

— Pai-Raiol pode muito, e sabe matar com os olhos: Esméria quer ver?...

A crioula não respondeu; mas o negro fixou os olhos na ninhada de pintainhos, como se os quisesse absorver nas órbitas.

O Pai-Raiol não tinha ideia alguma do magnetismo; mas extraordinariamente dotado de força magnética que só empregava para fazer mal, sabia que lhe era fácil servir-se do *olhado*, adjetivo que exprime uma realidade que, por inexplicável à ignorância, põe em tributo de quiméricos temores a imaginação dos supersticiosos.

Esméria considerava, contemplava ansiosa o negro que, imóvel e de olhos fitos, mirava a ninhada infeliz.

De repente o primeiro pintainho caiu, depois sucessivamente todos os outros foram também caindo.

— Pai-Raiol, quando quer, mata com os olhos — disse o negro, voltando-se.

XII

Esméria não era uma simples e pobre vítima do terror que a avassalava ao Pai-Raiol, nem só por obediência ia pôr em ação incentivos libidinosos para excitar a atenção e os desejos criminosos de seu senhor.

Muito antes do conselho e da ordem refalsada do Pai-Raiol ela, como tantas escravas no mesmo caso, sorrira à ideia de traição à confiança e à estima de sua senhora.

Paulo Borges não escapara ao que não escapam outros muitos senhores de escravas; todas estas calculam com a fraqueza imprudente, desmoralizadora da casa e da família, que aqueles pode abaixar ignobilmente até fazê-los ir procurá-las: Paulo Borges não escapara ao que não escapam os mais moralizados e ainda os mais severos senhores de escravas, dos meios absurdos mas sempre nojentos e asquerosos que elas estupidamente empregam para *amansar* e *atrair*: ora bebera o café feito com a água do banho da escrava, ora de mistura com a sopa e os pratos do jantar, sem o saber, sem o pensar, tomara substâncias sempre mais ou menos imundas. Não eram venenos, eram porém torpes, e, se fossem sabidas, repugnantes, e nauseabundas as aplicações para *amansar* e *atrair*, em que todas as escravas têm fé, e que quase todas as escravas fazem provar repetidamente aos senhores.

Não tendo conseguido nem uma só vez despertar a atenção de seu senhor, Esméria perdera a esperança de *fazer sua fortuna*, enfeitiçando-o por aqueles recursos da mais esquálida e brutal magia, e desde muitos meses que a eles o poupava pela improficuidade das aplicações.

Mas o Pai-Raiol acendera de novo no seio da crioula as flamas da luxúria excitada pela ambição e pelo prazer maligno de atormentar sua excelente senhora.

Esméria seguiu à risca as lições de Pai-Raiol: simulou-se tomada de afeição pelo menino recém-nascido que, amamentado por Teresa, não se prendera a escrava alguma pelo instintivo interesse e reconhecimento do leite nutritivo: menos agreste e mais paciente que as parceiras, parecendo amorosa, aproveitava as horas vagas do serviço para tomar nos braços a criancinha, e brincar com ela, que em breve começou a distingui-la e preferi-la às outras escravas.

O amor dos pais tem sempre raios de gratidão que refletem naqueles que lisonjeiam, afagam, e cercam de cuidados seus filhos: Teresa foi a primeira a fazer notar o solícito interesse de Esméria pelo seu filhinho, e a divertir-se com os infantis ciúmes de Luís e de Inês, e Paulo Borges de volta da *roça* pedia sempre o menino, que muitas vezes lhe era apresentado nos braços da crioula.

No tempo da moagem Esméria, passeando à tarde com o recém-nascido ao colo, ia ao engenho e lá, na ausência da senhora, procurava aproximar-se do senhor, brincando risonha com o menino, e sob pretexto de fazê-lo rir, e de alegrá-lo, dava aos olhos fogo, aos jeitos e aos meneios do corpo como que descuidada desenvoltura de movimentos.

Quase sempre o senhor a chamava para também ele acariciar o filhinho, e então menos acanhada, mas sem deixar entrever desrespeito, nem atraiçoar-se nos cálculos, se mostrava expansiva, e agradável ao pai pelos mimos com que divertia a criança.

Enfim tantas vezes em tantos dias, Esméria se insinuou ora com o pequenino nos braços, ora distraindo com jogos pueris os exigentes e ciumentos Luís e Inês, tomando sempre posições estudadas para ostentar suas proporções físicas, dando ao andar ensaiados requebros, olhando a furto o senhor, e abaixando logo os olhos com aparências de respeito profundo; oferecendo-se petulante, mas dissimulando a intenção; desafiando instintos animais em atitudes que fingia distraidamente tomadas, que acabou após insistente diligência e paciente esforço por conseguir a primeira vitória, aquela que prepara e facilita as outras.

Paulo Borges olhou para Esméria, e viu que, além de escrava, ela era mulher. O Pai-Raiol forjava naquele olhar do senhor lançado sobre a escrava a tremenda chave que devia abrir a porta da perdição da família de Paulo Borges.

XIII

O senhor que se degrada ao ponto de distinguir como mulher uma sua escrava é mais do que imoral, é um imprudente e desassisado que põe em desgoverno a própria casa, e levanta em trono de ignomínia a escravidão corrupta elevada a senhora.

Há em semelhante erro lamentável esquecimento do dever, e sacrifício de dignidade. A torpeza da escravidão é contagiosa e se inocula na vida doméstica do senhor que ousa expor-se ao contato vergonhoso com a escrava. Acaba a disciplina e a ordem na casa: as outras escravas murmuram invejosas; a que foi distinguida levanta os olhos altanada, o senhor abaixa os seus em confusão e arrependimento.

Mas se o senhor é casado, e pratica essa escandalosa infidelidade à esposa, o mal é mil vezes maior, e raro falta o castigo que confunde os inocentes com o culpado. Esse senhor e marido louco não o pensa, mas no delírio dos sentidos ergue a escrava até a altura de sua pobre mulher, a quem portanto avilta e a si se rebaixa até as misérias daquelas a quem se igualou bebendo com ela no mesmo copo a embriaguez mais ignóbil.

Isto é assim sob o ponto de vista moral e dos costumes: basta um só erro, ainda mesmo filho do delírio, da vertigem de um momento para, conhecido, plantar a desconfiança e o constrangimento no leito conjugal, ignorado, deixar o remorso no coração do infiel; se porém o erro se repete, se o vício ou a corrupção, ou essa tantas vezes inexplicável aberração dos sentidos, essa malícia moral, prendem o senhor à escrava e dela o tornam frequente possuidor, o erro é crime e não há imaginação que possa medir as proporções de seus resultados desastrosos.

E o grande perigo não está no fato do adultério, que aliás de parte a parte é sempre igualmente condenável: o grande perigo está na condição da mulher, em quem se realiza o adultério; está na condição da escrava que, tendo feito dessa mulher inimiga natural, inimiga lógica e indeclinável de seus senhores e especialmente de sua senhora, aproveita para a vingança, para as maldades, cujo limite ninguém pode marcar, o crime do senhor que infamemente a erige em rival de sua senhora, pelo só escândalo do adultério insistente com rival preferida.

Em circunstâncias tão inexprimíveis, pelo infinito horror da resultante afronta da família e escândalo da casa, a madre-fera escravidão exulta, pondo em torturas, envenenando, desonrando, desgraçando a vida dos senhores.

Dizei, se o ousais, que não é assim; negai que se tenham dado, que se deem ainda hoje exemplos fatais de tão formidável infortúnio doméstico; e, se não ousais dizê-lo, se não podeis negá-lo, reconhecei que nos temos desmoralizado, que nos desmoralizamos pela influência da escravidão; que a escrava, como o escravo, são fontes de venenos abertas e conservadas em nossas casas; reconhecei sobretudo que no Brasil quem mais padece, quem mais se atormenta, quem mais se arrisca, quem mais vezes sofre vilipêndio pela existência da escravidão é a mulher livre; é a mãe de família, é a senhora, a pobre martirizada de todas as horas, a pobre vítima algumas vezes indignamente ultrajada na esteira da escrava.

Ainda um exemplo do adultério hediondo, que faz da escrava rival da senhora, rival preferida que desordena a casa, enluta a família, e é cratera aberta do vulcão que espalha a ruína.

Paulo Borges amava Teresa; mas, grosseiro escravo da sensualidade, sofismava para desculpar-se do crime de lesa-fidelidade à esposa, contando que o mistério e o segredo escondessem sua degradação, a ofensa que irrogara a sua mulher e jurando a si próprio que não seria duas vezes adúltero, procurando Esméria.

O juramento se fundava em experiência inconfessável. Paulo Borges, como tantos outros, tinha, não raramente, se humilhado até a baixeza de escravas suas, que nem por isso se haviam levantado depois acima do desprezo da sua condição.

Honrado e escrupuloso em seus negócios, Paulo Borges dava pouca importância à severidade dos costumes e reputando a castidade virtude somente imperiosa para as senhoras, julgava-se irrepreensível porque não se sujeitava a ligação alguma que não fosse passageira.

A sua moralidade era a de muitos: era um véu escondendo opróbrios, ou fraquezas indignas.

Paulo Borges procurou e possuiu facilmente Esméria.

O demônio da lascívia deu poder à crioula. Possesso da depravação, Paulo Borges, o senhor, amou fisicamente Esméria, a escrava.

A calculada extravagância de um dia tornou-se o vício, primeiro de muitos, depois de quase todos os dias.

O senhor, o velho senhor ficou escravo da sua escrava.

XIV

A realidade cruelíssima não tardou a tocar os olhos e a penetrar como punhal envenenado o coração da vítima.

Teresa, a incauta, estremeceu um dia ao luzir da primeira suspeita do adultério e da traição; apiedada de si mesma, abraçou-se com a dúvida; mas dissimulando a revolta de seu orgulho e os sobressaltos do seu amor, observou cuidadosa e incessante o marido, e infeliz passou das suspeitas aos indícios mais veementes: não podendo mais duvidar, a pobre louca imaginou que se vingaria na confusão dos culpados; cega e surda se fingiu, acalmou os ímpetos de iradas acusações com que excitara prudentes cautelas do adúltero, tornou-se aparentemente tranquila e cheia de serena confiança, e por fim surpreendeu algum sinal, ou adivinhou um ajuste escandaloso, e delirante de cólera em convulsivo tremor... foi... chegou... e viu o assassinato da sua felicidade e da paz da família.

Esméria contava desde muitos dias com o nefando caso: não lhe tinham escapado os assomos de cólera e os sinais da desconfiança da senhora, mas logo que se supôs vício dominante de Paulo Borges, desde que conheceu que alucinara os sentidos do senhor com a embriaguez aviltante, animal da luxúria mais desenvolta, baniu do seio o medo de escrava, mal se contrafez pelo simples hábito de hipocrisia, e desejou e quase que provocou a prova evidente da sua traição a Teresa, e do adultério de seu senhor.

A esposa ultrajada, embora certa de receber o golpe que fora procurar, entrou em violenta crise nervosa em que a convulsão se misturava com as lágrimas de raiva que abrasam os olhos, e com as frases, as palavras roucas; difíceis, trêmulas, e com o grito doido, e com as contrações dos primeiros momentos do supremo ciúme da mulher casada.

Esméria em pé, com os olhos no chão, fria e indiferente, sem dúvida dentro de si satisfeita do vergonhoso e infame caso, apenas às vezes recuava diante de Teresa, que aliás só parecia ver o adúltero.

Paulo Borges, finalmente, perturbado, abatido, confundido a princípio, surgiu revoltoso desse constrangimento e da vergonha do seu crime, e insolente e brutal, sem generosidade e sem brio, soltou um brado feroz, agarrou no braço da esposa, e:

— Vamos para casa! — disse.

O insólito proceder do marido, que ainda pela segunda vez ofendia a mulher, despertou nesta a dignidade, que o arrebatamento da cólera fizera esquecer.

Teresa com rápido e forte movimento arrancou o braço que Paulo Borges agarrava, lançou-lhe um olhar de soberana altivez da virtude, e voltando-lhe logo as costas, retirou-se.

— Estou perdida!... — murmurou tremendo e chorando a pérfida crioula, que nem tremia nem chorava.

— Não há de ser nada... — disse Paulo Borges de mau modo. — Fica na senzala hoje e amanhã: depois veremos...

E contrariado e aflito deixou a sós Esméria que não se descuidou de ir passar a noite na senzala do Pai-Raiol, seu amante e conselheiro.

O verdadeiro amor é puro, honesto, suscetível, e como a água límpida e fonte solitária que se tolda com a enxurrada que a invade, se ressente a menor quebra e se embaça com a primeira infidelidade no próprio coração do infiel: a diferença é que a fonte reconquista sua limpidez, e o amor não pode reaver sua virginal pureza: quem atraiçoa a quem ama, deixa de amar.

Paulo Borges amara verdadeiramente sua esposa durante um ano: depois amou-a como tantos amam, mentindo à fidelidade conjugal, estimando-a pelo conhecimento de suas virtudes, preferindo-a pelo encanto de suas graças, respeitando a sua vontade por hábito e por certeza do seu bom-senso; mas ofendendo-a sem consciência das ofensas, porque a pureza e o melindre do amor não existiam mais.

Estulta e torpemente preso à devassa crioula, o aviltado e infeliz fazendeiro passara a ver na mulher um embaraço ao desenfreamento de sua paixão ignóbil, um objeto incômodo que lhe acordava os remorsos, um estorvo, uma punição, um peso: desde então, o vendaval do vício e da irrupção varreram da alma de Paulo Borges os restos do antigo amor que tributara à digna e carinhosa esposa.

O adúltero, deixando a crioula, vagou em torno da casa por muito tempo sem se atrever a entrar: enfim resoluto, havendo nas vertigens de seu espírito agitado concebido um plano de vida doméstica que se baseava no emprego da tirania e da imposição do seu capricho despótico, foi arrostar as iras da esposa.

Arrojo inútil! Teresa fugira à câmara nupcial e se trancara em um gabinete afastado daquela.

Paulo Borges aplaudiu-se desse recurso tomado pela esposa para se poupar a uma cena desagradável e tormentosa: passou a tarde e a noite sem ver Teresa; na manhã seguinte foi para a *roça* sem tê-la visto; de volta para casa ao anoitecer também não a viu.

Oito dias se passaram assim. Na ausência do marido, Teresa saía do gabinete, alimentava-se suficientemente para não morrer de fome, cuidava dos filhos e governava a casa, olhando para as três crianças.

Nesses oito dias temperou-se a alma da pobre vítima para viver vida de martírio, ensaiou suas forças, fez estudos de paciência e achou-se forte.

Teresa voltara para casa com uma ideia infernal, a de vingar-se, matando-se; mas logo ao entrar encontrou os seus três anjos que a salvaram: submeteu-se a viver pelos filhos. Reputou-se viúva: Paulo Borges era daí em diante, como marido, morto; como homem vivente, absolutamente estranho para ela. Não pensou em separar-se legalmente do esposo, nem retirar-se para algum dos sítios da fazenda menos pelo escândalo do que pelos três meninos, por amor dos quais, embora com repugnância, conservou a direção do serviço da casa. Não se humilhou ao ponto de indiciar ter ciúmes de Esméria; desprezou a criatura vil que lhe pagara a confiança e a estima com traição malvada: limitou-se a ordenar que lhe permitissem entrada na cozinha, e esqueceu-a, ou deixou-a atirada e livre no campo e na senzala.

Passados os oito dias, Teresa na manhã de um domingo e apesar de saber que seu marido estava em casa, saiu do gabinete, como praticava outros dias na ausência dele.

Paulo Borges a viu então: ela estava pálida e magra, mas serena; envelhecera vinte anos em oito dias: muitos dos seus longos e negros cabelos tinham embranquecido.

Encontrando-a de passagem na sala de jantar, o marido saudou-a melancólico e respeitoso; ela correspondeu a saudação, como se dirigisse a um desconhecido.

Paulo Borges sentiu-se comovido; lembrou a vida passada, a felicidade que devera àquela senhora, lembrou a mãe de seus filhos, enterneceu-se, maldisse da sua loucura, e procurando e tomando o passo à sua vítima estendeu para ela um braço, ofereceu-lhe a mão e disse:

— Perdão, Teresa!

Mas a esposa ultrajada recuou e respondeu:

— Sou viúva.

XV

A sentença que Teresa acabava de proferir com tão desabrida concisão caiu como uma camada de gelo na alma de Paulo Borges que se afastou triste, mas ressentido.

O marido ofensor não quis compreender que oito dias eram prazo muito curto para o arrefecimento da lembrança da afronta recebida pela esposa e que lhe cumpria contemporizar com a dor ainda vivíssima do golpe recente e profundo.

Não era verossímil, porque não era natural, que o tempo e o perdão restabelecessem em toda sua plenitude o amor e a confiança da esposa: as feridas morais que o coração recebe em seus mais delicados sentimentos chegam a curar-se, mas deixam cicatrizes que nunca se desfazem de todo e que são como escabrosidades do passado que magoam a memória revivedora dos bens e dos males ainda mesmo já de muito pretéritos.

Mas Paulo Borges tinha na família os elementos poderosos, irresistíveis da sua reconciliação com Teresa, tinha os filhos que os unia a ambos pelo sangue, pelo amor, e pelos cuidados do presente e do futuro; tinha esses laços obrigados e santos da natureza e que não há ressentimento, conflito, desarmonia entre pai e mãe que eles não saibam anular e destruir pelas próprias condições de sua dependência de ambos e pela necessidade da proteção e da providência do pai e da mãe que precisam velar e operar de acordo em benefício dos filhos.

Sem dúvida o amor maternal acabaria, e não tarde, por conceder o perdão do adúltero que ultrajara a esposa e senhora em repugnante e sórdido favor por amante escrava recebido; mas para isso era indispensável que Paulo Borges provasse com honesto e solícito proceder o arrependimento de seu crime ou dos seus desvarios, que poupasse, que não despedaçasse as últimas fibras sãs ou apenas dolorosas que a lembrança dos filhos tinha salvado no coração de Teresa.

Mas não aconteceu assim: Paulo Borges, possesso da negra astuciosa e frenética, ainda mais exposto à sua influência satânica pela privação do leito da esposa; Paulo Borges, natureza fortemente animal e em dobro exigente pela vida rústica, vigoradora do corpo, exclusivamente material e sem o adoçamento da educação, e dos gozos do espírito, esqueceu o dever, o brio, a honra, a perspectiva do inferno da casa e do extremo desengano de Teresa, e entregou-se indômito à fúria de suas relações oprobriosas com Esméria.

Pouco e pouco os derradeiros e tenuíssimos véus de mal fingida reserva se rasgaram; quanto havia ainda de estragados restos de brio desapareceu, e Paulo Borges, o fazendeiro casado, atropelando a decência, insultando ampla e manifestamente a esposa, semeando a indisciplina e a mais perigosa desmoralização na fazenda, frequentou de dia e aos olhos de todos a senzala de Esméria.

A escravidão regozijava-se em seus ferros da desgraça que forjava, levando a vergonha, a desonra, a infâmia e as torturas ao seio da família do senhores.

O sofisma acode, dizendo: para esse fazendeiro casado, mas homem sensual, haveria sempre uma mulher fácil, ambiciosa, ou pervertida que, por não ser escrava, não faria menos a infelicidade da esposa atraiçoada.

Haveria sim, mas não seria escrava amante de seu senhor, não seria a inimiga natural dos senhores elevada a rival da senhora, não seria esta a dilacerar-se em seu nobre orgulho esmagado ao ver a negra, sua escrava, usurpando-lhe amor, autoridade, direito, ao ver seus filhinhos expostos e sujeitos à influência maléfica, odienta, terrível da própria escrava deles, mulher inimiga pelos ressentimentos de sua condição, perversa e corrompida pelos costumes; ao ver a fortuna da família ameaçada pela escrava-rainha, sacerdotisa dos vícios imundos, estragadora da fazenda pelos desatinos do fazendeiro, pela consequente arrogância e desnorteamento dos escravos que escarnecem e aplaudem, aborrecem e exploram a elevação da parceira, e desrespeitam, apodam o senhor desmoralizado que desceu à baixeza deles, pelos ciúmes enfim das outras escravas que disputam o sultão à favorita, travam brigas indecentes que maculam a casa, ridicularizam e insultam a vítima infeliz, a senhora obrigada pelo marido a sofrer suplício que não merece.

E, não o esqueçais, felizmente não muitos, alguns exemplos dessa abjeção do senhor que é casado, e mais numerosos entre os senhores que o não são, têm sido bastantes para que quase todas as escravas acreditem na possibilidade de conseguir igual fortuna e visam em constante e latente conspiração contra a felicidade e a paz doméstica das senhoras.

Vivendo só de amor e pelo amor, tendo o seu presente e o seu futuro, a chave dos seus tesouros, o condão da sua dita, toda a perspectiva de seu destino dependentes do amor, a mulher, o mito do sentimento, é, nos países onde ainda se tolera a escravidão, condenada a viver entre escravas, inimigas que por meio de embustes, intrigas, calúnias contra ela, por meio de invites, provocações dos senhores maquinam dia e noite e incessantemente para envenenar-lhe o santo fogo da sua vida, o sentimento, para roubar-lhe sua única e exclusiva riqueza: o amor!

Contra esse imenso mal procurai um recurso e acreditareis ter achado dois em extremos opostos.

Um: vencer a maldade dos escravos pelo mimo do trato e pela caridade e beneficência perseverantes: engano; o ressentimento lógico e natural da escravidão faz cedo ou tarde da protegida ingrata, que nunca lembra os benefícios, antes escusa o esquecimento deles, quando ao impulso do vício, da ambição calculista, ou do desejo de abater a senhora, levanta os olhos para o senhor, e desafia a sua sensualidade.

Outro: a severidade compressora e até mesmo cruel para desanimar o atrevimento e conter a audácia: novo engano, e pior que o outro: a compressão provoca a reação, a crueldade, a vingança feroz, e além da inconveniência do meio haveria em tal caso para os senhores um peso da consciência, a ofensa da lei de Deus e da humanidade na atribulação dos escravos.

Fora desses dois improfícuos recursos, nenhum mais: se fizésseis instruir vossos escravos na religião dos seus deveres, instrui-los-íeis também e necessariamente na religião de seus direitos de homens, e teríeis educado e preparado a resistência inteligente dos oprimidos.

Não há recurso pois: aquele imenso mal é, como outros muitos, consequência irrecusável da escravidão e só acabará com ela.

Paulo Borges, portanto, havia descido ao último grau da ignomínia, e era já ostensivamente o amante de Esméria, e trancava assim o caminho da prudência, e do arrependimento por onde podia chegar à reconciliação com a mãe de seus filhos.

Teresa afetava indiferença ou desprezo: ninguém lhe ouvia jamais uma queixa, ou uma imprecação; mas recolhida à solidão do seu gabinete, abraçava-se com os filhos e por eles chorava noites inteiras.

XVI

O Pai-Raiol não estava ocioso; mas, à semelhança do fogo da cova de carvoeiro, destruía ou conspirava para destruir em tenebroso mistério.

As relações de seu senhor com Esméria impunham-lhe a necessidade de precauções para não se expor à cólera e aos prováveis ciúmes grosseiros de Paulo Borges: com a crioula já se achava de inteligência; tratou pois de enganar àquele e aos parceiros. Com esse propósito afetou ainda mais sombria tristeza e pareceu acabrunhado: dias depois, como a procurar consolações, aproximou-se das outras escravas, pretendendo-as e perseguindo-as.

Lembrados do desprezo e do mau-trato, com que Pai-Raiol sempre os repelira e molestara, muitos dos parceiros por sua vez o desprezaram, galhofando indecentemente sobre o seu suposto infortúnio; não assim as parceiras que depravadas o aceitaram prontas pelo hábito da licenciosidade, não interrompendo com a repulsa do Pai-Raiol o quadro sórdido da devassidão desenfreada que aos olhos das famílias livres incessante, incorrigível, sem vergonha nem consciência ostenta a escravidão.

Entre tantas escravas, porém, houve uma, e foi a primeira, que resistiu ao Pai-Raiol e não quis entrar na série das fáceis conquistas deste: a oposição excitou debalde os desejos brutais do negro africano.

Era também crioula a negra que se isentava do Pai-Raiol: coabitava com um escravo da fazenda de quem tinha dois filhos; cansada das perseguições daquele, lançou-lhe em rosto a sua hediondez, enquanto o companheiro ameaçou-o e provocou-o com injúrias atiradas principalmente às deformidades de seu rosto e aos seus senões físicos.

Pai-Raiol retraiu-se: sentiu-se ferido em seu grotesco melindre. Em geral o negro africano não perdoa a quem ridiculariza ou lhe lança em rosto a sua fealdade. Pai-Raiol mais que nenhum outro se enfurecia com vilipêndio, por isso mesmo que era horrível de aspecto; moderou-se, porém, fez as pazes com os dois parceiros, frequentou-os, e uma noite levou-lhes à senzala um boião de café, e uma garrafa de aguardente. A noite estava escura e o regalo foi à porta da senzala: o feiticeiro, que não passava de envenenador, em vez de beber, despejou sorrateiramente no campo a tigela de café, que lhe tinha sido dada em partilha.

No dia seguinte havia quatro escravos doidos na fazenda de Paulo Borges, duas pobres crianças e o pai e a mãe dessas infelizes. Por celeratez requintada o envenenador lhes dera a loucura que poucos meses devia preceder a morte para arrancar à crioula doida o que ela lhe negara com juízo.

O crime ficou sepultado no mistério, e o assassino impune e incapaz de remorsos, tigre solto no meio de homens, esqueceu depressa esse episódio de sua vida malvada, e concentrou-se no empenho do desenvolvimento de vasto e truculento plano.

As visitas feitas em desoras por Esméria à senzala do Pai-Raiol tinham por cautela exagerada diminuído ao ponto de se tornarem raras: quando o terrível negro queria ou precisava falar à crioula, fazia o sinal convencionado e nunca em vão esperava.

Como outras vezes, Esméria acudiu à meia-noite ao convite que achara em um risco de carvão traçado na porta de sua senzala.

O africano abraçou a crioula amante de seu senhor; depois disse-lhe:

— Pai-Raiol não está contente.

— Por quê?

— Esméria não entra mais na casa da família, nem chega mais à porta da cozinha.

— A senhora assim o ordenou e ela *ainda* é dona da casa.

— Precisa não ser: Pai-Raiol quer que Esméria vá para a cozinha.

— E como? É impossível.

— Não: Esméria conta a velho tigre que escravos da fazenda vão de noite bater à porta da sua senzala.

— E para quê?...

— Faz ciúmes, e o velho tigre tem raiva.

— Ele quererá saber quem são esses escravos: que lhe direi?... O senhor não suspeitará de você, Pai-Raiol?... E depois?...

— Deixa: Esméria diz que não é Pai-Raiol porque ele anda enfezado, e que não sabe quem é que vai bater. Pede para dormir em casa.

— A senhora se opõe.

— A senhora é Esméria: a crioula cortou as unhas da mulher tigre; mas precisa entrar na cozinha... precisa...

— Com que fim? Na senzala eu tenho liberdade...

— Pai-Raiol quer fazer Esméria dona da casa... depois tem mais que fazer.

— Pois bem: eu direi ao senhor que sou perseguida...

O negro pôs-se a rir com o seu medonho riso: ele sabia que a crioula não era menos devassa que dantes.

Esméria, embora desbriosa e petulante, se constrangia por medo diante do Pai-Raiol e para escapar ao seu rir horrível, disse-lhe:

— Mas, se eu for dormir na casa, e voltar ao antigo serviço, não terei mais ocasião de vir falar-lhe e vê-lo...

— Quando Pai-Raiol quiser falar a Esméria, irá de volta da *roça* e já noite para as laranjeiras do quintal da casa, e há de assobiar como a cobra.

— E se eu não puder ir encontrá-lo?

— Pai-Raiol volta na outra noite e a cobra assobia.

Esméria como que refletia sobre o que mais lhe convinha, se a liberdade da senzala para a sua vida dissoluta, se o audacioso, lisonjeiro, e perverso arcar com a senhora para usurpar-lhe o governo da casa.

E, justa condenação do senhor abjeto, nem o africano nem a crioula se lembravam um só instante de calcular com a possibilidade da sua resistência à vontade revoltante da escrava.

Mas o negro pôs termo pronto às reflexões de Esméria.

— Pai-Raiol quer — disse-lhe em tom absoluto e definitivo.

— Pois sim — respondeu submissa a crioula.

XVII

Não era só Teresa que padecia pelo frenesi da paixão criminosa e torpe que escravizava o senhor aos pés imundos da escrava.

O castigo do depravado começara cedo, começara logo após ao esquálido domínio do seu vício miserável.

Para não deixar em amplo gozo de liberdade a crioula banida do serviço doméstico e entregue à ociosidade, Paulo Borges abandonava frequentemente a direção do trabalho de suas *roças* que notavelmente se amesquinharam: debalde contratou ele um feitor, cujos olhos e interesse não eram os do fazendeiro. Em sua ambição de grandes lucros e de riqueza, o depravado sofria, impacientava-se; mas não podia vencer os assomos da paixão esquálida.

E isso era o de menos: o adúltero era pai, amava seus filhos, e via-se privado do antigo e suavíssimo encanto que o transportava, quando de manhã antes de sair para *roça*, quando ao anoitecer e de volta da *roça* a carinhosa esposa e mãe lhe apresentava os três anjinhos, fruto de seu amor honesto e puro.

Esses gozos Paulo Borges não desfrutava mais: se queria ver os filhos, precisava pedi-los, e então era uma escrava que os trazia confusos, tristes pela ausência da mãe, e olhando espantados, desconfiados para o pai que os abraçava e beijava sem a santa expansão de outro tempo e com o confrangimento do remorso de quem sabe que quem ultraja a mãe ultraja os filhos.

Um dia Paulo Borges perguntou a Luís:

— Que faz tua mãe?...

— Chora muito — respondeu o menino.

O adúltero empalideceu: duas grossas lágrimas caíram de seus olhos sobre a cabeça do filho.

— E por que chora ela? — tornou.

— Mamãe não diz, chora sem falar.

— Mas então...

— Papai não vê mamãe... papai é mau...

Paulo Borges entregou o menino à escrava, e fugiu a soluçar, a maldizer do seu destino e a praguejar contra a escrava-demônio por quem se achava dominado; fugiu, correu para o campo, e viu Esméria à porta da senzala: ao aspecto da escrava que o alucinara, avançou furioso para ela, e chegando com andar acelerado, parou a dois passos, fitou na crioula enraivecido olhar e disse:

— Demônio!

Esméria pareceu tomada de espanto; depois serenou, respondeu:

— É melhor assim.

Paulo Borges bateu com o pé e perguntou:

— Que dizes tu, demônio?

— Que é melhor assim: é preciso que meu senhor acabe isto.

— E há de acabar... sim...

— Não fui eu que tive a culpa... — disse Esméria. — Eu sabia que era negra escrava... não é a escrava que chama o senhor... bem sabe... minha senhora me estimava, e agora...

— Ela tem razão... não hei de atormentá-la mais por tua causa...

— Sei que ela tem razão... fui falsa a minha senhora; porque não pude resistir ao mandado de meu senhor... é preciso que isto acabe... por isso eu queria pedir hoje a meu senhor que me vendesse...

Paulo Borges fez um leve movimento de surpresa e desagrado: começava a esquecer os filhos e o dever.

— Pensas que não sou capaz de fazê-lo? — perguntou.

— Peço a meu senhor que me venda: um de meus antigos senhores moços me comprará, se eu for chorar a seus pés... sei que o ano passado ele herdou fortuna...

— Vender-te-ei a outro! — bradou Paulo Borges.

— Ainda assim; peço venda a meu senhor.

E isso dizendo, a crioula voltou-se e foi sentar-se tristemente a um canto da senzala.

Sem ressentir-se do desrespeito com que a escrava o deixara e fora sentar-se, Paulo Borges daí a pouco entrou na senzala, e perguntou em tom menos iracundo:

— Que aconteceu de novo, Esméria?...

A crioula levantou-se, enlaçou as mãos na altura do baixo ventre, arqueando os braços de modo a tornar salientes os seios mal encobertos, e ostensiva a parte anterior do tronco, e pondo os olhos no chão, disse:

— Não há nada de novo: fui lançada fora da casa, onde eu trabalhava de dia, e minha senhora tão boa tem razão de me aborrecer...

— Mas não te atormenta ao menos...

— Antes me atormentasse! Já não vejo mais, senão de longe, os meus senhores-moços, e atirada no campo...

— Não trabalhas, vives como forra... e te queixas!

— No outro tempo eu era perfeita escrava, agora não sei que sou: meu senhor me tomou para si; mas deixou-me de noite abandonada na senzala, negra escrava entre os seus parceiros que são atrevidos...

— Queres dizer... desejas voltar a casa?... Mas dantes dormias como agora na senzala e não tinhas medo...

— Dantes eu não era de meu senhor e negra escrava abria a porta de minha senzala ao parceiro que me agradava.

Paulo Borges não se vexou da petulância com que a crioula dava testemunho franco da antiga desenvoltura, que aliás não se desmentia ainda.

— Seja como for — disse ele —, não posso ofender mais minha mulher, fazendo-te entrar na casa contra suas ordens, e muito mais recolher-te de noite sob o mesmo teto em que ela dorme.

— É por isso que eu peço venda a meu senhor: é verdade que me parece que já não ando boa... mas meu senhor pode mandar forrar seu filho...

O adúltero teve um sobressalto e turbou-se a esse anúncio que faz a glória do amor honesto; disfarçando como pôde sua perturbação, disse:

— Não te venderei. Tu me dirás quais são os escravos que te vão bater à porta de noite.

— Escrava como eles, e abandonada no meio deles, não hei de denunciá-los para que sejam açoitados por minha causa, expondo-me ao seu ódio e a sua vingança.

Paulo Borges irritou-se.

— Eles te perseguem e não os denuncias para serem castigados? É porque gostas da perseguição e sem dúvida recebes os teus parceiros!

— Sou negra escrava lançada no campo: animal solto e livre, se eu me desforrasse do desprezo em que meu senhor me abandona, abrindo a porta da minha senzala aos negros meus parceiros e do meu gosto, faria muito bem.

O miserável senhor soltou dos lábios uma injúria indecente, e uma ridícula ameaça.

A crioula encolheu os ombros como se dissesse "que me importa", e sem mudar a posição dos braços e das mãos, descansou o corpo sobre uma das pernas, fazendo avultar saliente a anca oposta.

— Que posso eu? — tornou ela. — Eu era de meus parceiros, meu senhor me tomou a eles; mas esquece-me, desampara-me, despreza-me de noite, e eles pensam que a noite lhes pertence: estou cansada de resistir; passo às vezes sem dormir até de manhã; pode isto continuar assim? Se arrombarem a porta da senzala?

— Gritarás — exclamou estupidamente o adúltero.

— Melhor é ceder — disse com desavergonhamento a crioula.

— O Pai-Raiol! — murmurou por entre os dentes Paulo Borges.

— Talvez entre muitos outros — respondeu Esméria. — Bem que Pai-Raiol mostre agora detestar-me e fuja de mim, como de inimigo de quem tem medo: o Pai-Raiol é um mau negro que, se puder, se vingará de mim; mas além dele há tantos!... A preferência que meu senhor me deu me fez desejada; agora todos os escravos me acham bonita; em seus fados tenho cantigas de elogio, me chamam rainha das negras... eles, os meus parceiros, me festejam, se apaixonam por mim... vêm bater e chorar à porta da minha senzala, lembrar-me o que fui para eles, e o que eles foram para mim...

E a crioula insidiosa, olhando então fixamente o senhor, e lendo em sua fisionomia os efeitos do veneno que lhe lançava no coração, continuou com desfaçatez inaudita:

— Eu também sou negra e escrava, criada na vida solta, animal abandonado e livre no campo, e não quero enganar a meu senhor... assim como vivo, não me vencerei por muito tempo... eu aviso, sou negra e escrava, tenho maus costumes antigos... meu senhor não poderá depois queixar-se... peço perdão, mas confesso: uma noite já cheguei a pôr a mão na chave da porta... se isto continua; assim, em alguma outra noite, Esméria enganará seu senhor, e abrirá a porta...

Nova praga obscena foi a resposta do esquálido senhor.

A crioula fingiu-se alterada e sentida da injúria; começou a passear ao longo da senzala com arrebatamento e artificial comoção, dando ao corpo meneios indecentes, e pondo o vestido em desordem grosseiramente libidinosa.

A rusticidade sensual de Paulo Borges exaltava-se provocada, alucinada pelos trejeitos obscenos da negra que já o conhecia bem.

— Eu peço para ser vendida! Eu preciso sair desta fazenda! — exclamou ela, quase chorando.

Paulo Borges, o adúltero, Paulo Borges o desvairado se curvou ante a negra, sua escrava, e escreveu nos seus pés a sentença da última degradação da esposa virtuosa e honestíssima.

No dia seguinte, e a despeito da vontade expressa de Teresa,

Esméria entrou pela porta da cozinha da casa da família de Paulo Borges, e teve ali quarto separado e distinto do dormitório das outras escravas internas.

XVIII

Teresa suportou paciente e silenciosa a extrema afronta: quando de manhã saiu do seu gabinete e soube que por ordem de seu marido Esméria fora introduzida na casa, e nela havia de dormir, depôs sobre a mesa da sala de jantar as chaves da dispensa e dos armazéns, e recolheu-se, abandonando o governo doméstico.

Órfã, e tendo apenas parentes afastados e mais ou menos indiferentes, privada pois de protetores naturais, sem esperanças nem recurso, esperou Paulo Borges, e à noite lhe foi falar sem alteração de voz, sem azedume de queixas, sem pretensão de direitos.

— Senhor — disse ela —, não sou mais a dona desta casa; peço-lhe o retiro de um sítio isolado e a consolação da companhia de meus filhos; peço isto só: quando quiser verá as crianças; oportunamente as mandará educar, e nós não mais nos veremos: isto convém a ambos.

Paulo Borges esbraveou encolerizado: Teresa insistiu com paciência e gravidade; vendo porém que o fazia debalde, retirou-se e encerrando-se no seu gabinete, não tornou mais a aparecer.

A escrava ia marchando para o apogeu do seu poder sobre Paulo Borges cada dia mais desprezível e abjeto.

Esméria assumiu efetivamente a direção e o governo da casa que pouco e pouco se foi desordenando; e nem podia ser de outro modo, porque por um lado as escravas parceiras da amante do senhor não podiam respeitá-la bastante, e por outro a crioula que não conseguia, ou não procurava vencer seus hábitos de devassidão precisava frequentemente do segredo e da indulgência das companheiras para escapar aos furores de Paulo Borges.

O teto que abrigava a honestidade e onde a moralidade e a virtude exemplares de Teresa faziam do lar doméstico um templo de amores santos e de lições de costumes puros transformou-se em inferno de anarquia e de deboche, e em esgoto de desperdícios.

Para o vil adúltero multiplicavam-se os castigos: já tinha perdido o enlevo dos perfeitos gozos da família; já seu amor da riqueza se alvoroçava com os desbaratos da dispensa, com os furtos nos armazéns, com a elevação das despesas: como a embriaguez habitual, a que sucede a prostração, o desgosto, a náusea, o rebaixamento moral, e também a irritação sequiosa e exigente do álcool envenenador — a turva, indecorosa e repugnante paixão que Paulo Borges tomara pela negra dava-lhe após o frenesi o remorso, o aborrecimento do seu viver, a consciência e a vergonha da sua torpeza, embora o vício informe de novo e sempre o impelisse ao abismo de perversão.

Entretanto esse sofrer do algoz não podia diminuir, antes mais agravava os padecimentos da mártir.

Teresa, que não reunia à grande soma de suas virtudes o dote precioso da energia, apenas defesava a sua dignidade no absoluto encerro do gabinete, onde em vida se sepultara, vivendo só para seus filhos cuja companhia zelava, e onde unicamente admitia uma velha escrava a que incumbira de levar-lhe as refeições diárias.

A pobre mártir só pensava nos filhos; era pelo pequenino, que aleitava em seus seios, que ela comia sem fome, e pedia a Deus forças e coragem; era por Luís e Inês que não queria morrer e tinha medo da morte, ainda aborrecendo a vida.

E quando porventura se lembrava do indigno marido, do monstro que tanto a flagelava, e tão horrorosamente a supliciava, a pobre mártir, a santa mulher não maldizia dele, não tinha pragas, nem imprecações para o algoz; sentia-se pelo contrário como que apiedada do seu opróbrio e da sua miséria; via no pai de seus filhos não um homem corrompido, escandaloso, imoral e tirano; mas um tresvariado e louco, ou um infeliz afetado de moléstia vergonhosa e fatal.

Teresa não imaginava a hipótese de voltar algum dia ainda à simples tolerância da vida conjugal: com o coração e com a consciência tinha dito a Paulo Borges: “sou viúva”: o milagre possível que os filhos poderiam vir a aspirar em favor do pai arrependido e regenerado, se lhe passasse pela mente, lhe causaria então horror; ela porém de joelhos, prostrada ante o seu oratório aberto, rezava todas as noites longo tempo a rogar por seus três anjinhos e pela volta de Paulo Borges ao caminho do brio, do dever e da honra.

A oração, o cuidado dos filhos, a costura das roupinhas deles eram a única e nunca variada ocupação de Teresa: o marido não a ia ver, apenas mandava informar-se da sua saúde e do que ela precisava: a esposa condenada a ser mártir não se informava jamais do estado da casa e parecia indiferente ao ruído, à gritaria, e aos sinais evidentes dos deboches e da anarquia da cozinha.

Era vida esse viver?... Só a heroicidade maternal, que excede a todas as heroicidades, podia explicar a paciência, a constância e a força angélica que animavam a vítima. Teresa não vivia mais para si, nem para as ilusões do mundo: por assim dizer suicidara-se, caindo na sepultura do gabinete escolhido: era somente o amor maternal, o seu amor d'alma túmulo que prendia sua sombra àquele retiro para velar incessante pelos filhos, que aliás nunca lhe foram disputados.

Mas, passadas algumas semanas desse viver de solitário martírio, Teresa começou a sentir-se doente: dores fortes no estômago e no ventre acompanhadas de sabor acre e ardente na boca e na garganta, de sede viva, de vômitos, e febre anunciavam-lhe perigosa enfermidade: a infeliz senhora resistiu silenciosa por três dias; depois não pôde mais: a agravação daqueles sintomas, os suores frios, o abatimento e concentração do pulso, a alteração profunda da fisionomia, os movimentos convulsivos, a prostração, a ansiedade extrema rapidamente se manifestavam aos olhos do marido adúltero que fora chamado para acudir à sua vítima.

Paulo Borges, nas horas supremas que precederam o último transe da esposa ao menos não a desamparou; compadeceu-se sinceramente dela, e ferido por verdadeira dor e remordido pelos remorsos, experimentou os mais cruéis tormentos na agonia daquela que o amara tanto.

Mas, em vez de um médico hábil, veio em socorro da mísera senhora um famoso curandeiro, o Hipócrates da fazenda, o *doutor* Bonifácio, como o chamavam, antigo enfermeiro de não sabemos que hospital da corte, e que retirado para o interior da província, dava-se impunemente no município de... ao exercício da medicina com a mais criminosa imprudência.

O curandeiro, tendo examinado a pobre mártir, declarou-a atacada de *febre perniciosa*, e receitou estupidamente aplicações ainda mais atormentadoras à agonizante.

Que tivesse corrido a tratar da doente o mais consumado dos médicos, a sua ciência só teria aproveitado pela alta conveniência do testemunho autorizado e da declaração indispensável de um caso de envenenamento; mas para Teresa o resultado seria o mesmo.

Aos olhos do verdadeiro médico os sintomas de envenenamento por substância acre, irritante, e corrosiva seriam evidentes: impedir porém o seu efeito, a morte, era impossível naquele extremo.

Em seu padecer desesperado Teresa adivinhou, viu em lucidez de moribunda a mão e o instrumento que a matavam, e, achando-se por momentos a sós com Paulo Borges, estendeu para ele os braços, com as mãos agarrou-o com ânsias; e disse-lhe, retorcendo-se:

— Morro envenenada por Esméria!... Eu te perdoo, se velares por teus filhos que...

Não pôde acabar.

O envenenamento seguiu seu curso, sua obra de destruição torturadora, sinistra, execrável...

A pobre mártir subiu ao céu à luz da aurora.

Se ela sentiu dor na morte, ninguém pode dizê-lo; mas na agonia caíram-lhe sucessivamente dos olhos seis grossas lágrimas, três de cada um.

Era uma extremosa e desgraçada mãe de três filhos que morria.

Deixou, coitada! duas lágrimas a cada filho.

XIX

Paulo Borges chorou compungido a morte de sua honestíssima esposa, de quem fora bárbaro algoz. A suspeita de envenenamento revoltou-o, e embora visse Esméria desfeita em lágrimas a lamentar o passamento da senhora, esperou obumbrado o seu sábio curandeiro, e apenas o viu chegar, correu a ele, levou-o a examinar o cadáver, e disse por fim:

— Minha mulher morreu envenenada, não é verdade? O senhor tem obrigação de dizê-lo: fale! Em nome de Deus, diga-me a verdade.

O curandeiro turbou-se: de novo e com absurdo processo fez o exame do triste e enregelado corpo da vítima, e incapaz de compreender os sintomas que haviam escapado à sua ignorância, incapaz de apelar para os meios científicos que vingam a sociedade, reconhecendo no cadáver as provas irrecusáveis do crime do envenenador, o curandeiro charlatão, vaidoso do seu diagnóstico, acabou por dizer com desfaçada impostura:

— Envenenada!... Quem o disse, mentiu.

— Está absolutamente certo disso?

— Juro-o...

— Que Deus perdoe a quem tal suspeitou!

— Quem foi?

— A defunta.

— Delírio de moribunda: ela morreu da febre que eu disse.

— Antes assim.

Paulo Borges tranquilizou a revolta de seu ânimo, e concentrou-se na dor da viuvez recente.

Esméria ficou inocente a seus olhos, e quase que mais mereceu em compensação da suspeita que o curandeiro declarara infundada.

O marido adúltero supôs enganar a Deus e aos homens, e talvez mesmo a si, dando aos restos mortais de sua santa mulher honras fúnebres suntuosas, esmolas aos pobres, missas, e aparatoso ofício do sétimo dia.

Deus, que recebeu a mártir, desprezou sem dúvida as oblações sacrílegas do pecador incontrito e obstinado.

O romance tem contra o seu legítimo fim comprometer a lição da verdade pelas prevenções contra a imaginação que deve ser exclusivamente a fonte de ornamentos da forma e de circunstâncias acessórias e incidentais que sirvam para dar maior interesse ao assunto; no seu fundo, porém, o romance precisa conter e mostrar a verdade para conter e mostrar a moral.

Alto o proclamamos: também neste nosso romance há no fundo plena, absoluta verdade.

Há envenenamentos propinados por escravos que, desapercebidamente ou apenas de leve suspeitos, escapam impunes aos senhores e à autoridade pública.

Há curandeiros ignorantes espalhados pelo interior dos municípios *mais civilizados* das *mais civilizadas* províncias do império que involuntariamente, sem malícia e só por incapacidade intelectual favorecem, apadrinham a impunidade de semelhantes crimes, deixando-os esconderem-se nos segredos das sepulturas.

E ainda mais afirmamos, com a segurança que resulta do estudo e da observação:

Enquanto no Brasil houverem escravos, estarão nossas famílias facilmente expostas a envenenamentos e a tentativas de envenenamentos por eles propinados.

E, o que é mais, em dez casos desses crimes ou de tentativas desses crimes dois serão contra o senhor, oito contra a senhora.

E quando dizemos tentativa de envenenamento, queremos referir-nos principalmente ao emprego de certas substâncias que, aplicadas grosseiramente, ofendem pelo contato físico e dilacerante, sendo de pronto descobertas, e propinados em pó sutil são inocentes ou inertes.

Nem é preciso adiantar, esclarecer mais; pois que neste caso o forte escudo dos senhores contra o ódio dos escravos é principalmente a ignorância e a bruteza destes.

XX

Saída no esquife a senhora, a escrava tomou-lhe o lugar na sala, e nada mais teve a desejar em relação ao domínio da fazenda do senhor.

A vaidade da alta posição imerecida inspirou dentro em pouco arrogância e soberba a Esméria que, reputando já inabalável o seu poder, maltratou e tiranizou as parceiras que tarde compreenderam o que tinham perdido em sua boa e legítima senhora.

Todavia, em seu presunçoso e atrevido entono, Esméria quando mais se exaltava onipotente na sala, estremecia de súbito escutando o silvo da serpente no fundo do quintal.

A crioula após a morte de Teresa e a sua absoluta dominação aborrecera profundamente a Pai-Raiol, e daria tudo pelo golpe que para sempre a livrasse dele.

A escrava tornada senhora do desprezível senhor exasperava-se por continuar escrava do escravo mais hediondo; ela, porém, não ousava arrostar Pai-Raiol o feiticeiro, o rei das serpentes, o demônio que matava de longe com os olhos: poderia facilmente conseguir que Paulo Borges mandasse vender em outro município ou em outra província o seu detestável sócio; já tinha pensado nesse recurso; mas sua imaginação lhe representava sempre o Pai-Raiol vivo e voltando vingativo e terrível para tomar-lhe contas e matá-la sem piedade, ou para denunciar o seu crime, como envenenadora de Teresa.

Assim, pois, abafando no coração a raiva, e sempre sob a influência do terror que lhe causava o negro africano, a crioula vaidosa e soberba continuava a obedecer ao Pai-Raiol, que era ainda o seu amante tornado então repugnante para ela, que todavia apenas escutava o silvo da serpente, corria trêmula, coagida, dentro de si revoltada, mas fingindo-se contente e afetuosa quando se mostrava ao seu único senhor.

E ainda uma vez a serpente assobiou: foi na tarde de um domingo, e Paulo Borges dormia a sesta.

Esméria encontrou Pai-Raiol no fundo do quintal e onde velhas laranjeiras desprezadas pela incúria secavam no meio de moitas de arbustos e cobertas de ervas parasitas. Era o sítio escolhido para as entrevistas dos dois.

Com a gradual elevação da crioula, dir-se-ia que fora também crescendo o amor selvagem que o Pai-Raiol tinha por ela, e a improvisada e arrogante senhora recebia risonha, mas em fúria, donosa, mas em desespero, os afagos do antigo amante que ela então estimaria poder matar.

— Esméria está no meio do caminho — disse o Pai-Raiol.

— Como? De que caminho?

— Mas tem muito que andar ainda para chegar à cima do morro: é preciso andar; Pai-Raiol está subindo da outra banda.

O negro ria-se de modo a causar pavor; Esméria olhava para ele espantada e como se receasse compreendê-lo.

— A mulher tigre morreu na lua nova, e a lua nova já voltou.

— É verdade; está a fazer um mês.

— O velho tigre já esqueceu: agora os tigres pequeninos... depois Pai-Raiol ensina mais.

— Pai-Raiol!... — exclamou Esméria, estremecendo. — Os meninos?... Isso não... A crioula malvada era menos celerada que o negro africano; este, porém, fitando nela seus olhos vesgos, disse:

— Pai-Raiol quer.

— O senhor teve suspeitas de que sua mulher tivesse morrido envenenada; eu o ouvi fazer perguntas sobre isso ao cirurgião...

O negro encolheu os ombros.

— E para que matar uns meninos que ainda não fazem mal a pessoa alguma?

— Pai-Raiol sabe e quer.

— Os meninos... eu não posso...

— Pai-Raiol pode matar Esméria.

— Eu pensarei nisso — disse a crioula, convulsando. — Pai-Raiol me dê alguns dias para me resolver e me preparar...

O monstro africano estava em dia de menos braveza, ou, seguro do resultado do seu plano infernal, entrava também em seus cálculos a contemporização.

— Pai-Raiol espera até a outra lua nova.

Esméria respirou desafrontada.

Daí a pouco o negro riu-se, olhando para o ventre da crioula.

— Esméria não tarda a ter filho — disse ele.

A crioula cruzou instintivamente as mãos sobre o ventre e voltou-se para um lado, como a defender o filho do olhar do feiticeiro.

O Pai-Raiol ou não percebeu o motivo do movimento que fizera a escrava que ia ser mãe, ou não se agastou com isso, e continuando a rir, acrescentou:

— Se é filho do velho tigre, fica muito rico no fim da outra lua nova.

E sem olhar para Esméria, retirou-se vagarosa e tranquilamente por entre os arbustos cujos galhos afastava com as mãos para abrir caminho.

XXI

Pai-Raiol tinha deixado veneno no seio da crioula, que gravou na memória as últimas palavras que acabara de ouvir-lhe.

A fraca e explicável compaixão, com que a escrava erigida em dona da casa defendera seus inocentes *senhores-meninos*, estremeceu ao primeiro despertar da ambição da negra próxima a ser mãe.

Com efeito, metade da fortuna de Paulo Borges pertencia já aos três filhos e herdeiros de Teresa; e da outra metade que poderia caber ao filho de Esméria?...

A crioula refletindo obumbrada e desgostosa saiu do laranjal, e encaminhou-se para a porta da cozinha, quando voltou os olhos, ouvindo a voz de alguém que lhe disse:

— Você anda enganando senhor.

Esméria parou: pareceu esquecer as ideias que a preocupavam e menos altiva com o negro que lhe falara debruçado sobre a cerca de pau que separava o quintal do campo, deu logo depois alguns passos para ele e respondeu, rindo-se:

— Fui passear, tio Alberto.

O tio Alberto representava o contraste mais completo do Pai--Raiol: era um escravo africano de trinta anos de idade, e de alta estatura; tinha fronte elevada, os olhos grandes e brilhantes, a cor preta um pouco luzidia, os dentes brancos e perfeitos, largas espáduas, grossos e bem torneados braços possantes e formas justamente proporcionais: era bonito para a sua raça, um Hércules negro em suma.

Esméria tivera sempre na fazenda muita predileção pelo tio Alberto; este, porém, se mostrava erradio e esquivo desde que se haviam tornado ostensivas as relações do senhor com a escrava.

Ouvindo a resposta da crioula, ele tornara:

— Você mente: eu vi Pai-Raiol saltar lá embaixo a cerca do quintal; desconfiei, e vim ver quem era que tinha ido falar com ele: já sei.

— Mas então você anda me espiando?

— Não: que me importa?... Mas eu não quero que você fale com o Pai-Raiol: com os outros, lá se avenha...

— E por que com ele não?... — perguntou Esméria curiosa.

— Pai-Raiol matou ontem a pobre *Cativa*, a minha cachorrinha coelheira: *Cativa* não atacava ninguém, e ele matou-a por maldade...

Duas lágrimas rolaram pela face do negro que prosseguiu, dizendo:

— Eu podia ensinar a Pai-Raiol; mas nunca apanhei de meu senhor, e tenho medo do chicote e… de mim… tomei o meu partido: hei de perseguir Pai-Raiol até que ele venha tirar bulha comigo.

O raio de uma inspiração acendeu-se nos olhos da crioula.

— Escuta — continuou Alberto —, eu me vingaria de Pai-Raiol, dando parte ao senhor do que vi hoje; mas faria mal a você, e não quero.

— Obrigada, tio Alberto — disse a crioula abstratamente.

— Demais… a vingança com o açoite do senhor… não; hei de ser eu mesmo: o senhor… longe sempre de mim… não quero. Você dirá a Pai-Raiol que eu lhe proibi tornar a falar-lhe.

— Bem: entendo, e há de ver o que farei — disse Esméria.

E mudando logo de tom, perguntou:

— E você por que me foge há tanto tempo, tio Alberto?…

O negro apontou para dentro da casa; depois respondeu em voz baixa:

— Não gosto do senhor; mas não bulo com ele.

— Espere aqui: eu volto já — disse a crioula.

Entrou apressada pela cozinha; mas passados breves minutos tornou a aparecer e aproximou-se da cerca, onde estava o negro.

— O senhor dorme ainda: conversemos…

— Não; você é do branco, nada mais tem comigo — respondeu Alberto.

— Eu preciso falar-lhe… é sobre Pai-Raiol…

— Que é?…

— Tenho muito que dizer, e aqui a esta hora não posso; mas eu detesto o Pai-Raiol mais do que você, tio Alberto.

Esméria falava a tremer e em tom de segredo; o negro, porém, riu-se e perguntou:

— E hoje? E ind'agora?…

— Oh! É o demônio… e eu preciso de você, tio Alberto — murmurou a crioula, olhando aterrada para todos os lados.

— Por que tem medo?

— Ele é feiticeiro…

O negro ficou impávido; mas franziu as sobrancelhas.

Esméria continuou:

— É necessário que eu converse com você, tio Alberto; não tenha medo do senhor… sei governá-lo: espere alguns dias… não provoque o Pai-Raiol antes de falar comigo… fuja dele, e prepare-se; porque a nossa vingança será segura.

— Você não mente? — perguntou o negro.

Esméria desfez-se em juramentos e, melhor que seus juramentos de mulher corrompida e escrava desmoralizada, falava em seu rosto a eloquência do terror.

— Pois seja — disse Alberto —; fugir de Pai-Raiol, não; deixar de persegui-lo com o meu ódio, não; mas estou pronto a entender-me com você contra ele: quando?

— Eu marcarei o dia e o lugar... há de ser muito breve... conte comigo, tio Alberto... eu não me esqueço nunca de você. Agora retire-se; mas, pelo amor de Deus, guarde segredo.

— Descanse — disse Alberto, apertando a mão que a crioula lhe oferecera.

E seguiu logo para sua senzala.

Esméria ficou imóvel, contemplando a figura do Hércules negro que se retirava.

XXII

Alberto era um homem negro de natureza nobre e altiva, mas já estragada pelos venenos da escravidão: como os outros escravos seus parceiros, já tinha manchado as mãos com o furto, os lábios com a mentira, o coração com o desenfreamento da luxúria torpe, o estômago e a cabeça com o abuso da aguardente. De suas grandes qualidades por assim dizer inatas, só restavam os vestígios nos defeitos opostos: da altivez tirara e conservara o ódio aos senhores que lhe impunham o aviltamento do cativeiro forçado; da sua nobreza e dignidade pessoal apenas lhe ficara a flama vingativa do insulto recebido, e a arrogância da consciência da própria força material.

Não querendo vingar-se do Pai-Raiol com o açoite do senhor, Alberto não o fazia por sentimento generoso e fraternal, mas só porque tinha em principal aversão o domínio do senhor, e em única estima pessoal o orgulho e a jactância da sua força física.

Trabalhando assíduo e diligente para escapar ao castigo que se ufanava de nunca ter provado, refreando seus ímpetos de vingança contra o Pai-Raiol para não se expor ao açoite, embora ele dissesse que tinha medo de si, o que podia ser e era a justa apreciação das fúrias possíveis de um orgulho que se firmava na convicção do poder de seus músculos hercúleos, ele dava testemunho do cálculo que o egoísmo, aliás justificável, estabelece sobre o receio das punições e das consequências de um ato violento e arrebatado.

Ao menos, porém, nessa destruição de grandiosos sentimentos, o escravo africano, Alberto, pudera salvar e manter a fidelidade mais exemplar aos parceiros, e a repugnância mais invencível às ciladas covardes que a traição costuma armar às escondidas.

Alberto, negro sem educação, escravo, e portanto homem condenado às misérias e aos vícios inerentes à baixa condição imposta, era pelo estrago e depravação de suas qualidades capaz de ações atrevidas e criminosas; levado pelo rancor e pela cólera ousaria matar o seu inimigo, mas sem dúvida o atacaria de frente e mediria suas forças com ele.

Ainda aí havia orgulho e ostentação de sua força física e de sua coragem de Hércules; mas em todo caso não havia torpeza e infâmia de assassino de emboscada.

Esméria conhecia o caráter, a capacidade, e os defeitos do tio Alberto, e inspirada de súbito pela declaração franca de sua inimizade hostil ao Pai-Raiol, viu nele um recurso poderoso contra o feiticeiro, de cujo poder e influência tirânica desejava subtrair-se; foi por isso que emprazou Alberto para uma entrevista mais cautelosa e oportuna.

Mas então já outra preocupação se apoderara do ânimo da perversa crioula. O Pai-Raiol tinha-lhe lembrado o mal que a existência dos filhos legítimos de seu senhor faria ao filho que em breve ela daria à luz. À medida que nisso meditava, esvaecia-se a compaixão que ela mostrara ter das três pobres crianças já pois destinadas a seguir o caminho de sua infeliz mãe.

A cegueira de Paulo Borges chegara ao ponto de entregar aos cuidados da crioula os seus três inocentes filhos, que haviam de ser mártires, sendo ainda anjos.

Esméria hesitava ainda, receosa de uma grave contrariedade possível: a miserável afligia-se com a dúvida sobre a cor da criança que do seu seio devia nascer, e com a apreensão das consequências do desengano patente que bem poderia ferir os olhos do senhor.

Enfim, e mais cedo do que calculava, a crioula teve o seu parto e entusiasmou-se, conhecendo que o filho denunciava pela cor a paternidade de Paulo Borges.

Desde esse dia Esméria-mãe adotou a ideia horrorosa do Pai-Raiol: a sentença de morte dos filhos de Teresa foi lavrada pela escrava deles ciumenta, e refervente em duplicada ambição.

Paulo Borges, o principal causador de tantas desgraças, nem teve tempo de experimentar as desconsolações e a tristeza que sente por força o pai recebendo ainda um castigo da sua escandalosa sensualidade, ao considerar a desigualdade das condições de seus filhos, e a irremediável inferioridade social do fruto do ventre cativo em comparação dos outros.

Quando chegou a *outra lua nova*, Esméria ainda se achava de cama ou resguardada; mas a infelicidade doméstica resultante do adultério e da corrupção de Paulo Borges poupou-a a um dos três assassinatos premeditados: o mais novo dos míseros órfãos, tendo perdido sua mãe, passara a amamentar-se aos peitos de uma escrava designada sem estudo, e sem justificada preferência para esse delicadíssimo mister, e bebendo a sobras no leite impuro o veneno da sífilis, morrera exatamente naquela *outra lua nova* marcada para o seu martírio.

Depois passou cerca de um mês, e a serpente silvou.

Pai-Raiol dois dias antes da terceira *lua nova* se havia recolhido à enfermaria: o seu estado excluía toda suspeita de manha: tinha febre, claros sintomas de irritação intestinal; mas o escravo enfermeiro não viu que ele deitava fora os remédios que lhe mandavam dar e que às ocultas mastigava raízes que levara consigo.

No segundo dia Pai-Raiol estava bom, e fugindo da enfermaria, entrou na sua senzala, e no fim de poucos minutos saiu, e foi silvar como a serpente no fundo do quintal.

Pai-Raiol tinha desde algumas semanas um inimigo que de longe o perseguia, espiando-o, contrariando-o, provocando-o sem falar, mas seguindo-o sempre a distância, como a sombra de seu corpo: era Alberto. Não temendo, mas também não ousando atacar de frente esse inimigo, esperando do tempo ocasião oportuna para *propinar-lhe* algum dos seus feitiços, o negro africano, refalsado e feroz para escapar na *lua nova* à perseguição de Alberto, fizera-se adoecer com a certeza de poder curar-se.

Alberto trabalhava na *roça*, quando a serpente silvou no fundo do quintal.

A crioula deixou o filho que dormia, e correu diligente, acudindo ao chamado.

As duas hidras se encontraram.

O negro afagou a crioula como costumava, insinuando-se possuído de paixão cada vez mais violenta. Depois começou a falar.

— Esméria, Pai-Raiol tem um inimigo e precisa cautela.

— Quem é? — perguntou Esméria com sobressalto simulado.

— Pai-Raiol sabe e há de matá-lo: ele mata com os olhos; mas ainda não quer.

A crioula ia falar; ele, porém, tomou-lhe a palavra.

— Escuta: Pai-Raiol e Esméria não podem mais falar aqui sem a espia no mato: é preciso andar depressa...

— Andemos...

— Pai-Raiol queria andar devagar; mas não pode... tem inimigo que espia... é preciso andar depressa...

— Andemos — repetiu a crioula.

— Escuta: esta raiz tem feitiço, mata criança em uma noite: Esméria deixa os meninos comerem fruta que faz indigestão, e dá café com esta raiz, eles morrem de indigestão. O filho de Esméria fica só e é rico.

A crioula não respondeu; porém não protestou, e recebeu com mão segura o pequeno embrulho que continha as raízes.

O negro celerado prosseguiu.

— Quando Pai-Raiol quer falar a Esméria, assobia como serpente, e Esméria, à meia-noite, vai à senzala de Pai-Raiol.

— E se o senhor se acordar?

O negro riu-se; e mostrou a Esméria outro, um segundo embrulho de papel que era maior e que sem dúvida guardava outras raízes.

— Pai-Raiol precisa andar depressa: cada raiz que ele dá aqui faz o tigre velho dormir toda a noite: Esméria vem sem medo à senzala de Pai-Raiol; mas só à meia-noite por causa do inimigo.

— Faz dormir?... E como hei de dá-la?

— Esméria cozinha a raiz no café bem carregado.

A crioula tomou o embrulho com sofreguidão: a substância que podia fazer dormir assim Paulo Borges era um tesouro para a escrava, sua amásia.

O negro riu-se outra vez e disse:

— Uma raiz só faz dormir: duas sofrer muito: três hão de matar.

Esméria olhou para o Pai-Raiol, como se lhe perguntasse a explicação desse prudente aviso.

— Esméria não pode matar logo, continuou o negro; faz dormir o tigre velho, faz forrar o filho, fica forra também, faz o senhor escrever no papel testamento, dá o testamento para o Pai-Raiol guardar: depois cozinha três raízes no café do tigre velho.

Uma onda de suor frio banhou o corpo da crioula que, instintamente e sem refletir, perguntou:

— E depois?...

O negro fitou em Esméria os seus olhos vesgos, incisivos e penetrante e adoçando quanto pôde a voz, disse:

— Esméria gosta do Pai-Raiol?

A crioula fez um esforço supremo de fingimento e com fogo e comoção respondeu, beijando a face do negro que ela aborrecia:

— Oh! Muito! Muito!

Ele beijou-a também com os seus três lábios repugnantes, e respondeu então à pergunta da crioula.

— Esméria sobe o morro de uma banda, e Pai-Raiol sobe da outra: em cima do morro Esméria encontra Pai-Raiol ao pé dela.

— Não entendo.

— Quando o tigre velho morrer, Esméria fica senhora da fazenda com seu filho, e forra Pai-Raiol, que também fica dono.

E o negro fixou ainda mais incisiva e profundamente seu olhar magnético no rosto da crioula e, no fim de alguns momentos, disse:

— Pai-Raiol quer.

— Pois sim! — exclamou a crioula, abraçando-se doida, e petulantemente com ele.

O negro arrancou-se dos braços da crioula, e fitando-a de novo, com olhar imponente de sua vontade, absoluto, imperioso disse ainda, dando à voz tom ameaçador:

— Pai-Raiol quer! E se Esméria não faz, Pai-Raiol mata.

A crioula como transportada, fora de si, possessa, lançou-se ao negro, abraçando-o, beijando-o e exclamando com ardor:

— Meu marido!... Meu marido!

XXIII

Esméria voltou para casa com o coração palpitante de assombro e com o espírito, embora perturbado, aceso em sinistras ideias e bárbaros projetos.

Só naquele dia medira toda a extensão dos planos de Pai-Raiol que, rude e ignorante como era, queria fazer dela o instrumento da sua fortuna e maior poder, erguendo uma e outro sobre os cadáveres da família inteira de seu senhor, que devia ser a última pedra do horroroso edifício.

A última pedra?... Esméria estremecia, lembrando-se de seu filho, em quem Pai-Raiol talvez, ou certamente, não perdoaria o sangue de Paulo Borges.

E se até então Pai-Raiol brutal e tiranicamente a dominava e lhe impunha sua vontade absoluta, a que extremos não se arrojaria, quando, morto o senhor, entrasse na casa, em cujo dono contava já erigir-se?

A crioula jurava a si mesma não sujeitar-se a tamanha calamidade, e mil vezes veio-lhe à memória o nome e a imagem de Alberto; não lhe escapou que preparava neste um outro bem provável dominador, confiando-lhe algum dos segredos das suas atrocidades, e encarregando-o de livrá-la do Pai-Raiol, o inimigo comum, dando-lhe a morte; mas entre Pai-Raiol e o tio Alberto não podia haver hesitação na escolha, e o poderio deste sorria além disso à viciosa negra.

Esméria tranquilava-se tanto quanto lhe era possível, contando com o braço de ferro do Hércules africano; mas adiava ainda a sua entrevista com ele, receosa de que por temor ou generosidade Alberto se opusesse ao envenenamento dos dois meninos.

Este crime nefando estava decididamente resolvido pela malvada escrava, que ainda mais se assanhara com a perspectiva do futuro que o Pai-Raiol mostrara em grosseiro quadro a seus olhos.

Só lhe faltava a oportunidade para o medonho atentado, e foi ainda o desmoralizado e vil senhor quem lha proporcionou.

Corria o mês de março que ardente abrilhantava os campos: abundavam as frutas próprias da estação e entre outras as *mangas* tão doces ao gosto, como suaves ao olfato: uma tarde, de volta da *roça*, Paulo Borges trouxe aos meninos um cestinho de mangas.

A traiçoeira crioula opôs-se, simulou reprovação a esse regalo oferecido a Luís e Inês, observando que as mangas eram muito *quentes* e perigosas para as crianças; estas, porém, choravam, o pai ralhou brandamente com a escrava-senhora que, não desejando outra coisa, deixou a sala de jantar, onde se passava a cena.

Os dois meninos acompanhados de alguns crioulinhos da sua idade comeram as mangas, que aliás não eram muitas; mas saltaram de contento, encontrando no fundo da cestinha três pequenos cachos de cocos de tucum.

Esméria, acudindo à gritaria das crianças, pôs as mãos na cabeça ao vê-las comendo cocos depois das mangas.

Paulo Borges não deu importância aos avisos da crioula. Os meninos regalaram-se, brincaram ainda, e às oito horas da noite dormiram logo depois da sua costumada ceia de simples canja de arroz.

Mas dentro em pouco estava a casa em movimento, Paulo Borges em sustos, e a crioula *em desespero*: terrível *indigestão* se declarara em todas as crianças, que em gritos, em vômitos, em convulsões e delírio, e com as mãozinhas nos ventres, que se abrasavam e se dilaceravam em fogo e em dores horríveis, avançavam depressa para a morte que se manifestava já na decomposição dos traços fisionômicos.

O sábio curandeiro, chamado imediatamente por ordem da crioula, não tardou; ouviu a história das mangas e dos cocos, notou a coincidência e semelhança dos sofrimentos dos meninos e dos crioulos, aplicou os seus meios mais enérgicos para vencer aquelas violentas *indigestões*; não foi, porém, feliz.

Ao amanhecer estavam mortos os dois filhos legítimos de Paulo Borges, e dos crioulinhos, três provaram a mesma sorte, e apenas dois escaparam a esse horroroso morticínio.

Paulo Borges, consternado, acusava-se em altos brados de assassino de seus filhos; as três escravas, mães dos crioulos vítimas, o acusavam também chorando na cozinha. Esméria, doidejando em pranto, corria mil vezes a abraçar e a beijar os pés dos dois meninos seus senhores já cadáveres, e arrancada de junto deles, ia ver as três criancinhas mortas, e os dois que gemiam ainda, mas que se consideravam salvos.

E aparentemente em aflição desmesurada, e dentro de si turbada, medrosa, aturdida pelo próprio crime, mas ainda assim cuidosa observadora daquela cena lúgubre de assassinato de crianças, dizia entre si como admirada:

— Que demônio de Pai-Raiol! Que temível veneno! Só escaparam os dois crioulos que apenas cearam o restinho da canja que sobejou dos outros!

A história da indigestão de mangas e cocos correu pelas vizinhanças, o caso foi geralmente lamentado.

A morte dos três crioulos conjuntamente com a dos dois filhos de Paulo Borges, e os sofrimentos semelhantes das duas *crias* que sobreviveram, excluíram toda suspeita de envenenamento.

Luís e Inês foram, como sua mãe, sepultados na capela, e os três crioulos no cemitério da fazenda.

Esméria e seu filho triunfaram sobre as sepulturas das vítimas.

O tigre da escravidão já tinha despedaçado e devorado as carnes, e bebido o sangue da mulher e dos filhos do senhor.

A vez de Paulo Borges ia chegar.

XXIV

A crioula concedeu à dor profunda do pai a expansão de quinze dias. Durante esse breve período, acudindo e obedecendo ao silvo da serpente, experimentou duas vezes a eficácia de uma só das raízes que dera o Pai-Raiol, ajuntando-a à água que fazia ferver para o café do senhor.

O efeito mostrou-se indisputável e seguro. Paulo Borges dormiu, como embriagado que se submerge no sono.

A crioula abria uma janela, e saltava para o campo à meia-noite, demorava-se duas e três horas na senzala do Pai-Raiol, recolhia-se depois e Paulo Borges dormia sempre.

Era preciso despertá-lo ao romper do dia, e ainda depois de desperto Paulo Borges, quando não se ativava, tinha sono.

Esméria estudava cautelosa na observação desses fenômenos as proporções das doses que lhe conviria aplicar ao senhor.

Em suas duas visitas à senzala do Pai-Raiol teve a certeza de que Alberto prosseguia em seu sistema de provocadora, mas distanciada perseguição ao seu inimigo, que começava a revoltar-se impaciente, e a idear vingança.

Alberto descobria as preferências que a sensualidade do Pai-Raiol dava passageiramente a uma ou outra escrava, e tomava-lhe sem dificuldade e com ostentação as preferidas.

Alberto seguia sempre de longe o Pai-Raiol, e por vezes, aos domingos, se mostrava a distância, mas parado e firme nos bosques e descampados onde o seu inimigo de costume divagava.

Alberto matara diante de alguns parceiros o gato preto, companheiro único do Pai-Raiol, em sua senzala solitária.

Pai-Raiol era forte, de sua força muscular tinha consciência e certa ufania; não se arreceava de Alberto; mas também não se achava seguro de sua superioridade física sobre o Hércules, e contemporizava, embora raivoso, calculando matá-lo sem perigo.

Uma escrava tinha já avisado Alberto de que o Pai-Raiol tentava pôr-lhe *feitiço*, havendo-a convidado com instância para ajudá-lo nesse empenho.

De tudo isto Esméria soube metade na senzala do Pai-Raiol, a outra metade nas confidências de outras escravas.

A crioula teve medo de perder o tio Alberto, e resolveu apressar a marcha dos acontecimentos que ela devia determinar.

Passadas as duas semanas dadas ao coração do pai, ela falou ao senhor sobre condição e o futuro de seu filho.

— Enquanto viveram meus senhores-moços, eu nunca me animei a pedir a liberdade e algum favor para meu filho, que também o é de meu senhor; mas agora...

E abaixou os olhos com refinamento de hipocrisia.

Paulo Borges triste e abatido não respondeu; ficou, porém, meditando o dia inteiro.

Esméria mostrou-se a seus olhos, por vezes, com o filho nos braços, com o filho que já conhecia, e ria, ao desgraçado que era seu pai, e seu senhor.

Alguns dias depois Paulo Borges, a quem a crioula incessantemente cercara de cuidados, e que hábil e petulante embriagara em novos frenesis, tomou suas vestes de saída, e logo de manhã montou a cavalo e foi para a vila.

Demorando-se mais do que costumava, o mísero só voltou à fazenda ao cair da tarde, e chamando Esméria a seu quarto, mostrou--lhe um papel dobrado e lacrado, que fechou depois em uma gaveta, da qual guardou a chave.

— É o meu testamento, crioula — disse ele.

Crioula era o tratamento que Paulo Borges dava a Esméria.

— Que me importa o seu testamento? — exclamou a pérfida negra. — Testamento é lembrança de morte e eu quero que meu senhor viva cem anos.

O louco riu-se com agrado, escutando a exclamação da crioula, e entregando-lhe duas folhas de papel dobradas separadamente, acrescentou:

— Aí tens duas cartas de alforria, uma é tua; desde hoje deixaste de ser escrava; a outra é a do teu... do meu filho: não ficaram aí os meus favores... hás de senti-lo a seu tempo: continua a ser boa e fiel, para que eu não me arrependa.

Esméria caiu de joelhos aos pés de Paulo Borges.

A vítima levantou em seus braços o algoz.

E logo nessa mesma noite Paulo Borges dormiu sono comatoso.

XXV

No curto período de dez dias passados depois daquele em que a escrava recebera para si e para seu filho o benefício imenso da emancipação, Paulo Borges o benfeitor, mas insensato amante da crioula, decaíra de modo a inspirar as mais tristes apreensões.

O abatimento de suas forças físicas era evidente, e o do seu espírito acompanhava na mesma proporção o outro; seus olhos se encovavam, a sua magreza era progressiva, o seu andar tornava-se vagaroso e hesitante, e ainda mesmo de dia a frouxidão e o sono o perseguiam.

Esméria acusava o infeliz de preguiçoso, instava com ele para que não desamparasse a *roça*, e fosse ativo como dantes.

O sábio curandeiro, a quem a crioula não cessava de presentear, e a quem havia tomado por padrinho do filho, apoiava com vigor os conselhos da comadre, receitava o que melhor lhe parecia; mas em suas confidências a Esméria, e em conversação com os vizinhos, declarava que Paulo Borges, o seu velho amigo e estimado compadre, estava com amolecimento cerebral.

A todos espantavam os sucessivos e rápidos golpes descarregados pela *infelicidade* sobre a casa de Paulo Borges, onde em poucos meses a morte devorara a esposa, três filhos, e prestes ia devorar o fazendeiro. Já havia desconfianças e murmurações nas vizinhanças.

Um lavrador pobre, foreiro de Paulo Borges, encontrando a este no caminho da *roça*, não se pôde conter ao vê-lo tão abatido e desfigurado, e, pedindo-lhe perdão da liberdade que tomava, aconselhou-o a mudar de cozinheiro.

O mísero condenado riu-se tristemente e agradeceu o interesse que por ele tomava o lavrador; assegurando, porém, que a pessoa que preparava as suas refeições era digna de toda a confiança.

Essa pessoa era Esméria.

Entretanto a suspeita do lavrador ficara no espírito de Paulo Borges, que debalde procurava esquecê-la e que a pesar seu observava com olhar dúbio a fisionomia da crioula, quando chamado por ela se sentava à mesa, e principiava a comer.

A impassibilidade, o aspecto perfeitamente tranquilo de Esméria acabavam sempre por sossegar a vítima, que se arrependia da sua desconfiança.

A crioula esperava paciente o progresso da *moléstia* de seu antigo senhor; mas o Pai-Raiol começava a ter pressa, e a exigir obediência.

Ela compreendeu que era tempo de entender-se com Alberto, que talvez já se supusesse esquecido.

Os escravos da fazenda tiveram de fazer serão à noite. O fazendeiro, escravo da mais absurda rotina, ainda mandava descaroçar o milho pelas mãos dos escravos, julgando ganhar tempo, porque empregava nesse serviço duas horas em cada noite, duas horas que de outra sorte seriam de descanso para a escravatura.

Esméria, desde que Paulo Borges *tomara o costume de adormecer fácil e frequentemente*, acompanhava-o sempre para ativar e fiscalizar o serão.

Nessa noite ela procurou chamar a atenção de Alberto que

trabalhava defronte do Pai-Raiol: quando se achava pelas costas deste, ralhava injustamente e excitava a trabalhar aquele, que aliás não levantava a cabeça; mas quando, ao rodear o numeroso bando de escravos sentados em círculo, passava junto de Alberto sempre tocava-o com o pé.

O negro conservava-se imóvel e como insensível.

Paulo Borges sentara-se e adormecera; a crioula deixou-o dormir.

Alberto levantou-se enfim: depois do Pai-Raiol e de alguns outros já despedidos, concluíra ele também a sua tarefa e logo foi despejar no monte o milho que descaroçara.

Esméria, que o esperava, murmurou-lhe rapidamente:

— À meia-noite na sua senzala.

Alberto respondeu com um movimento da cabeça, deixando-a cair de modo à encostar o queixo no peito.

Paulo Borges não inspirava mais receio algum à crioula: dormia sempre até que ela o acordava à força de manhã.

À meia-noite Esméria entrou na senzala de Alberto.

— Pensei que a senhora não vinha mais — disse este.

— A senhora? Que é isto?

— Já não somos iguais: eu sou escravo e...

— Pode ser meu senhor, se quiser.

— Cansei de esperá-la. Sei que Pai-Raiol ainda a chama.

— E eu confesso que ainda tenho ido falar-lhe.

O negro pareceu indignado.

— Vim contar-lhe tudo — continuou a crioula. — Chegou o tempo, em que só você, tio Alberto, pode me livrar daquele demônio.

— Livrá-la como?...

— Matando-o: com ele, é matá-lo, ou deixar-se matar.

— Por que então você vai encontrar e se entregar a Pai-Raiol?...

— Deixe-me contar-lhe tudo: você, tio Alberto, é incapaz de me fazer mal, e por isso eu lhe direi tudo.

— Fale — disse o negro soberbamente.

Esméria confiou a Alberto os sinistros segredos de suas relações com o Pai-Raiol; o seu império sobre as serpentes, o poder assassino do seu olhar, a sua ciência de feiticeiro, os crimes de que o sabia ou o suspeitava perpetrador, o domínio absoluto que pelo terror ele exercia sobre ela, o seu plano para entronizar-se como senhor na fazenda, e a sua consequente ordem para o envenenamento de Paulo Borges, a que por medo e cega e obrigada obediência ela se estava prestando.

A crioula somente esquecera os envenenamentos de Teresa, dos dois filhos desta e das três crianças escravas.

Alberto ouvira silencioso a história que Esméria lhe contara; depois refletiu por algum tempo, e levantando a cabeça, disse:

— Que me importa! O senhor vai morrer, como a mulher e os filhos morreram: não fui eu que os matei; não sou eu que o mato: que me importa?... Isso é lá com ele... nem o seguro, nem o empurro.

Triste, mas verdadeira observação! A natureza nobre e generosa de Alberto estava já tão estragada pelo vírus moral da escravidão, tão envenenada pelo aborrecimento em que o escravo, pelo fato de ser escravo, tem ao senhor pelo fato de ser senhor, que o assassinato de Teresa e de seus filhos e o novo envenenamento, o envenenamento de Paulo Borges, não inspirara horror ao altivo negro, que indiferente dissera apenas: "que importa! Não fui eu que os matei; não sou eu que o mato: que me importa?!!!"

Como a escravidão corrompe, faz apodrecer, e inocula ferocidade, e torna tigre ou hiena o homem escravo!

Esméria estremecera, ouvindo ao inteligente negro a explicação da morte das suas vítimas.

— Tio Alberto — exclamou ela chorando —, juro que não fui eu quem matou minha senhora, e meus senhores-moços; se morreram envenenados, não fui eu que os envenenei; foi talvez alguma negra que o Pai-Raiol governa também.

— Que me importa!

— Se você quer, livre-me do Pai-Raiol, que eu estou pronta a poupar a vida do senhor... a salvá-lo...

— Que me importa que morra ou que se salve? Depois dele virá outro sempre senhor, sempre um branco a oprimir o negro...

— E se for um negro?

— Hem?...

— Se for o Pai-Raiol?

Alberto, que estava sentado, levantou-se de um salto.

— Pai-Raiol!...

— Eu lhe contei tudo: ele me domina pelo terror, não posso resistir ao seu poder... o senhor morrerá... meu filho e eu herdaremos a fazenda... Pai-Raiol impor-se-á, e eu me curvarei... Pai-Raiol será o senhor, envenenará meu filho... e o tio Alberto será escravo de Pai-Raiol...

— Não! — exclamou o negro. — O que você acaba de dizer é verdade; eu matarei Pai-Raiol.

Os olhos da crioula brilharam com fogo infernal.

— E o senhor? — perguntou ela.

— Que me importa! — repetiu Alberto.

— E talvez já seja tarde para salvá-lo! — disse Esméria. — Os venenos do Pai-Raiol são terríveis! Oh, tio Alberto, livre-me desse demônio de feiticeiro, e em breve senhora aqui, você há de ser meu único senhor...

O negro olhou suspeitoso, mas soberbo para a crioula, e viu a lascívia abrasando-lhe o rosto.

Para o escravo a lascívia é que é amor.

Alberto contava trinta anos de idade e havia vinte que era escravo: Esméria fora a sua paixão mais pronunciada, e ainda então depois de amante do senhor, mas penetrando em sua senzala, despertava nele o antigo ardor do negro escravo apaixonado.

— Vá-se: o senhor a espera e desconfia — disse ele tremendo.

— Não; o senhor dormirá até a hora em que eu quiser acordá-lo — respondeu a crioula apertando com ânsia ambas as mãos de Alberto.

O Hércules negro abraçou a Dejanira negra.

Esméria e Alberto se separaram pouco antes de amanhecer o dia.

Tinham ambos ficado de perfeita inteligência: a crioula conseguira assenhorear-se da vontade de Alberto, e fazê-lo adotar todas as suas ideias.

O negro deixava indiferentemente à mercê de Esméria a vida do senhor, a quem *não segurava*, *nem empurrava*.

Na seguinte noite a crioula tinha de ir à senzala do Pai-Raiol, e Alberto esperaria o momento da sua retirada para provocar frente a frente o seu inimigo e matá-lo.

Depois... provavelmente Paulo Borges morreria...

Depois, Esméria e Alberto não se separariam mais...

Por fim de contas, Alberto mostrava que era escravo, e estragado pela escravidão em que caíra havia vinte anos.

XXVI

É de regra que a negra que foi escrava e se tornou senhora seja a pior das senhoras: se há ou tem havido exceção, Esméria não o foi.

Arrogante, exigente e perseguidora das parceiras, desde a morte de Teresa, a crioula, vendo-se emancipada, e calculando com pujante futuro, exagerou as proporções de sua vaidade, e para impor submissão respeitosa e aniquilar as liberdades e confianças da antiga convivência e igualdade, fez-se cruel, ordenou castigos justos e injustos, e com as próprias mãos descarregou por vezes o açoite sobre as costas de suas companheiras do tempo da escravidão e do menosprezo.

Mas também é de regra que os escravos, e principalmente as escravas, detestem ainda mais, e muito mais, a parceira que se tornou senhora.

A inveja se mistura com a desestima, e produz o rancor, rancor que tempesteia furioso, se a antiga parceira presunçosa e soberba, cruel e petulante, quer obrigar a esquecerem-lhe o passado, e exige prostrações, cultos servis e humildes de quem pouco antes a abraçara irmã pela condição, irmã pelos vícios, e sócia nas desenvolturas em que a escravidão procura lenitivo.

Na fazenda de Paulo Borges a cozinha já conspirava contra Esméria, que a cada instante a invadia, como fera embravecida.

Na manhã que seguiu à noite de sua muito dilatada entrevista com Alberto, a crioula, ou porque houvesse mal dormido, ou por assanho de maldade, atormentou as antigas parceiras, e sob o pretexto de uma resposta menos respeitosa, ou mesmo atrevida, açoitou desapiadadamente uma velha escrava, a quem Teresa tinha, com a sua bondade, habituado aos direitos de mais descanso e de certa consideração e tolerância devidas à velhice.

Lourença, escrava octogenária, sofreu o castigo sem gemer e sem chorar; quando, porém, Esméria voltou as costas, ela escancarou a boca, não tinha um único dente, e pareceu soltar uma gargalhada, ou um rouco e destemperado lamento.

As outras escravas pensaram que a velha tinha enlouquecido, e murmurando pragas e insultos, enxovalharam a crioula-senhora.

Lourença ficou indiferente, muda, e como inerte o dia todo; mas ao ruir da tarde tomou um pau, em que costumava arrimar-se e saiu.

A velha escrava era a incumbida dos cuidados do galinheiro: as parceiras julgaram que ela fora assistir, como costumava, ao vespertino recolhimento das galinhas: ainda era um pouco cedo, mas talvez o açoite de Esméria tivesse ativado a pobre negra.

Lourença sumiu-se entre as laranjeiras, foi até o fundo do quintal, pôs-se de gatinhas e passou por baixo da cerca, e caminhou pelo campo até chegar à cancela, junto da qual sentou-se no chão.

Era a cancela da estrada, por onde se ia à *roça* desse ano.

Meia hora depois a velha negra levantou-se, ouvindo os passos vagarosos de um cavalo, e abriu a cancela.

Era Paulo Borges que ia passar de volta da *roça*. O fazendeiro apareceu abatido e desfigurado: a negra com uma mão segurava a cancela, com a outra segurou o estribo do senhor.

— Lourença tem que contar — disse ela.

— Que é?...

— Esméria está matando senhor.

— Como? — perguntou Paulo Borges estremecendo.

— Esméria cozinha uma raiz no café que senhor bebe de noite; ela esconde muito; mas Lourença já viu...

— Já viste?

— Lourença já viu...

E a negra contou pelos dedos seis vezes.

— Tu mentes — disse Paulo Borges, que aliás começava a acreditar no que ouvia. — Tu mentes, ou então me darás prova do que dizes.

— Lourença não mente — respondeu a negra —, é velha, mas quando entra ideia na cabeça, espia, faz que dorme, mas não dorme.

— E que tens visto?...

— Às vezes a cobra assobia no quintal: é mentira, não é cobra: uma vez Lourença foi ver os pintos... a cobra era Pai-Raiol.

— Pai-Raiol!... O chamado feiticeiro!...

— Esméria vai falar com a cobra...

— Meu Deus!

— Agora não vai mais ao quintal, quando a cobra assobia: Lourença reparou e não dormiu... não podia dormir... a ideia estava na cabeça de Lourença...

— E então?

— Agora senhor dorme muito...

— Sim... durmo... — disse Paulo Borges aterrado.

— De noite senhor toma café, e vai dormir, e não acorda mais: Esméria abre janela, pula, e vai... Lourença já viu.

— E onde vai ela?

— Lourença não sabe; mas Pai-Raiol tem senzala.

— É isso! — balbuciou, suspirando, Paulo Borges.

— Lourença é velha; mas não precisa dormir: vai morrer porque não dorme mais de hoje em diante... Lourença quer mostrar a senhor o crime de Esméria.

— E como?

— Senhor não toma café, deita-o fora, e faz que dorme, e pode dormir; quando Esméria salta a janela, Lourença vai acordar o senhor.

Paulo Borges aceitou prontamente a proposição da velha escrava;

interrogou-a ainda por algum tempo, recolhendo cuidadoso suas informações, e seguiu depois para casa, levando no seio a raiva, e no rosto a dissimulação.

Lourença, a velha escrava, a escrava profundamente desmoralizada por longa vida de cativeiro, ensinada pela experiência traiçoeira de mais de meio século de escravidão, tinha apanhado e guardado com indiferença malvada o segredo dos crimes de Esméria, e só pelo rancoroso ressentimento do açoite rompera o silêncio imposto pelo ódio natural de escrava ao senhor.

Era talvez muito tarde para salvar Paulo Borges; mas ainda a tempo para sua vingança de velha escrava cruelmente açoitada.

XXVII

Às oito e meia horas da noite, Esméria pôs à mesa a ceia costumada de Paulo Borges que comeu com apetite.

Depois da ceia a crioula trouxe e serviu o café: Paulo Borges pediu a caixa de tabaco que deixara no quarto, e enquanto a crioula foi buscá-la, ele levantou-se pronto, e atirou pela janela o café contido na xícara.

Esméria ao chegar com a caixa de tabaco, viu a sua vítima com a xícara voltada nos lábios, como a derramar as últimas gotas do líquido envenenado.

Nessa noite a crioula tinha fervido no café não uma, porém duas raízes. No estado de fraqueza em que se achava, Paulo Borges, se tivesse bebido o café, dormiria para não tornar a acordar.

— Já bebeu o café?... — perguntou Esméria.

— Já; estava excelente: agora o que tenho é vontade de dormir.

— Que sono! O senhor já não faz caso de mim...

— Que queres, crioula?... Não me posso vencer: é um sono de bêbado, ou de envenenado...

Esméria riu-se; e disse como de mau modo:

— É sono de velho.

Paulo Borges não respondeu e foi deitar-se resolvido a velar, e a fingir-se adormecido; no fim, porém, de poucos minutos sono irresistível pesou sobre suas pálpebras, e ele dormiu profundamente.

Esméria, que estava ao lado do mísero fazendeiro, levantou-se à meia-noite, e ansiosa e trêmula não por medo de Paulo Borges, a quem deixava soporificado e talvez próximo a morrer; mas pelas apreensões e temores do combate e da morte, de que ela tinha de ser testemunha nessa noite, abriu cuidadosa uma janela da sala de jantar, para onde pé por pé se dirigira, e saltou para fora, cerrando depois a janela.

Passados breves minutos, Lourença entrou no quarto do senhor, tomou-lhe os braços e os sacudiu com força até obrigá-lo a despertar.

Paulo Borges acordou, e sentando-se na cama forçado pela insistência dos esforços da velha escrava, perguntou:

— Quem é? Que é?...

— Esméria já saiu, saltando pela janela — respondeu Lourença. — Se o senhor quer, Lourença o acompanha até a senzala do Pai-Raiol.

O fazendeiro cedendo ao excitante do ciúme, da cólera, e do instinto da própria conservação pôs-se em pé, vestiu-se, tomou duas pistolas que sempre tinha carregadas, e em súbito acesso da antiga energia, disse à velha negra:

— Vamos; acompanha-me.

E saiu com Lourença ao lado pela porta da frente da casa que abriu, e deixou cerrada.

Lourença era velha e Paulo Borges já privado de forças: caminhavam ambos a passos vagarosos e apoiando-se um no outro.

— Se houver perigo — disse Paulo Borges —, tu chamarás o feitor.

— Não há de haver perigo — respondeu Lourença —, basta que senhor ouça o que eles disserem... e amanhã senhor mandará segurar em Esméria e Pai-Raiol.

— Dizes bem — tornou o fazendeiro convicto de sua fraqueza.

Paulo Borges deixou-se guiar pela velha, que, fazendo grande volta, conduziu o senhor, menos exposto a ser descoberto, pela encosta de elevado outeiro até chegar à parede do fundo da senzala do Pai-Raiol.

Sabe-se que as senzalas têm uma única porta que abre para a frente.

Agora algumas breves palavras sobre o teatro da última e lúgubre cena deste drama sinistro.

A senzala do Pai-Raiol era isolada e levantava-se no cabeço desse outeiro que por detrás docemente se ia debruçando até a planície: pela frente três braças de terreno separavam a palhoça do negro de um fundo precipício; o pequeno monte acabava ali quase em ponta mais que íngreme, escarpado; a alguns palmos abaixo do solo mostravam-se as espinhas agudas da rocha, saliências desiguais, triangulares, tortuosas, pontudas, e no fundo, aos pés do outeiro o rio a correr, gemendo, sobre pedras cortantes e separadas em multidão de pedaços de granito.

A lua era plena e bela.

Paulo Borges e a negra tinham os ouvidos pregados à parede de barro amassado do fundo da senzala, cuja porta se achava trancada.

Dentro da senzala havia a luz do fogo de um braseiro.

Na frente e a medir o precipício via-se imóvel a figura de um negro agigantado.

Paulo Borges e Lourença no fundo e o negro imóvel na frente da senzala não se tinham descoberto, não se podiam ver.

Por mais baixo que Pai-Raiol e a crioula se falassem, o sussurro de suas vozes chegava fora, e ao mais leve descuido as palavras eram entendidas, graças à grosseira construção da senzala.

Pai-Raiol parecia ralhar com Esméria, que se desculpava.

As palavras *raiz*, *tigre velho*, *morte*, haviam destacadamente chegado aos ouvidos de Paulo Borges, que tremia convulso.

Por fim o negro malvado irritara-se e com voz menos contida, dissera em tom de senhor:

— Pai-Raiol quer!

— Uma semana ainda! — exclamou a crioula.

— Não: amanhã de noite três raízes, e o tigre velho morre...

— Tenha pena...

— Depois d'amanhã Esméria é senhora de tudo...

— E Pai-Raiol? — perguntou a crioula traiçoeira, elevando a voz.

— No outro dia Pai-Raiol fica também senhor; porque gosta de Esméria.

— E eu também gosto do Pai-Raiol.

— Mas se Esméria não faz, Pai-Raiol mata.

— Farei tudo! — disse a crioula, abraçando e beijando o negro.

Mas Pai-Raiol, em vez de pagar-lhe os afagos, desviou-se, soltou risada que não pôde abafar, e logo cerrou os dentes com força e a ponto de fazê-los ranger.

— De que ri assim? Que é isso?

— *No outro dia...*

— Sim... no outro dia?...

— Pai-Raiol há de surrar tio Alberto.

Um golpe violento dado por potente ombro fez em pedaços a porta da senzala, e Alberto, que se mostrou ao clarão da lua, bradou com raiva:

— Cão danado! A hora chegou: mas traze faca, porque eu trago faca.

Pai-Raiol deu um salto, armou-se de um machado, e por momentos mediu com os olhos vesgos o inimigo.

Paulo Borges tinha caído por terra.

Alberto afastou-se alguns passos e disse:

— Sai para fora, ou vou lá dentro agarrar-te.

O Pai-Raiol não reconheceu a soberba generosidade de Alberto que, reputando-se superior em forças, não queria abusar dos estreitos limites da senzala, e dava à destreza as vantagens do espaço; mas aproveitou-se do que supunha erro e imprudência do inimigo, e rápido e com o machado erguido tomou em dois pulos campo no terreiro.

Imediatamente o combate se travou furioso.

Pai-Raiol tinha força e agilidade; conhecendo porém o Hércules, confiou ainda mais na agilidade do que na força, e empenhou-se em escapar e furtar-se enquanto pudesse à luta corpo a corpo.

Mas ele não contava com a ligeireza e velocidade de movimentos de Alberto.

Pai-Raiol saltando, iludindo com negaças o inimigo, manejava o machado, como espada em mão de hábil esgrimidor; Alberto atacava, fugindo com o corpo aos golpes do machado, e tentando sempre chegar com as mãos ao seu adversário.

O Hércules soberbo deixara a faca na cintura, e só o corte do machado do Pai-Raiol em contínuo e variado movimento brilhava aos raios da lua.

Esméria chorava à porta da senzala, observando o combate.

Paulo Borges e Lourença arrastando-se pelo chão e metidos entre as ervas e a grama tinham chegado até o ponto em que expondo apenas as frontes e os olhos podiam testemunhar o duelo grosseiro, mas terrível.

Paulo Borges fazia votos pela vitória de Alberto.

Cinco minutos talvez durava já o estéril manejo de saltos e negaças, de ataques e de golpes perdidos no ar; mas o Hércules negro cansou de esperar, e afrontando o machado atirou-se frente a frente ao Pai-Raiol com ímpeto tão pouco esperado, que o instrumento da morte caiu sobre ele, quando seu corpo já estava pregado ao corpo de Pai-Raiol.

A decisão da luta pareceu então depender da posse do machado: os dois negros disputaram com desesperado esforço a arma formidável; mas em breve Alberto, dando forte joelhada no estômago do Pai-Raiol, e ao mesmo tempo com igual força, puxando o machado, arrancou-o das mãos do inimigo, que recuara a cambalear.

Em vez de ferir logo de morte a Pai-Raiol, o soberbo Hércules atirou o machado no despenhadeiro, e perguntou:

— Cão danado! Trazes faca?

O Pai-Raiol que redobrara de fúria, tendo já recobrado o fôlego, respondeu com voz de surdo trovejar:

— Não; mas Pai-Raiol mata sem faca.

Alberto puxou a faca da cinta e a fez voar pelos ares.

— Braço a braço agora! E no fim a morte de um de nós dois no fundo do precipício!

Os dois negros se arrojaram um sobre o outro, e a luta se tornou medonha: agarrados ambos, ferindo-se com as unhas e com os dentes, e em violento combate, em que as mãos como os pés, as pernas como os braços de ambos se enlaçavam, se estiravam, se retorciam no empenho que cada qual tinha de submeter o outro, Alberto e Pai-Raiol eram como dois cães de fila, ou como duas panteras que se tivessem aferrado.

Evidente se patenteava a resolução de cada um dos lutadores; porque ambos mediam às vezes o espaço que os separava do abismo: era horrível o silêncio dos negros assim agarrados: só se ouviam dois arquejos que se misturavam ferozes.

Esméria teve medo e fugiu a correr.

Paulo Borges horrorizou-se e incapaz de levantar-se e de andar, disse a Lourença que fosse chamar o feitor e gente para prender os dois escravos.

Mas Alberto vira Esméria fugir medrosa e, envergonhado da prolongada luta, fez um esforço supremo, e caiu sobre o Pai-Raiol, a quem lançara por terra.

O Hércules dominou o negro malvado, que todavia resistiu ainda, cravando as unhas no pescoço de Alberto; este, porém, não só empregou esse mesmo recurso; mas ainda com um dos joelhos sobre o estômago do inimigo já sua presa, de todo o submeteu.

Um ronco lúgubre anunciador de agonia saiu do peito de Pai-Raiol, cujas mãos inertes caíram, desgarrando as dez unhas do pescoço de Alberto.

O vencedor, inundado pelo próprio sangue e pelo sangue do inimigo, retirou então do estômago deste seu joelho rochedo, e ouviu por breve instante e com assanhada fúria o estertor do moribundo que estava a seus pés, e arquejante de fadiga, mas raivoso ainda, curvou-se de novo, levantou em seus braços de Hércules o corpo do negro odiado, e avançando dois passos, atirou-o no fundo de pedregoso precipício.

O eco do baque do corpo do Pai-Raiol, que tombando de ponta

de rocha em ponta de rocha caíra sem dúvida despedaçado no rio que corria embaixo por entre pedras escalavradas, completou a vingança terrível de Alberto, que, enxugando com a manga da camisa o sangue que lhe saía do pescoço ferido, retirava-se ofegante para sua senzala, quando o feitor e alguns escravos que chegavam o cercaram e prenderam.

O Hércules negro não procurou resistir; estendeu os braços para receber as cordas, dizendo:

— Sim! Eu matei Pai-Raiol.

Mas Paulo Borges surgiu então do meio das ervas e da grama, e ainda trêmulo e sobressaltado exclamou:

— Soltem esse negro, que salvou-me do meu assassino: amanhã eu lhe darei carta de liberdade.

E acrescentou sem hesitar:

— Vão prender Esméria, a cúmplice de Pai-Raiol...

Conclusão

Que importa o horror da morte do Pai-Raiol?...

Que importa o castigo justíssimo de Esméria, que perante a autoridade pública acabara por confessar todos os seus crimes?

Que importa que Paulo Borges rasgasse o testamento que fizera e que, em assanhos de serôdia vingança e em desvarios de remorsos, desprezasse, e arredasse de sua casa o filho que tivera da perversa crioula, punindo assim no inocente a sua própria depravação?

Que importa tudo isso?...

Teresa tinha vivido vida de martírio em seus últimos meses, e morrera envenenada.

Luís e Inês, filhos legítimos de Paulo Borges, tinham também morrido por atroz e dilacerante veneno.

O pobre anjinho do berço, que fora privado dos seios de sua honesta mãe, bebera a sífilis e a morte nos peitos imundos de negra corrupta.

Paulo Borges, enfim, sobrevivia a todas essas vítimas da malvadeza dos dois escravos e da sua sensualidade abjeta, para arrastar sombria velhice atormentada pelos estragos da organização, pelo perdimento da saúde, pelo desprezo público que o perseguia, e por incessantes e desabridos remorsos, que reproduziam insistentes e implacáveis aos olhos de sua alma as agonias aflitivas, de sua esposa e de seus dois filhos.

A asa negra da escravidão roçara por sobre a casa e a família de Paulo Borges, e espalhara nelas a desgraça, as ruínas e mortes violentas dos senhores.

Pai-Raiol e Esméria, algozes pela escravidão, esses dois escravos assassinos não podem mais assassinar...

A escravidão, porém, continua a existir no Brasil.

E a escravidão, a mãe das vítimas-algozes, é prolífica.

III
Lucinda, a mucama

I

Era o dia feliz que marcava o décimo primeiro aniversário natalício de Cândida. A espaçosa e bela casa de campo de Florêncio da Silva estava vestida de gala, e resplendendo alegria. A cada momento chegavam carros, conduzindo famílias, graciosas amazonas e elegantes cavaleiros, que vinham aplaudir a festa da ditosa menina.

Tanto ardor festival indicava claramente a importância e o merecimento do pai de Cândida.

Florêncio da Silva era um honrado, inteligente e rico negociante da pequena cidade de..., da província do Rio de Janeiro, e também um pouco agricultor por distração e gosto, possuindo a meia légua da cidade, onde comerciava, uma chácara esmeradamente tratada; comprara nas vizinhanças dela extensa situação, e aí, desde o princípio da guerra civil dos Estados Unidos da América do Norte, explorava com o maior proveito a cultura do algodão.

Bom, afável e generoso, repartindo as sobras da riqueza que acumulava com os pobres que não eram vadios, e entretendo numerosas relações no seu e nos vizinhos municípios, Florêncio da Silva era ainda por isso mesmo poderosa e legítima influência eleitoral e política na sua comarca; e intimamente ligado como se achava por laços de estreita amizade e de partido com Plácido Rodrigues, o mais opulento fazendeiro e capitalista do lugar, não haveria triunfo possível contra eles em lides eleitorais, se no Brasil não houvesse o poder mágico e despótico da polícia que faz da voz do povo eco obrigado e mísero da ordem ditada pelo governo aos falsos, ou falsificados comícios da nação.

Florêncio da Silva não sabia como agradecer a Deus a sua felicidade: estimado geralmente, gozando de consideração igual ao seu crédito, justo tributo pago às suas virtudes, tinha no lar doméstico, em Leonídia, o tesouro de uma esposa modelo; e dois filhos, a quem idolatrava, Liberato, o mais velho, que fazia na Corte os seus estudos de preparatórios, e Cândida, que completava então onze anos de idade, sem falar em Frederico, filho de Plácido Rodrigues, que fora criado aos peitos de Leonídia, e que também pertencia ao seu coração.

Ele tinha a família habitando ordinariamente na chácara, o seu paraíso, enriquecida de jardins, de prodigiosa variedade de árvores frutíferas e de ornamento, de lagos e fontes, de arroio natural correndo sobre leito de pedras, de verdura e relva, e melhor que tudo isso, do amor abençoado e suavíssimo da esposa e dos filhos.

Era nessa chácara que ele estava festejando os anos da sua querida Cândida.

A menina, enlevo e estremecido cuidado de seus pais, mostrava-se naquela idade em que a infância ainda ri, e a puberdade em longes promessas se anuncia aos olhos maternais que observam, nesse estádio da vida, período de insensível mas progressiva metamorfose, em que duas idades se misturam e se combatem, uma para morrer entre flores, risos e sonhos de anjo, outra para nascer entre um espanto, cem enleios, mil dúvidas, e no labirinto da inocência que se confunde, e do coração que anseia uma e outro em santa perplexidade, a menina se mostrava, dizemos, mimosa e linda criatura, que se fazia amar com a pureza dos amores do céu.

Cândida era loura: seus finos cabelos caíam em anéis; tinha os olhos azuis e belos e o olhar de suavidade cativadora; o rosto oval da cor da magnólia com duas rosas a insinuarem-se nas faces, um céu alvo com duas auroras a romper; a boca, ninho de mil graças, era pequena, os lábios quase imperceptivelmente arqueados, lindíssimos, os dentes iguais, de justa proporção e de esmalte puríssimo, o pescoço e o corpo com a gentileza própria da sua idade, as mãos e os pés de perfeição e delicadeza maravilhosas.

Fazia pena e medo pensar que a próxima metamorfose podia alterar, como acontece muitas vezes, aquela harmonia feliz de encantos e de beleza.

Florêncio da Silva educava e instruía sua filha ao lado e sob a vigilância de Leonídia, que velava por ela com olhos e coração de mãe extremosa: aos onze anos Cândida falava o francês, conhecia o inglês, a geografia, a história, tocava piano e cantava com sua voz que era já naturalmente canto mavioso, voz da infância, música do lar; desenhava, bordava de diversos modos e, ainda mal sabida em tantos dotes, conservava todos os seus mestres, e com eles apurava o estudo do que apenas aprendera os rudimentos.

Porém o que mais enfeitiçadamente radiava em Cândida era o brilho, a expansão, a segurança, o abandono, o celeste perfume da inocência, dessa virginal, puríssima, sublime insciência do mal, insciência que faz da menina um anjo da terra, que arremeda e quase iguala os anjos do céu.

A casa de campo de Florêncio da Silva já estava cheia de senhoras e cavalheiros convidados para o banquete da festa de Cândida, que se abismava com ruidosa alegria infantil em um oceano de flores, de ramalhetes, de bonecas, de álbuns, de livros ricamente ilustrados.

E todavia, ainda assim Cândida não estava plenamente satisfeita: ao contrário, almejante, ávida, desassossegada, de instante a instante corria à janela, e estendia os olhos pela rua principal da chácara.

Florêncio e Leonídia riam-se, observando a impaciência da menina.

Por fim ela viu o que esperava, e batendo palmas exclamou:

— Aí vem meu padrinho! É meu padrinho!... É o seu carro!...

Era Plácido Rodrigues que com efeito chegava.

Daí a breves momentos a afilhada correu a atirar-se aos braços do padrinho que muito amava.

Plácido recebeu enternecido os abraços apertados da afilhada, beijou-a na fronte, deu-lhe a mão a beijar, e com solenidade deitou-lhe a bênção.

Cândida tinha os olhos úmidos de lágrimas de alegria.

— E o teu presente de anos? — perguntou-lhe Plácido.

— Foi o abraço de meu padrinho — respondeu a menina.

— Esse fui eu que recebi, Cândida; agora recebe tu, o que te trago.

— Que é, meu padrinho?

Plácido Rodrigues dirigiu-se imediatamente à porta, fez um sinal com a mão, e logo depois apresentou a Cândida uma crioula de idade de doze anos, vestida com apropriado esmero, e calçada de botinas pretas.

— Trago-te uma escrava quase da tua idade, a quem mandei ensinar de propósito para ser tua mucama.

E voltando-se para a crioula, disse-lhe:

— Lucinda, eis aí tua senhora.

E logo, falando à afilhada, acrescentou:

— Toma conta dela, Cândida, e se te desagradar a figura, e não gostares do serviço dessa crioula, hás de mo dizer, para que eu a troque por outra.

Plácido deixou a afilhada, que ficara em silêncio olhando para a sua mucama.

Em breve Lucinda não pôde resistir à infantil observação da menina, e abaixou os olhos, sorrindo-se com agrado.

Cândida gostou do rir da crioula e perguntou-lhe com tom senhoril.

— Que sabes tu fazer, Lucinda?

— Engomo, coso, penteio, e sei fazer bonecas.

O rosto da menina radiou de júbilo.

Ela tomou pelo braço a crioula, e levando-a até junto de sua mãe, disse:

— Meu padrinho me deu esta mucama que sabe pentear e também fazer bonecas!...

Leonídia sorriu-se, e olhou para o compadre, agradecendo-lhe com os olhos o presente que tanto alegrara a filha.

Cândida foi imediatamente mandar que acomodassem Lucinda, como se tratasse de recolher um tesouro.

Que tesouro! Uma escrava mucama de menina que em breve ia ser moça!

II

Entre os noivos é de regra quase sempre invariável, que ambos almejem com ardor igual, que o primeiro fruto de sua união seja um menino. A razão é óbvia: o homem vê no filho o herdeiro e continuador de seu nome que ele não perderá como a filha no ato do casamento; a mulher prevê no filho o retrato de seu marido, e para si um protetor no futuro, e ambos adivinham nele zeloso escudo e garantia da família, e ambos o sonham feliz no mundo, glorificado pelos homens, e abençoado por Deus.

Estas considerações algumas das quais, embora egoístas, são muito naturais, justificam a preferência manifestada nos desejos do nascimento de filho varão, preferência aliás inconveniente e prejudicial quando se faz sentir no amor, e em mais esmerada educação que geralmente nas famílias os filhos gozam e recebem com desproporção notável e não pouco amesquinhadora das filhas.

A observação não é falsa: algumas vezes as filhas como os filhos são igualmente amados pelos pais, e ainda mesmo sem dissimulação de preferência; pelas mães quase nunca ou nunca: as mães amam sempre mais os filhos do que as filhas.

No que porém se refere à educação intelectual, e à verdadeira, necessária e imensamente importante educação da mulher, a que se prende e de que depende em máxima parte o futuro moral, social, o que quer dizer, o futuro político, todo o futuro da nação, os pais, as mães e com eles o Estado dão por cego abandono e por direção e práticas desacertadas e imprudentes vivo testemunho da preferência iníqua, absurda e fatalíssima conferida aos filhos com desvantagem das filhas, ao homem menino e jovem com desvantagem da mulher menina e jovem; aos futuros cidadãos com o abatimento, menosprezo e incrível olvido da transcendente e indeclinável influência das futuras mães dos cidadãos.

Todavia, qualquer que seja o grau de predileção que no seio da família tenham de seus pais os filhos varões, ao menos há para as filhas certa especialidade de cuidados que nas mães é religioso culto de amor que vela incessante, como o das sacerdotisas de Vesta que vigiavam o fogo da pureza, e nos pais uma fonte sublime de melindres e de escrúpulos, uma santa exageração de estremecido zelo que enubla ou descora os próprios extremos do mais ardente e cativo namorado.

As mães têm o privilégio das flamas suaves de um sentimento beatificador, da ciência natural do seu sexo, da experiência de sua vida de moças solteiras, da confiança, da liberdade, da convivência íntima; e pelo ventre que concebeu e nutriu, pelos seios que deram o leite, pelo coração que dá o amor, pelo sexo que faz a mãe irmã da filha, pela intimidade que modera as reservas do respeito e do pejo, tornam as filhas transparentes a seus olhos.

Os pais não podem gozar essa expansão ampla e quase ilimitada do amor das filhas, e apenas a invejam nas confidências que das esposas recebem: eles, porém, se desforram na exaltação do mimoso cultivo dos seus botões de flores.

O pai adora em sua filha a candideza dos anjos: santo namorado, embebe nela os olhos como em divina imagem, tem presa nela o zelo mais suscetível, e o amor que é todo mimos; no passeio dói-lhe a pedrinha em que pisou por descuido o pé da sua princesa; teme por ela a brisa que lhe desmancha o penteado, o raio do sol que pode ofender as pétalas de rosa ou o branco matiz de suas faces; aflige-se, quando a suspeita pensativa ou triste; vai de noite escutar, se ela geme, dormindo; tem a sua glória no seu recato; revolta-se, ouvindo pronunciar diante dela a palavra arriscada que pode confundir sua inocência; duvida que ela já saiba o que a natureza faz adivinhar ainda mesmo obscuramente; dá-lhe a educação da ignorância da missão da mulher; ilude-se com as confianças dessa educação; deseja vê-la casada, mas receia de todo noivo; não dá, concede a filha em casamento, e tem loucos instantes, em que olha para o melhor dos genros como para o ladrão do seu tesouro, e logo depois, se o genro felicita a filha, chora de alegria, e agradecido quisera beijar as mãos desse ladrão do seu tesouro.

Era assim que Florêncio da Silva amava Cândida.

Não houvera carinho, extremo, escrúpulo, inspiração de angelolatria que ele tivesse poupado com a queridíssima filha: a par da satisfação de todos os caprichos da menina, desvelou-se na sua educação segundo a prática admitida; nunca porém se sujeitou a mandá-la para o internato de algum colégio, menos pela consideração dos perigos que nessas casas correm as meninas, do que pela ideia aflitiva de separar-se dela: os pais mais prudentes e cautelosos ainda não compreenderam suficientemente as inconveniências da educação das filhas em internatos, como não poucos dos que temos.

Cândida teve no lar paterno, e sempre junto de sua mãe, quantos professores e professoras Florêncio da Silva imaginou que lhe eram precisos e, até poucos meses além dos dez anos de idade, a companhia inapreciável e o serviço dedicado de uma boa senhora, mulher pobre, mas livre e de sãos costumes, que fora sua ama de leite e a idolatrava como seus pais.

Mas Joana, que aos dezoito anos enviuvara, era ainda moça e agradável, sempre fora honesta, e achando segundo noivo em um laborioso e honrado lavrador, deixou por ele Cândida com o maior pesar, mas com a aprovação de Florêncio da Silva e de Leonídia, que estimavam o lavrador e que deram à ama de sua filha dote relativamente considerável.

A menina chorou com desabrimento próprio da sua idade a separação determinada pelo casamento da ama, que não menos dolorosamente se despediu de sua filha de criação; mas para maior aflição desta, quase logo sobreveio a morte de um tio do marido de Joana, obrigando a este a mudar-se com sua mulher para distante município, onde o chamou a herança de importante estabelecimento rural.

Cândida triste, saudosa de sua segunda mãe, da criada amiga, da companheira do seu quarto de dormir, não tolerou a ideia de fazê-la substituir pela melhor, ou mais estimada das escravas de sua casa, e até o dia de seus anos em que a encontramos em festa, viveu ou dormiu solitária, onde não mais dormia perto do seu leito a honesta senhora, que desde a sua infância fora a digna partilhadora de seu amor filial, e como disse ou escreveu um grande poeta português na sua tragédia de Inês de Castro:

"Ama, na criação ama, no amor mãe".

Plácido Rodrigues, o padrinho de Cândida, conseguira vencer a justíssima repugnância, talvez a instintiva ou providencial obstinação da afilhada, trazendo-lhe de presente para sua mucama a crioula Lucinda, que sabia pentear e fazer bonecas.

Depois da ama, mulher livre, a mucama, crioula escrava!

Cândida tinha perdido a companhia da mulher que era nobre, porque era livre, e o serviço de braços animados por coração cheio de amor generoso, que é somente grande, quando a liberdade exclui toda imposição de deveres forçados por vontade absoluta de senhor.

E em substituição da companheira livre, amiga, e devotada, recebeu alegre a crioula quase de sua idade, a mulher escrava, uma filha da mãe fera, uma vítima da opressão social, uma onda envenenada desse oceano de vícios obrigados, de perversão lógica, de imoralidade congênita, de influência corruptora e falaz, desse monstro desumanizador de criaturas humanas, que se chama escravidão.

III

Cândida chegara aos onze anos de idade com a perfeita inocência de sua primeira infância; seu espírito cultivado pelos mestres e na leitura de livros escolhidos cautelosamente, enchia-se de luz suave, de ideias serenas e preciosas, dentro porém do recatado horizonte da ciência concedida pelo santo respeito que se deve à idade santa, principalmente em uma menina; seu coração era um altar adornado pelo amor de seus pais e pela feliz influência da companhia de sua ama, simples, boa e religiosa mulher.

Esta excelente base de educação não fora em seu elemento principal fruto de sábio plano de Florêncio da Silva, mas resultado de uma afortunada circunstância: sem dúvida o ensino recebido por Cândida, sob a vigilância protetora de sua mãe, e a prática prudente de não ter sido a menina levada até então aos bailes, e às sociedades sem caráter de reunião limitada a famílias de íntima amizade e confiança, contribuíram não pouco para aquele belo efeito; o essencial, porém, tinha sido a não pensada, não refletida, mas ditosa exclusão de mucama escrava, graças ao amor, à terna dedicação maternal da ama, que extremosa quase ciumenta, tomara para si o cuidado e o serviço da menina que aleitara em seus peitos.

Cândida cresceu sem ter escrava ao pé de si: a ama só a deixava a Leonídia, talvez por que não lha pudesse disputar.

Ditosa, alegre, meiga, expansiva, Cândida nem uma só vez mesmo de relance suspeitara ainda da ignorância que a conservava anjo; até bem poucos meses a ama a despia à noite, e ajudava-a a vestir-se de manhã sem que ela hesitasse passageiramente em um instante de confusão, ou mostrasse de leve a cor do pejo acesa em suas faces. Cândida ainda não tinha a consciência, tinha apenas o instinto do pudor.

Nesse estado de admirável e extasiadora candura, tendo perdido sua ama, a menina recebeu em breve o presente da mucama escrava.

E que o não tivesse recebido, e que ainda e sempre pudesse ter consigo a excelente ama, estava perto a idade em que Cândida seria apresentada nos salões e exigida pela sociedade, e ali de todo ou em parte havia de ir desmoronando o edifício de sua educação.

Sabeis por quê?... Porque ainda a mais escrupulosa, a mais digna e verdadeiramente nobre sociedade de país onde se tolera o serviço escravo, ressente-se por força da infecção terrível e inevitável dessa peste que se chama escravidão.

IV

Imaginai duas hipóteses tanto mais admissíveis, que elas aí se realizam todos os dias, uma como exceção, a outra como regra.

Imaginai a hipótese que incalculadamente começara a realizar-se no seio da família de Florêncio da Silva, e que por exceção se observa realizada de plano em algumas casas.

Aí tendes no Brasil, na capital do Império, por exemplo, a família mais rica e mais sábia, que pela sabedoria não possui um só escravo, nem admite escravo algum em seu lar, e pela riqueza pode dar a mais esmerada e perfeita educação à filha querida, que é criada e cultivada como tulipa ou rainúnculo em estufa.

O sopro envenenado da escravidão não tocou sacrílego, não ofendeu o botão de rosa.

Chega um dia em que o rainúnculo sai da estufa, em que o anjo baixa ao mundo, em que a donzela entra, aparece na sociedade.

Singela, descuidosa, alegre, ávida de suaves e puros gozos a donzela procura naturais ligações, amigas da sua idade e do seu estado que nem todas, que sem dúvida bem poucas, escaparam como ela ao contato, a companhia de escravas: ei-la pois em suas relações, em suas ligações, em suas confidências com essas amigas, exposta e sujeita à ciência do mal, às infecções sutis da escravidão, ao contato mediato com as escravas pela inoculação irrefletida, mas indeclinável, que lhe vem da intimidade com outras donzelas, que sem má intenção e apenas por vanglória pueril e jactância louca de mais sabidas, lhe revelam imperfeita e obscuramente segredos de seu sexo, que aprenderam nas atrevidas explicações de suas mucamas.

A curiosidade se inflama; a ignorante que começa a corar pergunta mais: as presumidas sábias doidejam, querendo adivinhar; todas sonham meninamente, mas já maliciosamente; o céu da inocência se enubla; a angélica pureza do pensamento bate as asas e foge, e as faces virginais se avermelham do pejo revoltado contra o desperto da imaginação, que em tresloucado e escondido arrojo mancha e atormenta, e pouco a pouco destrói a virgindade do coração.

O contágio supre o contato imediato: a escravidão influi sempre de perto ou de longe maleficamente sobre a vida das donzelas, perturbando e envenenando a educação dessas pobres vítimas.

Agora a outra hipótese, que se realiza na regra geral.

A negra escrava que aí vai passando desapercebida, mal julgada e não temida, espanta, alvoroça, aterra, quando a reflexão pesa e avalia sua influência tenebrosa e fatal.

A regra é esta: toda família que não é indigente ou pobre possui uma, algumas ou muitas escravas, e uma dessas escravas é mucama da filha, da menina da família e companheira assídua da infeliz donzela, condenada às infecções da peste da escravidão.

Em muitas casas a escrava mucama dorme perto do leito da menina, senhora-moça, ou à porta do seu quarto. Em algumas famílias esta prática imprudentíssima é banida; mas em todo caso a mucama escrava toma conta da roupa da senhora-moça, ajuda-a a despir-se e a vestir-se, é a conselheira do seu toucador, e na costura a executora das modas dos seus vestidos, confidente obrigada dos segredos das imperfeições do seu corpo que se disfarçam, e das belezas de suas formas que se fazem sobressair.

A mucama escrava se recomenda pois à menina, e ganha toda sua confiança pela importância delicada, e até certo ponto confidencial, do mister que desempenha no toucador; a mucama, embora escrava, é ainda mais do que o padre confessor e do que o médico da donzela:

porque o padre confessor conhece-lhe apenas a alma, o médico ainda nos casos mais graves de alteração da saúde conhece-lhe imperfeitamente o corpo enfermo, e a mucama conhece-lhe a alma tanto como o padre, e o corpo muito mais do que o médico.

A senhora-moça torna-se por isso muitas vezes dependente e quase escrava da sua mucama escrava.

Compreendeis bem toda a extensão dos abusos, dos males, das consequências perniciosas e até mesmo desastrosas, e às vezes fatais e irremediáveis, que podem provir e que têm provindo da influência das mucamas escravas sobre a educação, a moralidade, a vida, o destino das donzelas?...

Educai como puderdes, o melhor e o mais santamente que é possível, vossa filha; a par dessa educação que corrige os defeitos, aprimora as qualidades, semeia e cultiva virtudes, a despeito dos mestres que ensinam zelosos, a despeito de vossa esposa que solícita vigia, estará ao pé de vossa filha uma hora só, alguns minutos apenas em cada dia, uma escrava, e de sobra uma só, a sua mucama que com a palavra, o gesto, o elogio, a lisonja, a indiscrição, a petulância, e a protérvia dos seus vícios, dos vícios próprios da sua miserável condição de escrava, comprometerá, arruinará o grande empenho do vosso amor, plantará no coração de vossa filha a ciência do mal, muito antes do prazo em que o mundo lha devia ensinar.

Embora não durma no quarto, que cumpre ser sacrário de virginal reserva, e muito pior se aí dorme, e se é portanto a impune observadora do abandono do corpo da donzela, nas traidoras revelações do sono agitado ou descuidoso, e a contadora de histórias e perigosa noveleira que fala e conversa enquanto ajuda a despir a senhora-moça e a distrai com a sua garrulice nas noites de vigília, a mucama escrava ganha em breve a confiança e a amizade da pobre inocente, e umas vezes por maldade, e em outras muitas sem consciência do mal que faz, revela-lhe mistérios cuja insciência é o matiz da virgindade, põe em tributos cruéis e vai gastando o seu pudor com explicações rudes em que não sabe medir o pudor da palavra, fala-lhe de namoros e de casamentos, impele-a a afeições que podem ser nocivas, leva-lhe os bilhetes do namorado, verdadeiro ou fingido amante e pretendente a casamento, serve-lhe à intriga amorosa contra a vigilância dos pais, infecciona-lhe o coração e excita-lhe os sentidos com a manifestação de ideias inspiradas pelo sensualismo brutal, em que se resume todo o amor nos escravos, e em alguns casos por avidez de sórdido ganho, por desmoralização, por perversidade, e até por vingança, chega ao extremo de arrastá-la à perdição, e de facilitar a mácula que para sempre nodoa a vida.

Portanto a mucama escrava ao pé da menina e da donzela é o charco posto em comunicação com a fonte límpida.

A mãe, que foi menina e moça solteira, sabe o que é, e como procede a mucama escrava; o pai que é senhor sabe o que são e como procedem os escravos; mas à semelhança dos soldados que guarnecem praça sitiada, que a peste invadiu, curvam as cabeças e submetem-se à calamidade, a que não podem fugir.

E não podem fugir por quê?... Porque a escravidão existe; porque o serviço das casas e das famílias é feito por escravos, porque as amas-de-leite são em geral escravas e a elas se prendem agradecidos os filhos de criação, e enfim porque em país onde se mantém a escravidão, é impossível subtrair a senhora, o homem, a menina, o menino livres ao contato imediato ou mediato com os escravos.

E não vos queixeis: a culpa deste grande mal é mais nosso do que dos escravos; porque nós todos reconhecemos que a escravidão produz o aviltamento, a ignomínia, a torpeza, a corrupção do homem feito escravo, e nos países que mantêm a escravidão, os pais colocam o aviltamento, a ignomínia, a torpeza, a corrupção ao lado de suas filhas.

V

Cândida se aplaudira tanto do presente de anos que lhe fizera seu padrinho, que não só para aprazê-la, como em respeito aos desejos de Plácido Rodrigues, Lucinda foi por Leonídia segunda vez destinada para mucama da menina.

Por excesso de zelo, Leonídia caiu no erro, na grave imprudência aliás muito comum: resolveu recatar a escrava, que era ainda tão moça e que devia ser tão frequente junto de sua filha, e não podendo resguardá-la absolutamente da companhia dos outros escravos durante o dia, encerrou-a ao menos à noite, fazendo-a dormir à porta do quarto de Cândida.

Era a irrefletida concessão de pronta e inevitável intimidade entre a menina inexperiente e a sua mucama

Lucinda era aos doze anos de idade uma crioula quase mulher, tendo já tomado as formas que se modificam ao chegar a puberdade: um pouco magra, de estatura regular, ligeira de movimentos, afetada sem excesso condenável no andar, muito viva e alegre, gárrula, e com pretensões a bom gosto no vestir, com aparências de compostura decente nos modos, diligente e satisfeita no trabalho, perspicaz, paciente, e mostrando-se desde o primeiro dia amante de sua senhora, e ufanosa do seu mister de mucama, costurando perfeitamente, engomando bem toda e qualquer roupa de senhora, sabendo trançar e anelar com papelotes cabelos de meninas, ao que ela chamava saber pentear, falando em modas e em figurinos franceses, bordando um pouco, exprimindo-se com facilidade e sem notáveis erros na linguagem trivial, e finalmente fazendo bonitas bonecas de pano, tornou-se em poucos dias muito estimada de sua senhora.

O presente, que Plácido Rodrigues destinara para sua afilhada, tinha sido longamente preparado para que se mostrasse precioso.

Lucinda fora aos sete anos de idade mandada para a cidade do Rio de Janeiro, e ali entregue a uma senhora viúva que era professora particular de instrução primária, e mestra ou preparadora de mucamas.

A pobre, mas laboriosa viúva, ensinava sem paga a ler e escrever mal a meninas pobres, e a barato preço, o mister de mucamas a escravas; tirava porém de umas e outras grande vantagem, porque sendo também modista, as meninas e as escravas eram suas costureiras gratuitas.

Exigente e rígida, principalmente com as escravas, quando tratava de ensino e de trabalho, zelava apenas a moralidade das meninas, limitando-se a impedir àquelas de sair à rua.

As aprendizes de mucamas dormiam todas em uma única sala.

No fim de cinco anos Lucinda, que era inteligente e habilidosa, deixou a mestra, e tornou à casa de seu senhor para passar logo ao poder de Cândida, trazendo as prendas que presunçosa ostentava, e dissimuladamente escondidos os conhecimentos e o noviciado dos vícios e das perversões da escravidão: suas irmãs, as escravas com quem convivera, algumas das quais muito mais velhas que ela, tinham-lhe dado as lições de sua corrupção, de seus costumes licenciosos, e a inoculação da imoralidade, que a fizera indigna de se aproximar de uma senhora honesta, quanto mais de uma inocente menina.

A crioula, mucama de Cândida, era pois já então uma rapariga muito pervertida e muito desejosa de se perverter ainda mais; sabia tudo quanto era preciso que ignorasse para não ser nociva à sua senhora.

Assim pois na casa de Florêncio da Silva estava posto o charco em comunicação com a fonte límpida.

VI

Poucos dias depois do seu festejado aniversário natalício, Cândida viu de súbito e com alegre emoção transformar-se o seu guarda-roupa, donde foram banidos os vestidos curtos de menina, e substituídos pelos de saia comprida que caem até os pés como se fosse longa e imensa nuvem do pudor a envolver completamente o corpo da donzela.

O primeiro vestido comprido é a realização de um dos grandes desejos da menina, que, sem saber por quê, almeja ser moça: para ela, coitadinha, ser moça se resume em trazer vestido comprido, e em sua inocente ambição troca entusiasmada as vestes leves e graciosas de anjo pela túnica de mártir.

Foi em um domingo que Leonídia fez sua filha trajar o primeiro vestido comprido, querendo que ela tivesse em um dia de folga horas livres, tempo bastante para gozar as impressões dessa metamorfose e começar a habituar-se a ela.

Cândida não teve consciência, nenhuma menina talvez a tenha, do quanto perde em sua graça, e do que há de desjeitoso nos primeiros dias do seu vestido comprido, e de incompleto durante longos meses, enquanto outra e natural metamorfose não arredonda e aperfeiçoa as formas que há de tomar o corpo, sujeito ao labor profundo que misterioso e pouco a pouco se opera: encantada, como se encantam em igual caso todas as meninas, Cândida fez rir a seus pais, divertiu-os com a alegria que não disfarçava, e com certo ar de gravidade que tomava para honrar o seu vestido de moça, e mostrar-se digna dele.

Todavia essa gravidade pesada, imponente de quietação e de abandono dos brincos e distrações de menina, era afetação impossível por muito tempo: Cândida era travessa, e o dia de domingo dispensava os estudos: desejando ostentar seu novo trajo andou vinte vezes pela casa toda; sentou-se ao piano, levantou-se depois de breves minutos para mirar-se pela centésima vez ao espelho, riu-se, dançou sozinha, deitou a correr pelas salas como delirantemente, e em uma volta mais veloz enredou os pés na longa saia do vestido e caiu.

Florêncio, Leonídia, e Lucinda precipitaram-se para acudir a Cândida, que levantou-se, rindo-se; pois não tinha sofrido mal algum na queda; mas… o seu engraçado rir de repente se apagou: ah!… ela acabava de ver que rompera o seu lindo vestido; cuja barra se estendia em duas tiras pelo chão.

A menina não se pôde conter; desatou a chorar.

— Que moça, que chora assim! — disse-lhe o pai.

— O meu vestido!… — respondeu soluçando Cândida.

— Tens outros muito mais bonitos — acudiu Leonídia.

E voltando-se para Lucinda, disse-lhe:

— Vai dar outro vestido à tua senhora.

A menina voou para o seu quarto, e Lucinda a acompanhou.

A escolha do novo ou segundo vestido foi discutida e resolvida, custando muito à mucama vencer o desejo que a senhora teimosamente mostrava de experimentá-los todos.

Cândida em pé, imóvel, estática, diante de seu grande espelho que reproduzia toda a sua imagem, não sentiu a passagem rápida do tempo que gastou a mucama em abotoar-lhe o vestido, completar-lhe o *toilette*, e concertar-lhe o simples penteado.

— Está pronta — disse enfim a crioula.

A menina voltou-se então, mas vagarosamente e enquanto pôde com os olhos fitos no espelho e a cabeça inclinando-se para trás, a mirar-se contente: depois, encarando orgulhosamente a mucama, disse ainda uma vez:

— Estás vendo?… Já sou moça.

Lucinda fez um momo e sorriu-se maliciosa.

— Pois não sou?… — perguntou a menina admirada.

A mucama pareceu ou fingiu-se arrependida do movimento que lhe escapara e respondeu:

— Ah! Sim, já é; já tem vestido comprido.

Cândida compreendeu que a sua mucama lhe ocultava alguma coisa que ela não sabia relativamente à sua condição de moça, e com infantil curiosidade, tornou dizendo:

— Não me enganas; tu pensas que ainda não sou moça a despeito do meu vestido: que me falta então para sê-lo?

A escrava estremeceu.

— Eu não disse nada! — murmurou ela. — Minha senhora é que vem com ideias que me podem fazer mal…

— Como? Que ideias, Lucinda?…

— É que se a mãe de minha senhora a ouvisse, havia de pensar que estou ensinando malícias à minha senhora, e me castigaria, e me separaria para sempre de minha senhora…

Cândida ficou por alguns momentos confusa, absorta, e como querendo adivinhar um segredo impenetrável; depois disse:

— Não tenhas medo: eu nada direi a minha mãe.

E de novo, mas ainda por breve tempo refletiu ou cismou.

Lucinda estava evidentemente inquieta; a menina o percebeu, e lhe disse:

— Descansa: não te ouvi coisa alguma, e eu te juro que meu pai e minha mãe nada saberão, do que eu te ouvir.

No juramento da menina transudava já o interesse de uma curiosidade natural, mas cheia de perigos.

A crioula hábil e inteligente apreciou bem a poderosa garantia de segredo que lhe assegurava o interesse daquela curiosidade despertada, e não teve mais receios de comprometimento.

— Que faremos hoje?... — perguntou Cândida. — Que brinquedo inventaremos?... Eu quero festejar o meu vestido.

— Faremos o que minha senhora quiser.

— Vamos fazer um batizado da minha boneca nova, da Luisinha?

— A Luisinha já foi batizada no domingo passado: agora só se fosse crisma ou casamento...

— Pois bem: seja casamento...

— Como? Com quem?... Minha senhora só tem bonecas...

— Ora! Pois então?

— Seria preciso um boneco.

— Então a Luisinha não se pode casar com outra boneca?...

Lucinda olhou espantada para Cândida e disse:

— Ah!... Minha senhora aos onze anos de idade ainda é tão tola!

Tola não era qualificativo injurioso nesse caso.

Cândida não se supôs desrespeitada; mas por sua vez, surpresa, enleada, confundida, e anelante de explicações, com os lábios semiabertos, com os olhos de belo azul cheios de brando fogo a romper, a destacar-se da prisão das órbitas, encarava atônita, pedinte de revelações, sondando abismos e trevas, sem poder ver na celeste e profunda noite da sua insciência e pedindo luz, luz que seria para ela raio angelicida.

VII

A leviandade de Lucinda perturbou não pouco as doces alegrias de Cândida naquele domingo em que ela trajara o seu primeiro vestido de moça.

A menina por vezes mostrou-se distraída e cismando vagamente; todavia não dirigiu pergunta alguma à mucama, nem mesmo, quando se foi deitar; em seu leito, onde sempre tão fácil e descuidosa dormia, pensou inutilmente durante meia hora sobre o que lhe podia faltar para ser moça.

Despertando no dia seguinte, lembrou as palavras de Lucinda: "Minha senhora aos onze anos de idade ainda é tão tola!"

Recebeu sem desagrado a crioula que veio ajudar a vesti-la, não deixou perceber que se preocupava do que lhe ouvira na véspera, e nem nesse, nem nos seguintes dias pediu explicações a Lucinda.

Este proceder da menina era devido a dois influxos diversos, a um nobre e generoso princípio de educação, e aos assomos de pueril vaidade.

Cândida tinha por norma de suas ações não praticar coisa alguma que pudesse desgostar seus pais, que costumavam castigar-lhe os erros, fingindo-se ofendidos por ela e manifestando-lhe sua mágoa em calculada tristeza: ora Lucinda lhe tinha dito que sua mãe podia supor que ela lhe estava ensinando malícias e que havia de puni-la por isso. Era pois evidente que o segredo, cuja revelação desejava, continha algum mal, e que o seu conhecimento desse segredo desgostaria seus pais.

Por outro lado a mucama a chamara tola, querendo chamá-la ignorante, e ela que recebia lições de tantos mestres, que lia tantos livros em português, em francês e começava a lê-los em inglês, que já estudara geografia e estava estudando história, ela que sabia tanto, vexava-se, não tolerava a ideia de parecer ignorante à sua mucama, em matéria que todas as moças da sua idade deviam saber, conforme se deduzia da observação de Lucinda.

Entretanto apesar do princípio de educação, e do ressentimento da sua vaidade de menina, Cândida lembrava sempre o momo que fizera, e as palavras que dissera a sua mucama.

A curiosidade impelia essa mimosa filha de Eva, e à porta do paraíso da câmara virginal dormia a serpente da perdição.

A menina resistiu heroicamente duas semanas, leu e releu livros, consultou seus dicionários, procurando luz, e achou-se em um labirinto de ideias incompletas e obscuríssimas; tateando nas trevas e sem condutor, chegou a entrar em caminhos de suspeitas vagas de um mistério cuja existência suspeitou, e cuja compreensão e esclarecimentos em vão buscou com ardor em seus livros.

Era demais para a sua curiosidade, que aumentava com as longas e duvidosas conjecturas filhas de estudo sem guia.

Uma noite Cândida recolheu-se mais cedo ao seu quarto, e sentou-se a examinar os novos jornais de modas que recebera de Paris: Lucinda, de pé atrás da cadeira sobre o encosto da qual apoiara a mão esquerda, dobrava um pouco o tronco e avançava a cabeça pelo lado direito de sua senhora para ver também e apreciar os figurinos.

Esta liberdade tomada pela mucama indicava bem o grau de confiança que ela já gozava.

Cândida demorou-se a admirar um figurino.

— Que elegante corpinho de vestido! — exclamou Cândida.

— É verdade, minha senhora! — disse Lucinda.

— Eu quero um assim para o dia de meus anos.

— Não, minha senhora; ainda é cedo: os enfeites, e o talhe deste corpinho só assentam e sobressaem em *moça feita*.

Cândida deixou cair sobre a mesa o figurino que sustinha entre as mãos e, sem olhar para a mucama, perguntou abaixando a voz:

— Que é *moça feita*, Lucinda?...

A crioula pôs-se a rir.

A menina levantou-se e disse:

— Não quero que te rias: o teu rir me faz mal.

— Minha senhora ainda é menina — respondeu a crioula.

— E tu, que és um ano mais velha que eu, tu já és moça?

— Eu já sou.

— É por isso que sabes mais do que eu — tornou a vaidosa.

— É por isso e porque sou negra escrava; com as escravas não precisa haver cuidados; nós não temos de casar-nos.

A ideia do casamento atirada ali de mistura com a de *moça feita* confundiu ainda mais a pobre e curiosa menina abandonada à companhia da mulher escrava.

— Mas que é ser moça, Lucinda? Como ficaste moça? Eu hei de sê-lo também dentro em pouco, não é verdade?

— Decerto... não tarda...

— E eu que pensei que já o era!... Deveras sou tola... Mas que me falta?... Como é isto?...

A menina não podia mais abafar a sua curiosidade e abatia-se, pedindo a lição forçosamente agreste, escabrosa e imoral da escrava-mestra.

— Minha senhora talvez fale... talvez mostre que sabe, e eu ficarei perdida.

— Não, não falarei; eu sei guardar segredo; juro por Deus que ninguém saberá o que me confiares...

— Com efeito, parece incrível! Minha senhora quase com doze anos e tão tola assim!

— Explica-me.

— Pois sim: sente-se minha senhora outra vez, e pegue nos figurinos.

— Para quê?...

— Pode a senhora entrar de repente, e convém que pense que minha senhora me está mostrando os figurinos.

A *senhora* de quem Lucinda falava, era Leonídia.

A lição começava pois pelo ardil e dissimulação com que a filha devia preparar-se para enganar sua mãe.

Cândida esqueceu logo nessa noite as noções de lealdade, de respeito, de encantado e suave amor que até então soubera zelar e que devia sempre a Leonídia, sua mãe, e portanto a mais segura, dedicada e providencial amiga que uma filha pode ter no mundo.

Desvairada pela curiosidade, escrava de sua escrava, infeliz vítima da vítima de uma opressão social, que é punida pela própria corrupção das criaturas humanas, que degrada, desnatura, deprava e empeçonha, mergulhando-as no imundo lenteiro dos vícios da escravidão, Cândida obedeceu a Lucinda, sentou-se, tomou entre suas mãos um figurino, fitou nele os olhos sem vê-lo, e isso calculadamente para enganar, atraiçoar ao amor estremecido, ao cuidado escrupuloso e santo daquela segunda providência a que se dá o nome de mãe, e abriu os ouvidos e prendeu a alma às palavras venenosas, às explicações necessariamente imorais da escrava.

As águas do charco inundaram a fonte pura.

VIII

Cândida ansiosa e levemente trêmula estava pois sentada, tendo o corpo meio inclinado para a mesa, sobre cuja borda encostava seus lindos antebraços, e prendendo com o polegar e o indicador de cada uma das mãos o figurino disfarçador.

A um dos lados estreitos da mesa, como a olhar de perfil para sua senhora, e dando frente para a porta do quarto, se colocara Lucinda um pouco voltada para Cândida, e com o tronco em mole inclinação descansando em um dos quadris, tinha os olhos no assoalho, o dedo indicador da mão direita a roçar com a unha a face superior do encosto de uma cadeira, e um quase imperceptível sorriso maligno a esconder-se nas comissuras dos lábios.

Ao quadro faltava uma figura, a de um pai — homem livre deste país onde há escravos — a de um pai amoroso e justamente zeloso da pureza de sua filha, condenado à imobilidade para não se lançar em fúria contra a mucama, e à mudez para não bradar por socorro em favor da menina, oculto aos olhos de ambas e em contorções de dor e desespero, assistindo à lição da impudicícia, e ouvindo cada palavra da escrava cair como gota de veneno no coração alvoroçado da filha.

Cândida vendo que Lucinda guardava silêncio, murmurou com voz trêmula e sem arredar os olhos do figurino.

— Anda... fala...

— Ah! Minha senhora tem ideias...

— Quero saber, Lucinda...

— O quê, minha senhora?

— Como é que se fica *moça feita!*

— É pouco a pouco... devagar...

— Mas... que é que se passa?

— Primeiro... — ia dizendo a mucama.

Mas interrompeu-se e profanou o peito da menina com suas vistas perscrutadoras: depois disse:

— Já começa... não tarda...

— Não tarda o quê?

A escrava deu princípio à lição, anunciando os já nascentes e próximos a desenvolver-se dúplices pomos que tanto embelezam a donzela, e tão sagradas funções desempenham na maternidade.

A mucama não parou aí: passando além das exterioridades do peito, ousada foi com a palavra rude penetrar no mais íntimo do seio e revelar mistérios que ela só compreendia pelos sofrimentos e pelo incômodo material.

Inoportunas, precoces as explicações desses fenômenos, dessas funções naturais, poderiam ser ouvidas e recebidas sem graves inconvenientes pela menina de doze anos, se fosse a delicadeza maternal, ou a ciência civilizada, decente, respeitadora da majestade da inocência, que lhas desse: em tal caso o amor e o escrúpulo, o suave culto da virgindade adelgaçariam o véu sem rasgá-lo de todo, e ensinariam o conhecimento da grandeza da obra do criador sem baixar às misérias da criatura; isso porém só se pode fazer com as inspirações sutis do amor de mãe, ou com os melindres da ciência pudica.

Lucinda, a mucama, deu a lição que podia dar, e o seu discurso, a sua exposição dos segredos da *moça feita*, a sua decifração do grande mistério da puberdade ressentiram-se da esquálida ciência de escrava, cujo sensualismo rebaixa a humanidade até nivelá-la com a brutalidade irracional.

Cândida ouvira a sua escrava, sentindo o coração em sobressaltos e as faces ardendo em fogo: nas últimas explicações insinuara-se obscuramente ainda um mistério, uma incógnita, um arcano que se lhe ocultava...

A menina submergia-se em confusões de pejo, em vexames cruéis; mas sua curiosidade a tiranizava cada vez mais, e exigia, e a arrastava, e a obrigava com violência irresistível a pedir mais e todas as revelações...

Foi por isso que a tremer, e com o rosto todo rosa de fogo, balbuciou, perguntando:

— E depois?

— Está moça feita e pode casar — respondeu a mucama.

Cândida abafou a voz, como se tivesse medo, quase convulsa, e cobrindo o rosto com o figurino, tornou:

— E o casamento?... Que é o casamento?... Que há no casamento?

— Oh! Isso é muito feio — disse Lucinda —, e eu não sou capaz de ensinar, nunca me atreverei a ensinar, a explicar coisas feias à minha senhora.

A menina perdida no último dédalo, vergonhosa e audaz, quase sucumbindo ao pejo e ainda loucamente curiosa, pronunciou estas palavras:

— Porém tu... que sabes tanto, Lucinda?...

— Eu sou negra, e escrava; nisto sou livre... não corro perigo — respondeu a mucama de treze anos de idade.

Cândida deixou cair a cabeça sobre a mesa e pareceu abismada em triste meditação.

Ela não meditava; sentia vexame invencível de encontrar os olhos de Lucinda.

Como que um remorso pesava-lhe sobre o coração.

Cândida acabava de deixar de ser anjo: não era mais inocente; já corava.

— São dez horas da noite, sem dúvida; minha senhora não quer despir-se para se deitar? — perguntou a mucama.

— Traze-me um copo d'água — disse a menina.

Quando Lucinda voltou ao quarto, trazendo o copo d'água, já Cândida se tinha despido só, e estava no leito, cujas cortinas havia cerrado.

— Aqui está a água — disse a mucama.

— Passou-me a sede; apaga a luz — murmurou baixinho a menina com os olhos fechados.

Lucinda rindo maliciosamente depôs o copo d'água sobre a mesa e apagou a luz.

Cândida respirou mais livremente nas trevas.

IX

Lucinda rira-se maliciosamente, porque compreendera que espécie de sentimento acabrunhava sua senhora, e foi deitar-se tranquila com a certeza de que a sua lição não seria revelada a Leonídia, e segura não menos de que Cândida venceria em breve as revoltas de seu pejo, e de novo cada dia mais curiosa se humilharia a pedir-lhe outros e mais audazes esclarecimentos que ela sem dúvida estava disposta a dar-lhe pouco a pouco.

Que interesse tinha a mucama, que prazer achava em toldar a candura do coração da menina, e em encher o seu espírito de conhecimentos de funções naturais ainda alheias à sua idade, e de pensamentos desonestos? É fácil explicá-lo.

A escrava abandonada aos desprezos da escravidão, crescendo no meio da prática dos vícios mais escandalosos e repugnantes, desde a infância, desde a primeira infância testemunhando torpezas de luxúria, e ouvindo eloquência lodosa da palavra sem freio, fica pervertida muito antes de ter consciência de sua perversão, e não pode mais viver sem violenta imposição fora da atmosfera empestada de semelhantes costumes, e das suas ideias sensuais; a mucama, pois, colocada ao pé da menina inocente, inexperiente e curiosa, leva-a, arrasta-a tanto quanto lhe é possível, para a conversação que mais a encanta, para as ideias e os quadros do seu sensualismo brutal.

Além disso a mucama escrava, que é sempre escolhida entre as mais inteligentes, compara-se com a senhora, e tendo muitas vezes presunção de excedê-la em dotes físicos, tem inveja da sua pureza e procura manchá-la para que ela não tenha essa auréola que nunca sentiu em si.

Finalmente, a mucama compreende por instinto que essa profanação da inocência, essas conversações lúbricas que às ocultas de seus pais a menina permite, estabelecem maiores condições de confiança, que lhe aproveitam, e por isso mesmo que humilham a senhora, ensoberbecem a escrava.

Lucinda era levada por todos esses sentimentos; mas principalmente pelo império que sobre ela tinha o demônio da luxúria.

Aos treze anos de idade a mucama de Cândida só respirava lascívia em desejos, ações e palavras de fogo infernal: sua natureza era sob este ponto de vista impetuosa, ardente e infrene: pelo mister de que estava encarregada, Leonídia não lhe deixava a *liberdade do campo*, e limitada às devassidões disfarçadas e perigosas da cozinha, desforrava-se da sobriedade imposta com a incontinência da imaginação, e com apaixonado gosto das falas, apreciações e descrições libidinosas, que na cozinha eram repugnantes e hediondas, e na câmara de Cândida seriam apenas comedidas pela necessidade de serem toleradas.

Plácido Rodrigues tinha feito à sua afilhada uma doação fatal.

A menina, acordando na manhã seguinte e vendo-se só, apressou-se a tomar seus vestidos: a mucama porém não tardou a entrar no quarto.

Cândida corou, abaixando os olhos.

— Minha senhora não quer que a ajude a vestir-se? — perguntou Lucinda.

— Quero... sim... — disse Cândida.

Mas evidentemente ela se vexava diante da escrava.

— Minha senhora não faz ideia do corpo benfeito que tem! Daqui a dois anos...

— Veste-me, Lucinda.

— E que cabelos finos e longos! Minha senhora há de ser a perdição dos moços! Tomara eu já...

A mucama provocava a menina, e esta vergonhosa e perturbada, mas gostando do que ouvia, deixava-a falar.

— Minha senhora parece triste... ficaria ontem enfadada comigo?

— Não... não; mas dormi mal... estou indisposta...

— Ah! Já sei... é o enleio... a confusão... ora!...

— Estás insuportável hoje! — disse a menina.

Diante do toucador, Cândida via a imagem de Lucinda, que se sorria e que a não poupava, e esta como que se deleitava a contemplar a imagem de Cândida que se abrasava nas flamas do pejo.

— Mas minha senhora ainda é tola?... Por que se envergonha assim?... Todas as meninas da sua idade sabem tudo quanto eu lhe disse ontem à noite, e mais ainda, e não se vexam por isso...

— Todas sabem?... — perguntou Cândida.

— Ora!... Não são coisas do outro mundo: minha senhora que

nunca esteve em colégio, e é aqui criada como tola, faria rir às outras pela sua simplicidade.

As rosas do pudor abismaram-se, sumiram-se nas faces de Cândida.

— Nos colégios se ensina *tudo aquilo*?... — tornou, perguntando a menina que se voltou para Lucinda.

— Ora... por certo que não há professoras disso — respondeu a mucama. — As meninas porém ensinam umas às outras, e nenhuma delas é tola.

O qualificativo *tola* repetido pela mucama ofendia a *tola* vaidade de Cândida.

— Mas então por que sou educada assim?...

— Pois minha senhora pensa que os pais ensinam ou mandam ensinar essas coisas às filhas?...

— E no meu caso? Se não fosses tu?...

— Se não fosse eu, e minha senhora ainda não sabe tudo... mas se não fosse eu, quando minha senhora se casasse, seu marido havia de julgá-la simplória... e tola.

A escrava imoral, se não fosse imoral, teria dito:

— Seu marido havia de adorá-la anjo.

Cândida recebeu, adotou o sofisma da mucama, como verdade incontestável.

— Tens razão, Lucinda — disse ela.

Nesse momento Leonídia entrou no quarto de sua filha.

— Em que é que Lucinda tem razão?... — perguntou.

Cândida mostrou à sua mãe o jornal de modas que ficara aberto sobre a mesa e respondeu:

— Lucinda diz que este corpinho de vestido é lindíssimo, e que me convém um vestido assim para o dia de meus anos.

Leonídia examinou o figurino, e logo depois disse:

— A tua mucama não sabe o que diz: o corpinho deste vestido não é talhado para uma menina da tua idade.

Leonídia beijou a face de sua filha que lhe beijara a mão e saiu. Cândida tinha corado de novo.

Era a primeira vez que mentia à sua mãe.

A escrava devia estar ufanosa da mentira, e portanto do aviltamento da menina livre, da baixeza a que descera sua senhora.

X

Lucinda tinha começado a vencer as revoltas do pudor de Cândida: em tais casos a primeira vitória, por mais simples que pareça, é sempre segura precursora de outras.

A menina vergonhosa e atarantada nos primeiros dias, depois atenta, mas fingindo-se apenas tolerante, e por fim já sem disfarce curiosa e provocadora, prestou-se à conversação da escrava licenciosa, que cada vez mais atrevida ultrajou impunemente a castidade dos seus ouvidos, poupando-os somente ao patuá imundo da cozinha.

Custa a admitir que uma menina que se educa, que por pouca instrução que tenha recebido e pela sua posição e costumes tão superior em inteligência, tão elevada moral e socialmente se acha e se reconhece em relação à mucama, se deixe influenciar e induzir por esta, a ponto de sacrificar o seu pudor para ouvir-lhe a lição perversa, que a sua própria consciência reprova, pois que ela a esconde de seus pais e de sua família.

A curiosidade vivíssima e natural das meninas é a chave que abre a porta da influência das mucamas; o conhecimento dos primeiros segredos é incentivo irresistível para o desejo de saber outros; finalmente tão simples, tão natural se afigura esclarecer-se logo sobre o que há de por força ser esclarecido mais tarde! A mucama é pois um recurso para a curiosa, a mais aproveitável das reveladoras, pois que revela espontaneamente, sem necessidade de rogativas que vexam.

Pobres meninas de país onde existe a escravidão!...

Cândida não sentiu surpresa, nem perturbação, quando um dia se achou *moça feita*, conforme as prévias explicações de Lucinda: teve apenas de aparentar ignara confusão aos olhos de sua mãe, que então ensinou à filha muito menos da metade do que a filha já sabia.

A mucama fora a primeira a aplaudir o acontecimento, e insistindo em conselhos que desde algum tempo se esforçava em fazer aceitar, disse:

— Agora não pode mais continuar esta vida de freira que minha senhora leva: é preciso ir ao teatro e aos bailes, para que os moços vejam e adorem a formosura de minha senhora.

Lucinda calculava com a liberdade em que a deixariam os bailes e as noites de teatro, e principiava a sonhar futuros dependentes do casamento de Cândida.

A donzela não menos desejava saraus e festas: já tinha feito treze anos, reputava-se formosa e deslumbrante, e na verdade era linda.

Florêncio da Silva anunciou à Cândida a sua primeira noite de baile cerimonioso e formal.

Cândida ia pois iniciar-se na vida elegante, artificial, e esplêndida das sociedades: saiu para o baile vestida com a mais falsa simplicidade; o seu vestido branco era mais rico e mais caro do que dois ricos vestidos de seda; entrou no salão trêmula e palpitante, o sussurro levantado pela admiração que causara sua beleza confundiu-a a princípio; os elogios e as lisonjas que ouviu, embora a aditassem, como que a tontearam; a contradança e ainda mais a valsa com cavalheiros apenas conhecidos, mas estranhos à casa de seu pai, a acanharam: passou a noite em emoções, em enleios, em dúvidas de si, em dédalos de ideias, e em observação medrosa.

A primeira noite de baile é para a donzela que se apresenta à sociedade o gozo vago de encantos que atordoam, perturbado pelo receio de erros, pelo temor de inconveniências, pelo pejo que despertam a contemplação e a fixidade de cem olhos curiosos, pela magia da novidade, e pelo império da imaginação que inventa, adivinha, e teme o que não há.

Na primeira noite de baile a donzela quase que não goza, alucina-se. Cândida voltou para casa, levando o coração cheio das emoções do baile, mas com o espírito absorto, e a cabeça como em rodamoinho.

Uma única ideia positiva e bem distinta a ocupava e plenamente a satisfazia: tinha a certeza de haver produzido viva impressão e de ter sido reconhecida como rainha do baile pela sua formosura.

Comovida e fatigada, recolheu-se logo ao seu quarto, onde Lucinda a esperava.

Ruminando os elogios que recebera, Cândida postou-se diante do toucador, admirando ainda o seu elegante *toilette*, e como que de má vontade sujeitando-se a despir as suas armaduras do torneio das graças, da gentileza, e do apurado luxo.

— Então, minha senhora?... — perguntou Lucinda.

— Foi um encanto, um deslumbramento, uma embriaguez dos sentidos... ainda não sei de mim...

— Ora tão formosa como é! Fez inveja a todas as moças...

— Talvez... creio que algumas me olhavam com raiva...

— É bom sinal; e os moços?

— Mal pude reparar neles... eram tantos!...

E entre eles quantos apaixonados?...

— Posso eu sabê-lo?

— É impossível que minha senhora não recebesse esta noite pelo menos cinco ou seis declarações de amor.

— Não recebi nenhuma; todos me disseram pouco mais ou menos a mesma coisa.

— O quê?

— Que eu sou bela, encantadora, anjo da terra, perfeita formosura…

— E nenhum lhe apertou a mão?…

— Oh! Nenhum se atreveu a isso…

— E que mal havia em que lhe apertassem a mão?… Nenhum lhe pediu uma violeta do seu *bouquet*!

— Nenhum.

— Nenhum a abraçou pela cintura mais fortemente do que era preciso, dançando a valsa?

— Nenhum.

— Em tal caso minha senhora saiu do baile sem ter feito a conquista de um só namorado.

— E então?

— Oh, minha senhora! É uma coisa triste ir ao baile e não deixar nele um namorado!… É como se não a tivessem achado bonita!

— Pensas isso?

— Certamente.

— Mas todos exaltaram a minha beleza.

— Não basta. Exaltar a beleza de uma moça é apenas dever de cortesia: às vezes até se diz que é linda a moça a quem se acha feia.

— Isso é escárnio.

— Não, minha senhora; é de uso e costume nas sociedades.

— Mas essa prática de mentira é horrível!… Em que pois uma senhora terá a prova segura, de que a julgaram verdadeiramente bela?

— A prova está nas conquistas que ela faz, no número dos namorados que ela cativa nos bailes.

— E portanto, eu não cativei nem um!

— Quem sabe?… Parece-me impossível.

— Asseguro que nenhum me apertou a mão, nenhum me pediu uma violeta do meu *bouquet*, nenhum me abraçou pela cintura mais apertadamente do que era preciso na valsa, nenhum me fez declaração de amor.

— É incrível! — disse a mucama.

E pareceu refletir seriamente.

Cândida, sentida do que acabava de ouvir a Lucinda, afastou-se do toucador, e tratou de despir-se e de acolher-se ao leito.

A mucama ouviu-lhe um triste suspiro.

— Não se desconsole, minha senhora; eu já sei, já adivinhei, como foi tudo.

— Como foi?...

— Minha senhora aturdiu-se no baile, não soube olhar, nem rir, conversar, e pareceu tola.

— Lucinda!

— Há de ver que foi isso: não podia ser outra coisa, sendo senhora formosa como é.

XI

Na cidade de... eram raros os bailes de grande cerimônia, como esse em que fora Cândida apresentada, e que se dera com a maior solenidade e ostentação em obséquio ao presidente da província, que viera pessoalmente (caso raro) examinar a direção e as conveniências de uma importante estrada que se projetava.

Desse baile falar-se-ia dez anos: cada qual guardou suas recordações da brilhante noite de festa, e Cândida não esqueceu que o presidente da província exaltara diante de seu pai a sua beleza, modéstia, e inocência, felicitando-o por isso.

Nenhuma outra donzela merecera elogio igual: a distinção inflamou a vaidade da menina.

Em feliz compensação da falta de bailes cerimoniosos, havia na cidade de... frequentes reuniões e saraus, além de uma companhia dramática, dando duas vezes por semana representações toleráveis, porque eram o único divertimento público. Em duas épocas do ano, enfim, nos meses de junho, e de dezembro a janeiro, nas noites de Santo Antônio, São João e São Pedro, e nos dias que correm do Natal até os Reis as festas se multiplicavam, principalmente nas fazendas, onde as reuniões de famílias não acham o entretenimento e o gozo suave de algumas horas do dia ou da noite, como se observa nas cidades e nos povoados, mas longa e amena folgança que dura uma noite e um dia, quando não vai além.

Imenso espaço se abria pois aos voos da vaidade de Cândida.

As observações nocivas, ruins que a mucama imoral tinha feito sobre as declarações de amor e os namorados, preocuparam durante o resto da noite do baile a donzela, que facilmente se convenceu da importante significação desses tributos rendidos aos seus encantos que reputava inexcedíveis; a afortunada nova que no dia seguinte Florêncio da Silva lhe deu do elogio que o presidente da província tecera à sua beleza, *modéstia* e *inocência* a encheu de alegria; mas ao mesmo tempo levou-a a compreender e reconhecer que a *modéstia* e *inocência* eram mimosas condições do realce e beleza de uma moça.

Ora modéstia e inocência infelizmente faltavam já ao coração de Cândida, a modéstia banida pela vaidade, a inocência do pensamento e do sentimento, a inocência, essa noite edênica do sono sem sonhos do querubim que não sabe desejar, consumida pela luz da ciência negra acesa pelo sopro da escrava.

As observações imorais, e o elogio honesto e nobre, a lição da escrava e a inspiração do homem livre, os ímpetos exigentes da vaidade e o reconhecimento do poder e do encanto da modéstia e da inocência não podiam combinar-se porque se repugnavam, amalgamaram-se porém à força no espírito já egoísta e viciado de Cândida, e dessa mistura de princípios contraditórios e repulsivos uns dos outros tirou ela, sem o pensar talvez, um sistema vil, indigno da sua idade generosa, da educação que devia a seus pais, e da nobreza do seu sexo, um sistema que se resumia, e que se resumiu em uma palavra — hipocrisia.

Cândida não teve consciência da enormidade e da fealdade do seu erro: quis ser incensada, amada, adorada, porque era vaidosa, e parecer, fingir-se modesta e inocente, porque a modéstia e a inocência realçam a beleza.

O fingimento, a hipocrisia, eram nesse caso um recurso para disfarçar e encobrir a ciência repugnante por prematura, os estragos morais do coração que a influência ou a companhia da mucama escrava produzira. Era o rigor implacável da lógica, o erro arrastando a erros, o gérmen da imoralidade a desenvolver-se, a sementeira a brotar.

Mão de escrava tinha semeado no campo ingênuo e virgem do coração de menina: a colheita de espinhos era certa.

Cândida frequentou saraus e foi muitas vezes ao teatro. Fiel ao sistema que se havia imposto, resistiu impávida às flamas de olhos ardentes de admiração ou de amor, ouviu indiferente ou como que alheia confissões apaixonadas, concedeu sorrisos que não explicou com palavras, provocou adorações, olhando sem indicar que as provocava, e brilhou como fulgurante planeta que é foco de luz e não se abrasa.

A formosura, a isenção, e a singeleza de Cândida encantavam, e desatinavam cem corações de mancebos. Ela foi proclamada a bela das belas, como entre os heróis guerreiros o mais distinto se aclama o bravo dos bravos.

Lucinda era naturalmente a dona das íntimas confidências de sua senhora, que ruminava seus triunfos e suas conquistas, repetindo muitas vezes os ternos episódios dos saraus, em que deixara escravos confessos, e a adoração, de que fora objeto no teatro.

Cândida mostrava-se orgulhosa e satisfeita; a mucama porém não parecia contentar-se com tão pouco. Ela disse-lhe uma noite:

— Minha senhora, aproveite o seu tempo, enquanto não se casa: quem sabe com que casta de homem se casará...

— Mas eu o aproveito como posso, Lucinda.

— Qual! Minha senhora não anima bastante a nenhum dos seus apaixonados; é admirada como uma flor, que é esquecida pelos que a admiram, logo que eles deixam o jardim.

— São tantos os que me adoram!

— Porém como?... Ouço minha senhora dizer que tem muitos apaixonados; mas por certo que ainda não tem um namorado.

Cândida sorriu-se e respondeu:

— Morrem por mim... eu o sinto no ardor com que me olham e na ternura com que me falam...

— E minha senhora?

— Deixo-os olhar e falar.

— Eis aí! Desanima a todos com a sua indiferença! No colégio onde eu aprendi a ser mucama, não havia menina, por mais feia que fosse, que não tivesse o seu namorado.

— E de que serve animar o namoro de um homem, a quem não se ama, e que não se quer para marido?... Basta para meu desvanecimento saber que muitos me adoram.

— E todos hão de fugir de minha senhora cansados de adorá-la em vão, e minha senhora nunca experimentará os encantos do namoro; nunca receberá um bilhete amoroso, o retrato de um belo moço; nunca apreciará os ciúmes de um que se exaspera com as esperanças de outro...

— Mas é preciso que eu namore também, Lucinda!

— Um pouco sem dúvida, e sem comprometer-se.

— Sem comprometer-me?... Namorar sem comprometer-me?... Tu não sabes o que dizes.

— Sei muito bem, minha senhora: a moça que se entrega ao namoro de um único homem, procura nele um noivo, e compromete-se, quando não se casa; aquela porém que excita um pouco, e *dá corda* ao namoro de diversos moços, a nenhum deles se prende, e diverte-se à custa de todos.

O que havia de maligno, de aviltante e falaz no conselho da escrava, não escapou a Cândida, que fez um movimento de repugnância.

Lucinda, observando esse movimento, tornou dizendo:

— Minha senhora há de ser sempre criança! Qual é a moça que não namora?... Vai aos bailes e ao teatro e ainda não reparou que todas as moças namoram?

XII

O perverso conselho da escrava, não era mais inspiração de imoralidade sem cálculo, era já impulso de maldade refletida. Lucinda, mucama de quarto de sua senhora, compreendera que não poderia ser estranha aos misteriosos empenhos dos namorados desta, e que a sua intervenção se tornaria indispensável nos casos de correspondência amorosa, sendo portanto certas as compensações, ou as recompensas da sua condescendência e discrição. A mucama escrava queria negociar, lucrar, explorando os galanteios de Cândida, e por isso a induzia a proceder de modo ofensivo do recato, que é a égide da senhora honesta.

Cândida tinha para si que sabia com a química de seu espírito instruído separar perfeitamente a verdade, e os conhecimentos conveniente dos falsos, rudes, e baixos conceitos próprios da ignorância e dos costumes da escrava; mas na presunçosa confiança da sua inteligência e sagacidade recebia sempre e guardava uma parte da lição desmoralizadora.

Embora tivesse ouvido com repugnância, Cândida não pôde esquecer o pérfido conselho da mucama, e observando cuidadosa as outras moças nos saraus, no teatro, nas reuniões, reconheceu que Lucinda havia caluniado muitas donzelas, no absolutismo da sua regra insolente e difamadora; não menos, porém, se convenceu de que algumas jovens prestavam-se ao galanteio dos mancebos e mostravam aprazer-se dele. Fez mais do que observar, procurou com a provocação de gracejos, e com o recurso da intimidade amiga, tão fácil de se estabelecer entre as moças, informar-se dos artifícios, das emoções, dos inconvenientes, e das consequências do namoro-entretenimento, e, imprudente e louca, acabou por ver gozos de vaidade no fingimento de amor, na profanação sacrílega do sentimento.

Esse estudo frio e refletido feito por Cândida assinala por certo a degradação da sua íntima castidade, e a ruína da pureza de seu coração tão novo; ela, porém, se mostrou ainda mais vítima da influência perniciosa da mucama que lhe envenenara o espírito desde menina, encantando-se menos do quadro suave e enlevador da modéstia, do pudor, e da reserva angélica das donzelas recatadas ou inocentes, do que da expansão ousada, do olhar provocador, dos sorrisos maliciosos, e desse louco embevecimento, e desses ridículos esgares das moças namoradeiras, pobres e inconsideradas algozes do mais precioso dos seus tesouros — da virgindade do sentimento.

Ousemos encarar de frente, e atacar sem piedade o grave erro que se condena, murmurando o que se deve castigar com a sua exposição em nudez, mas em benefício das próprias culpadas de suicídio do coração.

O gosto ou a prática do galanteio é um vício, como o jogo, como a embriaguez, como a luxúria: não amar, mas simular amor, ouvir e dizer finezas, sonhar brincando futuros de duas vidas identificadas em uma, pelo estreito enlaçamento dos corações, trocar suspiros e flores, trocar um anel de madeixa por um retrato, permitir um aperto de mão e às vezes pagá-lo, tolerar na valsa o abraço não duvidoso para quem o recebe, consentir em que lhe escrevam cartas de amor, e ousar escrevê-las, eis os mais simples, e os menos arriscados atrevimentos do galanteio ou do namoro, que se afigura inculpável e permitido a algumas jovens imprudentes.

Ai da donzela que incauta ousa tocar uma só vez com os lábios na taça envenenada, mas doce do galanteio, comédia sacrílega do amor; ai dela! O galanteio, por isso mesmo que é um arremedo do verdadeiro amor, tem emoções, transportes d'alma, gozos de imaginação, ciúmes, e arrebatamentos, que embora pervertam, inebriam os sentidos, alvoroçam o coração; uma vez levada aos lábios essa taça enfeitiçada e peçonhenta, a imaginação pode mais e o galanteio torna-se exigente, insaciável, como o jogo, a embriaguez, a luxúria.

Desse vício do namoro, porque ele se impõe como vício, resulta para a donzela o reparo a princípio mudo e logo depois a murmuração surda da sociedade, as suspeitas que ofendem sua virtude, uma turva fonte onde a inveja e a maledicência vão beber calúnias, o embotamento da sensibilidade que se gasta no fingimento, a frieza enregelada do coração degenerado pelo costume da mentira e da violência dos sentimentos, e mais tarde a hesitante confiança, ou a triste e dissimulada desconfiança do marido, se a donzela chega a casar, porque a moça namoradeira é em regra a que mais dificilmente consegue conquistar um noivo.

Até aqui as consequências menos funestas do vício do galanteio: as outras mais graves não se podem medir; porque são suscetíveis de ir até aquele extremo infortúnio, que priva a donzela do seu direito ao título honroso de *senhora*.

O gosto, a prática do namoro por divertimento é mais, é pior do que a profanação do amor, divina flama que sublimiza a mulher, é a chave que abre a porta às suspeitas aleivosas, ou a mão sinistra que às vezes arrasta para a desonra a mulher, e nessa desonra determina e realiza o suicídio moral da donzela.

XIII

Instintivamente Cândida reprovou o delírio, com que duas ou três moças indiscretas e repreensíveis, mentindo a sua educação, ou por infelicidade mal-educadas, provocavam censuras, pela franca vanglória de seus namoros fáceis: nesse alarde louco de imodéstia, que chega a ofender a decência, ela viu impressa a marca da desestima geral; mas, além do escândalo agreste do galanteio desatinado, que aliás é raro nas boas companhias, havia o galanteio apurado, sutil, ou mal patente, o galanteio elevado à arte de gozo de vaidade, e esse transviou-lhe a razão e a empurrou para o erro.

Até então Cândida fora louvada, incensada, cortejada com fervente empenho, ouvira confissões de amor apenas dissimuladas nas reservas do receio, da dúvida e do respeito, e que prorromperiam ostentosas e veementes à mais leve animação, ou a um simples sinal de condescendência; ela, porém, continha os ímpetos apaixonados; intimidava, e fazia hesitantes os adoradores de suas graças com o fingimento daquela perfeita inocência, que ainda não compreendia, nem sabia sonhar amor; mas daí em diante modificou o sistema que se impusera, e com habilidade, cuidado, e delicadeza prestou-se ao culto dos seus turificadores, deixou-se requestar e amar por elegantes cavalheiros, sem prender-se a nenhum deles, e prendendo-os a todos por esperanças vagas que alimentava sagaz e que podia negar mais tarde, e por esses mil, rápidos, e fugazes incentivos que a galanteadora artista acende ligeiramente, deixando sempre incompleto o estímulo, e a nuvem de uma dúvida para defesa futura, falando menos com a voz do que com os olhos e os sorrisos, com artificial mas silenciosa comoção, e com aparências de enleio ao escutar suave juramento parecendo prometer muito, e não prometendo coisa alguma, não dando, mas perdendo oportunamente, ou esquecendo na cadeira a flor que pediram, e fugindo a uma resposta instantemente exigida com a graça de um gesto que enfeitiça e que pode significar sim e não.

Cândida reputava-se superior a todos os riscos do galanteio, procedendo assim; e pouco a pouco embriagada pelos cultos que recebia, pelas suaves emoções que experimentava e pelo numeroso cortejo de escravos que se curvavam ante a majestade de sua beleza, tornou-se a mais ativa, a mais hipócrita e disfarçada namoradeira.

Não tardou que um pressuroso apaixonado desejasse escrever à formosa e suposta esquiva donzela, tentando seduzir um dos pajens de Florêncio da Silva, para fazê-lo misterioso portador das suas cartas.

O escravo não precisava ser seduzido para encarregar-se da comissão: não tinha em estima o recato de sua senhora-moça; não quis, porém, receber a carta antes de entender-se com Lucinda.

A inteligência entre o pajem e a mucama foi fácil, e baseou-se no segredo e na partilha das gratificações.

Cândida recebeu a primeira carta de amor mais curiosa do que perturbada; entretanto abriu-a com as mãos trêmulas, leu-a para si três vezes; mas logo depois riu-se e fê-la ouvir à mucama.

A essa, outras cartas seguiram; como esse namorado, ou sincero e amoroso pretendente à mão da donzela, outros escreveram também suas cartas de amor, e nem todos tomaram por portador o mesmo pajem; Lucinda porém, foi sempre a única e exclusiva medianeira junto de sua senhora.

Cândida recebia indiferentemente, mas sem repugnância, todas as cartas; fazia delas vangloriosa coleção, como se fossem louros de vitórias; e considerava-se a coberto de todo reparo, porque não respondia à nenhuma.

A donzela se enganava: a sua reputação devia sofrer por tolerância tão repreensível.

Somente ao noivo, ou ao homem digno de confiança e com quem espera casar é dado à donzela permitir que lhe escreva em segredo: ainda em semelhante tolerância há imprudência, e no segredo desobediência aos pais, que têm direito sagrado ao perfeito conhecimento das ações da filha; mas este erro, que o amor desculpa, o casamento absolve depois.

A donzela é flor que tem por matiz o recato e o pejo: uma carta de amor de seu próprio noivo alvoroça-lhe o pudor, e não acontece assim somente quando ela é apenas fisicamente donzela, e já traz profanado o sentimento. O amor é para a senhora honesta sentimento-religião, culto puríssimo da alma, vida de sua vida, céu branco que a mais tênue nuvem obscurece; deve haver no amor da mulher a virgindade da unicidade: para a mulher do amor puro e sublime o amor não tem plural, porque ela o não sente nunca por mais de um homem. Cartas amorosas que se recebem são contatos morais e físicos que se toleram: mais de um homem a escrever que ama, e uma donzela a ler esses atrevimentos de amor vero ou fingido, a tolerar, a receber esses contatos de amor no coração, que significam?... significam um escândalo, um opróbrio, cujas proporções a leviandade não mede: significam, é preciso dizê-lo, a prostituição do sentimento, menos vergonhosa do que a prostituição do corpo, só porque é recôndita; e muito mais profunda, porque é a corrupção do que a mulher tem de mais nobre, a corrupção do princípio que não pertence à terra, e que anima a mulher como o homem com a flama, cujo foco está no céu.

E ao pé do grande erro de Cândida a primeira punição estava no protervo juízo dos escravos portadores das cartas que lhe mandavam e que ela não repelia. Os escravos não compreendem o amor platônico, nem os limites que as moças hábil ou rudemente namoradeiras impõem ao galanteio dos seus namorados: para eles não há intriga amorosa, nem cultos rendidos por cavalheiro à senhora sem reservado cálculo físico, que somente a falta de ocasião contrasta; e a língua dos escravos é lima surda de murmuração e de aleive, que, não sentida, mas ativa, adianta o seu trabalho de estrago e destruição.

Os escravos de Florêncio da Silva foram os primeiros a propalar na *cozinha*, e logo depois nas *vendas*, a multiplicidade dos namorados de Cândida, e a extraordinária sagacidade com que esta entretinha, encorajava, e enganava a todos eles.

As revelações dos escravos na cozinha e nas *vendas* espalharam-se além, e Cândida sem o suspeitar teve em breve estabelecida e firmada a sua fama de astuta e consumada namoradeira.

E ao pé de Cândida, impune, constante e inseparável dela volteava, como serpente, Lucinda, a mucama escrava, a fonte maldita, onde bebera a água da desmoralização desde seus anos de menina, a pobre donzela que incauta se adiantava por aqueles desvios, que podiam conduzi-la até o abismo da extrema degradação.

A escrava já tinha feito da menina inocente, donzela maliciosa e sabida de mais do que para sua glória podia ignorar ainda por alguns anos.

Da donzela maliciosa fizera depois moça hipócrita e falaz.

Da moça hipócrita acabara por fazer indômita namoradeira.

Matara-lhe a inocência, destruíra-lhe a virgindade do sentimento, viciara-lhe o coração, sensualizara-lhe os sentidos, desvirtuara-lhe a educação, e já lhe atirava o nome e o crédito aos insultos das murmurações e da maledicência.

A influência da mucama escrava produzia seus naturais resultados. A árvore da escravidão envenenava com seus frutos a filha dos senhores.

A vítima era por *sua* vez algoz.

XIV

Cegos pelo amor, orgulhosos da educação que haviam dado a Cândida, desvanecidos da sua beleza e da impressão que ela causava onde quer que aparecesse, Florêncio da Silva e Leonídia não se apercebiam do condenável proceder da filha.

A consideração e respeito que o honrado e rico negociante gozava era um escudo que livrava Cândida dos golpes de censuras francas: não havia quem se animasse a ofender Florêncio da Silva e sua digna esposa, negando ou poupando demonstrações de estima a sua filha, que, em atenção a eles, era mais lastimada que detraída nas sociedades.

Todavia Florêncio da Silva por mais de uma vez apesar do seu amor julgou ver desgostoso, no fácil e embora sempre dúbio acolhimento que Cândida concedia aos seus namorados, quebra da modéstia e do recato desta.

Nestes casos são os olhos dos pais que primeiro enxergam, como são os corações das mães os últimos que se convencem.

Florêncio dizia então tristemente a Leonídia:

— Tu não reparas em nossa filha; eu creio que ela começa a abusar do desejo de ser admirada... a vaidade a está perdendo...

— Que ideia!

— Não viste como a cercaram esta noite?... Eu detesto todos esses atrevidos que ousam aproximar-se de Cândida, falar-lhe a sorrir, olhá-la abrasados em fogo com tanta liberdade, e encontrando tanta tolerância...

— Querias que ela deitasse a correr, fugindo da sala?

— Queria que ela não encorajasse essa corte de... eu sei! talvez de namorados.

— Em serem eles tantos a cortejá-la está a prova de que nossa filha não prefere, e não encoraja nenhum.

— Mas faz mal ver... eu te juro.

— O único recurso é privá-la do teatro, e não levá-la a reuniões: formosa como é, onde aparecer, achará cultos e sem dúvida apaixonados.

— Entretanto Cândida podia conter a distância respeitosa esses moços que a não deixam um momento e que...

— Conservá-los a distância no baile, onde dançam e valsam com ela? Tu tens ciúmes de nossa filha, Florêncio; é natural: eu também os tenho...

— Aconselha-a, Leonídia...

— Não me esqueço nunca de o fazer; mas nem é preciso; por ora Cândida é um anjo; cuida somente em divertir-se e brincar.

Florêncio da Silva respirava desafrontado, e de longe abençoava a filha a quem já supunha dormindo, e que no seu quarto, negligentemente meio deitada no leito com o cotovelo firmado na almofada, a face apoiada na mão, os cabelos em ondas a cobrir-lhe a espádua e o peito, referia à mucama, que em silêncio a invejava, os recentes gozos de sua noite de sarau, suas recentes conquistas, e todos os seus ardis, e todas as finezas e todos os desvarios e atrevimentos dos antigos e novos namorados.

XV

Cândida contava já dezesseis anos quando chegaram da Europa Liberato e Frederico, que depois de haver terminado no Rio de Janeiro seus exames de humanidades, e obtido no Imperial Colégio de Pedro II os diplomas de bacharéis em letras, tinham ido para o Velho Mundo civilizado fazer nas mais famosas e competentes escolas estudos regulares de agricultura.

Florêncio da Silva e Plácido Rodrigues destinavam sabiamente seus filhos à tranquila, feliz, e moralizada vida agrícola; mas querendo-os lavradores ilustrados e perfeitamente sabidos em agricultura, os haviam mandado a entesourar ciência e teorias relativas, preparando-lhes no Brasil vasto e fácil campo para que eles as aplicassem, corrigissem, e aproveitassem na prática.

Florêncio da Silva e Plácido Rodrigues davam, procedendo assim, exemplo louvável e digno de imitação a seus concidadãos.

A família de Frederico era bem limitada: resumia-se toda em

seu pai viúvo no dia em que sua mãe lhe dera a vida; essa desgraça porém o tornara irmão colaço de Liberato; porque Leonídia repartira com ele o leite que pertencia a Liberato. Frederico era filho único de Plácido Rodrigues.

Liberato e Frederico tinham a mesma idade, sendo o primeiro apenas alguns dias mais velho que o outro: amavam-se como os irmãos que se amam, tinham ambos fraternizado no leite materno, no berço, nos brincos de infância, nos estudos da escola primária, no colégio de instrução secundária e no bacharelamento, e ainda na Europa nas escolas agrícolas; deviam ainda visitar e estudar juntos durante dois anos a indústria agrícola dos Estados Unidos da América do Norte e das Antilhas. No Rio de Janeiro, no Velho Mundo, em toda parte tinham morado juntos, e vivido inseparáveis, e era justo e útil que assim procedessem; porque sendo irmãos de criação e pela amizade mais estreita, nenhum dos dois prescindia do outro, porque cada um deles completava o outro.

Eram ambos inteligentes e estudiosos, mas Liberato excedia tanto a Frederico em brilhantismo de imaginação, quanto este o sobrepujava em reflexão fria e segurança de juízo; o primeiro era bonito de rosto e elegante de figura, o segundo tinha a fronte magnífica, a face porém descarnada, de ossos salientes, pálida, desproporcionada, e melancólica, os olhos ardentes, porém em fundas órbitas, e o corpo alto, magro com exagerado desenvolvimento da ossificação, e com os músculos secos; em Liberato predominava a coragem impetuosa sem base na força material, em Frederico a energia sem audácia e com o vigor de braços de ferro; aquele seria capaz de uma vingança atroz em um momento de furor, mas desarmado pelo tempo tornava-se inofensivo inimigo; este refletido, e indomável recordador da ofensa, meditando o desforço e a punição sem os cálculos do medo e com a convicção rígida do cumprimento do dever severo; ainda o primeiro generoso por instinto, por íntimo e natural movimento até a leviandade; e ainda o segundo generoso por caráter e sem exageração; dedicado somente a seus amigos, mas na dedicação capaz de ir até à heroicidade.

Liberato era o entusiasmo, Frederico era a razão, e, como sempre se observa e é força que assim seja, cada um deles com os defeitos correspondentes às suas nobres qualidades.

A amizade íntima, fraternal que unia os dois irmãos colaços era abençoada pelos pais de um e de outro, e naturalmente se adivinha que Florêncio da Silva e Plácido Rodrigues deviam calcular com um laço ainda mais estreito que sagrasse com segunda fraternidade a aliança apertadíssima desses mancebos.

Os dois velhos amigos já haviam sonhado juntos com a suave dita do casamento de Frederico e Cândida: Liberato já tinha sondado o coração de Frederico, e achara nele o santo amor que o tornaria duas vezes irmão de seu amigo.

A ideia de uma imposição era estranha por certo ao ânimo de Florêncio da Silva, e não pairava no de Plácido Rodrigues, que amava a afilhada quase tanto como ao filho; ambos, porém, faziam votos ao céu para que desabrochasse no coração de Cândida o terno sentimento que começava a aditar o coração de Frederico.

Nenhum dos generosos interessados nesse projeto inspirado pela amizade tinha dele falado a Cândida; ela, porém, adivinhara com o instinto de mulher os desejos e combinações de seus pais e de seu padrinho e guardara para si o segredo que havia descoberto, quando seu irmão adotivo já estava na Europa.

Cândida amava desde a sua primeira infância a Frederico, e nessa época preferia-o até a Liberato, que era menos condescendente com os seus caprichos de menina; continuou sempre a amá-lo com expansão suave, porém só com amor de irmã.

Aos treze anos de idade, ao tempo em que Lucinda tinha já encetado as maliciosas e desmoralizadoras explicações de sua natureza e da sua missão de mulher, Cândida se apercebera da terna afeição, do amor que não era mais de irmão, que ela havia inspirado a Frederico: não ouvira a este nem falas apaixonadas, nem ternas promessas, e ainda mais ternas rogativas de sonhada e desejada união em breve futuro; mas em certo constrangimento respeitoso, no ardor do olhar, na contemplação suave, na doçura do falar, no leve tremor da mão que apertava a sua, reconhecera que era amada.

A mocinha deixara-se amar assim, e sorria docemente a Frederico, embora não o achasse bonito: logo depois a retirada dos dois jovens, que seguiam para a Europa, interrompeu o desenvolvimento, e deixou no berço esse amor apenas nascente.

Frederico dissera, chorando, ao abraçar Cândida em despedida:

— Oh!... Não te esqueças de mim, Cândida!

E então não a chamou *irmã*.

Cândida, no fim de três dias lembrava-se de Frederico somente como seu irmão adotivo.

Passados três anos voltaram enfim da Europa os dois mancebos.

Aos vinte e dois anos Frederico chegara ao seu completo crescimento físico e à perfeita e firme determinação de seu caráter: o viço mais fulgente da juventude não lhe engraçara a figura, mas robustecera-lhe a têmpera nobre e generosa do coração, e dera-lhe à alma a retidão do juízo e a prudência da reflexão.

Cândida, sabendo da chegada de Liberato e Frederico à cidade do Rio de Janeiro, contou com um namorado mais; em breve, porém, só achou em Frederico um cavalheiro que respeitoso e discreto a amava sem falar-lhe de amor, e como que estudando-a, e esperando para cair-lhe aos pés uma hora, que a razão estava encarregada de marcar ao amor.

A vaidosa ressentia-se do que lhe parecia frieza.

Também a leviana donzela, estimando sempre muito a Frederico, julgou-se incapaz e muito longe de poder amá-lo; alguns dias de convivência na casa de seu pai, ou na de seu padrinho a convenceram de que esse jovem podia e devia ser o seu melhor amigo, seu irmão, como dantes; porém nunca seu marido. Cândida via bem que Frederico era feio, malfeito, desengraçado; mas habituada desde a infância ao seu aspecto desagradável, perdoava-lhe fácil e sem esforço os senões da figura, admirando-lhe a energia persistente do caráter, e às vezes a força física evidente do deforme Alcides; não era pois a fealdade do mancebo que fechava a este o coração de Cândida.

Mas a bela e severa inteligência de Frederico, a profundeza do seu juízo, uma certa gravidade varonil já dominando os arrojos da idade impetuosa, impunham a Cândida respeito, invencível reconhecimento de superioridade, que contradiziam o sentimento do amor no ânimo 1eve, inconsiderado, imprudente e viciado pelo sensualismo da mucama, e pelas degradações do namoro.

A irrefletida moça, pensando em Frederico, sentia como uma espécie de temor daquele homem tão sério: menos ligeira e precipitada acharia no desenvolvimento desse sentir, que se lhe afigurava temor, a fonte puríssima do amor que lhe parecia impossível e que se basearia na estima perfeita das grandes e nobres qualidades do amado; ela, porém, afastava do seu espírito a imagem daquele feio *moço-velho*, e sonhava com um marido bailarino, apaixonado de saraus e de teatros, escravo de seus caprichos, complacente, primeiro incensador de sua vaidade, e até cúmplice louco ou cego com a ostentação de sua formosura exigente de cultos na sociedade elegante.

De seu lado Frederico não compreendeu a donzela que amava; viu-a com os olhos, julgou-a com as apreciações de seu pai, padrinho perdido de amizade pela afilhada, e de Liberato, irmão extremoso e exaltado; julgou-a por si mesmo com as lembranças da inocência da infância da menina, e adorou-a com o suave, mas deferente culto que é devido à pureza.

Esse modo de exprimir amor chegava tarde à alma daquela moça de dezesseis anos: em vez de beatificá-la, atormentou-a; anacrônico e involuntariamente cruel, despertou em sua consciência o primeiro remorso.

Era um amor que envergonhava e vexava a namoradeira: não podendo rir-se de Frederico, a louca, experimentando na santidade daquele amor virtuoso e reverente uma punição da sua imodéstia e garridice, odiou-o, por não lhe ser possível desprezá-lo.

Odiou-o ainda mais, porque o respeito indomável a que a obrigava a estima em que tinha, e a *espécie de temor* que lhe inspirava Frederico, levou-a forçadamente a esquivar-se dos namoros, que em todas as reuniões provocava, a resfriar as flamas, a escassear as liberdades, que tolerava seus galanteadores, e a afetar o recato que aliás nunca devera ter esquecido.

Fazendo sobre si mesma essa violência, que atestava por certo o poder e a influência do feio *moço-velho*, Cândida em breve revoltou-se contra ele, e o aborreceu, ou supôs aborrecê-lo pelas privações que se impunha.

Estes sentimentos contraditórios, esse respeito e espécie de temor, e esse ódio pelo flagelo da consciência, esse recato obrigado e esse suposto aborrecimento pela privação de levianos e indesculpáveis gozos, provam que uma hora de reflexão em Cândida, dez minutos de mais experiência da vida artificial das nossas sociedades, e das exigências vaidosas da imaginação da donzela formosa e leviana em Frederico, fariam encantada e como que milagrosamente realizar de súbito os benignos e generosos planos de Florêncio da Silva e Plácido Rodrigues.

No respeito, *na espécie de temor*, no ódio, no suposto aborrecimento que Cândida estava confusamente votando a Frederico escondia-se, aprofundava-se o amor mais sereno e mais seguro, aquele amor que não arrefece nunca, o amor que fica e não voa, o amor que se consagra pela estima.

Frederico poderia ter encantado Cândida.

Mas não houve quem falasse à pobre moça, quem a esclarecesse, quem dirigisse. Em seu quarto de dormir e ao lado do seu toucador ela tinha a mucama escrava a impeli-la para o mal: nos salões, nas reuniões, ela tinha a turificação da sua vaidade e o tormento das reservas medrosas, que aumentava o preço e a magia dos turíbulos arredados.

E ainda nos salões de reunião, e fora deles nos colóquios de amizade quase fraternal, Frederico, procurando com escrupulosa delicadeza inspirar e merecer o mais terno sentimento, sem o pensar deprimia Cândida, exaltando-a pelos tesouros morais que ela já não possuía, e amedrontava-a com apreensões da vida tranquila, séria, e nobremente recatada, que o dever e a virtude regulam e que a leviandade desama.

Tudo pois concorria para afastar Cândida de Frederico.

XVI

Não tinham faltado festas e obséquios aos dois mancebos recém-chegados da Europa que eram pelos pais apresentados com orgulho.

Liberato e Frederico deviam demorar-se apenas quatro meses com seus pais, seguindo depois para a América do Norte, onde durante dois anos estudariam com observação solícita os sistemas, processos, instrumentos, máquinas e fábricas ou *engenhos* de agricultura nos Estados Unidos e nas Antilhas. Eles tinham chegado em novembro, e estava marcado o mês de março seguinte para a nova viagem.

Eram pois como estudantes em férias.

Na casa de Florêncio da Silva não havia cuidado que se poupasse no empenho de tornar ameno, alegre, feliz, o curto período que Liberato ia ali passar.

E também a petulante Lucinda se esforçava por agradar ao bonito senhor-moço, e por atrair-lhe as vistas. Semelhante ousadia é tão trivial em país onde há escravos, que a ninguém mais admira.

A mucama vestida sempre melhor que as outras escravas, e ostentando faceirice tanto mais facilmente, que os vestidos ainda pouco usados de sua vaidosa senhora passavam a pertencer-lhe, e além disso menos agreste e a desajeitada que suas companheiras, pelo muito que aproveitava servindo à engraçada e desvanecida Cândida, presumia-se de *tentadora*, e ardia por *tentar* o senhor-moço: imoral, viciosa e lasciva, apenas contida pelo medo, passava quantas vezes podia por diante dele, indo e vindo pela casa, dava-se pressa em acabar a costura que tinha em mãos para levá-la a Cândida, quando esta conversava com o irmão, e não perdia ensejo de atravessar a sala, onde por acaso Liberato se achava só.

Uma noite em que Cândida lia à sua mãe o formoso romance *A cabana do Pai Tomás*, Lucinda, supondo Florêncio ainda não chegado da cidade, onde às vezes se demorava, e Liberato a fumar na sala de entrada, como costumava, para não incomodar Leonídia que aborrecia o cigarro, esgueirou-se sorrateira, e dirigiu-se com sutis passos pelo corredor que ia terminar naquela sala; sentindo, porém, o sussurro de duas vozes, que em confidência se entendiam, parou à porta, e aplicou o ouvido curioso e indiscreto de escrava.

É regra que o escravo não receia expor-se, e daria alguns dias de sua vida para apanhar um segredo de seus senhores.

Lucinda escutou pois, tendo os olhos acesos, a boca entreaberta, e abafando a respiração.

Florêncio e Liberato conversavam em voz baixa sobre o desejado casamento de Frederico e Cândida. Entre o pai e o filho não podia haver oposição de ideias em matéria sobre a qual estavam ambos do mais perfeito acordo; em um ponto, porém, Liberato pareceu hesitar.

— Mas ainda faltam dois anos, meu pai! — disse-lhe.

— Que importa? Tua irmã também é ainda uma criança — respondeu Florêncio.

— Perdão; mas por isso mesmo em dois anos a cabeça de uma mulher criança pode uma dia doidejar.

O amoroso pai abaixou ainda mais a voz e disse:

— Talvez tenhas razão; mas que remédio?... O casamento, realizado já, perturbaria ou impediria o complemento dos estudos do nosso Frederico; porque nem era razoável que ele levasse a noiva em viagem de laboriosas observações, nem, apartando-se dela, ainda tão recentemente casado, poderia viajar e estudar com perfeita tranquilidade de espírito.

— É assim, meu pai: e depois... Cândida nunca olvidará a sua educação e o seu dever... nunca desobedecerá...

Florêncio cortou a palavra ao filho.

— Conto com isso; mas em todo caso não admito a ideia de casamento de minha filha, sem a livre e plena determinação da sua vontade: Frederico seria o genro da minha escolha; terei grande desgosto se ele não for meu genro; tudo, porém, depende do coração de Cândida.

— Mas nem tudo deve abandonar-se à cabeça da mulher criança, meu pai.

— Sim... sim... e eu prevenirei riscos possíveis... tu pensas bem, e creio que não tenho sido bastante acautelado...

— Como?...

— Desde dois anos frequento demais o teatro da cidade, e não tem havido mês em que faltasse um baile em festejo de batizado, de casamento, ou de comemoração de natalício ou sob mil pretextos, para obrigar-me levar Cândida à sociedade...

— Ah! Também é preciso que ela se recreie... Cândida não é freira.

— Mas a mim me cumpre ser mais prudente: eu o serei depois que vocês partirem para os Estados Unidos.

— Meu pai desconfia de alguma inclinação?... Notou algum ato leviano?...

— Oh! Não! Juro que não — acudiu Florêncio.

E logo começou entusiasmado a fazer o elogio da inocência e das virtudes de Cândida.

Lucinda aproveitou o fervor do elogio para retirar-se pé por pé e sem ter sido percebida por alguém na traiçoeira escuta.

A mucama estava alvoroçada pela ideia daquele casamento, furiosa contra o empenho de seus senhores, e meditando já sobre os meios de contrariá-lo.

Meia hora depois, Lucinda atravessava plácida e alegremente a sala de jantar, onde Florêncio e Liberato acabavam de ouvir com Leonídia a leitura do último capítulo da *Cabana do Pai Tomás*.

Leonídia e Cândida tinham lágrimas nos olhos.

Lucinda entrou no quarto de dormir de sua senhora, e dali pôde ouvir o que foi dito.

— Pois vocês choram por isso? — perguntou Florêncio.

— Meu pai — disse Liberato —, este romance concorreu para uma grande revolução social; porque encerra grandes verdades.

— Quais, meu doutor?

— As do contrassenso, da violência, do crime da escravidão de homens, como nós outros, que nos impomos senhores; as da privação de todos os direitos, da negação de todos os generosos sentimentos das vítimas, que são os escravos; as da insensibilidade, da crueldade irrefletida, mas real, e do despotismo e da opressão indeclináveis dos senhores.

— Admiravelmente, meu doutor: o tal romance, belo presente que fizeste a Cândida, e que eu já tinha lido, mostra e patenteia o mal que os senhores fazem aos escravos.

— E muito mais ainda, meu pai...

— Embora; mas demonstra isso: e tu já pensaste no mal que os escravos fazem aos senhores? Já o mediste e o calculaste?...

— Consequência do flagelo da escravidão: as vítimas se tornam algozes.

— E que algozes!...

— Que se quebre pois o cutelo! — exclamou Liberato.

— E como? — perguntou Cândida.

— Banindo-se a escravidão, que nos desmoraliza; que é nossa inimiga natural, que nos faz mal em troco do mal que fazemos: porque o escravo condenado à ignomínia dá o fruto da ignomínia à sociedade que o oprime, e pune a opressão, corrompendo o opressor.

— Basta — disse Florêncio.

Liberato calou-se, mas com ar de triunfo.

E Lucinda, que ouvira tudo da porta do quarto, murmurou com os dentes cerrados.

— E portanto... eu sou vítima.

XVII

A escolha do noivo de Cândida era questão de máxima importância para Lucinda, pois que a ela se prendia naturalmente a do domínio de um senhor e a do sistema de vida em que sua senhora, e também ela, teriam de submeter-se.

A mucama de Cândida já conhecia Frederico e o aborrecia pela completa indiferença com que ele havia mostrado quase ignorar a sua existência.

As escravas também têm suas vaidades, embora torpes: são as vaidades que lhes concede a escravidão, torpes, como ela.

Além desse ressentimento, que aliás abonava a moralidade de Frederico, o grave caráter deste, o seu proceder, as claras disposições do ânimo circunspecto e frio, indicavam que o seu viver seria como o seu caráter, modesto, zeloso de sua reputação, sério, e reservado, e que na sua casa a honestidade, a prudência, e o sábio culto do dever, moderariam a impetuosa paixão dos gozos da vaidade de Cândida, e por consequência imporiam ordem à família, respeito aos costumes sãos, e não dariam margem aos cálculos de expansão libertina e aos dourados sonhos de um dia *achar fortuna*, com que a mucama muito se preocupava.

O que convinha a Lucinda, era para sua senhora um noivo estouvado, libidinoso, extravagante e rico; era o chefe de família desgovernando, na casa a licença aproveitando a desordem, e o desatino dos senhores facilitando a devassidão dos escravos.

Cândida, entrando para seu quarto, leu no rosto da mucama anúncios de novidade.

— Que há? — perguntou.

— Importante segredo, minha senhora.

— Dize-o.

— Querem casar minha senhora com o filho de seu padrinho.

— Deveras? É cômodo: sou poupada ao trabalho de procurar marido — disse Cândida negligentemente, sentando-se e oferecendo os pés, para que a mucama lhe tirasse as botinas.

Lucinda curvou-se, e enquanto descalçava a senhora e punha em seus pés mimosos lindas chinelas de pelica bordada, refletiu sobre a indiferente frieza da resposta que recebera.

— Ah! Minha senhora já sabia?... Mas sou capaz de apostar que ignora as condições...

— As condições?... Quais são?

— Minha senhora que tem já dezesseis anos, há de esperar solteira mais dois... vale porém a pena...

Cândida, que não se demorava em pensar no casamento com Frederico, ainda não tinha calculado com esse *sacrifício* de dois anos de espera.

Lucinda saboreou a impressão que produzira no espírito da senhora o que acabava de dizer-lhe; logo depois prosseguiu:

— E como em dois anos, a cabeça de minha senhora pode doidejar, e onde há mais perigo de endoidecer é nos bailes e nos teatros, já se sabe por que, logo que meu senhor-moço e o Sr. Frederico tornarem a partir, minha senhora irá muito poucas vezes a tais divertimentos...

— Não entendi bem... — disse Cândida, sentindo-se ofendida.

Lucinda repetiu palavra por palavra a sua traiçoeira informação.

— Tu gracejas, Lucinda! — tornou a moça, fitando olhos brilhantes de cólera no rosto da escrava.

— Uma palavra descuidada de minha senhora poderia ser-me fatal.

— Nunca te comprometi, e preciso do teu zelo e dos teus serviços. Fala: dize-me tudo que sabes.

A mucama relatou a conversação de Florêncio da Silva e de Liberato, azedando o que podia ser desagradável à senhora, e esquecendo de plano a generosidade com que o pai protestara respeitar e defender a plena liberdade de sua filha na decisão do seu casamento com Frederico.

Cândida, tendo os olhos pregados nos lábios de Lucinda, escutou-a até o fim com os supercílios quase cerrados, e atormentando os dedos em nervoso aperto das mãos entrelaçadas. Custava-lhe sobretudo duvidar do amor de seu pai, acreditando nas combinações de prepotência e imposição, que a mucama deixava claramente entrever.

Grave, um pouco sombria e como suspeitosa, a donzela perguntou:

— Onde meu pai e meu irmão conversaram assim?

— Na sala da entrada.

— A que horas?...

— Logo que anoiteceu... às sete horas talvez.

— Pode ser... Liberato tinha ido fumar... eu ficara a ler... mas meu pai não tinha chegado ainda... e então?

— Também eu pensava que ele não tinha chegado — disse irrefletidamente a escrava.

— Também tu?... Pois sim: e donde ouviste a conversação?...

— Da porta que comunica a sala da entrada com o corredor.

— E que tinhas ido fazer ao corredor?...

Lucinda não soube que responder, perturbou-se, tentou mentir e não pôde; quis falar e não passou de repetir:

— Eu ia... eu ia... eu ia...

Cândida corou fortemente: compreendera enfim o motivo que levara a mucama ao corredor, mas em vez de revoltar-se contra a petulância viciosa da escrava, achou somente nela uma prova da veracidade da relação que acabava de ouvir.

— Que me importa o que foste fazer ao corredor!... — exclamou.

— Minha senhora perguntava...

— Que me importa!...

E, levantando-se, Cândida avançou um passo para Lucinda, e voltando-lhe as costas, disse-lhe:

— Despe-me.

A mucama estendia os braços, quando a moça tornando-se de frente, com rápido movimento, encarou-a de novo e perguntou:

— Não mentes?... O que dizes é verdade?...

— Eu juro que é verdade, e minha senhora há de experimentar as provas do que eu disse, na vida que lhe vão dar.

Cândida rompeu a rir.

— De que ri, minha senhora?

— Não vês que me dão dois anos?... Ah, Lucinda! Querem governar o tempo; e quanto tempo? Dois anos!

E, trocando sem explicável transição o riso por seriedade pesada, pareceu começar a refletir; logo, porém, levantou os braços e com as mãos desmanchou acelerada o penteado e disse à mucama:

— Despe-me: preciso dormir.

XVIII

Tinham chegado as festas do Natal, os dias de jubilosa comemoração católica, em que com as solenidades da igreja docemente se apadrinham os regozijos profanos, que principiando a 25 de dezembro vão até 6 de janeiro, e ligam assim em laços de flores o ano que cai no passado e o que avança para o futuro, o ano velho que deixa desenganos e o novo que favoneia esperanças.

Esses dias do Natal marcam a época mais alegre, e as festas por excelência *da roça*: quem pode foge das cidades; as povoações do interior e principalmente as fazendas e habitações rurais abrem o seio hospitaleiro e amigo às famílias que vão gozar os encantos, beber o ar puro da natureza campestre e esquecer por breve prazo o burburinho, a etiqueta fatigadora, a vida artificial, a que têm de voltar logo depois.

É na *roça* o tempo das cavalgadas e das romarias de fazenda em fazenda, para, em série de banquetes e de funções, ser satisfeito o empenho de obséquios, que os fazendeiros disputam entre si, repartindo os dias para repartir a glória da hospedagem festiva.

Florêncio da Silva e Plácido Rodrigues receberam, um em sua casa de campo, o outro na sua fazenda, famílias amigas, vindas da Corte a convite de ambos. Liberato e Frederico tiveram em alguns antigos companheiros do colégio seus hóspedes especiais.

Com três estudantes do curso jurídico de São Paulo convidados de Liberato viera também um jovem francês de nome Alfredo Souvanel.

Como que a fatalidade, ou o destino, aproximavam Souvanel de Liberato e Frederico: os dois mancebos tinham-se encontrado com ele pela primeira vez, havia dezoito meses, em uma breve excursão que os levara à Suíça, a visitar alguns asilos agrícolas, e separando-se no fim de três dias quando apenas se conheciam, de novo, passadas algumas semanas, se achavam reunidos com Souvanel no mesmo alojamento em Stuttgart, Alemanha, onde seguiam os estudos teóricos e práticos do Instituto Agrícola de Hohenheim.

Aí, na capital do Wurtemberg, estreitaram-se naturalmente as relações dos dois brasileiros com Souvanel, que se dizia proscrito político, e que viveu vida vadia e alegre com os estudantes da escola agrícola, até que ao cabo de alguns meses, e de repente, despediu-se dos amigos na mesma hora em que se partiu, sem dizer para onde.

De volta da Europa chegando ao Rio de Janeiro em novembro, Liberato e Frederico esbarraram com Souvanel em companhia de amigos e antigos colegas seus, estudantes que vinham de São Paulo em férias.

Alfredo Souvanel devia contar cerca de vinte e seis anos; de estatura regular, louro, de olhos cintilantes, era de aspecto agradável, bem talhado de corpo, apurava-se no trajar tanto quanto lho permitiam seus fracos recursos. Dizia-se bacharel em letras; tinha instrução superficial, mas inteligência fácil, espírito, e gênio alegre; jogava com destreza o florete e a espada, atirava com admirável precisão a pistola, e, melhor que tudo isso, era habilíssimo pianista, dispunha de excelente voz de barítono, tocava e cantava como tocam e cantam os mestres, que além do perfeito conhecimento da arte, têm o segredo do sentimento que a sublimiza.

Pretendia ele ser uma das vítimas do despotismo de Luís Napoleão, e amigo particular de Louis Blanc; dizia ter sido ativo colaborador de mais de uma gazeta em Paris, e falava com entusiasmo da França, e da república socialista; adorava Lamartine poeta, e detestava o político, porque em sua opinião Lamartine sacrificara a revolução de quarenta e oito.

Souvanel se apresentara em São Paulo a procurar discípulos de música, e das línguas francesa e inglesa; ganhou, porém, muito mais com a recomendação de proscrito político na sociedade dos estudantes, de quem astuto se aproximou.

Quem diz estudante, diz generosidade. Os acadêmicos de São Paulo protegeram Souvanel, a vítima do despotismo perseguidor e cruel, o mártir das ideias liberais; estenderam-lhe as mãos da mocidade crédula, mas ainda nobre e grandiosa nessa credulidade, que testifica a majestosa incapacidade de hipocrisia e de perfídia, na insuspeita da hipocrisia e da perfídia: a mocidade; e na mocidade principalmente os estudantes acadêmicos manifestam a nobreza e altitude de seus corações nas belas ilusões, em que se enganam com os homens e o mundo. Eles se enganam, porque ainda são melhores do que os homens e o mundo que os enganam.

Os acadêmicos de São Paulo adotaram Souvanel: para disfarçar a beneficência, deram-se a aprender o jogo do florete e da espada, pagando as lições que recebiam, e em breve entusiasmaram-se pelo jovem francês, que era o mais alegrão, travesso, original, espirituoso e endiabrado companheiro de folganças.

Em poucos meses Souvanel falou português, como se vivesse há vinte anos no Brasil, e chegadas as férias, deixou São Paulo, e acompanhou os estudantes que vinham e lhe pagaram a passagem para o Rio de Janeiro, em cuja capital esperava melhorar de fortuna, como professor de piano e canto.

Os estudantes, amigos de Liberato, exaltaram os merecimentos de Souvanel, que, além disso recomendado pelo infortúnio, pela pobreza, e pela jovial convivência de alguns meses em São Paulo, recebeu com aqueles convite para passar as festas do Natal na casa de Florêncio da Silva.

O jovem francês não se fizera rogar.

Bastaram poucos dias para que Souvanel se tornasse a alma das funções do Natal, na companhia em que se achava; jucundo, condescendente, infatigável, era o vivificador dos saraus, o ordenador de contradanças variadas, o rei do piano, o intérprete fiel das músicas de Bellini, de Donizetti e de Verdi, nas árias e duetos de suas melhores óperas; nas caçadas brilhava como o primeiro atirador; nas cavalgadas ostentava habilidade ginástica, fazendo prodígios de equilíbrio em pé sobre o selim, ou aos saltos ao pescoço e à garupa do cavalo; à noite nos salões inventava jogos, lia a *buena-dicha* nas mãos das senhoras, e com um baralho de cartas realizava proezas de empalmação, e de resoluções de problemas de cálculo, que pareciam inexplicáveis.

Souvanel eclipsou os próprios estudantes: onde ia, entregavam-lhe a direção do banquete, do sarau, de toda festança: as senhoras o lisonjeavam para que ele as fizesse dançar, cantar, brilhar; os estudantes o atropelavam, exigindo os entretenimentos que mais lhes convinham; os anfitriões o tomavam por árbitro e animador das amenas funções; em suas mãos enfim estava o fio de Ariadna daquele labirinto de ruidosos mas inocentes prazeres.

Dir-se-ia que Souvanel, o indômito traquinas, o espirituoso e alegrão francês, sempre tão atarefado, tão exigido, tão distraído, e por assim dizer multiplicado para atender e servir a tantas senhoras e senhores, não poderia ter tempo, olhos, contemplação, e talvez cálculo para ver, distinguir, amar, ou fingir amar, alguma das muitas belas jovens, que se reuniam naquela sociedade festiva e ambulante, que andava de romaria de fazenda em fazenda.

Entretanto não era assim: logo nos primeiros dias, depois da sua chegada à casa de Florêncio da Silva, Souvanel encetara amoroso enleio que se foi entretecendo imperceptivelmente para todos.

XIX

Florêncio da Silva tinha dado a seus hóspedes um dia para descanso da viagem antes de fazê-los entrar na vida de festas e passeios; mas o jovem francês era incansável e também apressado em recomendar-se.

Acabavam apenas de levantar-se do almoço, quando Souvanel, vendo na sala um magnífico piano, correu a ele e executou de cor e com perícia magistral uma peça brilhante: depois, e enquanto o aplaudiam, examinou os livros de música, e exclamou:

— Quem canta estas músicas? Sem dúvida mademoiselle...

A pergunta e a observação eram como um convite para cantar: Florêncio e Leonídia desejaram muito naturalmente que o notável mestre apreciasse o talento musical de sua filha, que eles supunham cultivado com esmero.

Cândida cantou, acompanhada ao piano por Souvanel, a ária final da *Safo*.

O mestre para quem todos olhavam depois dos cumprimentos de cortesia, ou de sincero louvor, teve de enunciar o seu juízo de autorizada competência.

— É uma voz admirável! — disse ele. — Uma suavíssima e ao mesmo tempo volumosa, extensa e afinada!

Cândida pareceu encantada do elogio.

— Não te desvaneças, Cândida — acudiu Liberato, rindo-se. — Repara que Souvanel encareceu somente a tua voz, mas deixou de elogiar teu canto: pode-se ter boa voz, e cantar mal.

A donzela olhou para Souvanel, que perturbara-se ou fingira perturbar-se um pouco.

— Fale o mestre, e não o cavalheiro, que por cortês é menos franco — disse Florêncio da Silva.

Leonídia instou, Cândida pediu; Souvanel falou.

— Com a voz que possui, e a prática severa que tem do solfejo, mademoiselle, em duas horas de estudo bem dirigido, cantaria esta mesma ária de modo a fazer acreditar que é outra.

— Opera esse milagre, Souvanel! — disse Liberato.

— Se mademoiselle quer perder duas horas...

A experiência conveio a todos.

— Esqueçam-se de nós; porque o estudo é enfadonho, e esgota a paciência.

Ninguém se afastou.

Souvanel compreendeu todo o partido que poderia tirar daquela exposição viva do seu método de ensino e extremou-se na lição: fez Cândida repetir dez e mais vezes cada compasso, explicando nota por nota a ideia contida em cada uma, revelando os segredos da expressão e do sentimento, desde o gemido até o grito, desde o murmúrio e o soluçar do *trêmulo* até a perfeita segurança na graduação da tenuta, ensinando a respirar na ocasião competente, e encher de ar as amplidões pulmonares para o arrojo veemente das paixões em música.

A bela discípula, rica de inteligência e de voz, ávida de saber, vaidosa para mais ardentemente desejar ser admirada, absorveu-se na lição, admirou o mestre, e admirou ao mestre; porque, no fim de pouco mais de duas horas, cantou com efeito a ária quase com perfeição, e, como Souvanel o dissera, de modo a fazer acreditar que era outra.

Souvanel acabava de fundar a sua reputação de mestre exímio.

É claro que desde esse dia, sempre que as conveniências da sociedade o permitiam, antes ou depois dos passeios, na manhã, ou na tarde, que mediavam entre as folganças gerais, Cândida tomava a Souvanel uma ou duas horas para preparar as árias que devia logo depois executar.

Mas Souvanel também cantou e fez *furor*.

Naturalmente as vozes quiseram combinar-se, diversas senhoras cantaram duetos com Souvanel; Cândida desejou cantá-los, e apelou para o mestre que se exaltava, achando na discípula uma adivinhadora dos segredos mais sutis da arte.

Raramente embora, Souvanel e Cândida ficavam uma ou outra vez a sós no piano.

Em uma dessas ocasiões o jovem francês disse com fingido ou real entusiasmo.

— Que voz! Penetra e fica no coração de quem a ouve!

Cândida interrompeu o canto.

— Prossiga! — exclamou o mestre.

— Oh! Não — respondeu a moça com enlevamento.

— Eu quero que a minha voz repita três vezes ainda este *allegro*...

E ela o repetiu três vezes requintando a doçura e o sentimento que comovida e inspiradamente dava ao canto.

— Isto faz esquecer de que se vive na terra, e imaginar que se está no céu, ouvindo um anjo! — murmurou Souvanel.

— Anjo! — respondeu em voz baixa a imprudente donzela. — Anjo! Como, se nem tenho asas para voar e fugir?...

— Oh! Mas para mim, pobre proscrito, está tão alta, que nem posso chegar com os meus lábios a seus pés!...

Nesse momento Leonídia se aproximava.

Souvanel apontou com o dedo o sinal de um compasso e disse imperturbável:

— Perfeitamente, mademoiselle! Agora aqui a respiração, e depois o sentimento contraído pelo receio; mas transpirando no trêmulo, e preparando-se para a expansão sublime…

Não havia nem receio no sentimento do canto, nem trêmulo na música, nem expansão a preparar…

E todavia Cândida não se mostrou surpreendida, e continuou a lição, improvisando um trêmulo mal cabido, que Souvanel não corrigiu.

A filha enganava a mãe.

O mestre começava a enganar a todos.

XX

Em outra lição, e em outros breves momentos de liberdade, Souvanel, mostrando um terno e doloroso pensamento da inspirada *Favorita* de Verdi[2] sorriu docemente e disse malicioso a Cândida.

— Deixe sair o coração na voz gemente… gema com o coração nos lábios…

— Arreceio-me… — balbuciou a discípula.

— Por quê?

— O coração exposto assim?… E se mo roubassem?

— Ah! mademoiselle! Por mim eu seria ladrão de consciência.

— Como?

— Para não deixá-la pelo roubo infalível com o peito vazio, pediria de joelhos a glória de uma troca de corações…

— Não entendo bem esta música — disse Cândida, sorrindo meigamente.

E sem dúvida para conter no ponto a que tinham chegado, as finezas que o mestre lhe dizia, cantou; mas cantou com apuro de ternura, e com verdadeira ou bem simulada comoção, a música tão repassada de sentimento da *Favorita*.

Para tanto ousar, ouvir e dizer, era evidente que andava já adiantado o galanteio entre Souvanel e Cândida.

A música arrebata a alma, embriaga os sentidos.

Não há sedutor mais perigoso do que um mestre desmoralizado,

[2] Na verdade, do compositor italiano Gaetano Donizetti. (N. do E.)

e entre os mestres capazes de tentar seduzir o mais perigoso é o de música e principalmente o de canto; porque ele ensina as falas que falam ao coração, arrebatam a alma e embriagam os sentidos.

Souvanel achara Cândida bonita, e, tendo logo razão para julgá-la romanesca, acreditou-a susceptível de deixar-se apaixonar, viu nela um cálculo de futuro, e mediu as vantagens materiais que esperavam ao genro de Florêncio da Silva. Para ele não podia ser isso obra de pronta reflexão: estrangeiro mal conhecido, com a sua vida passada em nuvens de dúvidas, sem garantias da honra do seu nome, sem fortuna, sem abonador de sua moralidade, a princípio nem concebeu a ideia de possibilidade de casamento e apenas por distração explorou a sensibilidade e brincou com o coração da que supunha simples e inexperiente moça da *roça*; mas à medida que Cândida namoradeira parecia fraquear deixando-se arder em flamas de amor, o jovem francês exaltava suas esperanças e pouco a pouco foi chegando ao cálculo do que, na própria consciência, julgando impossível, não se atrevera a imaginar nos primeiros dias.

Egoísta e frio especulador, descrente em religião, alheio às noções do dever, desdenhando dos brasileiros em refalsado segredo, ambicioso de riqueza, escondendo nas dobras do agrado pérfido, nas artimanhas da docilidade, da condescendência, das magias da música, nas teias sutis do espírito vivo e travesso a baixa urdidura da lisonja, da adulação, do servilismo, para achar protetores, ganho mais fácil e fundamento de fortuna, Souvanel não hesitou em abusar da confiança de seus hóspedes, em esquecer os favores que recebera de Liberato; mas cauteloso, dissimulado, traiçoeiro, laborou no mistério de rápidas e fugitivas provocações de amor, de confidências velozes de apaixonado extremo, e de paciente, lenta e hábil propinação do veneno da sedução.

Souvanel não sabia que falava, não à sensibilidade, mas ao ressentimento e ao desvario de Cândida, no ensejo mais oportuno e favorável.

Desde a noite em que Lucinda repetira à sua senhora com falaz inexatidão, o que haviam conversado Florêncio da Silva e Liberato sobre o projeto de casamento, Cândida se tornara suspeitosa das intenções de sua família, revoltada contra a ideia de opressora privação dos saraus e dos teatros, e disposta à resistência e à oposição à vontade de seus pais.

Desconfiada de todos e de tudo, reparara e observara com ânimo prevenido; seu pai e sua mãe não lhe falaram de Frederico e continuaram sempre a abismá-la, como dantes, no dilúvio das delicadezas do mais extremoso amor; Liberato, porém, discorrera por mais de uma vez em sua presença, atacando a inconveniência dos bailes frequentes para uma donzela modesta e recatada, e ferira com exagerados sarcasmos o teatro ruim, grotesco, e imoral da pequena, mas já rica cidade de...

Ouvindo Liberato, Florêncio da Silva e Leonídia tinham defendido fracamente, e deixado condenar, sem protesto, as duas arenas onde triunfava esplêndida e maravilhosa a formosura de sua filha.

Cândida ouvira o que chamava sermões de Liberato com desprezadora indiferença silenciosa, que admirava a seus pais; ela, porém, ouvia com a revolta n'alma, reconhecendo nas observações de seu irmão a verdade das revelações da sua escrava.

Cândida em impulsos de reação detestou, ou pensou detestar Frederico, e jurou a si mesma que jamais consentiria em ser sua esposa.

Em dois anos de sacrilégio do sentimento, em dois anos passados em fingimentos de amor, em tolerância, provocações, e prática indesculpável de dezenas de namoros, Cândida conservara o coração livre e como inóspito do sentimento que absorve a vida da mulher: dir-se-ia que o hábito de fingir lhe embotara o sentir. Até os dezesseis anos não tinha amado; nem um só mancebo, nem o mais belo dos seus namorados conseguira atear o fogo em sua alma enregelada.

Cândida tinha vontade de amar, desejo louco de experimentar esse sentimento que perturba a razão, põe em incêndio o coração, escraviza uma, desatina outro; lera já em vinte romances dos melhores autores a filologia e a autópsia do amor, e ela não o conhecia ainda, como o aprendera nos romances; desejava amar e não amava.

Suspeitando, acreditando enfim, que seus pais queriam impor-lhe em Frederico um marido, e que nesse empenho planejavam roubá-la ao culto dos seus adoradores, por instintivo incitamento de resistência e de oposição desejou ainda mais amar, e não amava!...

Cândida não amava; porque em vinte ou trinta turificadores que queimavam incenso a seus pés, ela que recebia as turificações de todos, quando procurava distinguir um entre tantos, esquecia vinte nos gelos da indiferença pelo demérito deles, confundia dez no peso igual do merecimento, e nunca chegava à preferência de um só, marcado pela escolha do coração.

A namoradeira tinha almejado amor deveras por tresloucada curiosidade, e passara finalmente a almejar ainda mais, a querer, a pedir ao céu esse cativeiro d'alma por vingança da suposta opressão.

Foi nesse estado de espírito, nessas circunstâncias determinadas por injustas prevenções, nesse doido empenho de amar, que Souvanel se mostrou aos olhos, aos ouvidos, e ao coração aberto de Cândida.

XXI

A chegada dos hóspedes de seu pai e de seu irmão, e no primeiro dia que foi como que de apresentação dos estudantes e do jovem francês, que não eram conhecidos da família, a figura de Souvanel não produziu impressão simpática nem antipática no ânimo de Cândida; claramente, porém, agradaram-lhe mais os acadêmicos, cuja posição era definida: o estrangeiro, recomendado só por suas habilitações de pianista e cantor, pareceu-lhe antes um recurso para divertir a sociedade, do que um amigo trazido como igual para o seio dela, e esta consideração o amesquinhou a seus olhos.

A primeira lição tornou Souvanel interessante; a vaidosa moça atendeu ao ensino sem atender à pessoa do mestre, e reconhecendo que muito podia ganhar com as explicações do insigne professor, lisonjeou-o, ameigou-o, sem ideia alguma de merecer-lhe cultos, e só para mais condescendente achá-lo, sempre que lhe pedisse o favor de alguma lição.

Mas Souvanel cantou, e sua voz era como o sentimento, deslizando suave como arroio murmurante, ou troando impetuoso, como a catadupa despenhada: era impossível deixar de olhar o homem que cantava assim, e Cândida viu no rosto e nos olhos de Souvanel todas as doces flamas, e todas as lavas abrasadoras da paixão.

Na segunda lição o mestre explicou as notas, os compassos, o andamento, as modulações da voz que deviam exprimir amor, e o fez com eloquência tão viva e insinuante, que a donzela começou a sentir alguma coisa de novo em seu coração, ouvindo Souvanel, e ainda leviana, explicou certo pendor que a inclinava para ele, pelo seu costumado empenho de avassalar sempre novos adoradores; desejou ser cortejada e requestada por esse mancebo, que sabia falar tão doce e fervorosamente de amor, e, insensata, deixou ver o primeiro sorriso e ouvir a primeira palavra, que não sendo provocação manifesta, autorizaram contudo louvores, a princípio apenas ternos, logo depois mais palpitantes de afetuoso interesse, e enfim anunciadores francos de galanteio, ou de amorosa chama.

Cândida deixou-se amar e animou com seus gracejos maliciosos o mestre nos momentos em que ficava a sós com ele e embeveceu-se nesse enleio, que se lhe afigurou simples namoro, como tantos outros, mais delicado e romanesco, porém, por se esconder medroso no encanto do mistério.

Souvanel, encorajado, desenvolveu com arte consumada todos os ardis e todos os laços da sedução: poucas palavras bastam para mostrar os imensos recursos, o poder temível, e a vitória muitas vezes fácil da mais perigosa das seduções; escreveremos essas palavras que a muitos podem parecer até ridículas e que entretanto revelam séria observação: *Souvanel seduziu pela música, e fez-se amar pela música.*

Dez dias depois da sua chegada à casa de Florêncio da Silva, Cândida cantou com Souvanel, na fazenda de seu padrinho, o belíssimo e amoroso dueto de *Torquato e Eleonora* da ópera de Donizetti, e em seu transporte de fiel interpretadora daquela admirável e apaixonada música, desfez-se em lágrimas de indizível enternecimento.

Acabando de cantar, a donzela fugiu aos aplausos, correu para a sala do *toilette*, e atirando-se sobre um sofá, murmurou tremendo:

— Meu Deus! Que homem!

Cândida acabava de reconhecer que amava perdidamente Souvanel.

Algumas senhoras chegaram, procurando a bela cantora, a quem abraçaram.

— Cantou como nunca, D. Cândida! Cantou a fazer chorar!...

— Também eu chorei...

— É explicável... a comoção... a sensibilidade...

— Sim; foi isso — disse Cândida melancólica e pensativa. — É isso; aquele dueto faz um bem que parece mal.

Quando as senhoras voltaram à sala, trazendo a fugitiva e triunfante cantora, todos a cumprimentaram e a aplaudiram de novo, todos, menos um único cavalheiro e amigo, menos Frederico, que grave e pensativo se fora debruçar a uma janela.

Liberato foi bater no ombro de seu irmão colaço:

— Em que pensas, intempestivo filósofo?...

Frederico voltou-se e respondeu:

— Ocupava-me em resolver um problema.

— Ao diabo a geometria e o cálculo! Vamos dançar.

— Tens razão, Liberato; dancemos.

E Frederico avançou até o meio da sala, e, batendo palmas, chamou pares para uma contradança.

Souvanel dirigiu-se logo ao piano.

— Deixa o piano, Souvanel — disse Frederico. — Tu quase nunca danças; agora quero eu tocar.

Souvanel tomou parte na contradança; mas Cândida não foi o seu par, nem dançou defronte dele, e nem o jovem francês e ela se olharam.

E Frederico tocou, preocupado, porém, com a resolução do seu problema.

XXII

Frederico amava Cândida: o seu amor era uma sublime mistura de dedicação fraternal e de paixão de amante extremoso: o seu amor era um monumento, em cujas bases entravam Leonídia, que lhe dera o leite de seus peitos e o cuidado maternal de seu berço, Leonídia, sua segunda mãe; Florêncio da Silva, que na sua infância o igualara a Liberato, no zelo da educação e nas carícias; Florêncio da Silva, seu segundo pai; Liberato, seu irmão colaço, seu irmão na escola, no colégio, e no coração; Cândida, menina, a idolatria de seus inocentes amores de irmão mais velho, Cândida moça, a beleza peregrina e a celeste virtude, que devia e podia fazer-lhe da vida paraíso.

Frederico amava Cândida com o mimoso culto da gratidão, com o nobre culto da virtude, com as puras magias da infância, com as poesias da mocidade, com as flamas ardentes do amor que inspira a formosura.

Era um amor em que se identificavam todos os grandes amores do homem.

Em Frederico, tinha Cândida dois enérgicos e poderosos amores, o amor do coração e o amor da razão, ambos igualmente fortes e generosos pelo caráter do virtuoso mancebo.

Frederico sabia que era desagradável de figura e receava por isso não ser amado por Cândida: esse receio atormentava-o: ver Cândida amante e esposa de outro homem, era a apreensão de uma noite perpétua na sua vida; mas para ele, o sacrifício da filha de Leonídia e de Florêncio da Silva, da irmã de Liberato, da sua amada menina da infância, o sacrifício de Cândida sua esposa, por obediência e sem amor, era um crime de ingratidão, um sacrilégio que lhe tornaria a vida pior do que noite perpétua, remorso perpétuo. Ele sentia-se capaz de defender o coração de Cândida contra si, embora perdido para si esse coração, o mundo se lhe antolhasse insuportável.

Na grandeza e na generosidade do seu amor, o prudente mancebo não se confundira com os indiscretos apaixonados, que dão em espetáculo a donzela que amam, obrigando-a à pública ostentação de afetos que ainda não têm a sagração que os autoriza à face da sociedade, nem, em suas conversações com a adorada moça, ofendera a santidade do seu sentimento, procurando exprimi-lo e fazê-lo sentir por meio desses ademanes artificiais e vulgares, e dos discursos bombásticos e do dilúvio de juramentos, que são a eloquência sublime dos namoradores de oficio e dos namorados ridículos.

Zeloso, porém, anelante e completamente cativo dos encantos de Cândida, Frederico a acompanhava de contínuo com os desvelos do coração, com a vigilância do receio, e com aquela visão do espírito que acha luz nas próprias sombras do disfarce, e penetra os véus da dissimulação, adivinhando a verdade escondida.

Assim foi que, antes de todos, suspeitou ele do galanteio ou do amor nascente de Cândida e Souvanel: não podia dizer qual era o fundamento real da sua suspeita; mas em seu ânimo como que pressentia galanteio ou amor naquelas lições de canto, na atmosfera que cercava o mestre e a discípula, e na própria serenidade que ambos afetavam.

Frederico quis duvidar; mas a suspeita o perseguia indômita. O dueto de *Torquato Tasso* veio indiciar nas lágrimas de Cândida o sentimento que ela já abrigava no coração.

O nobre e amoroso mancebo tocava quase a certeza do seu infortúnio; nas ânsias tormentosas do seio, cavou silencioso a sepultura do seu magnífico amor; sofreu como sofrem as grandes almas; refletiu, porém: ou Cândida amava realmente Souvanel ou se prestava à comédia sacrílega do fingimento de transportada paixão: em ambas as hipóteses, era lamentável a leviandade com que a donzela se comprometia, prendendo-se ou simulando prender-se a um estrangeiro, cujo passado ninguém esclarecia, e cuja moralidade se patenteava negativa por essa mesma solicitude amorosa, que era ingrato abuso de confiança: em ambas as hipóteses, portanto, Cândida perdera muito na estimação que lhe merecera: na segunda hipótese, não podia mais ser sua noiva, pois que nunca tomaria por esposa quem tão fácil se abandonava à indignidade do galanteio: na primeira, do mesmo modo, o seu casamento se tornara impossível, pois que outro homem enchia com a sua imagem e suave domínio a alma dessa mulher que ele tanto adorava.

Que lhe cumpria fazer?... Fugir de Cândida, apressar sob qualquer pretexto sua viagem para a América do Norte?... Frederico repeliu essa ideia: à força de muito refletir e talvez ainda tendo o seu amor agarrado a uma tênue esperança, pensou que bem pudera o ciúme ter iludido o seu espírito, inventando o que não existia, e caluniando inocente donzela: quando tudo fosse verdade, quando a paixão mais louca estivesse incendiando o seio da pobre moça, ele tinha o direito de não a querer mais para sua noiva; tinha, porém, o dever de velar como amigo, pela filha de Leonídia, sua segunda mãe, pela filha de Florêncio da Silva, que em seus primeiros anos lhe fizera as vezes de pai extremoso, pela irmã de Liberato, seu colaço, e seu fiel amigo.

Nesse melindre de sensibilidade, nessa poética aspiração de pureza, de angélica virgindade de coração na mulher com quem tivesse de casar-se, nessa grandiosidade de sentimentos que lhe impunham o religioso dever de dedicar-se ainda a Cândida, como amigo, depois de senti-la amesquinhada na sua estima, Frederico obedecia às inspirações de sua natureza heróica, e à virtude de seu grave e admirável caráter.

Amando extremosamente Cândida, reconhecia-se capaz de tomá-la pela mão, e de levá-la ao altar, para aí ver com os seus olhos o sacerdote abençoar os laços de sua união com outro homem, que fosse digno dela, e por ela amado. Na imensa dor desse sacrifício, acharia consolação na felicidade de Cândida, e, lamentando a própria desdita, seria amigo leal do esposo da filha de Florêncio e Leonídia, e da irmã de Liberato.

Mas Souvanel quem era?... Que homem era?... Frederico também se relacionara com ele na Alemanha; nunca porém o honrara com a sua confiança, e mais de uma vez dissera a Liberato que a pretendida proscrição política podia ser tão real como embusteira, e que no suposto proscrito havia a decifrar um enigma, ou de homem exaltado, mas honesto, ou de especulador sem consciência.

O especulador sem consciência principiava a revelar-se à observação de Frederico, que ainda querendo duvidar, porque amava, e convencer-se até a evidência, porque era prudente e justo, depois de triste e longa noite de reflexões, resolveu esperar, ver, e friamente assegurar-se, e ser senhor do fatal segredo, que o ciúme lhe tinha já revelado.

Frederico não precisou esperar muito.

XXIII

As festas, os banquetes, os saraus não terminavam, apenas se interrompiam.

Florêncio da Silva tomara para si dois dias, os últimos das grandes comemorações religiosas, a véspera e o Dia dos Reis: os últimos e portanto os mais ardentes de alegria, os precursores da despedida dos amigos, das famílias, que se deviam separar.

A casa de campo de Florêncio da Silva estava cheia de convidados, que deviam gozar dois dias de banquetes e de saraus, e à noite da véspera do Dia dos Reis, fogo de artifício às onze horas, e mais tarde recebimento de companhia cantadora dos Reis que se anunciara.

Era geral o júbilo, e como que havia delírio de exaltação.

Entre todos, só Frederico melancólico se obumbrava, embora às vezes revolto contra a própria tristeza, em reação calculada, se atirasse com ardor não costumado às contradanças, e aos jogos espirituosos de sociedade.

A noite de 5 de janeiro se adiantava no meio de inocentes folguedos.

Anunciou-se a hora do fogo.

As janelas eram apenas suficientes para as senhoras; quase todos os homens desceram para o terreiro.

As diversas peças de fogo dispostas com arte iam arder em pontos destacados, projetando enchentes de luz sobre o jardim, o lago, os repuxos d'água, as árvores e a relva.

Havia multidão de curiosos, enchendo as ruas da grande chácara. Frederico preocupado e melancólico, logo que chegou ao terreiro, afastou-se dos companheiros e foi para um lado da casa, onde o isolamento era mais certo, porque dali menos se apreciaria o fogo.

Nesse lugar de passageiro retiro, viu ele grande número de carros, descansando no chão os varais; os cocheiros e lacaios tinham ido admirar o fogo, em ponto mais favorável; um único pajem ali se deixara; esse porém dormia profundamente em estado de completa embriaguez.

Frederico vagou pensativo por entre os carros por algum tempo: de repente a luz de brilhantíssimo fogo inundou o espaço, e o mancebo, que parecia aborrecido da festa, abriu a portinhola de uma carruagem, subiu para ela, e cerrando as cortinas, submergiu-se em suas reflexões.

Passados breves minutos, duas vozes a princípio abafadas e logo mais livres se fizeram ouvir ao pé da carruagem, e arrancaram Frederico ao seu triste meditar.

— Podemos falar...

— Vê bem...

— Todos estão vendo o fogo e eu também quero ir vê-lo: anda depressa: entregaste a carta?

— Entreguei.

— E a resposta?

— Minha senhora não quer escrever...

— Então sinhá-moça não gosta do francês?

— Está doida por ele: nunca se mostrou tão caída com os outros namorados que tem tido: agora sim, creio que minha senhora caiu no laço.

— E como não escreve?

— Não tem tempo, não pode.

— Que diabo! O francês tinha-me prometido boa molhadura.

— Espera... eu tenho um recado.

— Vamos a ele, Lucinda; eu quero ver o fogo.

— Dize quanto antes ao francês, que apenas entrarem os cantadores dos Reis aproveite a confusão e vá imediatamente ao grupo de acácias do lado esquerdo do jardim, onde alguém lhe irá falar alguns instantes.

— Lucinda! — exclamou o pajem. — Isto é o diabo! Pois sinhá-moça se atreve... e depois?

— Que te importa o mais?

— E nós? Se meu senhor souber?... Se o francês...

— Guarda tu segredo: vai depressa...o francês te dará a molhadura, e eu amanhã te darei um abraço...

O pajem riu-se, fez a Lucinda um afago obsceno, e seguiu por um lado, enquanto a mucama de Cândida retirava-se por outro.

Frederico estava quase sufocado dentro da carruagem, faltava-lhe o ar, abriu a portinhola, saltou no chão, e ficou em pé e imóvel por algum tempo.

Com a mão agitada por convulsivo tremor, acudia a fronte, como querendo, com o passar e repassar dos dedos, desbastar a multidão de turvas ideias que ondeavam nela.

Frederico nunca se precipitava: sentia-se possuído de indignação e de cruel responsabilidade. Acabava de testemunhar o despedaçamento da reputação de Cândida pelas línguas-punhais ervados de dois escravos: acabava de saber que a donzela que amava, e tão recatada presumira, já era conhecida por namoradeira, já tinha tido diversos namorados, já se aviltara, abandonando-se à má fama, que as bocas peçonhentas da cozinha e das senzalas sem dúvida propalavam; acabava enfim de ouvir um recado abjeto, pelo qual Cândida matara a honra de sua alma, e expunha à morte a honra do seu corpo.

O nobre mancebo descreu do brio de Cândida, e julgou-se ao menos curado de um amor imerecido e que pudera ter-lhe sido fatal. A desestima, talvez o ressentimento, aconselhavam-lhe como desprezo o completo abandono dessa mulher indigna; essa mulher, porém, era mais do que filha de Florêncio da Silva, mais do que irmã de Liberato, mais do que afilhada de seu pai, era filha de Leonídia, a quem Frederico amava com extremo, com uma espécie de religioso culto, com aquela dedicação, com aquele devoto esquecimento de si, que acendem a flama que sublimiza a fé dos mártires: Frederico adorava em Leonídia a mãe, a bondade, e a virtude.

Só por Leonídia, ele ainda pensou em Cândida: os erros do passado da desastrada moça eram fatos e não podiam ser prevenidos: o perigo tremendo a que ia expor-se ainda felizmente estava em tempo de se atalhar; mas de que modo?... A denúncia da vergonhosa entrevista, sendo feita a Florêncio da Silva e a Liberato, chegaria a provocar imprudente desafronta; levada ao coração de Leonídia, seria horrível desencanto de sua glória maternal: nada era mais fácil do que impedir por qualquer meio o encontro escandaloso dos dois amantes nessa noite, nada mais difícil do que preveni-lo em alguma outra; falar a Cândida, esclarecê-la sobre a baixeza e o escândalo do seu proceder, fora talvez o alvitre mais sábio; repugnava, porém, a Frederico o dirigir-se àquela moça de coração estragado e de belo rosto hipócrita.

Espiar era para o honesto e altivo mancebo ação ignóbil, e todavia nas circunstâncias em que se achava não viu expediente capaz de satisfazer seu empenho de poupar tormentos a Leonídia, desforço violento a Florêncio da Silva ou a Liberato e perdição irremediável a Cândida, senão surpreendendo os dois amantes na entrevista, punindo com a confusão a donzela e impondo a Souvanel pronta e imediata retirada da casa, que ameaçava com a ignomínia.

Tendo assim pensado e resolvido, Frederico saiu do meio dos carros, e voltou à companhia dos amigos, no meio dos quais encontrou Souvanel que lhe pareceu exaltado de júbilo.

O fogo de artifício terminou com aplausos estrondosos.

Meia hora depois a cavalgada dos cantadores dos Reis parou à porta da casa de Florêncio da Silva.

Frederico saiu desapercebidamente, foi direito ao grupo de acácias, e submergiu-se em um grupo de outros arbustos, que perto se destacavam.

XXIV

Havia luar: em falta do clarão brilhante da lua plena, o começo da fase crescente espancava as trevas. Frederico podia ver, e ávido olhava.

A música dos cantadores dos Reis soava docemente. Frederico não a ouvia, tinha então a alma concentrada nos olhos.

Uma mulher apareceu, avançou sem medo, e cruzando os braços parou atrás do grupo de acácias.

Frederico viu, distinguiu bem essa mulher: era uma negra.

Alguns minutos morosos se arrastaram, e veio vindo cauteloso, e como tomado de receios o vulto de um homem, que estacou diante da mulher de cor preta.

— Quem é?... — perguntou em voz baixa o homem que chegara e surpreendido ficara.

Frederico reconheceu Souvanel.

— Sou Lucinda, a mucama da senhora dona Cândida, minha senhora.

Frederico reconheceu também pela voz a escrava, que pouco antes dera o recado ao pajem.

— Ah! — disse Souvanel com um tom que denunciava o mais desagradável desapontamento. — Ah! Então és tu?

— Sim senhor, sou eu.

— E a que vens? Trazes-me algum recado?

— Não senhor, trago-lhe um conselho.

— Qual?

— Minha senhora o ama; mas vossa mercê a compromete, confiando os segredos do seu amor a um pajem: deve entender-se comigo, que sou a mucama de minha senhora, e a quem sirvo com a maior fidelidade...

— Mas... eu não sabia...

— Fica sabendo agora — tornou a crioula rindo-se, e aproximando-se a meios passos e com meneios lascivos do corpo à medida que falava. — Eu sou apenas um ano mais velha que minha senhora, que me confia todos os seus segredos, e me toma por conselheira... se, porém, o senhor prefere o pajem...

— Oh! Antes quero a ti, que és mais esperta — disse Souvanel, pondo-lhe a mão no ombro.

Lucinda recuou, como a defender-se.

— Não me toque com a mão — murmurou ela.

Souvanel chegou-se para a crioula e perguntou:

— Foi dona Cândida que te mandou aqui para te entenderes comigo sobre a correspondência e o segredo do amor que...

— Foi... não foi... para que mentir?... Fui eu mesma que vim...

O jovem francês riu-se.

— Quer dar-me algum recado para minha senhora?... — disse a crioula, abaixando a cabeça.

— Quero — respondeu Souvanel. — Escuta.

E travando-a pelo braço, achegou-a mais para si.

Frederico tinha já ouvido e visto bastante, e repugnando-lhe a cena que adivinhava, recuou sutil por entre os arbustos e árvores, e foi procurar oculta retirada em rua distante, quase aplaudindo a vitória libidinosa da negra escrava pela deliciosa convicção da inocência de Cândida, naquele ajustado encontro em que ele tão injustamente a acreditara desmoralizada e voluntária vítima.

Fazendo longa volta para tornar a casa, Frederico demorava o passo meditando sobre o que se passara a seus ouvidos e a seus olhos desde a hora do fogo.

Eis aí pois, pensava ele, uma escrava perversa e devassa como todas as escravas mais ou menos o são, comprometendo o nome e a reputação de uma donzela, sua senhora, para atrair um homem branco e satisfazer seu vício escandaloso; o pajem que levou o recado a Souvanel, convidando-o para a entrevista noturna, sem dúvida imagina sua *senhora-moça* nos braços do sedutor, e irá murmurar do seu opróbrio, conversando com os parceiros, prontos como ele a acreditar na infâmia que pode manchar os senhores.

Mas que muito era que o pajem rude e imoral, deixando-se enganar pela mucama, tão fácil criminasse sua *senhora-moça*, se Frederico, o refletido e ilustrado mancebo igualmente a considerava culpada?... Que juízo estaria ele também formando de Cândida, se levado pela indignação que lhe causara o recado, que da carruagem surpreendera, houvesse logo partido para a fazenda de seu pai, fugindo à casa e à família, que iam receber a nódoa da desonra?...

Frederico sentiu-se mordido pelo remorso de sua credulidade aleivosa; tremeu, lembrando que em sua alma iludida caluniara Cândida, o seu primeiro amor, a sua aspirada noiva, a filha de Leonídia: impelido pelo arrependimento para ideias suaves, risonhas, e lisonjeiras relativamente à donzela, perguntou a si mesmo, se não era possível que também se tivesse enganado, supondo-a namorada, ou apaixonada de Souvanel; se não era possível que a malvada mucama, fingindo levar a sua senhora os recados e cartas que de Souvanel trazia o pajem, inventasse respostas verbais, e entretivesse o ingrato francês em ilusões que convinham à sua depravação.

Aditado por esses pensamentos, filhos de generosa reação, Frederico subiu a escada e penetrou com dificuldade na sala da entrada que estava cheia de gente, que acompanhava os cantadores dos Reis.

Agora é indispensável dar em breves palavras a topografia de parte da casa de Florêncio da Silva.

A sala de entrada mediava entre duas outras laterais e muito maiores, para cada uma das quais abria uma porta, e no fundo comunicava-se com um corredor, que também rasgava portas para vastas câmaras, dependentes daquelas duas salas, terminando enfim na de jantar.

O grande salão do lado direito e suas dependências tinham sido destinados a hospedagem e defeso retiro das senhoras.

O salão do lado esquerdo pertencia à dança, à música, à reunião geral, a todos: suas dependências, suas câmaras que eram salas ornadas com riqueza e luxo, estavam entregues ao domínio masculino.

Cada salão tinha duas câmaras, e para cada câmara uma porta.

Frederico, animado, alegre, não podendo entrar no salão do lado esquerdo, onde dançavam suas contradanças figuradas os cantadores dos Reis, avançou pelo corredor, e foi procurar o recurso da introdução pela primeira e respectiva câmara.

Tinha apenas dado um passo para dentro da câmara, e parou, anuviando a fronte: eis o que viu.

No salão a dança, o aperto da multidão, a hora da surdez e da cegueira de todos pelo excesso do ruído e da luz, a câmara deserta, um só homem nela, Souvanel meio escondido a um lado da porta aberta por metade; na metade aberta da porta uma cadeira fechando-a, nessa cadeira Cândida reclinada negligentemente, com o rosto para o salão e para a dança, que ela sem dúvida não via, com um braço atirado para trás, descansando a axila no encosto da cadeira, e abandonando a mão a Souvanel, que a apertava entre as dele, que meio curvado a beijava e que entre os beijos lhe dizia mil finezas.

Frederico revoltou-se, vendo essa branca e mimosa mão de donzela a receber os apertos das mãos e os beijos dos lábios que pouco antes tinham apertado e talvez em transporte brutal beijado as faces da negra torpe.

O amor de Souvanel e Cândida era pois uma realidade!...

O generoso e altivo mancebo não pôde mais resistir à evidência, e profundamente golpeado, despedaçado em todas as fibras do coração, ficou a olhar, e a saborear vingança naqueles fingidos extremos de paixão de Souvanel, que eram cansados restos da vida física, extenuada nos braços desonestos e negros da escrava, que era rival da senhora.

Cândida tinha os olhos na dança, e a mão febril e trêmula perdida nos lascivos beijos de Souvanel: este contava demais com a solidão da câmara, e embevecido, esquecia o mundo e a prudência a devorar aquela mão tão branca e tão cetim, e a dizer envenenadas ternuras, quando não a beijava.

Frederico ciumento, invejoso talvez, com a alma em raiva adiantou alguns passos, chegou quase ao pé das mãos, que se apertavam, e não foi sentido...

Esse abandono, essa imprudência, essa embriaguez, essa cegueira e surdez de amantes irritou-o ainda mais... inspirou-lhe ódio, furor; que lhe pareceram sinais, perdições, abismos de amor, que ele não merecera...

Sentiu um ímpeto de arrojada cólera... ia atirar-se entre aquelas mãos; de súbito porém se suspendeu...

Em frente da porta, por onde entrara na câmara, viu o desconcerto de sua fisionomia na imagem reproduzida por grande espelho, e horrorizou-se da decomposição dos traços de seu rosto...

Como endoidecido deixou-se a olhar ao espelho, e a inquirir se era sua imagem essa imagem turva e sinistra que estava vendo...

De súbito estremeceu, encontrando no espelho a figura de Liberato... ah! Liberato era a providência que chegava para ver a loucura e a perdição de Cândida... Frederico ficou imóvel.

Mas ao lado de Liberato, o espelho mostrou dois estudantes amigos, a passar além da porta da câmara...

A virtude venceu a raiva, a lembrança de Leonídia, e talvez o melindre do amor dominaram o ciúme...

Frederico deu um passo adiante, com suas mãos convulsivas separou, desenlaçou a mão de Cândida das de Souvanel, que a apertavam, e com voz comprimida disse:

— Aí vem gente.

Cândida estremeceu, recolhendo o braço.

Souvanel ficou impassível.

Frederico em pé, silencioso e aparentemente frio, salvava Cândida da mais leve suspeita ofensiva do seu recato.

— Oh! Eis aí Frederico! — disse Liberato. — Há uma hora, que te procuramos debalde...

— Cândida me prendia aqui com as suas observações sobre as contradanças dos cantadores dos Reis — disse Frederico.

XXV

Liberato e seus dois companheiros pouco se demoraram na câmara, e Souvanel, ao vê-los sair, levantou-se e seguiu-os.

Cândida tinha ficado como petrificada.

Frederico em pé, por detrás da cadeira da moça confundida, estava imóvel, silencioso, mas profundamente alvoroçado.

Em Cândida o primeiro sentimento que se despertou foi o do reconhecimento da grandeza d'alma daquele mancebo, que desprezado e ofendido em seu amor, a socorrera e salvara ainda no ato da ofensa; ela, porém, sentia sobre sua cabeça o respirar agitado de Frederico, conturbava-se sob o peso enorme desse anélito, e tinha medo, a criminosa, da primeira palavra do juiz.

Em Frederico havia dédalo de ideias inconsequentes e contraditórias, no seu espírito o desassossego das inspirações incoerentes, no seu coração a luta do fogo e do gelo: o mancebo pensava em afastar-se e não sabia como fazê-lo, estava preso pela confusão de Cândida, tinha repugnância de ir esbarrar com Souvanel, tinha medo de encontrar Liberato e de ser por ele interrogado; e permanecia inerte, em pé, mudo, imóvel, a olhar sem ver, sem consciência da sua posição, sem atinar com uma saída desse estado de estupefação que seguira ao extremo desengano de seu amor, e ao instintivo movimento de sua generosidade.

Ele nem viu que as contradanças haviam terminado, e que ao convite de Florêncio da Silva os cantadores dos Reis saíam do salão para a mesa da ceia, acompanhados pelas senhoras e cavalheiros da sociedade do hóspede obsequiador.

Todos se tinham levantado e iam deixando o salão: somente Cândida sentada, e por trás de sua cadeira Frederico em pé, pareciam alheios ao que se passava.

Mas diante deles parou por um instante Leonídia, que conduzia pelas mãos duas senhoras, e disse sorrindo a seu filho de criação:

— Frederico, zela bem essa menina, que parece dormir sob a tua proteção vigilante: toma conta dela, meu filho!

E seguiu conversando com as amigas, a quem naturalmente explicava os santos laços que ligavam aquele mancebo à sua família.

Frederico estremecera à voz de Leonídia, e como por encanto sua alma escapou à estupefação, e engrandeceu-se ao desperto da consciência, e da razão.

Cândida quis amparar-se em sua mãe que passava, e fez um movimento para levantar-se.

— Fica — disse em voz baixa Frederico.

A moça obedeceu, convulsando.

Frederico abriu a meia-porta que estava cerrada, e foi sentar-se ao lado de Cândida; mas sem olhar para ela.

Cândida tremia. O mancebo falou.

— Sabes, é impossível que não saibas que nutri a esperança de merecer o teu amor; porque eu te amava muito: sabes que nossas famílias desejavam e projetavam nossa união... debalde o negarias... tu sabes tudo isso, Cândida! Atende bem: não me queixo de ti por não ter podido ser amado; amor não se obriga. O sonho desvaneceu-se: que o quisesses amanhã, eu não seria mais teu noivo. O amante apaixonado morreu para sempre; mas ainda vive o irmão: Cândida! Tu és minha irmã e precisas de mim: dá-me a tua confiança.

A donzela não respondeu.

— Escuta, minha irmã; o que eu vi inda há pouco, foi doidice de menina... ninguém o saberá. Amas a Souvanel?... É um amor imprudente. Souvanel pode ser digno ou indigno de ti: na dúvida o teu comprometimento por esse amor é grave perigo, é loucura. Cândida! Oh filha de minha mãe, escuta: se amas deveras a Souvanel, contém-te e espera; eu te juro que irei informar-me sobre o passado, a vida, os costumes desse homem: se for preciso, minha irmã, irei à França, hei de saber quem ele é, e se for digno de ti, conta comigo, protegerei o teu amor, e serei uma das testemunhas do teu casamento. Sê portanto franca comigo, Cândida, responde a teu irmão: tu amas a Souvanel?...

— Amo-o — murmurou Cândida.

Frederico, ouvindo a confissão de Cândida, não pôde reprimir um doloroso abalo; dominando-se porém logo, continuou:

— Perdoa: eu te amava... é natural que a certeza do teu amor por outrem me magoasse a pesar meu: hei de vencer esta fraqueza: confia em mim. Pois que amas a Souvanel, eu me incumbo de esclarecer-me sobre o que ele é e tem sido na sociedade. Eu te juro, minha irmã, eu te juro por minha honra, e pela vida de meu pai, que te direi a verdade. Eu te quero feliz, Cândida! Eu te quero feliz e esplêndida pela virtude; mas não te arrisques, não te percas, filha de minha mãe!...

Cândida apertou entre as suas a mão de Frederico, e deixando cair lágrimas nas mãos apertadas, disse, chorando:

— Tu perdoas, como Deus, e és bom como Deus, Frederico!

— Eu sou um desgraçado, e tu és sacrílega, comparando-me com Deus, que é perfeito e onipotente; Deus, porém, te perdoará o sacrilégio, se me deres o que te peço em nome de nossa mãe!

— O quê, Frederico?...

— Confiança plena, minha irmã!

— Eis a minha resposta — disse Cândida.

E levantando entre as suas a mão de Frederico, beijou-a rapidamente três vezes.

— Cândida! — exclamou Frederico, retirando a mão.

— Nestes três beijos, três vezes o coração da irmã — disse Cândida.

O mancebo levantou-se e conduziu aquela a quem chamara *filha de sua mãe* para a mesa da ceia, onde a fez sentar-se, e logo depois saiu calmo e sereno; chegando porém ao salão, que achou solitário, foi acelerado abrigar-se ao recanto de uma janela, agarrado a cujo parapeito experimentou e sofreu em convulsivo tremor a reação violentamente demorada dos diversos afetos que tempesteavam em seu ânimo.

XXVI

A soberana magnanimidade de Frederico tinha tocado a alma de Cândida: a delicadeza com que ele, de passagem somente, lembrara a inexorável leviandade para arrancá-la à confusão com o socorro de uma desculpa imerecida, a sabedoria dos conselhos suavizada pela ternura do amor fraternal, o juramento de dedicação justamente condicional à causa do próprio amor que era o desencanto e o holocausto do que ele nutrira e talvez nutria ainda, davam a Frederico a auréola esplêndida da majestade da virtude, e a magia do melindre dos sentimentos mais puros.

Cândida compreendeu bem e perfeitamente, pela primeira vez, todo o valor do tesouro que perdera, e em sua consciência esclarecida pela mais brilhante luz, reconheceu, em obrigada comparação, a desmedida superioridade que distanciava em altíssimo grau Frederico do seu amado Souvanel; essa superioridade, porém, era toda moral e como que fazia esquecer, ou pelo menos encadeava e submetia à virtude os instintos da natureza física, enquanto Souvanel no rojar do seu amor pela terra sabia inebriar a vaidade, falar apaixonado aos sentidos, e sorrir mais atrativo ao sensualismo, que a influência desapercebida da mucama escrava tinha inoculado no coração de sua senhora.

Aos olhos de Cândida, Frederico se afigurava mais do céu que da terra, mais adorável que amável, e Souvanel homem menos anjo e mais humano: se ela pudesse repartir-se entre a adoração e o amor, teria dado a um a alma, ao outro o coração, mas o coração físico. Na impossibilidade da partilha, ela preferia a terra ao céu, queria ser alma e coração toda de Souvanel, aceitando porém de Frederico a dedicação-martírio.

Foi assim que Cândida raciocinou, sofismando com a consciência escusar a cegueira da paixão, mas não poupando a virtude aos sacrifícios que podiam aproveitar ao seu egoísmo.

Ela rendia a Frederico os cultos que se rendem aos santos, e todavia interesse do seu amor estava pronta a fazer mártir o santo!... No egoísmo de sua vaidade acreditava que era para ele suave consolação servir ao seu amor, que devia aditar outro homem!...

Mas ainda bem que a magnânima generosidade e a terna solicitude fraternal de Frederico ao menos convenceram a imprudente donzela de que mais acautelada lhe cumpria ser, em suas afetuosas expansões com Souvanel, enquanto informações abonadoras de seu caráter não viessem sancionar a escolha e a bem-aventurança do seu amor.

Que tempo duraria essa convicção sábia?... Quantos dias lembraria Cândida os três beijos, em que três vezes selara na mão nobilíssima de Frederico a plena confiança do seu coração de irmã?...

Cândida recolheu-se ao seu quarto ao romper da aurora e dormiu seis horas, fiel aos três beijos de amor e confiança fraternal. A fidelidade durante o sono é fácil, pelo menos quando algum sonho não perturba o sono.

Cândida não sonhou.

Às dez horas da manhã de 6 de janeiro, Lucinda correu as cortinas do leito de sua senhora, e despertando-a cuidadosa, disse-lhe:

— É quase meio-dia, minha senhora.

Cândida abriu os olhos, sorriu-se, e murmurou:

— Que sono!

E preguiçosa cerrou de novo as pálpebras.

— Quer ver como abre já outra vez os olhos?... Aqui está um bilhete do bonito moço francês — tornou a mucama.

Cândida estremeceu, levantou meio corpo apoiando-se no cotovelo do braço esquerdo, e adiantando a mão direita, disse:

— Dá-me o bilhete.

Lucinda entregou uma carta a sua senhora.

— Que suave acordar! — ousou dizer a escrava.

Cândida passou duas vezes a mão pelos olhos, e, encostando-se à cabeceira da cama, abriu a carta e leu para si.

Coraram-lhe fortemente as faces enquanto lia.

Era suspeitoso esse pejo que se acendia nas faces de Cândida; porque enquanto as flamas do pudor nelas ardiam, a donzela se descuidava de seu corpo, deixara a gola da camisa ceder indiscreta ao declive da posição que tomara no leito, e um de seus peitos, brancos como a neve, se ostentava abandonado aos olhos invejosos da escrava.

— Por que cora?... — perguntou a mucama.

Cândida tinha acabado de ler: puxou a camisa e escondeu o seio a descoberto sem mostrar vexame e disse:

— Ele exige mais do que eu lhe posso conceder.

— O quê, minha senhora?...

— Uma entrevista hoje mesmo...

— Onde?... Como?...

— Não o sabe, não o indica; mas diz que o nosso amor corre perigo e que ele se acha ameaçado por odiento rival...

— O senhor Frederico, provavelmente.

— Lucinda, Frederico é o anjo da generosidade...

A mucama pôs-se a rir.

— Tu ris?... Pois escuta.

E Cândida referiu quanto se passara com ela, Souvanel, e Frederico na noite antecedente.

Lucinda riu-se ainda mais.

— De que te ris agora?...

— Da simplicidade de minha senhora.

— Como?...

— É claro que o senhor Frederico, contrariado em sua paixão, quer amedrontar o amor de minha senhora, e fingindo-se irmão dedicado, amante ridículo e impossível até a loucura de servir ao amor de outro, armou um laço a minha senhora para fazê-la desconfiar do bonito moço francês...

— Lucinda!

— Pois minha senhora acredita que o senhor Frederico, que a deseja desposar, lhe venha dar boas informações do rival preferido?... Não vê que está sendo objeto da zombaria, ou do ardil de um apaixonado?

— Ah! Tu não ouviste, como ele me falou!...

— Palavreados, minha senhora; ele prestou-lhe um serviço, calculando com a gratidão. Não pensa que o senhor Frederico a ama?

— Ama-me.

— Então como combina com o seu amor, que devia inspirar-lhe violentos ciúmes, essa pronta e fácil dedicação fraternal, que promete ser protetora de um outro amor, que é fatal ao dele?... Minha senhora não vê que há por força artifício e traição nesse ardor de ganhar a sua confiança, e de fazê-la desconfiar do bonito moço francês?...

— Lucinda, tu me desatinas, porque parece que tens razão!...

— Se a tenho!

— Oh! Mas Frederico é um homem honesto e bom... e o que fez por mim ontem à noite, não o esquecerei nunca! Se não fora ele, Liberato e seus dois amigos teriam surpreendido minha mão presa entre as de Souvanel...

— O senhor Frederico tinha interesse de noivo em não deixar efetuar-se a surpresa.

Cândida começava a gostar de ser combatida pela mucama.

— Noivo! — disse ela. — Frederico me declarou que desistia absolutamente das pretensões que tivera...

Lucinda fez um momo e observou:

— Era preciso que minha senhora não fosse formosa, como é, para se acreditar em desistência tão fácil.

Este argumento pareceu irrespondível a Cândida, que todavia continuou dizendo:

— Entretanto o que lhe ouvi sobre Souvanel foi uma verdade, que achou eco em minha consciência. Fui imprudente, animando o amor de um desconhecido, cuja família, vida, e passado, ninguém aqui conhece.

— Como minha senhora se deixa iludir! Se o moço francês fosse desconhecido e dele se desconfiasse, o senhor Frederico e meu senhor-moço não o teriam convidado para passar a festa do Natal aqui com os outros seus amigos. Somente depois que minha senhora o ama é que procuram torná-lo suspeito, e sem dúvida arredar o bonito moço.

Cândida suspirou, e sentando-se na cama, disse:

— É tempo de vestir-me.

A carta de Souvanel caiu do colo aos pés da moça.

— Impossível... — murmurou ela recebendo a carta que a mucama levantara.

— Impossível o quê, minha senhora?

— A entrevista.

— Talvez... não é fácil achar lugar e hora.

— Que fosse fácil: uma senhora honesta não pode conceder entrevistas secretas.

— Então as senhoras honestas não amam?...

— Que pergunta estúpida, Lucinda!

— Perdoe, minha senhora — disse a mucama. — Eu pensava que o homem amado merecia sempre confiança e algum sacrifício inocente...

— Assim, no meu caso davas a conferência?

— Se eu amasse, dava-a.

— Pois eu amo, e não a dou.

— Coitado do moço francês! Estava tão triste esta manhã...

Cândida guardou silêncio; mas penteou-se e vestiu-se evidentemente preocupada e absorta.

XXVII

A noite precedente passara toda em fervoroso e alegre festim, e as senhoras cansadas de dançar e de velar, embora em regozijo, amanheceram somente ao meio-dia.

Duas horas antes, conversavam reunidos no salão quase todos os cavalheiros hóspedes e amigos de Florêncio da Silva. Souvanel animava a conversação e entretinha com a sua espirituosa garrulice a sociedade masculina que o cercava, e impávido atrevia-se a afrontar os olhos de Frederico, que aliás tranquilo e grave não lhe mostrava nem ressentimento, nem indiferença, e apenas frieza imperceptível a todos, e só por ele sentida, na modificação do antigo acolhimento.

O jovem francês falou da França e de Paris, e contou cem histórias das delícias daquele país de vulcões políticos, e daquela capital rainha da moda e dos prazeres.

Então um velho fazendeiro disse-lhe:

— Está visto que o Brasil é para o senhor terra feia do desterro, e a própria cidade do Rio de Janeiro, deserto medonho.

Souvanel provocava desde meia hora essa observação ou alguma outra que lhe desse ensejo para fazer calculada proposta; respondeu pois imediatamente:

— O Brasil é o meu seio de amparo, terra abençoada por Deus, que no futuro igualará e excederá em opulência e brilho a minha França. Amo a França como filho, amo o Brasil como o menino enjeitado ama a santa mulher caridosa, que sem ser sua mãe, lhe deu desinteressada o leite de seus peitos. Viva o Brasil!... — bradou ele com entusiasmo que iludiu a quase todos.

— Estou vendo que também depois de Paris, não há para o senhor cidade como a do Rio de Janeiro — disse o mesmo velho que se encantava, ouvindo o astuto francês.

— Não — respondeu Souvanel. — Sou franco: não gostei da cidade do Rio de Janeiro: é uma capital sem monumentos, sem divertimentos públicos; capital, onde o viver custa caro, como em Londres, e não oferece compensações amenas; não me agrada a cidade do Rio de Janeiro; eu prefiro a ela a cidade de São Paulo, onde o acadêmico é príncipe, e a democracia ri aos sonhos esperançosos da mocidade inteligente que saúda encorajada o futuro; mas, depois de São Paulo, não conheço torrão mais belo, mais atraente, mais hospitaleiro, e mais capaz de fazer dormir as saudades da minha França, do que esta nascente e esperançosa cidade de..., do que este rico, civilizado e nobre município.

Frederico, que passeava ao longo do salão, parou de súbito, e encarou Souvanel com olhar suspeitoso.

— É lisonja! É favor! — disseram algumas vozes.

— Lisonja! — tornou Souvanel. — Eu dou prova de que o não é: pobre proscrito político, exploro para viver os conhecimentos que tenho da arte de música; na capital do Brasil posso já contar com algumas discípulas de piano e canto; pois bem! Deem-me os senhores a certeza de iguais recursos nesta pequena cidade, e eu juro preferi-la à orgulhosa cabeça do império.

Frederico franziu os supercílios e continuou a passear pelo salão.

O oferecimento de Souvanel era claro, positivo; sua notável habilidade no ensino tornara-se famosa pelo extraordinário aproveitamento de Cândida em poucas e rápidas lições; a palavra do mestre de música francês foi tomada ao sério: em poucos minutos teve ele a segurança de dez discípulas.

Souvanel declarou que ficaria estabelecido na cidade de..., como mestre de piano e canto.

Frederico viu na resolução audaz de Souvanel cálculo refinado de hipocrisia e de egoísmo, ou expediente de amorosa paixão para a conquista de Cândida: tinha decidido deixar Leonídia na ignorância do amor de sua filha, enquanto se habilitasse para julgar do merecimento e das condições morais desse estrangeiro mal conhecido; medindo, porém, os perigos que Cândida ia correr em suas relações com semelhante mestre de canto, pois que não podia duvidar de que Souvanel a contasse também por discípula, à vista dos milagres de ensino operados em lições passageiras, determinou prevenir sua mãe adotiva de quanto sabia, e do que era preciso acautelar.

O cumprimento de semelhante dever custava muito a Frederico: era míngua da sua magnanimidade da noite antecedente; podia afigurar-se vingança ciumenta de desprezo sofrido: embora, era sagrado dever a cumprir: Frederico havia de satisfazê-lo.

O caso não urgia: ele assentou em esperar um ou dois dias, observando solícito o procedimento de Cândida.

A resolução de Souvanel foi durante o almoço o ponto exclusivo da conversação geral.

Aplaudiam-se todos os fazendeiros e habitantes do município daquele inesperado tesouro que lhes ficava da festa do Natal.

Cândida estava por certo preparada para ouvir a feliz nova; recebeu-a pois sem sobressalto e notando que Frederico a observava suspeitoso, conteve a alegria e esforçou-se por mostrar-se pensativa.

Souvanel agradeceu comovido o favor com que o exaltavam e, encarecendo a proteção de que era objeto, declinou os nomes das dez discípulas que já contava.

— Esqueceu uma, Sr. Souvanel — disse Florêncio da Silva.

— Qual?

— Minha filha.

Cândida viu que Frederico se turbara, e voltara o rosto: revoltou-se dentro de si contra o censor a quem aliás tinha prometido plena confiança de irmã; mas obrigada a respeitá-lo, disse:

— Meu pai, eu não devo ser ingrata ao meu antigo mestre...

Souvanel empalideceu: Frederico olhou com reconhecimento para Cândida.

Florêncio da Silva quis insistir; sua filha, porém, o interrompeu, dizendo:

— Conheço por experiência própria a superioridade do método de ensino de M. Souvanel; mas quero aprender menos, conservando o meu velho professor.

Não faltou quem louvasse o procedimento de Cândida, que entretanto nunca fora tão hipócrita e refalsada.

O almoço terminou. Cândida prendeu-se todo o dia às outras senhoras, e evidentemente evitou Souvanel.

Frederico não compreendia ainda até onde pode chegar o fingimento de uma moça namoradeira, e começou a ter esperanças de poder salvar Cândida sem perturbar a serenidade e o amor maternal de Leonídia. Ele estudou até à noite a fisionomia e o proceder de sua irmã adotiva, acompanhou-lhe o olhar e os passos; acreditou ter-lhe sondado o coração, e em suas observações solícitas, mas disfarçadas, supôs encontrar melancolia e dor mal abafadas, anelo e temor, e exagerada esquivança própria de donzela inexperiente, alvoraçada pela convicção do perigo: tudo indicava seu amor por Souvanel; ao menos, porém, a prudência já, com excesso talvez, a fazia arrecear-se do homem desconhecido, a quem amava.

As comoções diversas da última noite, a morte da sua esperança de ser amado, o sacrifício que se impusera por dedicação, tinham roubado o sono e alquebrado as forças a Frederico, que cedendo à fadiga de horas longas de interessada e triste indagação dos sentimentos e das disposições de Cândida, sem querer, adormeceu em uma otomana na mesma câmara onde na véspera surpreendera Souvanel a beijar a mão que lhe era amorosamente abandonada.

O sono de Frederico não escapou a Cândida, que foi debruçar-se a uma janela, passando diante de Souvanel, o qual não perdeu o ensejo.

O jovem francês aproximou-se da janela com aparências respeitosas:

— Fiquei só por ti, e me rejeitaste!... — disse-lhe.

— Pobre louco! Terei dois mestres; um por dissimulação, outro por amor: espera.

— Até quando?

— Até que *ele* durma no navio em que tem de seguir para os Estados Unidos.

E Cândida com um volver d'olhos mostrou a câmara, onde Frederico repousava.

Souvanel fez um movimento com os ombros, como indicando que desprezava o mancebo, e imediatamente disse:

— A entrevista que pedi?... É indispensável...

— Não canto; absolutamente não canto esta noite — disse Cândida, vendo chegar Liberato.

— E por quê? — perguntou este.

— Porque... estou rouca: só cantarei para acordar Frederico; hei de porém cantar ao pé dele...

— Boa ideia! — despertemos o preguiçoso.

A ideia realizou-se.

Frederico despertou no meio de suaves harmonias, e em face de Cândida que ainda o enganava cruelmente assim.

Quando, logo depois, pôde falar-lhe sem indiscrição, Frederico, docemente iludido, disse à sua irmã adotiva:

— Obrigado, Cândida; mas eu penso que já posso dormir...

— Pode — respondeu a pérfida moça, sorrindo meigamente.

XXVIII

Dançavam.

Leonídia viu Frederico em pé a olhar para as contradanças em que não tomara parte, e chamou-o, mostrando-lhe uma cadeira a seu lado.

— Por que não danças? — perguntou ela a seu filho adotivo.

— Prefiro quase sempre ver dançar os outros — respondeu Frederico.

— Eu sei; mas desde ontem me pareces triste.

Frederico sorriu-se.

— Minha mãe vive sempre em cuidados por mim — disse ele.

— Não é resposta negativa... é subterfúgio...

— Mas se estou contente!

— Conheço-te do berço e de te olhar a meus peitos: desde criança quando em tua alma surge uma nuvem, a nuvem, ainda que teus lábios riam, se encrespa de leve na tua fronte, formando uma pequena ruga oblíqua sobre a ponta interna da sobrancelha do olho esquerdo: a ruga está aí, Frederico.

A fronte do mancebo alisou-se, desmanchando-se a quase imperceptível ruga, que com efeito nela se insinuava.

— Minha mãe é fisionomista! — disse Frederico em tom de gracejo.

— As mães levam tanto tempo a aprender, olhando para os filhos!

Frederico beijou com ternura a mão de Leonídia.

— Passeemos um pouco; dá-me o braço... faze-me passear... tu te descuidas de mim.

— Eu?!!! — perguntou o extremoso filho adotivo, como assombrado da acusação.

Leonídia olhou-o com encanto maternal.

— Desconfiado! Não vês que estou brincando?

Passearam ambos em volta da sala e logo depois entraram na câmara onde pouco antes Frederico adormecera na otomana.

Leonídia sentou-se nessa mesma otomana, e fez o mancebo sentar-se junto a ela.

Podiam ali conversar sem ser ouvidos.

Frederico principiava a entrever as intenções de sua mãe, e olhando para o salão encontrou também os olhos suspeitosos e como que suplicantes de Cândida.

Leonídia não reparou naquele encontro de vistas.

— Ontem — disse ela — estavas ali em pé atrás da cadeira de Cândida; teu rosto anunciava sombrio e profundo padecer do coração, ou o pasmo inerte do idiotismo; o rosto de Cândida indicava abatimento e confusão. Duvidei, quis duvidar do que via; mas desde esse momento até inda há pouco a ruga da tua fronte me denunciou severa um erro, algum desvario de minha filha.

— Oh, minha mãe!

— Hoje tens observado constantemente, e embora com estudada dissimulação, tua irmã; tu a tens observado, Frederico, sem olhos de amor de esperançoso noivo, com olhos porém de irmão zeloso... foi por isso que disse: "tua irmã..."

— E não o é ela, minha mãe?...

— Tu dormes pouco, e menos do que é preciso, e ainda agora adormeceste nesta otomana; portanto não pudeste dormir esta madrugada. Que pensar de tudo isto?... Noivo ou irmão de Cândida, tu és sempre meu filho: fala. Eu me atormento, porque devo mostrar-me satisfeita e alegre, e tenho n'alma um peso que a esmaga... fugiste-me o dia todo... dize-me o que sabes e depressa... nada me deves ocultar, e eu creio em ti...

Frederico sentiu-se compungido desse sagrado sobressalto maternal e menos por amor de Cândida do que por amor de sua mãe não se animou a dizer a verdade.

— Tranquilize-se, minha mãe; Cândida não praticou ação alguma que a meus olhos comprometesse sua honra... é uma bela e boa menina... a imaginação de minha mãe cria quimeras...

— E por que estava ela perturbada, e tu por que estavas estupefato... ontem... ontem à hora da ceia?...

— Quem sabe?... Talvez confusão de ambos... Liberato entrou de súbito na câmara, achou-nos conversando quase a sós... não tenho consciência... mas talvez por isso...

— Frederico, tu inventas desculpas...

— Talvez; porque não posso descobrir culpas...

— Meu filho, a contradança vai terminar: jura que não tens de que increpar a Cândida...

Frederico fez um esforço violento e disse tremendo:

— Sou eu que tenho de que increpar-me.

— Como? Por quê?

— Minha mãe vai talvez amar-me muito menos.

— É impossível.

— Oh, minha mãe! Perdão para Cândida e para mim! Ontem à noite nós abrimos um ao outro nossos corações.

— Então?

— Cândida está pronta a aceitar-me como seu noivo; mas só me ama como seu irmão; e eu estou pronto a considerá-la, como minha noiva; amo porém outra mulher... eis o motivo da nossa comoção.

Leonídia concentrou-se em triste silêncio por alguns momentos; depois apertou entre as suas a mão de Frederico, e disse melancólica:

— Isso me penaliza e me consola: queria-te duas vezes filho; mas dou-me por feliz, reconhecendo Cândida isenta de culpa...

— Minha mãe nos perdoa?

Leonídia sorriu-se para Frederico.

— Sonhávamos demais meu marido, teu pai e eu! Tu nos bastas, filho de todos três, para nossa glória; e Cândida, o meu anjo, com que direito violentar-lhe o coração?... Devia mesmo ser assim: tão irmãos, como poderiam ser amantes?... Abençoados sejam sempre ambos.

E ela levantou-se.

— A contradança acabou — disse Leonídia. — Passeemos ainda... leva-me para fora do salão... preciso respirar livremente...

Frederico deu o braço à sua mãe, e a conduziu até à sala de jantar.

— Cândida deixou de ser tua noiva, meu filho — disse então Leonídia ao mancebo. — Respeito e louvo os sentimentos de ambos; tu, porém, não esquecerás que és irmão de minha filha.

— Oh! Nunca, minha mãe!

— Talvez, não sei... creio que não... mas talvez eu ame mais a Liberato do que a ti; confio, porém, mais em teu juízo, do que no de Liberato. Meu Frederico, jura-me que serás sempre o zeloso e vigilante amigo, protetor, e em último caso o salvador de tua irmã, da nossa Cândida!

Frederico, profundamente comovido, respondeu:

— Por ti, minha mãe querida e santa, eu juro que o serei até o extremo da dedicação e dos sacrifícios!

— Abençoado sejas, meu filho!

— Mas, pois que prestei o inútil juramento de um dever que cumpriria sem ele, minha mãe também me ouça e me atenda. Cândida é menina, e as meninas nem sempre sabem ser prudentes. Zele Cândida em minha ausência, que eu respondo por ela e pelo seu futuro, quando me achar a seu lado.

E temendo exigência de explicações do que acabava de dizer, Frederico voltou imediatamente ao seio da companhia festiva, deixando Leonídia absorvida em reflexões.

E nem Frederico, nem Leonídia tinham podido ver Lucinda que da porta do quarto de dormir de sua senhora os escutara com ouvido curioso e traiçoeiro.

XXIX

Quando Frederico entrou, de volta, no salão, Cândida o interrogou com o olhar mais deprecador e meigo, e não se contentando com o sorriso bonançoso que tivera em resposta, soube preparar ocasião de ouvir o irmão adotivo que parecia desejar falar-lhe.

Frederico preveniu Cândida das suspeitas de sua mãe e do alvitre a que recorrera, para explicar a confusão em que ela os vira a ambos, à porta da câmara, na hora da ceia dada aos cantadores dos Reis.

— E por mim que te fui ingrata, tu te acusaste caluniando o teu coração, Frederico!... — disse a moça com os olhos úmidos de lágrimas.

— Contém-te — respondeu o mancebo. — Se queres provar-me gratidão, sê prudente, digna de nossa mãe e conta comigo.

Frederico deixara Leonídia, engrandecido pela consciência de sua generosidade e pela confiança que sua mãe nele depunha. Mais que nunca se reputava obrigado a velar por Cândida, e a defendê-la e salvá-la, ainda com o maior sacrifício pessoal. Duvidava muito do caráter e do merecimento moral de Souvanel; uma vez, porém, que os pudesse abonar, estava resolvido a proteger o amor de sua irmã. Não quisera confiar a Leonídia o segredo dos sentimentos de sua filha; porque ainda julgava poder impedir novos atos de leviandade e futuras consequências lamentáveis; mas à primeira desconfiança da lealdade de Cândida, que se acendesse em seu espírito, e em todo caso antes de sua viagem, se não se tivesse chegado a tratar do casamento com Souvanel, revelaria tudo em confidência de família.

O solene juramento que Leonídia o fizera prestar, aliás sem que preciso fosse, como dissera, coagiu-o, todavia, ao cumprimento de um dever penoso.

Frederico sentia repugnância incalculável em travar conversação com Souvanel e ainda mais em aludir, falando-lhe, à cena de que fora testemunha, na noite antecedente; entendeu porém, que força era fazê-lo.

Esperou longo tempo: vendo enfim Souvanel descer ao terreiro, acompanhou-o, e lá a sós com ele, disse-lhe em tom grave e concisamente:

— M. Souvanel, sabe que Liberato é meu colaço, e portanto não preciso explicar-lhe o interesse que tomo por Cândida: ela é também minha irmã.

Souvanel não respondeu. Frederico prosseguiu:

— Depois do que ontem se passou diante de mim, M. Souvanel não pode demorar-se nesta casa além do dia de amanhã, que marcara para sua retirada. Sei que hoje deliberou estabelecer-se em nossa pobre cidade e que podem ser demorados os arranjos de alojamento. De volta à sala, meu pai lhe oferecerá uma casa que se acha mobiliada, e M. Souvanel a aceitará e irá amanhã ou depois de amanhã ocupá-la.

O tom imperativo de Frederico irritou o francês, que, cruzando os braços, perguntou:

— E se eu não aceitar a casa?...

— É que está resolvido a ir desde amanhã hospedar-se em hotel.

Isto dizendo, Frederico deu as costas a Souvanel e retirava-se a passos vagarosos.

— Uma palavra! — disse o jovem francês.

O irmão adotivo de Cândida parou e voltou-se.

Souvanel, tomando de propósito o tom do costumado trato, que acabava de ser-lhe calculadamente negado, perguntou com voz segura e exigente de explicação:

— Frederico! Tens a ideia de provocar-me?...

— M. Souvanel — respondeu secamente Frederico —, nós não *nos atuaremos* mais, enquanto eu não me convencer por informações fidedignas, que vou procurar e pedir, de que falando-lhe, falo a um cavalheiro, um homem de bem.

Souvanel era bravo, e, dominando rápido e inexplicável estremecimento, se lançava impetuoso a tomar o passo a Frederico, que se ia em moroso andar; mas estacou imediatamente e ficou em pé, como preso ao solo e torcendo as mãos com raiva.

O cálculo do especulador encadeava a fúria do destemido duelista.

Souvanel deixou correr alguns minutos, refletindo, e dissipando a comoção; logo depois seguiu em direitura ao grupo de acácias, onde encontrou Lucinda a esperá-lo.

— Como o senhor demorou-se! — disse a escrava.

O francês acariciou Lucinda com lascivas meiguices e com indecentes lisonjas, assegurando-lhe constantes relações condenáveis.

A negra perguntou rindo-se e requebrando-se:

— E se casar com minha senhora...como há de ser?

— Eu te libertarei no dia do meu casamento, juro-o por todos os santos do céu, juro-o pela minha honra, que serás liberta...

— E adeus amores! — disse Lucinda.

— Oh não! Cândida será minha mulher; tu, porém, linda crioula, serás sempre a minha amante, e minha só...

— Palavras de branco que fala à negra...

— Palavra de francês que está doido por ti...

Souvanel, pretendente à mão de Cândida, era já amante sincero ou fingido da mucama da sua noiva desejada. A desmoralização do lar doméstico precedia o casamento e predispunha o adultério.

O pretendente noivo comprava a dedicação da escrava, atraiçoando previamente a esposa; a mucama prestava-se a vender a reputação e a honra da senhora a preço de esquálidos gozos.

O francês, especulador imoral, explorava os vícios e a influência maléfica, tenebrosa e fatal do elemento escravo, de uma vítima-algoz em proveito de seus planos egoístas e infames.

A escrava sacrificava a senhora sem piedade, talvez sem cálculo de vingança, mas por gosto de inqualificável corrupção...

Nos braços da escrava, servindo-lhe ao vício o interesseiro e perverso sedutor, estava pedindo ao demônio da escravidão a chave da porta da câmara virginal da donzela, cujo seio precisava manchar para ser senhor pela mancha...

O sedutor e a escrava abraçados se associavam, e a escrava, em frenesi de libertinagem, prometia ao sedutor entregar-lhe a senhora...

A vítima ia ser algoz...

Nessa mesma noite, Souvanel recebeu de Plácido Rodrigues o oferecimento de uma casa mobiliada, que para as ocasiões de festas, ou de demora na cidade de..., ele tinha de reserva, e, agradecendo com perfeita cortesia o favor, declarou que se alojaria provisoriamente em hotel, onde contava achar cômodos a seguir sistema de vida conforme os seus hábitos e costumes que lhe lembravam Paris.

Plácido Rodrigues insistiu debalde.

Frederico, impassível e frio, conservou-se mudo.

Cândida parecia indiferente.

XXX

Travada estava a luta entre o anjo e o demônio; entre o gênio benéfico que se empenhava em salvar, e o gênio maléfico a quem convinha perder Cândida; entre Frederico, o homem livre e moralizado, cuja nobilíssima natureza a educação aprimorara, e Lucinda, a mulher escrava e pervertida, sem educação zeladora dos costumes, e cuja natureza, ainda mesmo que excelente pudesse ter sido, se achava desde muito depravada pela ignomínia e pelas torpezas da escravidão.

Cândida não se abandonava quanto devia à segurança plena e ampla na dedicação extraordinária e magnífica de Frederico: repugnava à sua vaidade o prestar fé àquele pronto sacrifício do amor que inspirara: em seus hábitos de conquistadora e namoradeira, via nessa substituição de sentimentos, nessa abnegação de amante, nesse exclusivo extremo da amizade fraternal, força de vontade maior que o poder da sua beleza, e portanto uma ofensa ao império dos seus encantos, que julgava irresistíveis; além disso um pouco impressionada pelas prevenções e receios que a mucama procurara acender em seu ânimo, hesitava, presumindo que Frederico, sempre dela apaixonado, sempre com aspirações a desposá-la, fizesse de mentirosa virtude uma rede para prendê-la, um engano soporífero para, aproveitando-lhe o sono, separá-la perpetuamente de Souvanel, seu rival.

Hesitante assim, Cândida não soube ser franca e leal com seu irmão adotivo, e antes empregou todos os recursos da dissimulação para iludi-lo e levá-lo a acreditar na sua fiel submissão, aos conselhos que lhe ouvira; mas, ainda suspeitosa por vaidade, sua alma obrigada ao culto da majestade da virtude, embeveceu-se muitas vezes contemplando Frederico tão grande na proteção com que a queria escudar, e no artifício com que se acusara, a fim de poupá-la aos desgostos, às repreensões, e ao triste desencanto de sua mãe.

Trazendo porém da sala essas impressões, e no meio de injustas dúvidas pelo menos a convicção de que devia acautelar-se contra os possíveis ardis de Frederico e também contra os perigosos enleios do amor de Souvanel, Cândida, recolhendo-se a seu quarto, esbarrou com Lucinda que parecia sobressaltada a esperá-la.

— Que há? — perguntou.

A mucama pôs um dedo na boca, recomendando silêncio, e apontou para o lado, onde ficava contígua a sala de dormir de Leonídia.

Por alguns minutos os gestos e as meias palavras pronunciadas quase imperceptivelmente pela escrava anunciaram crítica situação.

A senhora e a mucama emprazaram-se mais com a mímica, do que com frases abafadas, para conferenciarem oportunamente nessa mesma e já adiantada noite.

Cândida trocou seu *toilette* de festa por leve roupão de dormir, e deitou-se, mandando apagar a luz.

Eram duas horas da madrugada.

Meia hora depois o silêncio tornara-se profundo. A casa toda dormia.

Velavam somente o medo de Cândida, a perversão da *mucama escrava*, e a infame traição de Souvanel.

Cândida sentiu os leves passos de Lucinda que trêmula foi ajoelhar-se à cabeceira do leito de sua senhora.

Falaram então ambas, apuridando-se.

A mucama disse:

— O senhor Frederico revelou tudo a minha senhora velha... à mãe de minha senhora...

— Tu ouviste?

— Ouvi o fim da conversação, foi ali na sala de jantar... o senhor Frederico prestou um juramento que não percebi; mas falaram de casamento...

— Ah!

— Depois o senhor Frederico foi encontrar-se no jardim com o moço francês...

— Sim... saíram ambos... reparei...

— E intimou-o a deixar esta casa amanhã...

— Ele? Com que direito?

— O moço francês quer desafiar o senhor Frederico...

— Oh! Não!... Isso não...

— Mas temendo comprometer o nome de minha senhora, chora de raiva... amanhã não sei o que será... ele fala em retirar-se para a Corte, esperar lá o senhor Frederico e provocá-lo ao que chama *duelo de morte*...

— Sei o que é... é horrível! Não quero isso!...

— Há só um meio de o impedir; diz o moço francês.

— Qual?

— É minha senhora ir entender-se com ele sobre as esperanças e o futuro do seu amor, receber suas despedidas e combinar seus planos de próximo casamento...

— Como? Quando? Onde?

— No quarto de Leopoldo, o pajem *fiel* de meu senhor: há no quarto uma janela para o jardim: o pajem é dedicado a minha senhora e ao moço francês, que às três horas lá a espera...

— Lucinda!

— Minha senhora pode ir e voltar sem ser sentida... dormem todos...

— Oh! Não!... É impossível!...

— Eu a acompanharei, se minha senhora tem medo...

— Mas... um encontro assim... a tais horas... não irei.

— A tais horas é que deve ser para que ninguém o suspeite...

— E a minha honra?

— O moço francês é incapaz de atentar contra ela.

— E meu pai? E minha mãe?

— Dormem a sono solto.

— Render-me desse modo escrava de um homem... aviltar-me!

O relógio da sala de jantar anunciou três horas.

Cândida estremeceu.

— É a hora — disse Lucinda.

— Não irei; seria indigna, se fosse...

— Minha senhora não ama.

— Oh! Se amo!!!

— E se ele fugir-lhe? E se ele se fizer matar...

— É para desesperar... Lucinda!

— Ânimo! Vamos: nunca se viu uma senhora conversar com um homem?

Cândida sentou-se no leito; Lucinda ergueu-se:

— Vamos... eu a acompanho, minha senhora...

Cândida refletiu por breves instantes e disse:

— Souvanel quer pôr em experiência a minha virtude...

E tornou a deitar-se.

— Minha senhora — disse Lucinda —, pense bem nos perigos a que expõe o seu amor, e o homem que ama.

— Não irei: Souvanel há de amar-me muito mais; porque não vou.

— E fugirá... e matar-se-á...

— Escuta: vai tu por mim...

— Como? — perguntou a mucama com um certo abalo.

— Vai tu por mim — repetiu Cândida.

— Eu, por minha senhora? — murmurou Lucinda, inflamando-se, e contendo as flamas de súbito pensamento.

— Sim; vai: dize-lhe que o amo, que o adoro, que serei sua esposa; que sofra tudo por minha causa e não se ausente; que espere e confie no meu amor; que hei de ser dele... dele só e para sempre... mas honesta e pura; e que por honesta e pura não posso dar-lhe, nem jamais lhe darei conferências a tais horas, em semelhante lugar.

— Minha senhora!... — disse a mucama, que aliás não mais insistia.

— Vai por mim.

E Lucinda perfeitamente convencida da acertada resolução de Cândida, saiu do quarto pé ante pé e *foi por sua senhora* a encontrar-se com Souvanel.

Passou uma longa hora que a Cândida pareceu um século.

Enfim Lucinda voltou, e chegou-se ao leito de sua senhora.

— Ele fica — murmurou com voz trêmula.

— Disseste-lhe tudo que te recomendei?

— Tudo.

— E ele?

— Comoveu-se... chorou... e resignou-se.

— Que me mandou dizer?

— Que a adora, e que há de obedecer à sua vontade, como escravo.

— Não se baterá com Frederico?

— Não, minha senhora; mas detesta-o.

— E por que tardaste tanto?

A mucama riu-se da pergunta da senhora, riu-se contente e zombeteira; porque ria-se na escuridão, e não atraiçoava a sua torpeza no escandaloso riso, riu-se pois de Candida e respondeu:

— O moço francês demorou-se... esperei-o mais de meia hora...

— Ainda bem que não fui eu que o esperei — disse Cândida.

XXXI

Desde alguns dias que a vida normal recomeçara para as famílias e amigos que se tinham ido e para aqueles que haviam ficado no município e na cidade de...

Souvanel não julgara preciso voltar à Corte: na sua mala de viagem trouxera quanto possuía; neste fato denunciava a sua extrema pobreza, que aliás nem é labéu, nem motivo de favorável recomendação. Começara logo a exercer o seu mister de professor de piano e canto, ganhando bastante para manter-se com decência.

Frederico frequentava assíduo, como costumava, a casa de Florêncio da Silva, e aplaudia-se da situação que criara.

Leonídia, achando-se uma tarde a sós com o filho adotivo, dissera-lhe:

— Pensei muito na conversação que tivemos na última noite de festa, Frederico, e concluí que não quiseste ser franco, e que ao contrário procuraste esconder-me a verdade...

— Minha mãe... essa conclusão...

— Não te acuso, meu filho; agradeço-te o sentimento que te levou a enganar-me, e a criminar-te de inconstância; quero, porém, para meu sossego, que me satisfaças uma pergunta e um pedido, mas desta vez a lealdade com que me deves.

Frederico atendeu:

— O ato ou o procedimento censurável de Cândida compromete a honra?

— Juro que não, minha mãe: foi apenas uma inconsideração de menina vaidosa e um pouco leviana... ela porém arrependeu-se logo.

Leonídia corou:

— Guarda o teu segredo, meu filho; agora o pedido: Florêncio e Liberato já sabem que desististe do projeto de casamento com a nossa Cândida?

— Não, minha mãe, nem eles, nem meu pai.

— Pois o que eu te peço é que deixes a todos três na ignorância dessa fatal resolução que os afligiria, como me aflige: não deve apressar-se a notícia do mal.

O pedido de Leonídia escondia uma esperança.

Frederico respondeu beijando a mão de sua mãe.

Cândida mostrava-se melancólica; o que se explicava pelas saudades da festa; mas parecia tranquila, e tratava Frederico sem o mais leve indício de ressentimento e com suave afeto.

Souvanel fizera apenas uma visita de indeclinável cortesia à família de Flotêncio da Silva, e não mais voltara à chácara deste.

Frederico animado pelas aparências de precaução e recato de Cândida, embora suspeitasse que Souvanel escrevia à sua irmã adotiva por intermédio do pajem e da mucama, a ele vendidos, determinou entrar no desempenho do compromisso que tomara, e sob o pretexto de examinar certas máquinas agrícolas, pediu a seu pai permissão para ir passar uma ou duas semanas na cidade do Rio de Janeiro.

Na véspera da viagem foi despedir-se da sua segunda família.

Leonídia disse-lhe sorrindo:

— Tenho a certeza que não deixas aqui, nem vais encontrar na Corte a tua preferida rival de Cândida.

— E onde está Cândida? — perguntou Frederico, fugindo de responder a sua mãe. Leonídia mostrou a filha no jardim.

— Uma flor entre as flores; espinhou-te porque é rosa: deves perdoar-lhe... vai dizer-lhe adeus.

Frederico apressou-se a descer ao jardim para escapar às manifestas sugestões do amor maternal, que tanto nele podia.

Apertando a mão que Cândida, sorrindo meigamente, lhe ofereceu, disse:

— Parto amanhã para a Corte, minha irmã; vou servir ao teu amor, procurando informar-me discreta e solicitamente das condições e dos predicados que podem recomendar o homem que distinguiste: por minha honra prometo dizer-te a verdade do que porventura souber...

— Ah, Frederico!

— Se julgar necessário, escrever-te-ei pelo correio: tantas vezes tenho-te escrito, enviando-te assim minhas cartas de irmão, que não receio que nossos pais suspeitem o motivo...

— Oh!... não... se for preciso, escreve-me, e se não for preciso, meu irmão, escreve-me ainda e sempre como dantes.

— Confias pois em mim?

— Como em meu pai e em minha mãe.

— Pois bem, Cândida; hás de ver até onde chegará a minha lealdade cruel para qualquer de nós dois, severa contra o teu amor, ou tremenda para o meu sacrifício.

— Tu amas-me ainda, Frederico?

— Que te importa, se sobretudo quero-te feliz?... Despedindo-me de ti por poucos dias, deixo-te dois conselhos, minha irmã.

— Quais? Juro segui-los ambos.

— Não te comprometas; continua a ser prudente, e espera-me: este é o primeiro.

— No primeiro ganhei um elogio: e o outro?

— Resguarda-te da tua mucama; é uma negra perversa... capaz de infamar o teu nome.

— Como?

— Resguarda-te...

Frederico não pôde dizer mais. Florêncio da Silva, Leonídia, e Liberato estavam já bem perto dele e de Cândida, a quem vinham reunir-se no jardim.

Na manhã seguinte Frederico partiu para a Corte.

XXXII

O nobre defensor lá se ia, e a mucama escrava ficava ao pé da vítima.

Frederico mal podia pesar o grau imenso da sabedoria do segundo e último conselho que deixara a Cândida.

Lucinda estava sendo junto de sua senhora o demônio tentador, a guarda avançada que preparava o assalto da sedução.

Dedicada a Souvanel, pelo vício alimentado no presente, pelo vício esperançoso do futuro, esquálida amante sem ciúmes, a mucama escrava comprada pelos favores lascivos do francês, contando com a emancipação prometida, e com a *sua fortuna* feita por ele apaixonado de seus desenfreados transportes, ou por outros sucessivos libertinos ricos e depravados, assediava sua senhora com os sofismas rudes, mas sempre sinistros e formidáveis quando falam ao amor inflamado por violentos ardores.

Frederico o não pensava, e Lucinda uma hora em cada noite, muitas vezes em cada dia, lançava em rosto a Cândida a frieza do seu amor, a ofensa que a sua virtude *exagerada* irrogava à confiança que merecia o seu amado, quando lhe negava a noturna conferência, que ele pedia teimoso, e já ressentido, ou antes artificialmente ressentido.

Frederico o não pensava, e a mucama escrava predispondo a conferência reclamada, exigida em duas e três cartas vulcânicas por dia, encorajava, excitava Souvanel, recebendo-o em desoras por mais de uma vez no quarto do pajem, o *fiel* de Florêncio, e vendido a Souvanel, no quarto do *escravo*, por onde se mostrava caminho aberto para se ir ter ao quarto da donzela.

E quem sabe o que já imaginava o pajem, quando, abrindo a janela em horas mortas da noite saltava para fora, e Souvanel saltava para dentro do quarto, onde a negra o recebia?...

Cândida tinha ao menos triunfado até então das ciladas e dos sedutores invites da mucama e do francês, e não tinha ideia das escandalosas relações de um e outra; mas desde a última noite de festa prevenida por Lucinda contra Frederico, e dele desconfiada ainda mais por certo *quê* de triste, desgostoso, e contrafeito, que achava no trato de sua mãe, presumira-se atraiçoada em seu segredo pelo irmão adotivo, pagando fingimento por fingimento, e amando em dobro Souvanel pelo impulso da reação, pressentia a falsidade na lealdade, e supunha encontrar a dedicação na traição.

A desgraçada vítima duvidava de Frederico e o enganava com

as mais suaves e meigas demonstrações de seguridade, e atendia perdida de amor às instigações tentadoras e traiçoeiras de Lucinda, que sublimavam a paixão ardentíssima de Souvanel.

Frederico punha condições ao amor de Cândida; Lucinda lisonjeava-o plena e absolutamente; é claro, pois, que Lucinda se faria ouvir mais fácil e agradavelmente do que Frederico.

Entretanto Cândida cogitava perplexa e inquieta na recomendação que recebera para resguardar-se da sua mucama: não podia crer que Frederico se abaixasse a mover intriga contra uma escrava e, em sua consciência, lembrando os maus conselhos e insistência de Lucinda no empenho de fazê-la prestar-se a conferências com Souvanel, estava reconhecendo a sabedoria da recomendação.

Mas que motivo teria inspirado a seu irmão adotivo o mau conceito em que ele tinha a sua mucama? Cândida perdia-se em vagas conjecturas, e prometendo a si mesma acautelar-se, prevenindo-se contra Lucinda, mostrou-se como até então desacautelada, julgando que não podia prescindir dos serviços dela, para continuar a entreter sua correspondência amorosa com Souvanel.

Foi assim que na noite do mesmo dia em que Frederico lhe anunciara a sua viagem, e o fim que o levava à Corte, ela, que tinha-se já abalançado a escrever a Souvanel para consolá-lo das negativas de conferência, relatou-lhe em minuciosa carta o fato que a ambos devia interessar tanto.

Lucinda, recebendo a carta de sua senhora, e habituada às mais íntimas confidências do seu amor, não hesitou em perguntar se sobreviera alguma novidade.

Cândida não quis alvoroçar a mucama com reservas a que ela não estava acostumada, e referiu-lhe o objeto da viagem de Frederico.

— Ah! — disse a escrava. — Espere minha senhora pelas boas informações que hão de vir: o moço francês vai ter todos os vícios, e será bem feliz se não lhe imputarem alguns crimes.

— Como? Frederico é incapaz de aleives.

— Minha senhora, o senhor Frederico é hipócrita.

Cândida olhou severamente para Lucinda e disse-lhe:

— Não quero que fales de meu irmão por esse modo.

A escrava curvou a cabeça.

Passados alguns momentos, a senhora, adoçando a voz, perguntou:

— Quando poderá Souvanel receber a minha carta?

— Amanhã, minha senhora.

— E a resposta?... Tê-la-ei amanhã mesmo?

— Talvez.

— Ah, Lucinda! Tu não sabes como é grata e suave a leitura de uma carta do homem a quem se ama!

A mucama animou-se de novo.

— Faço ideia — respondeu. — Há, porém, coisa ainda mais grata e suave.

— O quê?

— Ouvir da própria boca do amado, em conversação secreta, isso mesmo que ele escreve e muito mais que ele não pode escrever.

— Lucinda! Que teima!...

— Pois se minha senhora está com vergonhas e medos de menina tola! É coisa do outro mundo uma moça conversar em segredo com o moço que há de ser seu marido?... E ele que a não vê mais, e deseja tanto vê-la?

— Não insistas mais nisto; eu to proíbo.

— O moço francês há de pensar que minha senhora tem medo dele, e de si...

Cândida corou, e revoltou-se; não se conteve e disse:

— Frederico tem razão... devo acautelar-me de ti!

A mucama recuou um passo perturbada; mas logo depois, satanicamente inspirada, perguntou:

— Ele disse a minha senhora que desconfiasse de mim?

— Disse-me.

Lucinda levou à boca ambas as mãos como para conter uma risada.

— Que é isso?...

— Minha senhora, o senhor Frederico não tem razão; mas tem motivo...

— Dizes que tem motivo?...

A escrava sorriu-se ignobilmente e murmurou, abaixando os olhos:

— A gente às vezes é má e ofende sem querer...

— Como?...

— Era possível que ele viesse a casar com minha senhora...

— E então?

— Eu fiel a minha senhora, e ele... tão feio...

Cândida tinha já compreendido; mas estouvada e louca, prelibando o ridículo, desejando rir, e acostumada a divertir-se com os casos lúbricos que lhe contava a mucama, disse, fingindo-se enleada:

— Explica-te, Lucinda.

— A explicação foi mentira indecente e escandalosa, em que a negra devassa se ostentou esquiva, relutante, e recatada principalmente em respeito e por fidelidade à sua senhora.

Cândida que começava a ouvir a improvisada história, rindo-se, acabou, voltando o rosto com repugnância e nojo de Frederico, que todavia nunca se lembrara de abaixar os olhos sobre a negra, que aliás era amante de Souvanel.

XXXIII

Embora insuficiente e por demais fiada, a zelosa e nobre intervenção de Frederico no amor insensato ou pelo menos arriscado de Cândida, tinha provavelmente poupado a inconsiderada donzela a repreensíveis erros.

Cândida experimentava toda a veemência da saudade, que os recados e as cartas apaixonadas de Souvanel ativa e frequentemente atiçavam; consolava-se, porém, esperando que os saraus e o teatro da cidade lhe proporcionassem ternos encontros com o jovem francês.

A famosa namoradeira não cuidava mais em entreter os cultos de seus antigos adoradores; absorvida toda no amor de Souvanel, lembrava-o, desejava-o, e prelibava ansiosa a hora encantada e suavíssima, que lho mostrasse no teatro, ou que a aproximasse dele em algum sarau.

Mas o teatro se reabrira poucos dias depois da festa do Natal, uma sociedade de baile dera a sua primeira e brilhante reunião mensal, no novo ano, e Leonídia, queixando-se de sofrimentos e de alterações em sua saúde, se esquivara, e privara portanto sua filha de todos esses divertimentos.

Não escapou a Cândida a inexplicável indiferença de seu pai, que abandonava sem os socorros da ciência os padecimentos que sua mãe acusava.

Leonídia dizia-se doente, e Florêncio da Silva, marido extremoso, não se apressava a chamar médicos que regenerassem a saúde da esposa tão amada, que nem se ressentia desse descuido insólito.

Cândida não se iludiu.

— Enclausuram-me — pensou ela. — É um sistema de vida calculado e ajustado, que se me impõe. Meu pai, minha mãe, Liberato e Frederico estão e trabalham de acordo.

E ela por isso mesmo amou, ou supôs amar com ardor ainda mais vivo a Souvanel.

Os amorosos bilhetes do jovem francês a incendiavam.

Lucinda, desmoralizada e perversa, alimentava e atiçava o incêndio.

O suposto sistema de opressão excitava o ardimento da reação.

A primeira carta de Frederico chegou pelo correio a Cândida, que recebeu-a em família, e que, precatada, foi lê-la no seu quarto e reservadamente, sem observação alguma de Leonídia ou de Liberato, que aliás tinham também recebido cartas.

— Como respeitam o segredo de minha correspondência com Frederico!... — disse consigo mesma Cândida ironicamente.

A carta de Frederico a sua irmã adotiva era rica de sábios conselhos; mas para Cândida o importante, o essencial, estava nas últimas linhas que diziam assim:

"Minha irmã, ainda não sei quem seja a pessoa, sobre quem tomo informações; mas posso já assegurar-te, que ou é outro o seu verdadeiro nome, ou não é, como se diz, proscrito político".

Cândida atirou com a carta sobre a mesa e disse:

— Mentira! Não hão de conseguir enganar-me.

XXXIV

A viagem de Frederico à cidade do Rio de Janeiro, com o fim preciso que ele tinha declarado a Cândida, inquietou Souvanel, que exigiu de sua amada a comunicação imediata de todas as informações que recebesse, e mostrou requintar de paixão, exagerando entretanto os seus temores do que chamava influência inqualificável de um rival que o aborrecia.

Por que se inquietara Souvanel?... Arreceava-se dos embustes e das calúnias possíveis de Frederico?... Mas o amor de Cândida era tão fraco e frívolo, que por credulidade infantil cedesse às aleivosas imputações que fizessem ao escolhido do seu coração?... E Souvanel, que teria conhecimento dessas imputações, não saberia destruí-las, e, destruindo-as, não confundiria o aleivoso, e não se recomendaria muito mais, como vítima inocente de rancorosa intriga do rival? Além disso Frederico, tão querido e atendido pela família de Florêncio da Silva, não tinha meios poderosos para contrariar e combater esse amor, que apagara suas doces esperanças, sem abaixar-se ao vil e indigno recurso, que somente os miseráveis empregam?...

Por que se inquietara o jovem francês?

E amava ele realmente a Cândida?...

Se a amava, como resistia à ausência, e afora a sua visita de cortesia, nem uma só vez mais fora cumprimentar a família, que durante algumas semanas o hospedara?...

Se a amava, como se atrevia a propor, a pedir com instância à donzela uma conferência secreta, à noite, em lugar suspeito, isto é, como ousava, propor e *exigir* que a filha atraiçoasse ao amor dos pais, que a donzela afrontasse o seu recato, que a amada se aviltasse aos olhos do amante, que a noiva se nodoasse no conceito do noivo?... Há verdadeiro amor sem as delicadezas do respeito, que é o suave culto da estima?...

Se a amava, como torpemente ultrajava a Cândida, condenando-a a ter por ignorada rival a sua mucama?...

Souvanel não amava Cândida; explorava o infeliz amor da pobre moça; ambicionando enriquecer com o seu dote, e com a herança futura que lhe caberia por morte de seus pais; não esperava que Florêncio da Silva e Leonídia lhe dessem de boa vontade a filha em casamento; e, imoral e infame, planejava impor-se marido por triste necessidade de reabilitação de uma vítima.

Souvanel projetava seduzir Cândida, e procedia com implacável e fria maquinação.

Excitava incessante a paixão da donzela em cartas ardentes e não lhe aparecia para ser mais desejado, e tornar alguma vez aceitável a ideia da conferência particular: realizado o primeiro encontro secreto, seguro estava de outros.

Comprara a janela do quarto do escravo, do *pajem fiel* de Florêncio da Silva, e em desoras ali era recebido por Lucinda; porque sem Lucinda lhe seria talvez impossível chegar até Cândida.

Tendo sabido pela fatal mucama do dissimulado propósito com que Leonídia sequestrava sua filha das assembleias e dos divertimentos públicos, exasperava Cândida, emprazando-a para se encontrarem em noites de teatro e de reuniões.

E finalmente interessava Lucinda no bom resultado da sua malvada trama, e não poupava instruções com que a escrava fosse pouco a pouco preparando a perdição da senhora.

O sedutor nem se descuidava, nem se precipitava.

A primeira informação mandada sobre sua pessoa, por Frederico, fez estremecer Souvanel.

— Demônio! — disse ele, machucando a carta que recebera de

Cândida. — Demônio! É preciso andar depressa... Frederico é cão de caça...

Evidentemente, pois, o jovem francês trocara o seu verdadeiro nome pelo de Souvanel.

O sedutor escreveu a Cândida um bilhete de concisão refletida. "Cândida: Morro por ver-te: amanhã à noite no teatro, ou depois d'amanhã à noite em indispensável entrevista, no quarto do pajem; se me negas na entrevista a vida, ou no teatro a consolação, juro que não me verás mais sofrer: em qualquer canto do mundo te esquecerei, morrendo; ou no teatro, ou no quarto do pajem, ou adeus para sempre! — *Souvanel*."

XXXV

O bilhete amoroso de Souvanel era uma ridícula tirada de estragado romantismo dos pretensiosos e grotescos profanadores da escola francesa de Victor Hugo, que por seu assombroso gênio se faz admirar ainda mesmo quando tortura a verdade, descomedindo a naturalidade dos sentimentos.

Aquela imposição extrema de escolha, entre uma noite de teatro e um adeus para sempre, escandalizaria o senso comum, se não fosse a expressão do apuro de perverso plano.

Souvanel contava que os sofrimentos fingidos de Leonídia o auxiliassem, tornando impossível a presença de Cândida no teatro, e ficando pois a esta decidir-se exclusivamente, ou pela concessão da conferência, ou pela separação perpétua.

Cândida, incapaz de raciocinar, desatinou, lendo o bilhete de Souvanel. Orgulhosa e também muito contida pelo receio de provocar as expansões do abafado desgosto de sua mãe, tinha até então disfarçado o ressentimento da privação dos divertimentos, a que estava habituada, e não ousara reclamar contra a nova e sistemática vida a que seus pais a submetiam; nesse dia, porém, venceu o orgulho e o receio, e pediu a Leonídia para ir à noite ao teatro.

— Não me vês doente?... — perguntou-lhe a mãe.

— Minha mãe sofre: mas por isso mesmo, algumas horas de distração devem aproveitar-lhe.

— Não; no meu estado todo divertimento me fatiga, e me faz mal... vejo que é por amor da minha saúde que desejas levar-me ao teatro: obrigada, minha filha; ficaremos em casa, e tu me farás ouvir algumas das tuas árias à noite... prefiro o teu canto ao melhor teatro.

Cândida sentiu os espinhos da ironia nas suaves palavras de sua mãe. A ironia matou-lhe a esperança de conseguir o que almejava, e desanimou-lhe a insistência por inútil e inconveniente.

Como insistir, se Leonídia pretextava padecimentos?... Insistir era duvidar da sinceridade, da verdade das queixas de sua mãe; e a manifestação da dúvida, era um desafio a francas explicações que a consciência de Cândida temia.

Com o coração em tormentos, com a alma em alucinação, Cândida, desenganada do recurso do teatro, aterrada pela ameaça do adeus extremo, da morte do seu amor, da separação perpétua do homem que amava, assombrada pela ideia do opróbrio e dos perigos de um encontro secreto ajustado com Souvanel, pela ideia da sua confusão nesse ultraje do dever, nesse abandono do pejo, nessa hora impudica de autorização a todos os desejos, e a todas as exigências encorajadas pela mais louca, indesculpável, e vergonhosa condescendência, Cândida apaixonada, delirante, mas ainda sujeita aos melindres do pudor, e às lições da honestidade, lutava, chorava, e estorcia-se na solidão de seu quarto, e procurava um expediente que a salvasse da situação violenta e terrível em que presumia achar-se.

Temia perder o amado, temia a indignidade e o labéu da conferência secreta, ressentia-se da opressão da família, maldizia de Frederico, julgava-se condenada a eterno luto na vida, pela morte do amor, do primeiro, do único amor de seu coração.

Raciocinava como as delirantes apaixonadas de dezesseis anos, raciocinava menina, inexperiente, insensata, doida...

Raciocinou ou doidejou duas horas, deitada em seu leito a chorar e a delirar, pensando que pensava.

Por fim levantou-se animada, esperançosa, mais estouvada, mais louca do que nunca até então se mostrara: supôs ter achado um recurso...

Escreveu a Souvanel com alacridade e mão firme: "Souvanel: Nem teatro, nem conferência secreta, nem adeus para sempre; se me amas, serei tua: vem pedir-me em casamento a meus pais: se eles te rejeitarem, apela deles para a justiça pública; podes fazer uso deste bilhete perante as autoridades competentes: quero ser tua, ainda mesmo apesar de meus pais. — *Cândida*".

XXXVI

Evidentemente o desvario desordenava as ideias de Cândida e obscurecia-lhe a razão. Antes da repulsa de seus pais ao noivo que almejava, já audaciosa, descomedida e ingrata, ousava autorizar o recurso à justiça pública contra o zelo de sua família. Ela esquecia que a filha honesta e boa prefere ser mártir da prepotência de seus pais a fazer o martírio deles; esquecia não menos, que mostrando-se fácil a incorrer em tal extremo de desobediência, fácil se denunciava a perder-se em todos os desatinos que a paixão exigisse pertinaz.

Souvanel pressentiu todas as vantagens que podia recolher da situação delirante do ânimo de Cândida: contava com a negativa pronta, imediata, e decidida de Florêncio da Silva ao seu pedido de casamento com a rica donzela; mas sem hesitar pelo vexame da rejeição, e animado pelo cômputo das consequências do desespero da pobre alucinada, respondeu ao louco bilhete, afetando submissão ao sacrifício de ir humilhar-se a receber afronta certa; jurando porém de novo que, depois de pago esse extremo tributo ao mais ardente e desgraçado amor, vingar-se-ia da família mais cruel e da amante mais fraca e insensível, deixando-lhes o remorso do seu suicídio realizado, onde os indiferentes e os ignorantes da sua indomável paixão menos pudessem adivinhar quem era a causadora da sua morte.

O refletido e infame sedutor escreveu, rindo-se, a ameaça do suicídio; meditou depois, relendo a carta que escrevera, sobre o rude e mais que trivial e já ridículo meio de intimidação que empregava; lembrando, porém, o resultado do seu precedente e ultrarromântico bilhete, pôs ilimitada esperança no desatino de Cândida, acrescentou ao que havia escrito prévias despedidas, adeuses, e bênçãos à sua amada, e fazendo seguir à sua fúnebre resposta o competente destino, deitou-se tranquilamente e não foi ao teatro, somente porque com razão detestava o teatro da cidade de...

Logo no dia seguinte, Souvanel, que evidentemente tinha pressa, vestiu seus melhores vestidos, e antes da hora em que Florêncio da Silva costumava partir para a cidade, onde presidia à sua casa comercial, apresentou-se na bela chácara.

Recebido agradavelmente por toda a família, increpado de seu longo esquecimento de procurá-la, festejado pelo olhar brilhante e pelo sorrir encantado, dadivoso e já perdido e francamente amoroso de Cândida, provocado pelos gracejos de Liberato, que lhe tomava contas da ausência, Souvanel, tomando grave e estudada atitude, pediu solenemente audiência a Florêncio da Silva.

Leonídia apreensiva, Liberato aturdido, Cândida comovida, ansiosa e tomada de palidez ou descoramento, que denunciava cúmplice conhecimento do motivo da inesperada visita, deixaram a sós na sala Florêncio da Silva e Souvanel.

Passados apenas dez minutos, Florêncio da Silva chamou a esposa e os filhos, que, voltando à sala, viram das janelas Souvanel que se retirava, fustigando o cavalo, o qual já ia a trote largo.

Florêncio parecia ainda surpreso.

Cândida tinha os olhos e as faces em fogo.

Leonídia, observando a filha com olhar severo, guardou triste silêncio.

Liberato, curioso, perguntou:

— Por que se foi tão apressado Souvanel?... Que queria ele?... Sem dúvida algum dinheiro emprestado...

— Mais, muito mais do que isso, a doação do nosso mais precioso tesouro... vaidoso francês!... Nada menos que a nossa Cândida em casamento!!!

Liberato exclamou:

— É incrível! Que pretensão tresloucada!

E o irmão olhou para a irmã, para quem já olhava o pai, e a mãe há mais tempo estava olhando...

E todos três leram espantados, revoltados, e como que vergonhosos, a autorização do pedido de Souvanel no semblante decomposto e no tremor convulsivo do corpo de Cândida.

A desgraçada moça respirava afrontada e com aflição, convulsava, e sofria... o vulcão ia prorromper...

— Cândida!... — disse Florêncio da Silva, com aspereza.

— Eu o amo!... — respondeu em grito saído da alma a pobre moça.

XXXVII

A palavra severa do pai, a censura exaltada do irmão, não eram as mais oportunas para combater a dolorosa comoção de Cândida. Leonídia levou consigo a filha, e encerrando-se com ela em seu quarto, deixou-a dar livre curso ao pranto, e em vez de repreendê-la, ou de falar-lhe à razão em hora de desarrazoamento, contemporizou, ameigando-a, chorando também, e convidando-a a esperar dócil e paciente do futuro o esquecimento do amor mal-empregado, ou talvez, se isso fosse impossível, e se Souvanel viesse a mostrar-se digno de ser seu marido, o conseguimento da aprovação de seus pais, que só desejavam e queriam a sua felicidade.

Leonídia, acendendo nesse conselho de docilidade e paciência uma leve esperança no futuro, apenas era levada pelo cuidado de mitigar a aflição da filha e de prevenir algum ato de louco arrebatamento: em tais casos iludir, deixando esperar um pouco ao menos nos primeiros dias de mais violência do amor contrariado, é sempre mais sábio do que a imposição desabrida dessa montanha de gelo que se chama — *jamais*.

Entretanto Leonídia, apesar de mãe, seria em sua família a última pessoa que se dobrasse a aceitar Souvanel por genro. Mais firme em suas resoluções sobre os filhos do que seu marido, que excessivo e veemente na negativa do que lhe parecia inadmissível, acabava de ordinário por deixar-se vencer, principalmente por Cândida, se esta chorava e insistia; Leonídia teimosa, como sabe sê-lo a mulher, em seu empenho de casar a filha com Frederico, tinha ainda contra o jovem francês, além da justa repugnância que ele inspirava, por desconhecido, uma prevenção explicável pelo fato de ser ele estrangeiro, que bem podia vir a separá-la para sempre da sua Cândida, levando a esposa para o seu país.

A extremosa mãe embalava pois a filha com ilusões, para aplacar-lhe a dor, e porfiando nelas, vigorando-as, mostrando-as quase prováveis, confundia-se, vendo o desespero de Cândida, que nem ao menos a atendia: fatigada enfim, assentou que convinha dar à inconsolável uma ou duas horas de solidão, e recomendando-lhe prudência e reserva diante dos escravos, acompanhou-a até o leito, onde a abandonou soluçante e foi ter com Florêncio da Silva e Liberato, que sem dúvida a esperavam.

O que exasperava Cândida, o que a punha em desatino não era precisamente a repulsa sofrida por Souvanel; era a sinistra ameaça deste: ela julgava possível, provável mesmo, triunfar da oposição de seu pai; mas incapaz de critério, desassisada, ineptamente crédula, tendo de memória as cartas vulcânicas do francês, imaginava-o fugindo em doido furor, desaparecido de uma vez, e perdido para si, para ela, e para Deus, no horror do suicídio.

Em sua simplicidade exagerada de menina, a donzela se arrastava para o abismo.

O que não pudera em longa hora Leonídia, pôde em um minuto Lucinda.

A mucama entrou no quarto, chegou-se ao leito da senhora; voltou-se, e assegurando-se de que ninguém a observava, dobrou-se um pouco para aproximar a boca do ouvido de Cândida, e disse baixinho:

— Sossegue... ou abrande a aflição...

— Como?... — perguntou chorando Cândida.

— Finja-se submetida... não alerte seus pais...

— E ele?...

— Conseguiremos... talvez seja ainda possível obrigá-lo a ficar...

— Mentira!

— Verá; mas não acorde seus pais; é preciso que eles durmam.

Lucinda retirou-se logo.

Cândida apareceu à mesa do jantar e jantou: tinha vermelhos os olhos, estava triste; dir-se-ia, porém, resignada.

Leonídia como que se aplaudia do seu maternal milagre de consolação; pois que em segundo colóquio tinha conseguido fazer-se ouvir e fazer esperar... a ilusão. Liberato, mais revolto, olhava a irmã com ar de desgosto.

Florêncio da Silva, ostentando severidade, arredava os olhos para não ver Cândida; mas em estrabismos de amor, a todo momento a estava vendo, e duas vezes levantara-se da mesa sob fúteis pretextos, e fora enxugar indômitas e traiçoeiras lágrimas.

O café serviu-se na sala de entrada.

Depois que o criado se retirou, e passados alguns minutos de pesado silêncio, o pai disse à filha:

— Tu queres matar-me, Cândida?...

A filha respondeu, chorando:

— Não me vê submissa, meu pai? Que posso mais fazer? Amei, amo, sou infeliz e me resigno.

Florêncio da Silva abraçou Cândida e disse-lhe:

— Eu te farei feliz!

— Não é tanto o que eu peço...

— Então que pedes?...

— Que não se me imponha casamento.

— Quem jamais pensou em tal imposição, minha filha?

Cândida beijou a mão de seu pai.

— Esta criança está enganando os velhos! — disse Liberato gravemente.

Florêncio da Silva olhou para o filho com severidade.

XXXVIII

Em suas conferências de família, nesse dia em que Souvanel se abalançara a pedir Cândida em casamento, o que mais preocupou a Florêncio da Silva, Leonídia e Liberato não foi a pretensão do jovem francês, foi a evidente e prévia inteligência que havia entre este e a donzela.

Souvanel não vinha mais à chácara de Florêncio, Cândida não aparecia como dantes nos saraus e no teatro da cidade: como pois explicar o acordo de ambos, senão por meio de correspondência secreta?...

— Se temos inimigos de portas adentro! — exclamara Liberato.

— E quem são?

— Não se pergunta; são os escravos. Segurança e moralidade com a escravidão ninguém compreende.

— Mas eu trato paternalmente os meus escravos — observara Florêncio da Silva.

— Embora; nem é pai, nem eles são filhos; porque vossa mercê é senhor e eles são escravos: entre um e outros há um abismo cheio de ódio: escravos? Quem os educa?... São todos abandonados à perversão dos costumes: julga-se pai o que lhes dá pão, pano, e paciência de sobra; mas a alma e o coração desses desgraçados? Se lhes iluminassem as almas, adeus escravidão!... Nas trevas do espírito os corações escravos não podem abrir-se à virtude que é luz generosa, abrem-se à corrupção que tem embriaguez que olvida, noite que esconde gozos nefandos, consolação envenenada que é contraveneno dos martírios da escravidão. Guardamos em casa a peste, e pergunta-se donde vem o contágio?...

— Tens razão; mas esqueçamos a tese, e vamos ao fato: quem será dos nossos escravos o medianeiro atrevido?

— Lucinda talvez... a mucama...

— Lucinda não sai de casa — dissera Leonídia —, como pois falaria a Souvanel?...

— Não nos previnamos com suspeitas que podem ser injustas: cada um de nós que observe e espreite, e a verdade se descobrirá — concluíra Florêncio da Silva.

E o dia passou...

E a noite que chegara, adiantava-se...

A casa de Florêncio da Silva se fechara; as luzes apagaram-se todas... todas, exceto a do quarto de Cândida, que velava a tremer.

Todo o ruído que assinala a vida cessara, todo, exceto o tique-taque da pêndula do relógio da sala de jantar, que marcava a marcha do tempo sempre em marcha...

O relógio anunciou três horas da madrugada...

Como um espectro a negra mucama, em camisa, avançou pé por pé para o leito da senhora, que chorava, e que a encarou tremendo e perguntando-lhe com o olhar desvairado o que havia...

Lucinda não falou; porém com eloquentes gestos indicou que Souvanel esperava Cândida no quarto do pajem...

Cândida retorceu-se desesperada no leito...

A mucama fez com as mãos sinal de fuga e de morte...

A donzela saltou do leito vestida com simples roupão finíssimo, com os cabelos soltos, com os seios a palpitar entonados sob o véu transparente...

Os brancos lábios da senhora tocaram o ouvido negro da escrava e murmuraram:

— Vamos...

Mas a dois passos Cândida titubeou e seu corpo abandonou-se inerte nos braços da escrava.

Lucinda carregou a senhora que acabava de desmaiar e a depôs no leito: logo em seguida saiu diligente, mas cuidadosa e sutil...

A mucama escrava tinha refletido: o ensejo era oportuno: por onde ela ia, alguém podia vir...

Cinco minutos depois, Lucinda tornou a entrar no quarto, trazendo pela mão Souvanel, a quem mostrou a senhora estendida no leito...

Cândida tornava então a si e, vendo Souvanel, estremeceu toda... teve instintivamente a ideia de levantar-se e fugir; fez um movimento, um esforço, e achou-se, como paralítica... não ousou gritar... porque gritar era matar o amante... a custo dobrou os braços sobre o peito e pôs as mãos, implorando piedade...

Souvanel aproximou-se do leito virginal...

A escrava perversa apagou a luz.

XXXIX

No dia seguinte Cândida não ousou afrontar os olhos da mucama e para escapar ao castigo da sua voz, às torturas da sua companhia, acolheu-se à sombra de sua mãe, a quem não deixou um instante.

Leonídia pensou que a filha procurava interessá-la pelo seu amor, e preparar nela uma protetora de Souvanel, fazendo-se tão branda e amiga, e mais do que assídua, inseparável de seu lado: pobre mãe! Pobre mãe!

A desgraçada filha já estava à mercê de Souvanel.

Cândida temia então, mais que nunca, ver fugir-lhe o amante; mas não era, como nos últimos dias, por ímpetos de amor ainda puro, era pelo abandono em que poderia esquecê-la o sedutor feliz.

Criminosa em sua consciência, a mísera lisonjeava com suave e triste agrado os seus juízes naturais em seus pais, e buscava refúgio em sua mãe, para evitar o seu remorso vivo, que era Lucinda.

Cândida perseguida pela memória algoz, Cândida a seus próprios olhos indigna, não pôde levar até a noite o seu tormento abafado, e sem o socorro das válvulas das lágrimas: tinha o seio ofegante de angústias, e ao cair da tarde trancou-se no seu quarto.

Vendo-se enfim só, a desgraçada moça desatou frenética os cabelos e correu a atirar-se no leito... mas recuou horrorizada e foi cair em uma cadeira, da qual se levantou agitada para passear com arrebatamento ao longo do quarto.

Tendo entre os dentes o lenço dobrado, Cândida chorou desesperadamente amarguíssimo pranto, que fazia lembrar doces, as mais aflitas lágrimas que até então derramara.

Cândida rememorou toda sua vida; lembrou-se dos risos, da angélica pureza da infância, do amor de seus pais, dos extremos de sua querida ama, a virtuosa Adeodata, que tão suave e honesta lhe ensinava sempre somente as noções do dever e santas lições de religião e de virtudes, e por natural contraste viu diante de si, no seu quarto, a seu lado, no posto da ama livre, a mucama escrava, Lucinda!...

E na *mucama escrava*, na influência da companhia da *escrava*, da negra condenada à escravidão, desleixada, desnaturada, corrompida na escravidão, nessa peste animada, que invadira o seu aposento, ela encontrou, um por um, todos os princípios maléficos que a tinham levado à perdição.

Fora a escrava que a arrancara das risonhas e serenas ignorâncias da inocência, ensinando-lhe rudemente teorias sensuais da missão da mulher.

Fora a escrava que destruíra com escandalosas explicações a virgindade de seus ouvidos e de seu coração.

Fora a escrava que lhe desmoralizara, aviltara, e estragara o sentimento, levando-a pouco e pouco à prática de namoros multiplicados e vergonhosos.

Fora a escrava a subserviente de todos os seus namorados, a declarada inimiga de Frederico, o mais nobre dos mancebos, e enfim a cúmplice da sedução, a traidora que se vendera a Souvanel.

Cândida lembrava Lucinda a lutar pertinaz com ela, para que concedesse conferências secretas no quarto do pajem ao jovem francês.

Cândida via finalmente Souvanel, trazido pela mão da escrava até o seu leito, e via ainda a escrava chegar-se à vela... estender o pescoço... retraí-lo depois... voltar o rosto e com olhos ardentes, com dois braseiros nos olhos contemplar Souvanel e a vítima indefesa... e imediatamente estender de novo para a vela o pescoço negro, e, malvada, apagar a luz!...

A escrava! A mucama escrava!...

Cândida lembrava-se com horror de Lucinda, e em seu tormentoso meditar e padecer, em sua evidência tarda, serôdia, esbarrava com uma Lucinda em cada escrava.

E embebendo sua alma na imagem de Souvanel, a infeliz moça tremia, corava, chorava, arguia o amante de abuso, de crueldade, de violência; mas, impudica, revoltante e — só materialmente explicável contradição — não odiava, amava ainda mais Souvanel, e desfazia-se em pranto que era revolta da consciência; porque ela perdoava a Souvanel, e, o que é mais, o que assinala a baixeza, a miséria da humanidade, Cândida abrasada de paixão no meio das angústias do remorso, perdia-se em confusão, jurando não sacrificar-se outra vez, e desejando todavia Souvanel!...

O remorso dormitava com o desperto do amor, e então, pensando na negativa que seus pais tinham oposto ao seu casamento com o amado francês, na sua situação de dependência extrema do noivo rejeitado, na necessidade de conservar esperançoso, animado, veemente o amor de quem já podia zombar dela, no concurso indispensável de Lucinda para manter e ativar sua correspondência com o homem que a seduzira e que já era seu senhor, Cândida, obrigada à abjeção pela lógica da ignomínia, imaginava desculpas para inocentar a escrava, que poucos momentos antes lembrara com ódio, mas de cujos serviços precisava ainda.

E, confessemo-lo, se Cândida não podia desculpar justificadamente a criminosa mucama, pudera aos menos lançar culpas iguais às da escrava sobre o monstro da escravidão; porque se uma era algoz, o outro a armara com o cutelo.

Fora Lucinda que desvairara Cândida e a arrastara à degradação; mas que era, que é Lucinda? Uma escrava, mulher sujeita à condição opressora e fatal, escrava, e portanto mulher condenada à licença impune dos vícios, proscrita da educação moralizadora, criada na depravação dos costumes, entregue à inoculação dos vícios: que podia pois Lucinda ensinar, senão a imoralidade e o vício?...

Lucinda não é que tem a maior culpa: ela é o que a fizeram ser, escrava, e consequentemente foco de peste; porque não pode haver moralidade, honra, culto do dever na escravidão, que é a negação de tudo isso. Que importa ao escravo o dever, se ele não tem direitos?... A escrava que vive, que tem uma segunda natureza tolerada e adotada nela, pela sociedade escravagista, no gozo sensual, na depravação dos sentidos, como há de respeitar, aconselhar, e crer o recato, a honestidade, a pureza da donzela?... A escrava é o que a fazem ser: a sociedade escravagista se envenena com o veneno que prepara e impõe. Lucinda, pelo menos, não é a única criminosa: é escrava; procedeu como as escravas procedem, conforme as condições de sua condição: a maior criminosa é a sociedade cega e louca que põe a desmoralização junto da inexperiência, a escrava junto da menina donzela.

Oh! Pensem, meditem os pais, uma hora somente, nos perigos que ameaçam suas pobres filhas, condenadas, sujeitas à influência de mucamas escravas!!!

XL

Cândida pudera, durante o dia, libertar-se do demônio que a perdera, e para quem não tinha mais olhos, sem torturas de extremo e ignominioso constrangimento; não ousou, porém, à noite fechar a porta de seu quarto à mucama fatal. Como fazê-lo?... Por um lado, despertaria suspeitas, apreensões no espírito de seus pais, que exigiriam explicações dos motivos do noturno afastamento da crioula; por outro, a força moral perdida para com Lucinda, a dependência em que ficara a senhora tão escrava da escrava, que lhe conhecia todos os segredos, e que fora testemunha do seu opróbrio, a necessidade indeclinável enfim dos seus serviços, como intermediária do seu já criminoso amor, obrigaram Cândida a submeter-se de noite à companhia da sua mucama.

Essa submissão era um erro, mas imposto pela lógica do erro; era um castigo; era o resultado da degradação da moça livre em face da escrava que podia já governá-la pela intimidação, e até pela ameaça.

Cândida conseguira preparar e aproveitar um ensejo de recolher-se, despir-se, às pressas, deitar-se e apagar a luz na ausência de Lucinda: fingiu-se adormecida quando a mucama entrou no quarto; esta, porém, que medrosa das consequências da sua premeditada traição, precisava reconquistar a confiança da senhora, esperou, velando, hora oportuna, a hora do mais pesado sono da família, para ir falar à vítima da sua corrupção.

De que modo poderia a escrava malvada ganhar de novo, não a estima, mas a vontade e o ânimo da senhora?... Só viciando-a, envenenando-a moralmente ainda mais. Ela ia pois atenuar ou justificar a culpa, e portanto facilitar subsequente depravação.

Lucinda foi ajoelhar-se à cabeceira do leito de Cândida, como às vezes fazia para conversar com a senhora em voz baixa.

Cândida não dormia, mas simulava dormir.

A mucama chamou-a duas vezes, dizendo:

— Minha senhora!

Cândida não respondeu.

Lucinda procurou e achou uma das mãos da senhora, puxou-a para si, atreveu-se a beijá-la.

Era força acordar; Cândida fez como se acordasse, e perguntou:

— Quem é?

— Minha senhora... sou eu... eu que sofro, porque me suponho aborrecida... detestada...

— Deixa-me... — disse Cândida, retirando a mão que a negra beijara.

— Minha senhora se atormenta, como criança... me aborrece em vez de estimar-me mais... resolveu o seu destino... vai ser por força feliz... e se martiriza...

— Deixa-me... ou gritarei por meu pai... tu és perversa...

Lucinda tinha a certeza de que Cândida não gritaria.

— Minha senhora é injusta... se soubesse o que ele disse... o que ele pensa... o que ele está pronto a fazer...

Ele era Souvanel: o que ele tinha dito, o que ele pensava, o que estava pronto a fazer, era o futuro, a vida, a salvação, tudo, absolutamente tudo para Cândida.

A pobre moça, envergonhada ainda mesmo na escuridão, não repeliu mais a escrava; deixou-se porém em silêncio.

Lucinda, cruel, quis obrigá-la a falar, para obrigá-la a entregar-se a ela, como até a última noite.

— Minha senhora se presta a ouvir-me?...

Cândida não respondeu.

— Não sei que faça... temo e não falo... entretanto... o que ele disse...

O mesmo silêncio.

— Minha senhora está implacável... não quer ouvir-me... a vítima sou eu... paciência... eu me vou embora...

Cândida murmurou tremendo:

— Fala...

— Ainda bem! Minha senhora toma juízo: que fez? O que outras muitas têm feito em situação desesperada... assegurou a sua felicidade com o favor prévio, que prendeu e escravizou o seu amante, e tornou impossível a oposição de seus pais a um casamento ditoso. que vai em breve realizar-se...

— Ah!...

— Ontem, saindo daqui, ele me disse: "Que anjo! Agora sim, eu me reconheço amado, e morrerei por ela! Adoro-a mil vezes mais... se for preciso, confessarei minha dita à família da minha noiva, e ou com aprovação de seus pais, ou pela intervenção da justiça, ou asilando em minha casa Cândida fugitiva do lar opressor, Cândida será minha esposa legítima, ou eu seria o mais infame dos homens..."

— Ele... disse isso?...

— Chorando, minha senhora... o moço francês está como doido... a sua paixão toca ao delírio... para ele minha senhora tornou-se objeto sagrado...

— Lucinda! Não me iludes?

— Ah, minha senhora! Experimente, se a iludo.

Cândida estremeceu, como se a ponta de um punhal a tivesse tocado.

— Experimentar?... De que modo? — perguntou com voz abalada por turva desconfiança.

A mucama respondeu:

— Ele diz que está pronto a obedecer a minha senhora, como seu escravo, e que minha senhora pode impor-lhe todo e qualquer sacrifício, na certeza de ver cumprida a sua vontade, menos só...

— Menos quê?...

— Deixar de amá-la, e sujeitar-se a vê-la esposa de outro...

— Eu... esposa de outro!...

— Minha senhora experimente, pois, se a iludo: mande pedir, ou ordene qualquer prova bem difícil de amor ao Sr. Souvanel.

— Que posso eu pedir-lhe senão que me salve?...

— Ele pensa nisso; está resolvido a tudo que minha senhora quiser; diz, porém, que tem um plano seguro...

— Qual?...

— Não mo quis explicar: julga que o bom resultado do seu plano depende do maior segredo e que somente a minha senhora...

— Que me escreva — disse rapidamente Cândida.

— Era isso mesmo o que ele pretendia fazer hoje; mas...

— Mas o quê?...

— Meus senhores-velhos e meu senhor-moço desconfiam, que minha senhora e o Sr. Souvanel se escrevem, e os pajens receberam ameaças vagas, que só um entendeu, e esse não ousa por ora continuar a ser portador das cartas...

— E então... Lucinda?...

— É preciso esperar, minha senhora.

Cândida abafou um gemido.

— Esperar... até quando?...

— Até que ele possa escrever-lhe; não há outro recurso; porque... minha senhora não deve mais expor-se...

— Oh! Nunca... — murmurou Cândida aterrada.

— Também ele pensa assim... não por si; mas por minha senhora...

— Também ele?... — disse a infeliz moça, sobressaltando-se.

— Não por si... — repetiu a pérfida e malvada mucama.

Cândida pôs-se a chorar.

— De que chora?...

— E ontem?... por que não pensou ele assim... e tu... por que...

Os soluços cortaram a fala à vítima.

XLI

Lucinda não se esforçou por tranquilizar o espírito inquietado e apreensivo de sua senhora, que se espantara da súbita e inesperada prudência do amante. Sem dúvida este e a mucama tinham-se entendido sobre o mais eficaz artifício para agravar os erros, e levar até às mais vergonhosas condescendências o desvario da mísera sacrificada.

Cândida contava ter de resistir, em porfiada oposição, aos desejos e às exigências mais veementes de segundo encontro noturno com Souvanel, e no meio de mil recados e protestos de paixão, fácil de manifestar-se em palavras, recebeu o golpe do frio cálculo de uma prudência inverossímil em amor apaixonado!...

A infeliz não dormiu, para pensar em tudo, menos somente em novo laço armado pela traição: imaginou Souvanel pronto a abandoná-la; imaginou-o condenando-a pela fraqueza, e punindo-a com o desprezo merecido; em momentos de fugitiva e ditosa alucinação, imaginou-se também sagrada aos olhos do amante pela enormidade do sacrifício; mas imediatamente caindo do céu no abismo, e baixando às misérias materiais, revolvendo-se nos lodos da terra, a mísera imaginou-se, ainda, mulher sem condições de encantamento, pobre taça que não tinha o dom da embriaguez; não imaginou, porém, um só momento Lucinda a empurrá-la para a infâmia, e Souvanel a esperá-la no sorvedouro da corrupção.

À suave frescura da madrugada, Cândida adormeceu; mas breves horas depois acordou em aflitivo sonho e viu diante de si a mucama, que pondo na boca um dedo, e com os olhos indicando-lhe ouvidos suspeitos na sala de jantar, chegou-se para ela e disse-lhe em voz de segredo:

— Ele veio às duas horas da noite e deixou este bilhete ao pajem que lhe abre a janela.

Cândida tomou com ardor o bilhete, e abrindo-o, leu a tremer: "Perseguem-me; sob a ameaça de prisão estou homiziado na casa de um amigo: é por ti que sofro; mas hei de tudo arrostar por ti. Talvez me prendam ou me matem em breve: que importa? Eu te amo, e não fugirei aos perigos; tenho uma ideia salvadora e infalível: fico e ficarei desafiando a perseguição e a morte, enquanto não me desprezares e até que marques a noite em que me deves ouvir e resolver de uma vez sobre o nosso destino. Adeus... — *Souvanel*".

Cândida sentada no leito, trêmula, em desalinho, fora de si, perguntou a Lucinda:

— O meio de chegar uma carta a Souvanel?

— Nenhum: é impossível.

— Um recado ao menos...

— Ninguém se atreverá... minha senhora não faz ideia do que vai pela casa...

— Mas para que eu fale a Souvanel?

— Há sinal convencionado entre ele e o pajem: é um ramo de flores deixado em certo ponto do bosque vizinho.

— Quero falar a Souvanel esta noite no quarto do pajem... tu me acompanharás, e não me deixarás um só instante... a menos se eu te mandasse sair... e eu não o mandarei... mas é indispensável... preciso ouvir Souvanel...

— Ele virá — disse a mucama que se mostrava tristemente comovida.

E logo retirou-se com ar sério e temeroso; quando, porém, voltou as costas à senhora, sorriu-se maliciosa e triunfantemente.

Cândida se deixava outra vez cair na rede da perfídia.

A escrava vendia ou revendia a senhora.

XLII

Saindo de um sonho angustiado, ainda sob as impressões cruéis do suspeito enregelamento do amante, mal acordada e logo sujeita aos terrores inspirados pelo bilhete inesperado de Souvanel, Cândida, sem refletir e obedecendo ao primeiro impulso do amor alvoroçado, tinha marcado um novo encontro, em que provavelmente seria pela segunda vez escrava do amante algoz. Ela o compreendeu, tremendo de vergonha e de medo, logo depois do desperto da consciência; era porém tarde: o convite e o emprazamento já estavam dados, e Lucinda desaparecera.

Quando voltou ao quarto para vestir a senhora, a mucama disse:

— O pajem foi pôr o sinal no lugar ajustado...

— Que pressa! — observou Cândida.

— Mas se é preciso aproveitar ocasiões, minha senhora!

O dia estava como destinado para o recebimento de cartas importantes.

Cândida recebera o assustador bilhete de Souvanel ao despertar de manhã.

À tarde chegaram, vindas pelo correio, cartas de Frederico para Cândida e Leonídia.

Enquanto sua mãe lia a carta do filho adotivo, que muito longamente lhe escrevera, Cândida foi para o seu quarto e com desconfiança e curiosidade leu também a que lhe era dirigida e que dizia assim:

"Minha irmã. — Já sei demais para te fazer chorar: o verdadeiro nome do falso Souvanel é Paulo Dermany, que fugiu de Marselha, onde era caixeiro de uma casa comercial, porque, frenético jogador, não só roubou avultada quantia ao amo, como houve dinheiro, falsificando as firmas de diversos negociantes. O ministro da França no Rio de Janeiro descobriu Dermany e lhe faz seguir a pista desde a sua passagem por esta capital, tendo já requerido ao nosso governo a sua extradição. Por escrúpulo, talvez exagerado, de generosidade, fiz prevenir a esse desgraçado mancebo dos perigos que corre. Mando-te incluso o retrato fotografado de Dermany: é um dos exemplares remetidos pela polícia francesa para ser mais facilmente reconhecido e preso o criminoso. Minha pobre irmã, semelhante homem é indigno de ti: esquece-o, repele-o, salva-te. Tenho a certeza de que o falso Souvanel já, em consequência dos avisos, que de mim recebeu, terá desaparecido da nossa querida cidade; se porém assim não for, autorizo-te a comunicar-lhe esta minha carta. Minha irmã, chora tuas ilusões perdidas; mas agradece a Deus a luz salvadora, que ainda te chega a tempo. Adeus: recebe o coração todo *irmão* de — *Frederico*".

Cândida, acabando de ler a carta, ficou imóvel, e como pasmada e estúpida a olhar, ora para o papel, ora para o retrato de Souvanel ou de Dermany...

No fim de alguns minutos riu-se com o rir da demência e murmurou:

— A luz salvadora... que ainda... me chega... a tempo!!!

E rindo insensata, corriam-lhe dos olhos lágrimas em fios...

Logo depois, terrível reação nervosa lançou-a no leito em convulsivo tremor, e em seco e violento soluçar...

Uma hora passou assim, hora de angustiado arrependimento, e de torturadora agitação do corpo em contrações dolorosas, da alma em suspensão de capacidade para refletir.

No meio desse indizível sofrimento a vítima adormeceu: a natureza cansara; duas noites de vigília tormentosa, e a declinação da crise nervosa, tinham imposto à mísera moça o favor do sono.

Quando Cândida despertou, tremeu, encontrando em pé e a olhá-la Leonídia, que tinha em suas mãos a carta e o retrato mandados por Frederico.

A mãe procurou sossegar a filha.

— O que Frederico te escreveu, escreveu-me também: agradece-lhe os santos cuidados, e segue-lhe os sábios conselhos de irmão.

E assim dizendo, Leonídia saiu.

Cândida sentiu frieza cruel nas palavras de sua mãe, que lhe deixara a carta de Frederico, e fizera em pedaços o retrato de Souvanel: ergueu-se exaltada, e loucamente prendendo-se à tábua última, à extrema esperança de náufrago:

— Tudo isto é falso! — exclamou. — Souvanel é inocente, caluniado, perseguido, ameaçado de morte, porque eu o amo!...

E diante do toucador, concertando seu penteado, e depois os enfeites do corpinho de seu vestido, dizia ainda:

— Esta noite darei a Souvanel a carta de Frederico… observá-lo-ei, verei a verdade na confissão muda da sua fisionomia, e se a calúnia o fere, se a prepotência nos persegue, serei dele apesar de todos…

E meditando, radiou de alegria triunfal, dizendo, ou pensando:

— Que recurso fácil e seguro! Se Souvanel é criminoso, não ousará mostrar-se, disputando a minha mão de esposa perante a justiça pública; se o ousar é porque não tem crime, nem teme a ação da justiça: hei de propor a Souvanel que amanhã mesmo requeira à autoridade competente o depósito da minha pessoa fora da casa de meus pais, e o favor da lei para o nosso casamento…

E em seu apaixonado delírio ingrata aos pais, e toda abandonando--se ao louco amor votado a um homem mal conhecido e pelo menos já muito suspeito, Cândida foi procurar sua mãe.

A casa estava em movimento. Florêncio da Silva, que voltara da cidade mais cedo do que costumava, escrevia, dobrava e lacrava papéis com apressada diligência: Leonídia, arrumava canastras de roupa e punha em serviço relativo todas as escravas: dir-se-ia que se ocupava de uma mudança de residência, ou de próxima viagem de toda a família.

Lucinda em obediência à ordem peremptória dobrava os vestidos de sua senhora, e enchia com eles grandes caixas de viagem.

— Que é isto, minha mãe? — perguntou Cândida.

— Vamos passar algumas semanas na nossa cidade: lá te divertirás muito mais do que na chácara: vai buscar as tuas joias… partiremos amanhã… apressa-te… ajuda-me nestas arrumações de improviso, que o mau gosto de teu pai às vezes de nós exige…

Cândida obedeceu triste, mas tranquilamente; porque a mudança, e a viagem eram para o dia seguinte, e lhe deixavam ainda a noite para a sua última e decisiva conferência com Souvanel.

Além disso na cidade de… não seria do mesmo modo possível a Cândida entender-se com o seu amado? Não estaria perto dele, como na chácara? Não corria o amante menos perigo de ser surpreendido, e de cair nos laços da ativa perseguição?…

Cândida prestou-se docilmente a ajudar a sua mãe nos preparativos da mudança temporária de residência.

Às dez horas da noite tudo estava pronto.

Mas às onze horas ninguém ainda se tinha recolhido para dormir, e Florêncio da Silva tomava disposições e dava ordens para a viagem.

Cândida começava a inquietar-se…

À meia-noite em ponto Florêncio da Silva disse:

— Vamos!

— Para onde, meu pai? — perguntou Cândida.

— Para longe do desvario, minha filha; vamos para a cidade do Rio Janeiro.

XLIII

A viagem de Florêncio da Silva e da sua família à cidade do Rio de Janeiro tinha sido resolvida no dia em que o falso Souvanel pedira Cândida em casamento, mas feita precipitadamente, em consequência das informações, que sobre o reconhecido Dermany mandara Frederico a sua mãe adotiva.

Leonídia agigantara tanto os perigos a que poderia achar-se exposta a filha, apaixonada por homem tão ousado e destemido que nem recuava diante do crime, que a partida para a capital foi imediatamente determinada, a fim de afastar Cândida para bem longe de Dermany.

A cidade do Rio de Janeiro oferecia para o caso a Leonídia dois grandes recursos: os teatros, bailes e passeios da Corte poderiam levar Cândida a esquecer mais facilmente o seu infeliz amor, e não era presumível que o seu fatal pretendente ousasse aparecer onde mais devia arrecear-se da ação da autoridade, pois que, conforme escrevera Frederico, embora não houvesse tratado de extradição entre o Brasil e a França, o governo brasileiro se prestara ao favor que lhe requerera o ministro francês, mediante promessa de reciprocidade.

Entretanto Leonídia cometera inocente erro, fazendo Lucinda acompanhar sua senhora, e por outro lado não contara com a audácia de Dermany. Lucinda era o mau gênio, era a alavanca da sedução ao pé de Cândida, e Dermany devia por certo pensar que casando com a filha de Florêncio da Silva acharia neste um protetor, e talvez no socorro de sua riqueza, meios de anular a perseguição que moviam contra ele as vítimas dos crimes que perpetrara em Marselha.

Florêncio da Silva, chegando com sua família à capital, hospedou-se em um dos melhores hotéis; mas no fim de três dias achou-se de boa casa, mobiliada com elegância na Rua do Lavradio, para viver mais ao gosto dos costumes brasileiros.

Cândida tinha feito a viagem em revolta de lágrimas, que apenas refreava diante de olhos estranhos; chegada porém à cidade do Rio de Janeiro, pouco a pouco deixou de chorar e caiu em abatimento e melancolia. Violentas e terríveis haviam sido as suas emoções nos três últimos dias passados na chácara de seu pai: dor desesperada, hora de perdição, remorsos, extrema esperança ainda aflitiva pela ofensa ao próprio decoro e à sua família, enfim um raio fulminador na carta de Frederico, e a partida inesperada impedindo a segunda, derradeira e peremptória confidência com Souvanel ou Dermany, eram certamente de sobra para despedaçar o coração da desgraçada moça.

A forçada imposição da viagem fizera Cândida duvidar ainda uma vez da lealdade de Frederico e da veracidade das notícias cruéis que este lhe mandara, e reputando inocente o seu Souvanel, chorara-o longa e teimosamente, chorando-se também: a pobre seduzida amava sempre e perdidamente o seu algoz.

No hotel, e logo depois na casa que seu pai tomara, retraiu-se a infeliz moça, recebendo Frederico; mas obrigada a ouvi-lo, sujeita à influência poderosa do mancebo, cuja virtude e generosidade brilhavam como os raios do sol, não pôde resistir às provas dos crimes e da identidade de Dermany, a quem não tornaremos a chamar Souvanel, e afundou-se no abatimento e na melancolia profunda, que eram filhos da convicção da infâmia do seu amante, e da indignidade em que ela própria se reconhecia.

Amava ainda muito e a pesar seu Dermany, e teria vexame de ser esposa de um... ladrão; não amava homem algum senão ele; mas se chegasse a amar, não ousaria pensar em ser esposa: que tormento e que castigo!...

Cândida encontrava um único recurso nos imensos horizontes da vida... um único; era não casar-se nunca: era viver sem esperança da vida única da senhora honesta.

No seu meditar solitário e turvo ela às vezes dizia a si mesma, sorrindo amargurada à sua consciência, como a vítima pode sorrir ao carrasco:

— Sou... fiz-me proscrita de amor... sou... fiz-me galé perpétua do opróbrio.

Florêncio da Silva e Leonídia viviam a imaginar divertimentos e prazeres para entreter, consolar e distrair Cândida.

Frederico ajudava-os nesse empenho, estudava o ânimo da irmã, e supunha velar melhor que o cão das Hespérides por essa fortaleza que tem mil brechas visíveis e mais de mil brechas invisíveis e que se chama *coração de moça*.

Liberato, o impetuoso, ficara na cidade de... dirigindo provisoriamente os negócios da casa de seu pai.

E junto de Cândida estava sempre a mucama escrava, Lucinda, a confidente, o gênio do mal, a *vítima-algoz*, a escrava desmoralizada, o demônio.

XLIV

Quem menos lamentara, e antes aplaudira a mudança temporária da residência de Florêncio da Silva para a cidade do Rio de Janeiro, fora Lucinda.

A crioula sonhava com a capital, tinha por ela certa espécie de culto perverso, adivinhava os seus misteriosos escândalos, e adorava-os em sua imaginação de escrava viciosa.

Lucinda mais de uma vez procurara consolar a senhora; mas a sua consolação repugnava por infame.

Vendo Cândida submergida em pesada tristeza, dissera-lhe:

— Minha senhora, não se mate assim; o infortúnio foi grande; mas, se é irremediável, o que convém é remediá-lo.

Em outras circunstâncias Cândida ter-se-ia rido da observação contraditória da mucama; na sua situação, porém, perguntou amargurada:

— E como se remedeia o irremediável?...

— Olhe, minha senhora: o moço francês, o Sr. Souvanel é o mais bonito e o mais merecedor dos homens, e foi feito para seu marido; mas se é irremediável o perdê-lo, como parece...

— Então?...

— O remédio é ter paciência, e minha senhora consolar-se, procurando ou aceitando algum outro moço bonito para marido.

— Eu?!!!

— Sim, minha senhora.

— Eu?!!!

— Que tolice, minha senhora! Eu não digo que esqueça o moço francês; mas no caso de ser impossível o casamento com ele, minha senhora não se há de condenar à vida de freira.

— Oh, se hei de!... eu o amo sempre!...

— E se ele morrer?... Se seguir preso para França, como se diz que seguirá?...

— Nem assim mudará o meu destino. Eu só posso ser esposa de Dermany.

— Por quê, minha senhora?

— Lucinda! — murmurou a moça, abaixando o rosto envergonhada.

— Que tolice de minha senhora! — repetiu a miserável escrava.
— Que tolice!... com a riqueza de seu pai...

Cândida levantou a cabeça, e disse:

— Infâmia!...

Lucinda mudou de tom, e com voz sumida, soprou algumas palavras de segredo importante no ouvido de sua senhora; esse segredo, porém, devia ser esquálido; porque a moça, revoltando-se, tornou com voz surda e imensa perturbação:

— Duas infâmias...

A mucama estava habituada a vencer pela insistência e pela teima a oposição da senhora, e consequentemente em suas conversações noturnas, ou das horas dedicadas ao toucador, foi sempre perseverando nas mesmas ideias, e até já tinha sido portadora de amorosos recados de um belo mancebo que se enamorara de Cândida, quando de súbito mudou de rumo e de sistema, e voltou a proteger a causa considerada perdida de Dermany.

Cândida sobressaltou-se, notando a extraordinária transformação do modo de pensar da escrava.

— Dermany está na cidade?... — perguntou, estremecendo.

— Sim, minha senhora, está.

— Ah! Expõe-se por mim?

— Como um louco.

— Ama-me, pois, ainda?

— Apaixonadamente.

— Onde o vês? Onde te fala?...

— Só à noite... no saguão da casa... coitado! Vem vestido de libré de lacaio...

— Oh!... Por mim...

— Só por minha senhora.

— Ele se expõe... meu Deus!

— É preciso salvá-lo.

— E como?

— Minha senhora... pertence ao Sr. Souvanel.

Cândida tornou-se branca e fria como a neve; o sangue pareceu refluir-lhe para o coração; seus olhos cerraram-se.

Lucinda, temendo que a senhora desmaiasse, dava-se pressa em acudi-la; esta, porém, repeliu-a brandamente e disse repassada de dor:

— Não há mais Souvanel... há outro... há Dermany, que se esconde, e que se disfarça com a libré de lacaio; porque é criminoso...

XLV

Com efeito, Dermany tinha chegado à cidade do Rio de Janeiro: arrojara-se a tanto, pensando que a polícia brasileira não faria grande esforço para descobri-lo e prendê-lo, não tendo que punir nele crime cometido no país, e porque também é nas grandes capitais onde melhor se pode ocultar quem foge à justiça pública.

Dermany correra em seguimento de Cândida, e foi-lhe fácil achar a casa de Florêncio da Silva, pois sabia qual era o hotel onde Frederico estava alojado; perdeu duas noites de improfícua espera; porque em ambas Frederico em vez de sair do hotel, voltou a ele: na terceira noite, enfim, o irmão adotivo de Cândida ensinou, sem que o pensasse, a casa que ela habitava com seus pais ao infame sedutor.

O *pajem fiel* de Florêncio da Silva fora naturalmente trazido para a cidade, acompanhando seu senhor, como Lucinda acompanhara sua senhora; os dois escravos cúmplices da sedução e do opróbrio de Cândida estavam pois ali, para abrir outra vez as portas à traição e ao crime.

Dermany, jogador furioso, tinha a audácia dos jogadores da sua têmpera, e parava vertiginosamente nos lances arriscados da vida, como nas grandes e decisivas cartadas do *lansquenet*. Certamente ele teria podido fugir da cidade de... e asilar-se no interior de alguma das províncias centrais do Brasil, onde tarde ou nunca o encontrariam os olhos do ministro francês; não admitiu porém esse recurso de um viver impune, seguro, mas retirado, modesto e com as privações dos gozos dos grandes focos de população.

O plano de Dermany era de ousadia descomunal; era parada de jogador, que em desespero atira à mesa toda a sua fortuna; plano para ele de aparente simplicidade brutal, mas realmente cheio de complicações e de embaraços na execução, reduzia-se ao seguinte: raptar Cândida e levá-la para remoto e solitário ou ignorado refúgio: daí escrever a Florêncio da Silva e obrigá-lo a lavar a nódoa da filha pelo casamento; servir-se da proteção do sogro para escapar às perseguições ou antes à ação da justiça; insinuar-se durante um ou dois anos no ânimo da família de sua esposa, recolher o dote em dinheiro e o que pudesse da riqueza de Florêncio da Silva, e, abandonando Cândida, fugir para os Estados Unidos da América do Norte.

Para conseguir tanto, Dermany arrostou os perigos a que se expunha na cidade do Rio de Janeiro, e escondido de dia, e tomando à noite uma libré de lacaio, falou e entendeu-se com o pajem, o *escravo fiel* de Florêncio da Silva, renovou ainda no quarto do pajem os seus encontros secretos com Lucinda, mostrou-se cada vez dela mais apaixonado, deslumbrou-a com a perspectiva do futuro brilhantemente escandaloso, que lhe preparava, e teve a certeza de contar com ela para entregar-lhe Cândida.

O sedutor soube pela mucama qual era o abismo que o separava da seduzida. Lucinda pediu-lhe cem vezes que inventasse explicações, escusas romanescas e ardilosas para negar ou ao menos atenuar os crimes de que o acusavam; mas Dermany, certo de que Cândida tivera conhecimento das provas irrecusáveis das suas infâmias, tomara o partido de confessá-las, escrevendo à sua vítima, e limitando-se a protestar o seu profundo arrependimento, a atribuir tudo a loucuras da mocidade, e a ameaçar enfurecido a pobre moça de entregar-se aos seus perseguidores e de ir morrer nas ignomínias do galé, se ela não quisesse salvá-lo com o seu amor.

Dermany escrevera dez cartas a Cândida, subindo cada vez mais no diapasão do amor em delírio, e da ameaça em romântico furor, e conseguiu receber esta breve resposta à sua décima carta: "Dermany: enganaste-me: estou perdida para todos; não hei de porém descer mais por ti: já não me podes salvar; salva-te ao menos tu, fugindo. Eu te perdoo: adeus. — *Cândida*".

Lendo o conciso bilhete de Cândida, o sedutor irritado deixou escapar diante de Lucinda as seguintes e terríveis palavras:

— Esta resposta é um tesouro! A confissão, o conselho, o perdão e a assinatura valem mais do que pensa quem a escreveu!...

E a escrava pôs-se a rir, dizendo:

— Ainda bem!... Não perca o bilhete.

XLVI

A demonstração plena de que Cândida nascera com felizes disposições naturais e de que pudera ter sido exemplo de recato, de honestidade e de virtudes, se não tivesse sido sujeita ao influxo perversor da companhia frequentíssima, pestilencial e depravada da mucama escrava, está em que, a despeito dessa inoculação imoral das lições de Lucinda, a despeito da consciência do aviltamento que a tornara dependente de Dermany, apesar do amor ardente que tributava ao seu infame sedutor, envergonhava-se enfim desse amante, procurava distanciá-lo, repugnava-o ou temia-o, desde que o soubera perpetrador de crimes ignominiosos.

Cândida tinha amado, mais do que isso, adorado Souvanel; mas recuava aterrada diante da imagem de Dermany — o ladrão.

E concebei, se puderdes, esta contradição por assim dizer delicadíssima de sentimentos opostos, mas persistentes e simultaneamente influentes: Cândida amava sempre apaixonada a Souvanel que a ofendera, e rejeitava Dermany réu de crimes infamantes e previamente marcado com o sinal repulsivo do galé: a consciência condenando, o coração amando, e entre a consciência e o coração um abismo, em cujo fundo se levantavam a reprovação da consciência e a tormentosa e aflitiva incandescência do amor.

Se concebêrdes essa contradição ou luta de sentimentos, esse *não* e *sim*, essa desestima e esse amor, esse medo que faz arredar, e esse laço que aduna, essa convicção da indignidade do amado, e esse cativeiro da amante, essa repulsão e essa atração, tereis compreendido as tempestades, os despedaçamentos do coração, os transes da alma de Cândida.

O maior infortúnio, o mais chorado sacrifício, dera à infeliz moça a experiência do mal sofrido e com esta o cauteloso temor de outros males iguais a sofrer. O remorso de um opróbrio a fazia horrorizar-se de outros.

Cândida amava em Dermany, Souvanel; mas em Dermany inspiravam-lhe repugnância e horror o ladrão e o galé.

Ideia talvez pueril, Cândida, amando Souvanel e esbarrando com Souvanel em Dermany criminoso, lembrava que a esposa toma o nome do marido, e tremeu de horror pensando que poderiam chamar à mulher do galé — galé, à mulher do ladrão — ladra.

A sociedade não impõe, não inflige a condenação injustamente extensiva de semelhantes nomes, que indicam crime e punição; mas a esposa de tal criminoso e sentenciado punido é em todo o caso mulher de galé, mulher de ladrão.

O crime não se estende pela punição, mas a infâmia do crime estende-se pelo nome à mulher, à esposa infeliz do criminoso.

Daí o medo e o horror que faziam Cândida recuar diante de Dermany, o novo nome com inesperada e horrível condição de Souvanel o sedutor amado.

Cândida amava sempre o antigo Souvanel; mas à força se tornava cautelosa, prudente e sábia.

A cautela, a prudência, a sabedoria chegavam tarde para o grande erro do passado; ao menos, porém, preveniriam erros igualmente fatais no futuro.

Lucinda pleiteava incessante a favor da causa de Dermany, era a portadora das suas cartas, a intérprete de seus sentimentos, a eloquente descritora dos seus sofrimentos e desesperos.

Cândida ouvia paciente, curiosa e comovida a mucama, inteirava-se de suas conversações com Dermany; mas suspeitosa e tomada de susto, desconfiada de Lucinda, pretextara as estreitas proporções de seu quarto, sem dúvida incomparavelmente inferior à sala em que ela dormia na casa magnífica da chácara de seu pai, para excluir a companhia noturna de sua escrava, e dormir só e trancada, livre portanto de qualquer atrevida visita, ou invasão sinistra do sedutor.

Lucinda exasperava-se, mas continha-se: ao pé do toucador, ou penteando sua senhora, vingava-se gárrula, impudente, venenosa, da sua proscrição noturna, insistindo sempre com a senhora para que confiasse o seu destino a Dermany, e sem dó das lágrimas que a fazia derramar, lembrava-lhe o seu maior infortúnio, e o direito e o dever que assistiam ao amante de tomá-la por esposa; outras vezes aconselhava e pedia a Cândida que, ainda mesmo para desenganar Dermany, concedesse a este uma hora, alguns minutos somente de conversação particular.

A mísera vítima resistia tenazmente com assombro da mucama, que, esgotando em vão os esforços mais porfiados, mostrou-se em uma manhã mais séria e apreensiva que de costume, e disse-lhe:

— Minha senhora vai levar o Sr. Dermany a um excesso que certamente lhe custará dias de grande tormento...

— A ele ou a mim? — perguntou Cândida tristemente.

— A ele também; mas principalmente a minha senhora.

— E o excesso? Qual é?...

— Ontem o Sr. Dermany mandou-me chamar, e encarregou-me de dizer a minha senhora, que não podendo dominar sua paixão e resolvido a tudo tentar para ser seu esposo, ou minha senhora lhe irá falar esta noite, ou amanhã ele escreverá a seu pai, exigindo-a em casamento, e remetendo-lhe como prova de seus direitos sobre minha senhora o bilhete que há três dias minha senhora lhe escreveu.

A escrava tinha os olhos embebidos no rosto de Cândida, que ao receber esse golpe inopinado, abismou as faces em ondas de sangue.

A vítima abrasou-se no fogo da vergonha e da cólera, e instantes depois, quando pôde falar levantou a cabeça, olhou terrível para Lucinda e respondeu:

— Dize a esse homem...

E interrompendo-se logo, prosseguiu depois de um instante:

— Oh! Não: a esse homem... doravante nem mais uma palavra...
— Minha senhora...
Cândida impôs silêncio a Lucinda.
— E tu — disse-lhe — acautela-te: se tornares a falar-me desse homem, hei de acusar-te à minha mãe para que me liberte da tua companhia fatal.
A mucama pôs-se a chorar.
— Deixa-me! — tornou-lhe a moça rispidamente.
E Lucinda saiu, enxugando as lágrimas.
— Que infâmia!!! — murmurou Cândida.

XLVII

Frederico prevenira seu pai de que sérios deveres o retinham na capital, junto da família de Florêncio da Silva, e continuava a dedicar-se a Leonídia, velando por Cândida. Tinha conseguido a vitória mais difícil, convencer sua irmã adotiva dos crimes e da indignidade do homem que a apaixonara; mas não lhe escapando a luta da razão e do amor que ainda se travava no ânimo da infeliz, prosseguia em sua nobre tarefa, atacando repetidamente esse amor desatinado com a força de vigorosos raciocínios, e com severos conselhos dados sem amargor e sem recriminações.

O generoso mancebo sabia fazer-se ouvir: falando de Dermany, patenteava com a luz da evidência seus atos criminosos e o tremendo e vergonhoso castigo que ele teria de receber; nunca porém o injuriava com insultosa qualificação; ao contrário parecia lamentá-lo, chamando-o *desgraçado*; combatendo o amor de Cândida, desculpava-o, reconhecia a impossibilidade de sufocá-lo de súbito, e apelando para o tempo, fulminava o desatinado sentimento, avultando suas lamentáveis e desastrosas consequências e finalmente sem dar à sua voz o tom, e às suas falas a forma de consolação, lembrava a Cândida sua mocidade e sua beleza, e a segurança do mais belo noivo, à sua escolha, em prazo marcado pelo esquecimento, ou pelo arrefecimento do primeiro amor.

Para a triste moça Frederico tinha só um nome, *minha irmã*: da sua afeição nunca falava, da ternura de Florêncio da Silva e de Leonídia sempre, e no fim de seus conselhos, todos absolutamente contrários ao amor de Dermany, mais de uma vez declarou-se pronto a facilitar todos os meios para remover e pôr a salvo da justiça o *desgraçado*, se ele se prestasse a retirar-se do Brasil.

Cândida abatida, obumbrada e submersa em aflições que escondia, ainda experimentava maior dor ante as amplas manifestações do coração grandioso, da sensibilidade delicada, e da modesta superioridade de Frederico; ela o escutava, o atendia, o consultava com essa plena seguridade que o reconhecimento da virtude, e a mais elevada estima sabem impor. Mil vezes a mísera moça já se tinha revoltado contra o amor que a infelicitava, e que a fizera espantar a serena felicidade que Frederico lhe oferecera, querendo-a por esposa; e embora a si mesma dissesse que nunca fora suficientemente digna de homem tão nobre, amargurava-se lembrando que se tornara absolutamente indigna dele.

Cândida não amava, admirava Frederico; e ainda a pesar seu amava Dermany; mas se o que sentia por aquele era estima sem amor, o que sentia por este era amor sem estima.

Frederico estava animado e animava Florêncio da Silva e Leonídia, asseverando que sua irmã se submetia ao império da razão.

Mas exatamente no dia em que Cândida recebera o recado ameaçador de Dermany, Frederico, tendo lido uma carta que Liberato lhe escrevera da cidade de... dirigiu-se imediatamente à casa de Florêncio da Silva.

Quando Frederico entrou na sala, Leonídia estava só: Florêncio tinha saído; Cândida repousava.

Pálida, agitada, nervosa, Leonídia antes de falar apresentou a Frederico uma carta de seu filho.

— Ah! Liberato lhe escreveu, minha mãe?...

— Dermany veio para a Corte — disse com voz lúgubre a triste senhora.

— Era disso que eu vinha preveni-la... mas... por que tão forte comoção?... minha mãe está sofrendo muito...

Leonídia murmurou, levando a mão ao peito:

— Talvez... mas há de passar... tudo passa...

E interrompendo Frederico que ia falar, perguntou rápida:

— Receias que Cândida ainda... se deixe alucinar por esse homem?

— Não; não; sossegue: minha irmã começa a pensar bem.

— Mas Dermany... esse francês audaz...

— Dermany?... — respondeu Frederico, afetando serenidade. — Sobram-nos os meios de distanciá-lo: tranquilize-se: entre ele e minha irmã estou eu.

— Meu filho, vejo bem a ruga do despeito e da cólera encrespada na tua fronte! — exclamou Leonídia. — Que pensamento é o teu?

Frederico sorriu-se e tornou, dizendo:

— Que pensamento?... E tão simples e natural! Defenderei minha irmã.

Leonídia empalideceu ainda mais, e levantando-se, disse:

— Frederico! Não quero que exponhas a tua vida!

— Lembro-me eu de tal, minha mãe?... Não se aflija sem motivo.

— Oh!... Além da desgraça da filha o medo de te perder, Frederico! Porque eu sinto, eu vejo, eu sei que és capaz...

— Sossegue, minha mãe...

— Se eu te conheço!... Não te precipitarás doidamente, bem sei; mas passo a passo, e decidido tu irás até... o fim; e o fim?... Que é, que será o fim?...

Leonídia lia claro no ânimo do filho adotivo e em agitação cruel gesticulava sem falar, e apenas de espaço em espaço, soltando a voz, dizia com interrupções:

— Que homem fatal! — Mísera filha!... — Que perigos! — Meu Deus!

Frederico procurava debalde sossegar sua mãe adotiva.

A aflição da nobre senhora era produzida pelo concerto de mil tormentos que a angustiavam: Leonídia tremia pelo receio da perdição e da desonra de Cândida; imaginava, talvez exagerada, os riscos a que via exposto o seu querido Frederico, o amado irmão de seus filhos; desesperava da realização de seu mais doce e belo sonho da vida, do casamento de Cândida com Frederico, e enfim, pensando em seu marido, em sua família, confrangia-se, sentindo que os pesares e a desgraça a feriam de morte com uma moléstia fatal, cujos sinistros anúncios ela estava escondendo, e que breve teria de deixar seu esposo em viuvez, seus filhos — sua mísera filha sem mãe...

E Leonídia — tão feliz, tão completamente feliz até bem pouco — amava ainda a vida; mas queria a vida, acreditava que podia curar-se, restabelecer-se, viver muito, se fosse *possível*, o que a vinda de Dermany para a capital ia talvez tornar *impossível*...

A dor, o medo, o amor da filha, do marido, de Liberato, de Frederico, os seus sofrimentos, as apreensões da morte, a ternura de mãe, a louca paixão de Cândida, o seu dulcíssimo sonho, a imagem sinistra de Dermany, as desilusões, a vergonha, torturavam a sensível e infeliz Leonídia.

Frederico a olhava dolorosamente comovido.

— Oh, minha mãe! Que amargura é essa? — tinha ele por vezes perguntado.

Leonídia acabara por desatar em pranto.

— Não chore! Não chore assim, que me mata, minha mãe! Eu estou aqui: eu juro que salvarei minha irmã...

Um raio de inspiração extrema, de esperança doida, iluminou o rosto de Leonídia, que, estancando as lágrimas, encarou Frederico e o perguntou com voz abatida, trêmula, e célere:

— Um amor leviano... amor, oportunamente vencido, desonra uma menina?

— Não, minha mãe.

— Cândida arrependida ainda pode merecer um homem honesto?

— Pode... pode... há de ser feliz — respondeu Frederico enternecido e só pensando em tranquilizar sua mãe adotiva.

— E tu, Frederico?... Tu queres salvar Cândida?... Queres dar-me a vida?... Queres pagar-me... é pagar-me que eu digo, o leite, o berço, a criação, e o amor?... Queres, meu filho?!!!

— Minha mãe!... — exclamou Frederico, que enfim compreendia a situação violenta em que se achava.

Leonídia pôs as mãos sobre os ombros do mancebo, olhou-o com os olhos em fogo de amor maternal, e por entre lágrimas, riu-se sem consciência do riso, deixou-se de repente cair de joelhos, e disse a soluçar:

— Frederico!... Meu filho!... Casa com minha filha!...

Levantando Leonídia em seus braços, Frederico a depôs no sofá, e caindo por sua vez de joelhos, tomou-lhe ambas as mãos, e as beijou chorando, e exclamando:

— Minha mãe! Minha mãe!

Nos escrúpulos de seu brio, Frederico tinha condenado Cândida, como indigna do seu amor puríssimo; mas fora de si, vendo o santo desespero de Leonídia, sua mãe idolatrada, entre o seu brio e aquela dor suprema, pôs todas as suas esperanças na paixão de Cândida por Dermany, e em último caso incapaz de resistir, capaz somente de abnegação e de sacrifício, a temer e a tremer hesitava, pensava urgido e em comoção veementíssima, quando Leonídia, com o coração a convulsar-lhe os lábios, perguntou-lhe de novo e arrebatada:

— Meu filho! E Cândida?...

— Será minha esposa, se ela livremente declarar que o quer ser — respondeu o mancebo, abaixando a cabeça.

Leonídia correu para fora da sala, e quase logo voltou, trazendo Cândida pelo braço.

— Cândida — disse a pobre mãe em sublime alvoroço, mostrando Frederico à filha. — Cândida! Cândida! Este anjo da família te aceita por esposa, se quiseres salvar-te nas suas asas!!! Oh, minha filha! Responde.

O ultraje recebido no recado de Dermany, a comoção e o pranto de Leonídia, a palidez e ansiedade de Frederico, que desejava escutar "não" e que podia também indicar o empenho de ouvir "sim", a surpresa, a dor, as emoções diversas, a vertigem enfim, perturbaram todas as ideias de Cândida, que esquecendo o passado, os erros, a nódoa, o amor, os remorsos, balbuciou atônita, como espantada, como idiota:

— Eu quero.

Leonídia atirou-se nos braços de Frederico.

Cândida ficou em pé a olhar absorta; mas passados alguns momentos cambaleou, e sem gemer nem gritar caiu desmaiada na cadeira que encontrou mais próxima.

XLVIII

Os amores mais profundos e santos ainda assim têm suas exigências de egoísmo: em Leonídia o amor maternal fora egoísta, abusando do poder que exercia sobre Frederico, para obrigá-lo a aceitar a mão de Cândida; ao menos, porém, Frederico reconhecia que Leonídia não tinha a ideia de sacrificá-lo e só pensava em realizar o mais suave empenho da sua vida, empenho que se exaltara pelas circunstâncias delicadas e apreensivas da situação em que Dermany pusera sua família.

Frederico retirara-se absorvido em tristes reflexões: amara ternamente Cândida; talvez a amava ainda; mas repugnava-lhe ao pundonor tomá-la por esposa; a imagem de Dermany o perseguia insolente, levantando-se sempre ao lado da imagem de Cândida; todavia ele se prendera pela sua palavra, e pelo inesperado e inverossímil "eu quero" pronunciado pela irmã adotiva.

Além disso, o nobre mancebo desde alguns dias se preocupava da ameaça de novo e para ele mais cruel infortúnio; observava cuidadoso que Leonídia envelhecia e decaía rapidamente; notava o embranquecimento subitâneo de seus cabelos, a magreza e a palidez do rosto, a respiração opressa coincidindo com a contração ligeira da face, e com o instintivo movimento da mão, que acudia às vezes ao lado esquerdo do peito, e principiava a temer que profundo e abafado desgosto estivesse destruindo a saúde e preparando a morte próxima da extremosa e amargurada mãe, que aliás não se queixava de padecimento algum.

A ideia da morte de Leonídia apavorava Frederico.

O que pensou e refletiu o generoso mancebo foi digno dele: resolveu consagrar-se à felicidade da família, que por morte de sua mãe o adotara filho; mas em todo caso determinou exigir explicações da decisão inexplicável e do desmaio de Cândida.

Voltando na tarde do mesmo dia à casa de Florêncio da Silva, encontrou este e Leonídia radiantes de alegria.

A mãe extremosa disse-lhe:

— Nem sabes o que fizeste, meu filho; eu ia morrer, e tu me restituis a vida.

E apontou para o peito. Era a primeira vez que Leonídia confessava a convicção do mal que principiava a sofrer.

Frederico empalideceu.

— Nada receies — tornou-lhe a mãe adotiva —, tu vais curar-me.

Leonídia não calculava o poder, a influência das palavras que proferiu agradecida.

Logo depois apareceu Cândida. Florêncio da Silva tomou o chapéu e saiu; Leonídia conversou alegremente algum tempo, e deixou a sós os supostos noivos.

Cândida não se confundiu: seus pais a entregavam sempre à intimidade fraternal daquele conselheiro dedicado e amigo.

— Minha irmã — disse Frederico —, eu tenho consciência de que não pensas que eu tivesse preparado a surpresa que te fez desmaiar esta manhã.

— Sei bem que te sacrificavas, Frederico.

— Não falei em sacrifício: tenho a dignidade da minha independência; não te pedi, confesso; mas te aceito em casamento: eis a verdade...

— Tu me aceitas? Frederico! Tu me levantas?...

— Cândida, eu te julgo digna de mim; sentes que te mereço?...

— Não... eu não sou digna de ti...

— Oh! E a tua decisão?...

— Eu estava alucinada... respondi sem refletir... ah! Se soubesses!

— Deves dizer-me tudo, minha irmã.

— Tudo?... Oh! sim: a ti o direi... mais tarde...

— Amas pois ainda, como dantes a...

— Escuta: eu te juro que nunca serei esposa de Dermany, nunca; ouviste? Mas casar-me contigo, Frederico?... Tu nem sabes como eu te admiro hoje!... Nem sabes como eu me sinto vil diante de Frederico tão nobre!...

— Minha irmã, tu te calunias; foste leviana, mas eu te perdoei... já não sou eu que aceito, sou eu que suplico a tua mão de esposa.

Cândida tomou a mão que Frederico lhe estendia e beijou-a.

— Minha irmã!

— Chama-me assim; é o único título que poderás dar-me.

— E nossa mãe?...

— Deixemo-la crer e viver algumas semanas... algum tempo no seu doce engano... oh!... Frederico!... Frederico!...

— Cândida... fazes-me estremecer...

A pobre moça exclamou imediatamente, interrompendo Frederico:

— É loucura... mas estou louca... amo Dermany... não serei dele; mas hei de morrer solteira...

— Antes isso — disse gravemente o mancebo.

— Minha mãe está falando perto... ela vai chegar...

— Enganemos pois nossa mãe, Cândida; é preciso enganá-la... é indispensável enganá-la...

— Como? Por quê?... tu falas, tremendo...

— Cândida, nossa mãe concentra no coração desgosto assassino... o corpo ressentiu-se dos martírios da alma... e a tísica...

— Oh!... Meu Deus!...

— Silêncio, Cândida; não a mates — disse Frederico.

— Como se não fosse eu que a estivesse matando!... — murmurou a infeliz moça.

Leonídia entrou na sala. Florêncio da Silva chegou de volta de seu passeio: a conversação tornou-se animada e amena. Frederico retirou-se às onze horas da noite.

Mas duas horas antes, às nove, e enquanto os senhores descuidosos se entretinham em amiga conversação, Lucinda, a escrava, descera ao quarto do pajem, que demorava no fundo do saguão, e ali recebera a visita de um homem vestido de lacaio.

O lacaio era Dermany.

Lucinda deu-lhe conta de quanto naquele dia se passara no seio da família de sua senhora.

Dermany, ouvindo a nova do casamento de Cândida e Frederico, disse com impassibilidade e frieza:

— Tinhas razão, Lucinda: já era tempo de jogar a última cartada; joguemo-la.

E tirando do bolso um pequeno embrulho que encerrava dez outros, muito mais pequenos, e todos iguais, mostrou-os à escrava, acrescentando logo:

— Como te disse, um em cada manhã...

— No café — acudiu Lucinda, rindo-se.

— Não tenhas medo; não há perigo: são doses fracas de tártaro emético.

— Oh! Minha senhora já as terá tomado maiores: amanhã começarei...

— Tu és um tesouro, Lucinda! — disse o francês.

XLIX

Liberato não se limitara na cidade de... a substituir seu pai na direção da casa comercial e na gerência de outros negócios: a pretensão do falso Souvanel a ser esposo de sua irmã, e o conhecimento da inclinação, do amor de Cândida, o tinham fortemente contrariado, porque ele desejava com ardor o segundo laço de fraternidade, que devia ligá-lo ainda mais a Frederico; essa contrariedade, porém, assumira proporções de ressentimento ameaçador, desde que soubera que Souvanel era um nome-máscara que escondia a face do crime, e Dermany um miserável que tentara levar o opróbrio, o desgosto, a desordem e o luto ao seio de sua família, conspurcando-a com o contato de sua pessoa, já marcada ignobilmente: ficando pois, na cidade de... Liberato determinou provocar Dermany, e vingar-se dele, aproveitando para isso a ausência de seu pai, que sem dúvida o teria contido.

O irmão de Cândida abandonava-se aos ímpetos de sua natureza exaltada; felizmente, porém, Dermany a medo de diligências da autoridade já se achava oculto, graças ao generoso aviso de Frederico.

Liberato descobriu o asilo protetor do francês criminoso; mas estacando diante do infortúnio, seu furor desarmou-se, e fazendo espiar Dermany, para não perdê-lo de vista, adiou sua vingança.

Alguns dias passaram e de súbito Dermany desapareceu, sem que se soubesse para onde se retirara.

Liberato espalhou dinheiro a mãos cheias, empregou todos os recursos de uma polícia hábil e acabou por saber que Dermany seguira para a cidade do Rio de Janeiro, onde estava.

Nestas pesquisas, a vingança tinha gasto dez dias.

Liberato sobressaltou-se: Dermany na capital era a conspiração contra Cândida e contra sua família: o alvoroçado mancebo imediatamente despachou um portador levando cartas a seus pais e a Frederico, nas quais os prevenia da partida do francês para a cidade do Rio de Janeiro; mas, deixando-os ignorar suas próprias disposições, entregou a casa e os negócios de Florêncio da Silva ao guarda-livros, honradíssimo velho, que merecia bem tal confiança, e seguiu apressadamente para onde julgava perigar a felicidade e a honra da irmã e da família.

Arrojado, violento e iracundo, Liberato, anelando encontrar Dermany para insultá-lo e coagi-lo a bater-se com ele, segundo os costumes que aprendera na Europa, queria escapar à ação dominadora de seu pai, e à influência prudente e fria de Frederico, que se oporiam às suas ideias de desforço e vingança.

Chegando à capital, o mancebo impetuoso, foi alojar-se em um hotel de segunda ordem, onde condenou-se ao mais desagradável encerro durante o dia, indo à noite passear de sentinela pela frente da casa ocupada por seu pai.

Liberato estava certo de que ali havia de encontrar o homem que procurava; amanheceu, porém, três vezes, passeando diante da casa, sem que lhe aparecesse Dermany, e tendo apenas visto nessas três noites Frederico, que se retirava do teto amigo, e, além de Frederico, duas vezes nessas noites, um lacaio que fora conversar com o pajem de seu pai.

Mas o irmão de Cândida teimou, como Dermany tinha teimado, esperando Frederico, para, seguindo-o, aprender a casa de Florêncio da Silva: entretanto o caso não era o mesmo, e Liberato esquecia as suspeitas, os reparos e desconfianças que devia despertar o seu passeio constante de todas as noites sempre pela mesma rua e em idas e vindas frequentes até o romper da aurora.

O exaltado mancebo procedia insensatamente, e ainda pela quarta vez voltou a rondar pela frente da casa de seu pai.

Todavia, não era só Liberato que se abalava com a estada de Dermany na capital: Frederico, certificado desse fato por algumas palavras que conseguira arrancar a Cândida, achava-se inquieto; mas preferia com razão tornar sua irmã adotiva ou já suposta noiva defendida por sua própria virtude, que ele trazia alerta com a luz de sábios avisos e com a evidência da desgraça e da ignomínia que Dermany lhe preparava, a empregar espiões e cautelas que são quase sempre estéreis, quando a mulher quer ser má.

Ainda assim, porém, Frederico desde duas noites observava cuidadoso da janela da casa de Florêncio da Silva, o desazado passeador que tão mal disfarçava algum intento premeditado: pela imprudência do proceder e pela figura, logo se convenceu de que não era Dermany; mas desconfiado, apesar disso, despedindo-se da família amiga e quase sua, saiu às horas do costume, e não mostrando reparar no homem suspeito, que nesse momento seguia pelo lado oposto da rua, caminhou tranquilo e sem olhar para trás, e dobrando a primeira esquina, parou e ficou à espera.

No fim de um quarto de hora, Frederico ouviu os passos de alguém que se aproximava, e avançando oportunamente para dobrar outra vez a esquina, esbarrou cara a cara com a insensata sentinela, e reconheceu Liberato, pela exclamação que escapou a este.

— Liberato! — exclamou Frederico, abraçando o amigo.

E logo olhando-o com atenção perguntou:

— Por que semelhante chapéu, e esse trajo que não são os do teu costume?

Liberato, confundido, respondeu:

— Porque eu não queria que tu e meu pai me conhecêsseis.

— E que pretendias?

— Já o adivinhaste: encontrar Dermany e esbofeteá-lo.

— Assim, Dermany de um lado e tu de outro, conspiráveis para desacreditar Cândida!...

— Frederico!

— Desde quando estás na Corte?

— Há quatro dias.

— E portanto já quatro noites...

— É verdade... tenho velado à espera do miserável...

— Por fim de contas só uma queixa temos dele: é ter querido desposar Cândida, sendo criminoso e estando condenado.

— Achas pouco?

— Não; mas na sua desesperada situação é explicável, embora não desculpável, que ele tentasse obrigar uma proteção poderosa.

— E a sua ameaçadora insistência, pois que ousou vir para a capital?...

Frederico procurava desarmar os ímpetos do furor do amigo; apertado, porém, pela última pergunta, disse o que não pensava:

— Tens certeza dessa insistência? Dermany não se atreve por certo a mostrar-se de dia, e tu mesmo asseguras que ele não tem sido encontrado de noite na rua em que mora tua família.

— Mas... quem sabe se uma correspondência secreta...

— Não creio: há providências tomadas; somente poderia haver correspondência, se ele pudesse penetrar no saguão da casa, e entender-se, com algum escravo; e tu dizes...

— Nestas quatro noites, somente duas pessoas têm entrado na casa, tu e um lacaio…

— Que lacaio? — perguntou Frederico.

— Não sei; um lacaio.

— E por que dizes que é lacaio?

— Ora! Pela libré e porque se senta na soleira da porta ao lado do pajem, com quem conversa.

— E depois se retira sem entrar…

— Não; pelo contrário, entra sempre com o pajem e demora-se até fechar-se a porta; já duas vezes e pela terceira vez hoje…

— E hoje? Saiu antes de mim?

— Frederico! É um raio de luz…

— Mas… responde…

— Ei-lo aí vai! — disse Liberato, mostrando um lacaio, que passava a pequena distância, seguindo a Rua do Lavradio.

Frederico tinha o braço do amigo preso em suas mãos.

— Seguiremos de longe este lacaio — disse ele.

— Deixa-me livre — murmurou trêmulo de cólera Liberato. — Tu és apenas irmão adotivo e eu sou irmão legítimo e natural de Cândida.

Frederico, para dominar o amigo, respondeu-lhe:

— Sou mais do que irmão adotivo de Cândida, sou seu noivo desde quatro dias.

— Ah! Frederico!

— Silêncio, acompanhemos o lacaio.

Os dois amigos caminharam, medindo seus passos e sem perder de vista o lacaio que, tendo-os percebido, nem por isso apressou a marcha.

Frederico estava contrariado pela companhia de Liberato; mas não podendo esperar que este o deixasse só, dobrou-se às circunstâncias sem manifestar o seu desagrado: desconfiava, tinha quase a certeza de que o lacaio era Dermany e ardia em desejos de ir franca e diretamente tomar-lhe o passo, de apoderar-se dele pelo terror que abate o criminoso perseguido, e de forçá-lo a aceitar o favor de retirada segura do Brasil; tendo porém, a seu lado Liberato, e conhecendo seu gênio violento, resolveu limitar-se nessa noite a assegurar-se da morada do francês.

O lacaio depois de algumas voltas e de um longo caminhar, tomou pela Rua de… e foi seguindo até que hesitou, como querendo parar; mas voltando os olhos e vendo os dois vultos que a distância o acompanhavam pelo outro lado da calçada, continuou sua marcha morosa e imperturbável.

— Passemos adiante dele, e não o olhemos — disse Frederico.

E ambos, acelerando o andar, deixaram logo atrás o lacaio que também foi prosseguindo.

Frederico dobrou a primeira esquina e, sempre com o ouvido atento, parou com Liberato no canto da outra rua: o ruído das pisadas do lacaio tinha cessado; mas evidentemente ele tinha voltado.

Não se ouvira bater em porta alguma.

Frederico levou o amigo quase a correr em volta do quarteirão e foi outra vez entrar na mesma Rua de... por onde ambos tinham já entrado seguindo o lacaio.

Todas as casas estavam fechadas, exceto um sobrado, onde havia dança e música.

Algumas carruagens achavam-se paradas à porta do sobrado.

Frederico tinha pouco antes passado junto dessa casa sem atender aos sinais de reunião festiva que havia nela; ainda então seguiu para diante; mas indo e vindo nada descobriu que o orientasse sobre o desaparecimento do lacaio; começava já a impacientar-se, quando reparou em um muro enegrecido, no meio do qual se destacava rude e velho portão largo, e lembrou-se de que exatamente ali o lacaio quase interrompera a marcha, em que aliás continuara depois de olhar para trás.

O portão estava aberto e a flama do gás, em grande e tosco lampião, iluminava a entrada...

Dentro o espaço se alargava e no fundo se distinguia como a frente de imensa casa, onde aqui e ali luzes dispersas mostravam portas que se destacavam do meio das trevas...

— É provavelmente aqui — observou Frederico.

— Entremos — disse Liberato.

Frederico não respondeu ao estouvado amigo; mas levando-o consigo, dirigiu-se para a casa onde soava a música, e a alegria velava: demorou-se por algum tempo, como apreciando a voz de uma senhora que cantava, e quando terminou o canto, fez algumas perguntas banais aos criados e pajens que conversavam junto das carruagens, e enfim inquiriu ainda

— Aquele portão e muro são de alguma chácara?

— Como? Chácara nesta tua?... Aquilo é um *cortiço* — respondeu um criado.

— Ah! Um *cortiço*... pensei que era chácara de pessoa rica; porque ainda há pouco me pareceu ter entrado ali um lacaio.

— Entrou — disse um homem que estava em mangas de camisa

e conversava com os criados. — Entrou; é um lacaio que mora no cortiço; enquanto o amo está em Minas tomando águas...

— Que diabo! E não lhe deixou cômodo em casa?... — perguntou um pajem a rir...

— Diz que o amo é unhas de fome: alugou a chácara a um irmão, por quatro meses que foi passar em Minas.

Frederico já sabia bastante e afastou-se com Liberato.

— Que moços curiosos! — disse um criado.

— Ora! São como todos — tornou o homem que estava em mangas de camisa.

— Nesta mesma noite um outro sujeito e de muito pior cara veio beber cerveja à *venda*, e enquanto despejava duas garrafas, fez-me dar-lhe conta dos moradores do *cortiço*, e achou tanta graça na história do lacaio, que obrigou-me a repeti-la três ou quatro vezes com todos os pormenores.

Frederico levara Liberato para o seu hotel.

Digamo-lo em honra dos dois mancebos:

Frederico tinha planejado obrigar Dermany a deixar o Brasil, e propunha-se a favorecer-lhe e garantir-lhe a retirada ou a fuga.

Liberato queria esbofetear Dermany, calculando indômito e arrojado com as consequências dessa extrema afronta.

A nenhum deles, porém, lembrara sequer, por um instante, a ideia de denunciar Dermany à polícia.

Brilhavam nos dois mancebos a altivez e a generosidade do caráter natural dos brasileiros.

L

A insolente e inqualificável ameaça de Dermany tinha sublevado o coração de Cândida: na grandeza do seu amor, que ainda resistia ao conhecimento da indignidade do homem amado, ela sentira o enorme insulto feito à sua delicadeza, o menosprezo do seu pudor, o desprezo da sua individualidade nesse egoísmo enregelado de especulador imoral, que se mostrava pronto a patentear o erro fatal que a aviltava, a documentá-lo com a confissão imprudente lançada em um bilhete confidencial; e, ferida em sua vaidade, ultrajada nessa intenção perversa, preferira o maior martírio a submeter-se, como escrava medrosa, à prepotência de senhor infame.

No dia da ameaça e da afronta, na hora mais fogosa de seu ardente ressentimento, Cândida irrefletida e exaltada, surpreendida pela proposição, pelo pedido, pela exclamação de suprema esperança e empenho transportado de sua mãe, em um ímpeto de vingança, em um grito de náufraga, que vê a salvação, em uma explosão de dor e de desespero declarara aceitar Frederico por seu noivo.

Mas logo após, a consciência fulminara a aviltada, que desmaiou.

Cândida chegara aos dias do mais triste arrependimento e do mais acerbo desencanto: Frederico se mostrava a seus olhos como anjo salvador; Frederico era para ela a grandiosidade, a virtude, o belo moral, e Dermany, o objeto da sua paixão e não mais do seu amor, era a embriaguez ignóbil, o grilhão que pesa e fere, o vício que se esconde porque faz vergonha, e apesar de sua paixão, se tivesse liberdade de escolha, se um erro irreparável não lhe escravizasse a vontade, Cândida exultaria, proclamando-se noiva e esposa de Frederico.

Mas três dias tinham passado sem que se efetuasse a ameaça de Dermany, e, embora justamente revoltada, Cândida não tolerasse mais a conversação da mucama, abrandou a sua cólera e principiou a considerar o atrevido recado do seu amante como recurso doido de apaixonado em delírio.

E nesses três dias foi-se também agigantando no ânimo da infeliz moça uma preocupação cruelíssima, que a separava mais que nunca de Frederico, e que a impelia mais que nunca para Dermany.

Nesses três dias, marcados como os últimos por aflitivo cálculo, Cândida, não sabendo como o amor contrariado pode determinar e muitas vezes determina perturbações físicas profundas na vida animal da mulher, estremecia pavorosamente, lembrando outra causa em regra produtora de iguais alterações.

E, muito pior, ela conservara na cidade certo costume geral na *roça*; ao levantar-se do leito de manhã, ou ainda na cama tomava sempre uma chávena de café que a mucama lhe trazia, e nos dois últimos dias logo depois de tomar o café, tivera náuseas e vômitos.

Na segunda manhã, observando a repetição desses fenômenos, Lucinda fez um movimento de espanto e de temor.

Cândida pálida, banhada em frio suor e cheia de perturbação, perguntou à escrava:

— Achas-me doente?

A mucama hesitava.

— Fala... fala...

— Minha senhora tem tido febre?

— Não... nada mais sinto além...disto.

— Em tal caso... ah! Minha senhora...

— Dize: que pensas?... — tornou a moça com voz alterada.

— Eu não sei... tenho medo...

Em sua nova e tremenda aflição Cândida esqueceu o desgosto e a desconfiança que ultimamente lhe inspirara a mucama, e murmurou a tremer um segredo no ouvido da pérfida que, recuando, como aterrada e escondendo o rosto com as mãos, disse:

— Oh!... Minha senhora está grávida...

A sentença não fulminou a vítima — porque esta já esperava o golpe.

Cândida fechou os olhos e exalou um gemido repassado de dor.

Lucinda, traiçoeira e malvada, deixou-se em pé e emudecida por alguns minutos, e apenas suspirando com fingida mágoa: por fim disse:

— Minha senhora... voltarei daqui a pouco... dissimule e espere.

E, voltando as costas, saiu alegre, e radiosa de animação infernal.

Cândida ficou só — ah! Não se julgava mais só.

Que remorsos! Que amargura! Que emoções novas! Que raciocínios! Que terror!

Na pavorosa situação em que, iludida e atraiçoada, a mísera se acreditava, era força pensar, medir o futuro, raciocinar...

E ela o fazia, coitada, torcendo com ânsia as mãos, e derramando lágrimas que lhe abrasavam os olhos.

Esperar era nada resolver, e nada resolver, era a vida em torturas com os olhos no ventre, amando e temendo o testemunho do opróbrio a crescer e a acusá-la...

Cair de joelhos aos pés de sua mãe era matá-la e matar-se... e sua pobre mãe já doente... e as apreensões da tísica!...

Fugir com Dermany era a partilha da infâmia...

Dermany era ladrão e condenado...

Mas ainda assim Dermany era o pai de seu filho... que contas do pai daria ela a seu filho?...

E se ela conseguisse obter o perdão de seus pais, estes no infalível cuidado que tomariam para esconder a sua degradação, que fariam de seu filho? Que destino dariam à inocente criatura?...

Em sua presumida maternidade a voz do ventre falava-lhe ao coração. Cândida não estava, mas supondo-se condenada a ser mãe, já defendia seu filho.

Foi no meio dessa tempestade de ideias tormentosas e cada qual mais pungente, que Lucinda voltou para junto de sua senhora.

A padecente estendeu os braços para o carrasco de máscara negra e perguntou, chorando:

— E agora que será de mim, Lucinda?

A refalsada mucama respondeu:

— Já pensei, minha senhora; há um remédio... cruel, mas certíssimo...

— Qual é?...

— O aborto...

— Oh! Nunca! Nunca!...

— Então... é preciso ter ânimo... dizer tudo e quanto antes à sua mãe...

— Eu a mataria...

— É verdade que ela parece doente... anda com uma tosse...

— E então?

— Não vejo outro recurso, minha senhora...

— E... Dermany?

— Eu não falo mais nesse homem a minha senhora.

— Se meu pai consentisse o nosso casamento, e Dermany quisesse viver comigo no fundo de um deserto...

Lucinda não respondeu.

— Fala — disse Cândida em tom quase humilde.

A mucama falou:

— Minha senhora não pode esperar tal consentimento.

— Eu o sei.

— Pode porém obrigar o perdão de seus pais...

— E como?...

— Casando apesar deles com o Sr. Dermany: feito o casamento, o perdão dos pais vem depois: é o que se vê sempre...

— Sim... Sim... mas esse francês... seus crimes infamantes...

— Eu não aconselho, minha senhora — disse a perversa escrava.

— Ah! Lucinda...

Cândida interrompeu-se, e retorcendo-se com ansiedade e náuseas, imediatamente depois experimentou ainda uma vez a ação vomitiva do tártaro emético tomado no café.

— Não há dúvida possível — disse a mucama escrava — e o pior é que em poucos dias hão de começar as suspeitas de minha senhora-velha...

— Meu Deus! — exclamou Cândida em desespero.

— Minha senhora, é necessário resignar-se...

— Oh! Não! Não! Não! É impossível! Antes morrer!...

— E seu filho?... — perguntou a escrava-demônio.

Cândida desfez-se em pranto angustiado.

A escrava ia evidentemente dominando de novo a senhora, e arrastando-a para as garras de Dermany.

LI

Ao meio-dia Liberato apresentou-se a seus pais e teve com eles longa conferência particular, terminada a qual foi alegre e feliz, pela esperança do casamento de sua irmã com Frederico, abraçar a noiva.

Cândida recebeu o irmão como o seu primeiro e natural amigo e nas circunstâncias extremas em que se achava, nos confrangimentos do seu coração, procurou consolações, esperanças de comiseração e de amparo, mostrando-se leal e sincera no que podia sê-lo sem confessar a sua ignomínia.

Liberato era precipitado e violento.

Ouvindo a irmã confessar que o seu casamento com Frederico não era um ajuste realmente assentado entre ambos, e que só os padecimentos de sua mãe aconselhavam deixá-la por algum tempo nessa ilusão suave, rompeu em protestos e ameaças que revoltaram a infeliz moça tão desesperada já.

O cuidado dos sofrimentos de Leonídia apenas conteve as explosões de Liberato fora dos aposentos de Cândida; ele, porém, declarou ali que sabia como Dermany se introduzia na casa para falar com os escravos e jurou que poria termo imediato a todos os escândalos com que a irmã infamava sua família.

Em vez de um amigo consolador, esperançoso, indulgente, dedicado, Cândida encontrara em seu irmão juiz severo, ameaçador, terrível, e, para maior mal, Liberato receoso de não poder ocultar de sua mãe doente as impressões inesperadas e acerbas que recebera em sua conversação com a irmã, saiu furioso, e não voltou à casa de seu pai senão à noite em companhia de Frederico.

Vinham ambos, Liberato e Frederico, resolvidos a fazer com que Florêncio da Silva tomasse providências para melhor garantir o respeito devido à sua família. A condenação do serviço de escravos no interior da casa, e especialmente a remoção pronta e urgentíssima da mucama de Cândida e do pajem *fiel* de Florêncio da Silva eram as principais exigências, ou os primeiros conselhos dos dois mancebos.

O veneno da escravidão estava prática e evidentemente reconhecido por Liberato e Frederico nas relações do fingido lacaio com os escravos da casa ameaçada de desonra; ambos vinham denunciar a traição dos escravos mais estimados da família dos senhores, a ação maléfica dessas *vítimas-algozes*, *vítimas* pela prepotência que lhes impõe a escravidão, *algozes* pelo dano que fazem, pelas vinganças que tomam, pela imoralidade e pela corrupção que inoculam.

A princípio conteve-os a presença suspeitosa de Cândida; mas em breve a triste e conturbada moça deixou a sala, como se compreendesse que estava ali acanhando e impedindo expansões que urgiam manifestar-se.

Os pais e os irmãos, Florêncio da Silva e Leonídia, Liberato e Frederico, aplaudiram-se da retirada de Cândida, e longamente se entregaram às mais sérias e graves combinações.

Mas a noite ia avançando e Leonídia foi chamar a filha, pois que chegara a hora de servir-se o chá.

Florêncio da Silva e os dois mancebos conversavam ainda sossegadamente; quando pálida, perturbada, convulsa, Leonídia entra de novo na sala, e com a face decomposta, a voz surda, sepulcral e horrivelmente contraída diz ou balbucia:

— Cândida... desapareceu...

— Quê?!!! — exclamaram três vozes.

— Fugiu!!! — tornou Leonídia.

E caindo em uma cadeira a pobre mãe levou ambas as mãos ao rosto, abaixou a cabeça, e abrindo a boca, lançou uma golfada de sangue.

— Leonídia!... — gritou Florêncio da Silva, correndo a acudir a esposa.

— Minha mãe! Minha mãe!... — disse Frederico, chorando. — Minha mãe! Coragem! Eu juro que salvarei Cândida para salvar a sua vida!...

E lançou-se precipitadamente para fora da sala e da casa.

— Liberato! Acompanha Frederico! — disse Leonídia nos braços do marido, e quase sem voz.

Liberato voou em seguida do irmão adotivo.

LII

A mucama escrava consumara finalmente a sua obra.

Vendo Cândida sair apreensiva e temerosa da sala, a perversa

Lucinda correu a ela em tremente agitação e anunciou-lhe aterradoras novas, declarando que o pajem de seu senhor, posto em confissão por Liberato, denunciara medroso todos os segredos do amor de sua senhora-moça e de Dermany, não o deixando ignorar nem mesmo a alucinação e o erro da noite sinistra; que Liberato furioso jurara medonha vingança, de que ela, pobre escrava, ia ser a primeira vítima; que Dermany fora reconhecido na última noite por Frederico, e que em desvario inaudito ousara voltar ainda, e estava no quarto do pajem e absolutamente decidido a subir e a apresentar-se na sala, arrostando tudo para reclamar sua noiva, se esta não lhe fosse falar imediatamente.

Lucinda chorava, tremia, e despedia-se de sua senhora, dizendo que ia fugir...

Cândida apavorada, e no maior desatino, toda entregue aos impulsos do terror, perdida, doida, e nesse estado de abandono da própria razão, nesse delírio compelida pela escrava, lançou-se precipitada para o saguão e entrou no quarto onde estava Dermany.

O jovem francês radiou com alegria satânica.

— Este momento é toda nossa vida — disse ele com voz comovida, mostrando duas folhas de papel a Cândida. — Aqui estão as licenças que consegui hoje obter para que em qualquer igreja o primeiro padre que encontrarmos abençoe o nosso casamento. Lê e fujamos! Vem ser minha esposa!

Cândida toda trêmula nem olhou para os falsificados documentos que Dermany lhe apresentava, e estendendo-lhe a mão, balbuciou apenas:

— Vamos.

E aceitando sem repugnância o braço de um homem que trazia libré de lacaio, acompanhou-o, fugindo da casa de seus pais.

A escrava mucama os seguiu levando uma trouxa de vestidos seus: evidentemente ela se tinha preparado.

Dermany caminhava apressado, e Cândida deixava-se quase arrastar, e arfava de fadiga, quando teve de entrar naquele pequeno povoado de casinholas que se escondem humildes, e a que o povo deu o nome de *cortiço*.

— Quem traz você aí? — perguntou um velho que estava sentado no portão.

— Minha irmã e uma escrava: é só por uma hora — respondeu Dermany.

Cândida confusa, vergonhosa pelas observações rudes e desrespeitosas que ia ouvindo a homens e mulheres que encontrava e a olhavam rindo-se, subiu a uma espécie de galeria baixa, estreita, agreste, para a qual se abriam muitas portas todas igualmente pequenas, e onde não havia uma só janela.

Indivíduos de ambos os sexos, todos vestidos pobremente, alguns maltrapilhos, entravam por aquelas portas, ou saíam para a galeria, galhofando grosseiramente.

Cândida agarrava-se ao braço de Dermany, que enfim parou diante da última porta, e abrindo-a, disse à infeliz moça:

— Entra.

Cândida entrou seguida de Lucinda, e achou-se em uma saleta, cuja mobília limitava-se a uma cama, uma agreste mesa, e um banco de pau.

Lucinda começava a espantar-se.

Dermany chamou o morador do quarto vizinho, que pronto acudiu à sua voz; era um mancebo asselvajado e que indicava ocupar-se de grosseiro mister.

— Manuel, vai correndo buscar-me por todo preço um carro com possantes bestas; dirás na cachoeira que é para ir já a Andaraí levar uma família.

— Estou morto de cansaço: cavei terra o dia todo…

— E quanto ganhaste?

— Mil e quinhentos a seco.

— Dou-te três mil-réis, se me trouxeres o carro antes de uma hora.

— Olhe lá!

— Toma mil-réis por conta.

Manuel recebeu o bilhete de mil-réis e partiu acelerado.

Dermany entrou no quarto e abraçando Cândida beijou-lhe cem vezes as faces e os lábios, dando-lhe os mais doces nomes.

Lucinda afastou-se para a galeria.

O jovem francês requintou seus afagos; mas Cândida trêmula, ansiosa, e obstinadamente insensível às carícias, disse por vezes:

— Fujamos primeiro…

Dermany saiu do quarto, dizendo de mau modo:

— Espera-me pois aí.

Lucinda voltou logo para junto de sua senhora.

Cândida principiava a medir as proporções escandalosas e horríveis de sua situação.

O *cortiço* causava-lhe medo e asco…

Dermany não a encantava mais, despertava-lhe a vergonha na consciência…

A fuga da casa de seus pais lembrava-lhe o opróbrio…

— Oh, minha mãe!… — exclamou a desgraçada.

— Não se atormente, minha senhora — disse Lucinda.

— Ah! Que me resta agora?…

— O amor do Sr. Dermany, e em todo o caso e sempre a fidelidade da sua pobre escrava.

Cândida, coitada, abraçou Lucinda.

E pouco depois disse:

— Tenho sede… água! Água!…

A mucama não achou água no quarto de Dermany.

— Espere, minha senhora; vou procurar e pedir um copo d'água.

Cândida ficou só, e como que se sentiu agonizante naquela solidão de criminosa.

Ouvia gargalhadas, e convulsava pensando que era da sua ignomínia que gargalhavam.

Ouvia abrir e fechar portas e tremia por mil perigos, mil vexames, e mil afrontas no meio de tanta gente a viver como em comum.

E Dermany não voltava… nem Lucinda lhe trazia água…

E ela tinha medo e febre… terror e sede abrasadora…

Cândida ouviu leve ruído próximo… o seu medo exagerou-se… quis e não ousou gritar por socorro… levantou-se do banco de pau e saiu para a galeria.

Viu um pátio e gente nele…

Estremeceu, escutando atrás de si brando gemido…

Voltou-se e viu aberta a porta do aposento vizinho… e outra vez ruído abafado que vinha desse quarto…

Olhou… deu um passo a tremer… chegou à porta do quarto e… titubeou, desprendeu grito doloroso e horrível, e deitou a correr frenética e impetuosamente pela galeria, pela escada, pelo pátio, a chorar, e a ulular como louca…

O que ela tinha visto no quarto era esquálido, infame, e espantosamente perverso e criminoso…

Cândida sacrificara tudo, riqueza, posição, crédito, honra, o nome de seu pai, talvez a vida de sua mãe, a glória de ser esposa de Frederico para seguir Dermany…

Deixara-se levar, dominar, arrastar pela sua mucama, a *escrava*…

Dermany lhe garantira amor, oh! Mais do que amor então, a bênção nupcial pelo primeiro padre na primeira igreja…

Lucinda, a *escrava* que a levara à perdição, poucos minutos antes lhe assegurara a *sua fidelidade em todo o caso e sempre*.

E Cândida acabava de ver com os seus olhos naquela noite, naquele lugar ao pé do seu sacrifício, na suprema dedicação oprobriosa, em paga da mão rejeitada de Frederico, em paga da mancha lançada no nome de seu pai, em paga da vida ameaçada de sua mãe, em paga da sua reputação e da sua honra, oh! Ela acabava de ver Dermany nos braços de Lucinda!!!

LIII

Para onde corria Cândida em fúria e aflição desesperada?... Ela não poderia dizêlo; mas arrebatada, já com os cabelos soltos e caídos, esbarrando aqui e ali nas pessoas que encontrava, arrojou-se além do portão, sem ver ou sem lhe importar alguns soldados que ali se tinham postado, e impetuosa avançou pela rua...

— É uma mulher doida — diziam uns.

— É alguma mulher dissoluta que o amante espancou e pôs fora de casa — diziam outros.

— É talvez uma pobre mãe que vai buscar o médico para ver-lhe o filhinho que lhe morre — diziam os mais compassivos.

Mas para onde corria Cândida?

A mucama escrava a arrancara do branco céu da inocência e a fizera em menina sábia precoce da ciência pudenda da mulher.

A mucama escrava amesquinhara-lhe o pudor, distanciara-a do recato, impelira-a para vãos e aviltantes namoros.

A mucama escrava a atraiçoara duas vezes com Dermany, protegendo perversa um amor fingido e funestíssimo, e tornando-se amante infame do suposto noivo de sua senhora.

A mucama escrava depois de tentar debalde arrastá-la para as garras de Dermany, abrira a este a porta do quarto de sua senhora, e a abandonara quase desmaiada ao algoz.

A mucama escrava dera-lhe doses repetidas de uma substância vomitiva, para aluciná-la com a convicção de um estado, que patentearia o seu opróbrio.

A mucama escrava finalmente, inventando ainda aterradoras notícias, conseguira arrancá-la da nobre e respeitada casa de seus pais, para levá-la de rastos pelo braço de um miserável para o escuro recanto de um *cortiço*.

O mais, a infidelidade, a ingratidão, a torpeza, a fria perversidade da mucama escrava e de Dermany eram o castigo da Providência imposto à moça que se rebaixara, e tanto ofendera a seus pais, ao dever e à sociedade.

Mas para onde corria Cândida?...

Fugida da casa paterna, não ousando nem sabendo lá tornar, escapando a Lucinda, a Dermany, ao *cortiço*, nodoada, desonrada, perdida, para onde poderia ela correr, senão para os braços do primeiro libertino que reparasse em sua beleza?

E depois do primeiro, o segundo senhor e dono, e, depois vencidos, desfeitos os últimos vexames, a extrema degradação...

Era portanto ainda a mucama escrava que fatal empurrava implacavelmente sua senhora para a prostituição e o alcouce...

Oh! Como a escravidão é veneno e peste!

E Cândida corria sempre sem saber para onde, com os cabelos e os vestidos em desordem, corria insensata, delirante, e levando no turbilhão desconcertado, e horrível de mil ideias obscuras, negras, uma só ideia distinta, mas lúgubre... era encontrar o mar...

E corria sempre surda e cega, quando de súbito duas mãos a agarraram, e uma voz amiga exclamou:

— Minha irmã!

Cândida reconheceu Frederico, exalou um gemido de agonia, e seu corpo sem vida dobrou-se inerte nos braços do mancebo.

— Que seja um desmaio, meu Deus! — disse Frederico, sustendo Cândida.

— Seja antes a morte — disse Liberato, afastando-se apressado.

— Ajuda-me a socorrer nossa irmã!...

Liberato em vez de responder ou voltar, seguiu, rugindo de raiva, para o *cortiço*.

LIV

Era tarde para a vingança.

Quando Liberato chegou ao portão do *cortiço*, saía por ele Dermany no meio de soldados que o levavam preso para ser entregue à legação francesa.

O jogador tinha perdido a partida.

Liberato conteve o seu fervor e nem reparou no vulto de uma mulher que, ao percebê-lo recuou, escondendo-se por entre os curiosos que em chusma observavam a cena.

Dermany, ouvindo o grito de Cândida e o ruído de sua carreira pela galeria não tardara também em correr no encalço da sua vítima; mas ao chegar ao portão hesitara, vendo os soldados, e logo fugira para o interior do *cortiço*, onde em breve fora descoberto e preso.

Lucinda acompanhara temerosa a diligência feita pela força pública, e seguira a esta, lamentando em voz baixa Dermany, até que, ao passar o portão e ao dar com os olhos no irmão de sua senhora, desviou-se e, envolvendo-se na multidão, foi desnorteada procurar abrigo, onde se acoutasse.

A Providência marcava por diversos modos a punição dos criminosos; mas de envolta com essas punições acendia uma luz que somente os cegos não veem, a luz do infortúnio, da desmoralização, da miséria moral, que em vingança implacável a escravidão impõe à sociedade escravagista.

Os escravos são vítimas; mas sabem ser *vítimas-algozes*.

Lucinda, a mucama escrava, vítima porque era escrava, tinha sido algoz de sua senhora.

Que aproveite o exemplo.

LV

O zelo da mais santa amizade, teceu delicado véu para encobrir o vergonhoso procedimento de Cândida. Segundo as explicações de Frederico, a pobre moça tomada de delírio febril saíra de casa e correra em desatino pela rua, onde ele e Liberato a encontraram só, e portanto isenta de comprometimento que a desdourasse.

Os médicos chamados para socorrer Leonídia tiveram também de prestar instantes cuidados a Cândida, e reforçaram as explicações de Frederico, declarando-a atacada de gravíssima afecção cerebral a que chamaram *meningite*.

As folhas diárias, dando conta da prisão de *Dermany*, informaram, que a diligência policial se efetuara com extraordinária habilidade, sendo o criminoso surpreendido quando acabava de entrar no *cortiço* com uma mulher de ruins costumes, que aliás fugira precípite ao ver preso o sócio de suas orgias.

Lucinda e o pajem *fiel* de Florêncio da Silva tinham desaparecido.

Aparentemente ao menos, a reputação de Cândida achava-se escudada; mas só aparentemente, porque havia ainda outros escravos na casa, além do pajem e da mucama; esses porém tremiam e ainda não ousavam detrair...

Todavia a situação da família de Florêncio da Silva era duplamente lutuosa; porquanto Cândida não dava esperanças de salvar-se, e Leonídia ia agravando sempre mais as tristes apreensões dos médicos.

Cândida tinha acessos de delírio terrível, e então era de ver a indústria sublime com que Leonídia, distanciava todos, e até seu marido, do lado da filha: ela tinha invenções, ideias, recursos que só as mães os têm.

Uma vez, Florêncio da Silva em consternação, queria por força ficar ao pé da filha; mas Leonídia empurrando-o desesperada para longe, exclamou:

— Ela vai pôr-se nua!... Sai!...

Em outro dia, porém, a mísera mãe a sós, e sem temor de algum outro ouvido, a desgraçada mãe a soluçar, a retorcer-se de dor, ouviu na voz do delírio choroso e pungente a relação entrecortada, repetida, mas então completamente feita de todos os erros, de todas as misérias de sua filha, e até da convicção de um estado que não era real, e que se o fosse, como ela supunha, exibiria vivo testemunho da desonra.

Então Leonídia desfeita em lágrimas, em aflição extrema, quando terminou o acesso do delírio, ajoelhou-se junto ao leito, apertou entre as suas as mãos ardentes da filha, e com voz gemente, cheia de ternura indizível, de verdade profunda, de consolação lúgubre, e, deixem-nos dizê-lo assim, de desespero resignado, disse:

— Minha filha! Meu bem! Meu anjo! Minha Cândida! Morre! Morre, minha filha; tu deves morrer: não fales mais... não delires mais... morre, meu anjo! Olha... eu também vou morrer...

E beijando mil vezes as mãos de Cândida, repetia:

— Morramos, minha filha, querida!... Tu deves morrer...

— Oh, minha mãe!... Minha mãe! Eu não quero que morras! Eu perdoo, esqueço todos os desvarios de Cândida e lhe darei o meu nome!

— Frederico!... — exclamou Leonídia, levantando-se.

Frederico estava em pé atrás de sua mãe adotiva, e com o rosto banhado em pranto.

— Viverás, minha mãe?... — perguntou ele ternamente.

Leonídia humilhada e comovida, duvidosa e esperançosa, fora de si pela confusão, pela vergonha, pela dor, por mil sentimentos diversos, em vez de responder, também perguntou:

— Ouviste... o horror do seu delírio?...

— Ouvi tudo... sei tudo...

— E tu... Frederico?... Ainda assim... Frederico?...

— Viverás, minha mãe?...

Leonídia tomou as mãos do mancebo, encarou-o de face, e com os olhos em fogo, com admiração inexprimível, com a voz um pouco rouca, com acento de gratidão sublime, disse, sem pensar no que dizia, e como estupefata:

— De que altura és tu?...

— Oh, minha mãe!!!

A extremosa mãe lançou-se sobre Cândida, e abraçando-a bradou:

— Vive, minha filha!... Vive, minha filha! Vive! Vive!...

Cândida pareceu sorrir triste, mas docemente, ao brado do coração de sua mãe.

Conclusão

I

Dois meses depois celebrou-se, ainda na cidade do Rio de Janeiro, o casamento de Frederico e Cândida.

Muito mais rico do que a noiva, conhecido e estimado pela nobreza de seus sentimentos, pela severidade de seus costumes, pelo brilho de suas virtudes, Frederico deu com o seu nome a Cândida uma égide que a pôs a salvo dos botes de injuriosas suspeitas.

Grande aos olhos da família de Cândida, anjo salvador para esta, Frederico, abençoado por seu pai, sentiu-se no ato de seu casamento e no meio das tristes lembranças dos passados desvarios de sua noiva, esplêndido aos olhos do Deus do perdão.

Quando a cerimônia religiosa terminou, ele deu a mão a Cândida e voltou-se para a família.

O olhar de Leonídia cheio de celeste amor abriu-lhe a porta do paraíso.

Leonídia tivera razão de perguntar de que altura era Frederico; porque na sua virtude ele se mostrou alto, como o sacrifício que fizera ao amor de sua mãe adotiva.

À noite e recolhidos à câmara nupcial, Cândida fez um movimento para ajoelhar-se diante de Frederico.

Ele a conteve e disse-lhe docemente:

— O passado morreu: no altar donde viemos hoje, eu te purifiquei e Deus nos abençoou.

E abraçando a noiva, beijou-a na fronte.

II

Alguns dias depois os noivos e seus pais preparavam-se para voltar a seu lares, quando um agente policial, ou interesseiro procurador se apresentou na casa de Florêncio da Silva, anunciando que se achavam detidos e presos na casa de correção, um pajem, e uma negra crioula que se confessavam escravos, dando o nome de Florêncio, como o de seu senhor.

Frederico avançou para o agente policial, e tomando a palavra ao sogro, disse:

— Nossos escravos ou não, nós os abandonamos ao seu destino; pois que de nós fugiram, rejeitamo-los.

— Então... como ficam eles?

— Pouco nos importa isso: a liberdade, como prêmio, eles a não merecem; como direito, a sociedade ou o governo, que lhos outorgue. Eles nos fugiram, nós os abandonamos.

O agente policial retirou-se confundido.

Frederico voltou-se para a família estupefata e disse:

— A escravidão é peste; por que não nos havemos de libertar da peste?... Que faríamos dessa mucama e desse pajem?... Matá-los?... Fora um crime hediondo: conservá-los em cativeiro?... Uma vergonha da família em constante martírio, considerando, vendo, e sofrendo diante desses escravos: vendê-los?... Vingança ignóbil que mancharia a mão que recebesse o dinheiro, preço da venda dos criminosos empurrados impunes...

— Mas esses dois traidores e perversos...

— Árvore da escravidão, deram seus frutos. Quem pede ao charco água pura, saúde à peste, vida ao veneno que mata, moralidade à depravação, é louco. Dizeis que com os escravos, e pelo seu trabalho vos enriqueceis: que seja assim; mas em primeiro lugar donde tirais o direito da opressão?... Em face de que Deus vos direis senhores de homens, que são homens como vós, e de que vos intitulais donos, senhores, árbitros absolutos?... E depois com esses escravos ao pé de vós, em torno de vós, com esses miseráveis degradados pela condição violentada, engolfados nos vícios mais torpes, materializados, corruptos, apodrecidos na escravidão, pestíferos pelo viver no pantanal da peste e tão vis, tão perigosos postos em contato convosco, com vossas esposas, com vossas filhas, que podereis esperar desses escravos, do seu contato obrigado, da sua influência fatal?... Oh! Bani a escravidão!... A escravidão é um crime da sociedade escravagista, e a escravidão se vinga desmoralizando, envenenando, desonrando, empestando, assassinando seus opressores. Oh!... Bani a escravidão! Bani a escravidão! Bani a escravidão!

Relação dos Volumes Publicados

1. **Dom Casmurro** *Machado de Assis*
2. **O Príncipe** *Maquiavel*
3. **Mensagem** *Fernando Pessoa*
4. **O Lobo do Mar** *Jack London*
5. **A Arte da Prudência** *Baltasar Gracián*
6. **Iracema / Cinco Minutos** *José de Alencar*
7. **Inocência** *Visconde de Taunay*
8. **A Mulher de 30 Anos** *Honoré de Balzac*
9. **A Moreninha** *Joaquim Manuel de Macedo*
10. **A Escrava Isaura** *Bernardo Guimarães*
11. **As Viagens - "Il Milione"** *Marco Polo*
12. **O Retrato de Dorian Gray** *Oscar Wilde*
13. **A Volta ao Mundo em 80 Dias** *Júlio Verne*
14. **A Carne** *Júlio Ribeiro*
15. **Amor de Perdição** *Camilo Castelo Branco*
16. **Sonetos** *Luís de Camões*
17. **O Guarani** *José de Alencar*
18. **Memórias Póstumas de Brás Cubas** *Machado de Assis*
19. **Lira dos Vinte Anos** *Alvares de Azevedo*
20. **Apologia de Sócrates / Banquete** *Platão*
21. **A Metamorfose/Um Artista da Fome/Carta a Meu Pai** *Franz Kafka*
22. **Assim Falou Zaratustra** *Friedrich Nietzsche*
23. **Triste Fim de Policarpo Quaresma** *Lima Barreto*
24. **A Ilustre Casa de Ramires** *Eça de Queirós*
25. **Memórias de um Sargento de Milícias** *Manuel Antônio de Almeida*
26. **Robinson Crusoé** *Daniel Defoe*
27. **Espumas Flutuantes** *Castro Alves*
28. **O Ateneu** *Raul Pompéia*
29. **O Noviço / O Juiz de Paz da Roça / Quem Casa Quer Casa** *Martins Pena*
30. **A Relíquia** *Eça de Queirós*
31. **O Jogador** *Dostoiévski*
32. **Histórias Extraordinárias** *Edgar Allan Poe*
33. **Os Lusíadas** *Luís de Camões*
34. **As Aventuras de Tom Sawyer** *Mark Twain*
35. **Bola de Sebo e Outros Contos** *Guy de Maupassant*
36. **A República** *Platão*
37. **Elogio da Loucura** *Erasmo de Rotterdam*
38. **Caninos Brancos** *Jack London*
39. **Hamlet** *William Shakespeare*
40. **A Utopia** *Thomas More*
41. **O Processo** *Franz Kafka*
42. **O Médico e o Monstro** *Robert Louis Stevenson*
43. **Ecce Homo** *Friedrich Nietzsche*
44. **O Manifesto do Partido Comunista** *Marx e Engels*
45. **Discurso do Método / Regras para a Direção do Espírito** *René Descartes*
46. **Do Contrato Social** *Jean-Jacques Rousseau*
47. **A Luta pelo Direito** *Rudolf von Ihering*
48. **Dos Delitos e das Penas** *Cesare Beccaria*
49. **A Ética Protestante e o Espírito do Capitalismo** *Max Weber*
50. **O Anticristo** *Friedrich Nietzsche*
51. **Os Sofrimentos do Jovem Werther** *Goethe*
52. **As Flores do Mal** *Charles Baudelaire*
53. **Ética a Nicômaco** *Aristóteles*
54. **A Arte da Guerra** *Sun Tzu*
55. **Imitação de Cristo** *Tomás de Kempis*
56. **Cândido ou o Otimismo** *Voltaire*
57. **Rei Lear** *William Shakespeare*
58. **Frankenstein** *Mary Shelley*
59. **Quincas Borba** *Machado de Assis*
60. **Fedro** *Platão*
61. **Política** *Aristóteles*
62. **A Viuvinha / Encarnação** *José de Alencar*
63. **As Regras do Método Sociológico** *Émile Durkheim*
64. **O Cão dos Baskervilles** *Sir Arthur Conan Doyle*
65. **Contos Escolhidos** *Machado de Assis*
66. **Da Morte / Metafísica do Amor / Do Sofrimento do Mundo** *Arthur Schopenhauer*
67. **As Minas do Rei Salomão** *Henry Rider Haggard*
68. **Manuscritos Econômico-Filosóficos** *Karl Marx*
69. **Um Estudo em Vermelho** *Sir Arthur Conan Doyle*
70. **Meditações** *Marco Aurélio*
71. **A Vida das Abelhas** *Maurice Materlinck*
72. **O Cortiço** *Aluísio Azevedo*
73. **Senhora** *José de Alencar*
74. **Brás, Bexiga e Barra Funda / Laranja da China** *Antônio de Alcântara Machado*
75. **Eugênia Grandet** *Honoré de Balzac*
76. **Contos Gauchescos** *João Simões Lopes Neto*
77. **Esaú e Jacó** *Machado de Assis*
78. **O Desespero Humano** *Sören Kierkegaard*
79. **Dos Deveres** *Cícero*
80. **Ciência e Política** *Max Weber*
81. **Satíricon** *Petrônio*
82. **Eu e Outras Poesias** *Augusto dos Anjos*
83. **Farsa de Inês Pereira / Auto da Barca do Inferno / Auto da Alma** *Gil Vicente*
84. **A Desobediência Civil e Outros Escritos** *Henry David Toreau*
85. **Para Além do Bem e do Mal** *Friedrich Nietzsche*
86. **A Ilha do Tesouro** *R. Louis Stevenson*
87. **Marília de Dirceu** *Tomás A. Gonzaga*
88. **As Aventuras de Pinóquio** *Carlo Collodi*
89. **Segundo Tratado Sobre o Governo** *John Locke*
90. **Amor de Salvação** *Camilo Castelo Branco*
91. **Broquéis/Faróis/ Ultimos Sonetos** *Cruz e Souza*
92. **I-Juca-Pirama / Os Timbiras / Outros Poemas** *Gonçalves Dias*
93. **Romeu e Julieta** *William Shakespeare*
94. **A Capital Federal** *Arthur Azevedo*
95. **Diário de um Sedutor** *Sören Kierkegaard*

96. **Carta de Pero Vaz de Caminha a El-Rei Sobre o Achamento do Brasil**

97. **Casa de Pensão**
Aluísio Azevedo

98. **Macbeth**
William Shakespeare

99. **Édipo Rei/Antígona**
Sófocles

100. **Lucíola**
José de Alencar

101. **As Aventuras de Sherlock Holmes**
Sir Arthur Conan Doyle

102. **Bom-Crioulo**
Adolfo Caminha

103. **Helena**
Machado de Assis

104. **Poemas Satíricos**
Gregório de Matos

105. **Escritos Políticos / A Arte da Guerra**
Maquiavel

106. **Ubirajara**
José de Alencar

107. **Diva**
José de Alencar

108. **Eurico, o Presbítero**
Alexandre Herculano

109. **Os Melhores Contos**
Lima Barreto

110. **A Luneta Mágica**
Joaquim Manuel de Macedo

111. **Fundamentação da Metafísica dos Costumes e Outros Escritos**
Immanuel Kant

112. **O Príncipe e o Mendigo**
Mark Twain

113. **O Domínio de Si Mesmo Pela Auto-Sugestão Consciente**
Émile Coué

114. **O Mulato**
Aluísio Azevedo

115. **Sonetos**
Florbela Espanca

116. **Uma Estadia no Inferno / Poemas / Carta do Vidente**
Arthur Rimbaud

117. **Várias Histórias**
Machado de Assis

118. **Fédon**
Platão

119. **Poesias**
Olavo Bilac

120. **A Conduta para a Vida**
Ralph Waldo Emerson

121. **O Livro Vermelho**
Mao Tsé-Tung

122. **Oração aos Moços**
Rui Barbosa

123. **Otelo, o Mouro de Veneza**
William Shakespeare

124. **Ensaios**
Ralph Waldo Emerson

125. **De Profundis / Balada do Cárcere de Reading**
Oscar Wilde

126. **Crítica da Razão Prática**
Immanuel Kant

127. **A Arte de Amar**
Ovídio Naso

128. **O Tartufo ou O Impostor**
Molière

129. **Metamorfoses**
Ovídio Naso

130. **A Gaia Ciência**
Friedrich Nietzsche

131. **O Doente Imaginário**
Molière

132. **Uma Lágrima de Mulher**
Aluísio Azevedo

133. **O Último Adeus de Sherlock Holmes**
Sir Arthur Conan Doyle

134. **Canudos - Diário de Uma Expedição**
Euclides da Cunha

135. **A Doutrina de Buda**
Siddharta Gautama

136. **Tao Te Ching**
Lao-Tsé

137. **Da Monarquia / Vida Nova**
Dante Alighieri

138. **A Brasileira de Prazins**
Camilo Castelo Branco

139. **O Velho da Horta/Quem Tem Farelos?/Auto da Índia**
Gil Vicente

140. **O Seminarista**
Bernardo Guimarães

141. **O Alienista / Casa Velha**
Machado de Assis

142. **Sonetos**
Manuel du Bocage

143. **O Mandarim**
Eça de Queirós

144. **Noite na Taverna / Macário**
Álvares de Azevedo

145. **Viagens na Minha Terra**
Almeida Garrett

146. **Sermões Escolhidos**
Padre Antonio Vieira

147. **Os Escravos**
Castro Alves

148. **O Demônio Familiar**
José de Alencar

149. **A Mandrágora / Belfagor, o Arquidiabo**
Maquiavel

150. **O Homem**
Aluísio Azevedo

151. **Arte Poética**
Aristóteles

152. **A Megera Domada**
William Shakespeare

153. **Alceste/Electra/Hipólito**
Eurípedes

154. **O Sermão da Montanha**
Huberto Rohden

155. **O Cabeleira**
Franklin Távora

156. **Rubáiyát**
Omar Khayyám

157. **Luzia-Homem**
Domingos Olímpio

158. **A Cidade e as Serras**
Eça de Queirós

159. **A Retirada da Laguna**
Visconde de Taunay

160. **A Viagem ao Centro da Terra**
Júlio Verne

161. **Caramuru**
Frei Santa Rita Durão

162. **Clara dos Anjos**
Lima Barreto

163. **Memorial de Aires**
Machado de Assis

164. **Bhagavad Gita**
Krishna

165. **O Profeta**
Khalil Gibran

166. **Aforismos**
Hipócrates

167. **Kama Sutra**
Vatsyayana

168. **O Livro da Jângal**
Rudyard Kipling

169. **De Alma para Alma**
Huberto Rohden

170. **Orações**
Cícero

171. **Sabedoria das Parábolas**
Huberto Rohden

172. **Salomé**
Oscar Wilde

173. **Do Cidadão**
Thomas Hobbes

174. **Porque Sofremos**
Huberto Rohden

175. **Einstein: o Enigma do Universo**
Huberto Rohden

176. **A Mensagem Viva do Cristo**
Huberto Rohden

177. **Mahatma Gandhi**
Huberto Rohden

178. **A Cidade do Sol**
Tommaso Campanella

179. **Setas para o Infinito**
Huberto Rohden

180. **A Voz do Silêncio**
Helena Blavatsky

181. **Frei Luís de Sousa**
Almeida Garrett

182. **Fábulas**
Esopo

183. **Cântico de Natal/Os Carrilhões**
Charles Dickens

184. **Contos**
Eça de Queirós

185. **O Pai Goriot**
Honoré de Balzac

186. **Noites Brancas e Outras Histórias**
Dostoiévski

187. **Minha Formação**
Joaquim Nabuco

188. **Pragmatismo**
William James

189. **Discursos Forenses**
Enrico Ferri

190. **Medéia**
Eurípedes

191. **Discursos de Acusação**
Enrico Ferri

192. **A Ideologia Alemã**
Marx & Engels

193. **Prometeu Acorrentado**
Ésquilo

194. **Iaiá Garcia**
Machado de Assis

195. **Discursos no Instituto dos Advogados Brasileiros / Discurso no Colégio Anchieta**
Rui Barbosa

196. Édipo em Colono
Sófocles

197. A Arte de Curar pelo Espírito
Joel S. Goldsmith

198. Jesus, o Filho do Homem
Khalil Gibran

199. Discurso sobre a Origem e os Fundamentos da Desigualdade entre os Homens
Jean-Jacques Rousseau

200. Fábulas
La Fontaine

201. O Sonho de uma Noite de Verão
William Shakespeare

202. Maquiavel, o Poder
José Nivaldo Junior

203. Ressurreição
Machado de Assis

204. O Caminho da Felicidade
Huberto Rohden

205. A Velhice do Padre Eterno
Guerra Junqueiro

206. O Sertanejo
José de Alencar

207. Gitanjali
Rabindranath Tagore

208. Senso Comum
Thomas Paine

209. Canaã
Graça Aranha

210. O Caminho Infinito
Joel S. Goldsmith

211. Pensamentos
Epicuro

212. A Letra Escarlate
Nathaniel Hawthorne

213. Autobiografia
Benjamin Franklin

214. Memórias de Sherlock Holmes
Sir Arthur Conan Doyle

215. O Dever do Advogado / Posse de Direitos Pessoais
Rui Barbosa

216. O Tronco do Ipê
José de Alencar

217. O Amante de Lady Chatterley
D. H. Lawrence

218. Contos Amazônicos
Inglês de Souza

219. A Tempestade
William Shakespeare

220. Ondas
Euclides da Cunha

221. Educação do Homem Integral
Huberto Rohden

222. Novos Rumos para a Educação
Huberto Rohden

223. Mulherzinhas
Louise May Alcott

224. A Mão e a Luva
Machado de Assis

225. A Morte de Ivan Ilicht / Senhores e Servos
Leon Tolstói

226. Álcoois e Outros Poemas
Apollinaire

227. Pais e Filhos
Ivan Turguêniev

228. Alice no País das Maravilhas
Lewis Carroll

229. À Margem da História
Euclides da Cunha

230. Viagem ao Brasil
Hans Staden

231. O Quinto Evangelho
Tomé

232. Lorde Jim
Joseph Conrad

233. Cartas Chilenas
Tomás Antônio Gonzaga

234. Odes Modernas
Anntero de Quental

235. Do Cativeiro Babilônico da Igreja
Martinho Lutero

236. O Coração das Trevas
Joseph Conrad

237. Thais
Anatole France

238. Andrômaca / Fedra
Racine

239. As Catilinárias
Cícero

240. Recordações da Casa dos Mortos
Dostoiévski

241. O Mercador de Veneza
William Shakespeare

242. A Filha do Capitão / A Dama de Espadas
Aleksandr Púchkin

243. Orgulho e Preconceito
Jane Austen

244. A Volta do Parafuso
Henry James

245. O Gaúcho
José de Alencar

246. Tristão e Isolda
Lenda Medieval Celta de Amor

247. Poemas Completos de Alberto Caeiro
Fernando Pessoa

248. Maiakósvski
Vida e Poesia

249. Sonetos
William Shakespeare

250. Poesia de Ricardo Reis
Fernando Pessoa

251. Papéis Avulsos
Machado de Assis

252. Contos Fluminenses
Machado de Assis

253. O Bobo
Alexandre Herculano

254. A Oração da Coroa
Demóstenes

255. O Castelo
Franz Kafka

256. O Trovejar do Silêncio
Joel S. Goldsmith

257. Alice na Casa dos Espelhos
Lewis Carrol

258. Miséria da Filosofia
Karl Marx

259. Júlio César
William Shakespeare

260. Antônio e Cleópatra
William Shakespeare

261. Filosofia da Arte
Huberto Rohden

262. A Alma Encantadora das Ruas
João do Rio

263. A Normalista
Adolfo Caminha

264. Pollyanna
Eleanor H. Porter

265. As Pupilas do Senhor Reitor
Júlio Diniz

266. As Primaveras
Casimiro de Abreu

267. Fundamentos do Direito
Léon Duguit

268. Discursos de Metafísica
G. W. Leibniz

269. Sociologia e Filosofiia
Émile Durkheim

270. Cancioneiro
Fernando Pessoa

271. A Dama das Camélias
Alexandre Dumas (filho)

272. O Divórcio / As Bases da Fé / e outros textos
Rui Barbosa

273. Pollyanna Moça
Eleanor H. Porter

274. O 18 Brumário de Luís Bonaparte
Karl Marx

275. Teatro de Machado de Assis
Antologia

276. Cartas Persas
Montesquieu

277. Em Comunhão com Deus
Huberto Rohden

278. Razão e Sensibilidade
Jane Austen

279. Crônicas Selecionadas
Machado de Assis

280. Histórias da Meia-Noite
Machado de Assis

281. Cyrano de Bergerac
Edmond Rostand

282. O Maravilhoso Mágico de Oz
L. Frank Baum

283. Trocando Olhares
Florbela Espanca

284. O Pensamento Filosófico da Antiguidade
Huberto Rohden

285. Filosofia Contemporânea
Huberto Rohden

286. O Espírito da Filosofia Oriental
Huberto Rohden

287. A Pele do Lobo / O Badejo / o Dote
Artur Azevedo

288. Os Bruzundangas
Lima Barreto

289. A Pata da Gazela
José de Alencar

290. O Vale do Terror
Sir Arthur Conan Doyle

291. O Signo dos Quatro
Sir Arthur Conan Doyle

292. As Máscaras do Destino
Florbela Espanca

293. A Confissão de Lúcio
Mário de Sá-Carneiro

294. Falenas
Machado de Assis

295. **O Uraguai / A Declamação Trágica**
Basílio da Gama

296. **Crisálidas**
Machado de Assis

297. **Americanas**
Machado de Assis

298. **A Carteira de Meu Tio**
Joaquim Manuel de Macedo

299. **Catecismo da Filosofia**
Huberto Rohden

301. **Rumo à Consciência Cósmica**
Huberto Rohden

302. **Cosmoterapia**
Huberto Rohden

303. **Bodas de Sangue**
Federico García Lorca

304. **Discurso da Servidão Voluntária**
Étienne de La Boétie

305. **Categorias**
Aristóteles

306. **Manon Lescaut**
Abade Prévost

307. **Teogonia / Trabalho e Dias**
Hesíodo

308. **As Vítimas-Algozes**
Joaquim Manuel de Macedo

309. **Persuasão**
Jane Austen

Série Ouro
(Livros com mais de 400 p.)

1. **Leviatã**
Thomas Hobbes

2. **A Cidade Antiga**
Fustel de Coulanges

3. **Crítica da Razão Pura**
Immanuel Kant

4. **Confissões**
Santo Agostinho

5. **Os Sertões**
Euclides da Cunha

6. **Dicionário Filosófico**
Voltaire

7. **A Divina Comédia**
Dante Alighieri

8. **Ética Demonstrada à Maneira dos Geômetras**
Baruch de Spinoza

9. **Do Espírito das Leis**
Montesquieu

10. **O Primo Basílio**
Eça de Queirós

11. **O Crime do Padre Amaro**
Eça de Queirós

12. **Crime e Castigo**
Dostoiévski

13. **Fausto**
Goethe

14. **O Suicídio**
Émile Durkheim

15. **Odisséia**
Homero

16. **Paraíso Perdido**
John Milton

17. **Drácula**
Bram Stocker

18. **Ilíada**
Homero

19. **As Aventuras de Huckleberry Finn**
Mark Twain

20. **Paulo – O 13º Apóstolo**
Ernest Renan

21. **Eneida**
Virgílio

22. **Pensamentos**
Blaise Pascal

23. **A Origem das Espécies**
Charles Darwin

24. **Vida de Jesus**
Ernest Renan

25. **Moby Dick**
Herman Melville

26. **Os Irmãos Karamazovi**
Dostoiévski

27. **O Morro dos Ventos Uivantes**
Emily Brontë

28. **Vinte Mil Léguas Submarinas**
Júlio Verne

29. **Madame Bovary**
Gustave Flaubert

30. **O Vermelho e o Negro**
Stendhal

31. **Os Trabalhadores do Mar**
Victor Hugo

32. **A Vida dos Doze Césares**
Suetônio

34. **O Idiota**
Dostoiévski

35. **Paulo de Tarso**
Huberto Rohden

36. **O Peregrino**
John Bunyan

37. **As Profecias**
Nostradamus

38. **Novo Testamento**
Huberto Rohden

39. **O Corcunda de Notre Dame**
Victor Hugo

40. **Arte de Furtar**
Anônimo do século XVII

41. **Germinal**
Émile Zola

42. **Folhas de Relva**
Walt Whitman

43. **Ben-Hur — Uma História dos Tempos de Cristo**
Lew Wallace

44. **Os Maias**
Eça de Queirós

45. **O Livro da Mitologia**
Thomas Bulfinch

46. **Os Três Mosqueteiros**
Alexandre Dumas

47. **Poesia de Álvaro de Campos**
Fernando Pessoa

48. **Jesus Nazareno**
Huberto Rohden

49. **Grandes Esperanças**
Charles Dickens

50. **A Educação Sentimental**
Gustave Flaubert

51. **O Conde de Monte Cristo (Volume I)**
Alexandre Dumas

52. **O Conde de Monte Cristo (Volume II)**
Alexandre Dumas

53. **Os Miseráveis (Volume I)**
Victor Hugo

54. **Os Miseráveis (Volume II)**
Victor Hugo

55. **Dom Quixote de La Mancha (Volume I)**
Miguel de Cervantes

56. **Dom Quixote de La Mancha (Volume II)**
Miguel de Cervantes

58. **Contos Escolhidos**
Artur Azevedo

59. **As Aventuras de Robin Hood**
Howard Pyle